宋代诗人别集校补与研究

韩 元 著

东南大学出版社
·南京·

图书在版编目(CIP)数据

宋代诗人别集校补与研究 / 韩元著. —— 南京:东南大学出版社,2021.11

ISBN 978-7-5641-9346-1

Ⅰ.①宋… Ⅱ.①韩… Ⅲ.古典诗歌-文学研究-中国-宋代 Ⅳ.①I207.22

中国版本图书馆 CIP 数据核字(2020)第 262298 号

宋代诗人别集校补与研究
Songdai Shiren Bieji Jiaobu Yu Yanjiu

著　　者	韩　元
责任编辑	张丽萍
出版发行	东南大学出版社
社　　址	南京市四牌楼 2 号(邮编:210096)
网　　址	http://www.seupress.com
电子邮箱	press@seupress.com
印　　刷	南京京新印刷有限公司
开　　本	700 mm×1 000 mm　1/16
印　　张	19.5
字　　数	415 千字
版印次	2021 年 11 月第 1 版　2021 年 11 月第 1 次印刷
书　　号	ISBN 978-7-5641-9346-1
定　　价	78.00 元
经　　销	全国各地新华书店
发行热线	025-83790519　83791830

(本社图书若有印装质量问题,请直接与营销部联系,电话:025-83791830)

前　言

中国古代文学的学科发展,现已非常成熟,而作为古代文学研究中最基础的文献整理工作,更是在一代代学人的不断努力下取得突破和进展。就宋代诗人别集而言,中华书局《中国古典文学基本丛书》和上海古籍出版社《中国古典文学丛书》是目前整体质量最高、影响最大的两套丛书,也是笔者研究古代文学的入门书籍和必备资料,其学术地位不言而喻、不可撼动。但也正如常言所道,"智者千虑,必有一失",笔者在阅读学习中,随手记下了一些有待补充的材料,年积月累,似乎也有了一些文字,于是借此机会,按时代先后顺序,选择一些常见典籍进行了校补和研究,共分六个部分,现分别说明如下:

一、《梅尧臣集编年校注》辨正。朱东润先生的校记中,收录了冒广生、夏敬观等学者的校改意见,冒、夏二先生都是非常有影响力的前辈学者,但笔者也有存疑的地方,希望表达一下自己的观点,而且朱先生自撰之校记也有一些似乎可以继续讨论的地方。此外,梅诗中存有大量典故,很多并非常见之典。现距朱著出版已有十五年之久,新的全面的注释工作应该是值得期待的。

二、《王荆文公诗李壁注》勘误补正。自从王水照先生发现朝鲜铜活字本的李壁注之后,对该版本李壁注的整理工作便成了学界关注对象,先后经李之亮、高克勤等先生的整理,已取得了巨大成就,这些前辈可谓功不可没。但活字本毕竟内容过多,因此仍然留有一些可继续完善的空间,笔者在博士论文阶段对此略有涉猎,并在之后发表过相关内容的文章,此次也将其作为一部分收录到本书之中。

三、论冯注苏诗中的学者态度。冯注中的学者态度应该说是注家基本都具备的素养,但冯注的特殊性在于:一是冯注屡次将自己的学术态度明确地写进注释,如批评前人剽窃、不能抹煞前人功劳等;二是冯注对人的评论较多,存有明显的个性色彩,强烈的措辞比较常见。

四、《剑南诗稿校注》补正。钱仲联先生的学术成果极为丰富,此著无疑是其代表作。此书出版之后,不断有文章对其进行补充完善。和这些补充的文章一样,笔者也提出了自己的一些浅陋观点,主要是陆诗所用典故方面。钱著的本意也并非是要将陆诗典故全部注出,所以此部分姑且算是笔者的读书笔记。

五、《杨万里集校笺》勘误补正。辛更儒先生对杨万里的生平事迹,诗文中所涉职官、地理都有详细考证,皇皇十巨册,成绩斐然。但诚斋集各版本的错误都非常多,因此也有一些可完善的空间。因本书篇幅所限,故而只选取《诚斋集》一百三十三卷中的前五十卷录入。

六、读宋词笔记。主要是典故方面的一些补释,涉及黄庭坚、苏轼、秦观、姜夔、张元干、陆游、刘克庄等七位词人。

本书的出版得到了泰州学院人文学院的全方位支持,笔者在此深表感谢!作为第一部出版的学术著作,笔者希望此书能对宋代诗学(文献)研究起到一定的促进作用。书中存在的错误,还望各位方家不吝赐教!

韩 元

2020年8月写于 泰州学院

目 录

第一章 《梅尧臣集编年校注》辨正 ··· 001
  一、收录他人错误校记而未加甄别者 ································· 001
  二、自撰之错误校记 ··· 005
  三、漏校梅诗正文讹误者 ··· 008

第二章 《王荆文公诗李壁注》勘误补正 ································· 009
  《王荆文公诗李壁注》校勘说明 ······································· 009
  《王荆文公诗李壁注》卷一 ·· 011
  《王荆文公诗李壁注》卷二 ·· 014
  《王荆文公诗李壁注》卷三 ·· 018
  《王荆文公诗李壁注》卷四 ·· 021
  《王荆文公诗李壁注》卷五 ·· 024
  《王荆文公诗李壁注》卷六 ·· 028
  《王荆文公诗李壁注》卷七 ·· 032
  《王荆文公诗李壁注》卷八 ·· 035
  《王荆文公诗李壁注》卷九 ·· 040
  《王荆文公诗李壁注》卷十 ·· 044
  《王荆文公诗李壁注》卷十一 ··· 048
  《王荆文公诗李壁注》卷十二 ··· 052
  《王荆文公诗李壁注》卷十三 ··· 054
  《王荆文公诗李壁注》卷十四 ··· 057
  《王荆文公诗李壁注》卷十五 ··· 060
  《王荆文公诗李壁注》卷十六 ··· 065
  《王荆文公诗李壁注》卷十七 ··· 071
  《王荆文公诗李壁注》卷十八 ··· 075
  《王荆文公诗李壁注》卷十九 ··· 077

《王荆文公诗李壁注》卷二十 …………………………………………… 078
《王荆文公诗李壁注》卷二十一 ………………………………………… 079
《王荆文公诗李壁注》卷二十二 ………………………………………… 080
《王荆文公诗李壁注》卷二十三 ………………………………………… 083
《王荆文公诗李壁注》卷二十四 ………………………………………… 086
《王荆文公诗李壁注》卷二十五 ………………………………………… 090
《王荆文公诗李壁注》卷二十六 ………………………………………… 092
《王荆文公诗李壁注》卷二十七 ………………………………………… 095
《王荆文公诗李壁注》卷二十八 ………………………………………… 097
《王荆文公诗李壁注》卷二十九 ………………………………………… 098
《王荆文公诗李壁注》卷三十 …………………………………………… 102
《王荆文公诗李壁注》卷三十一 ………………………………………… 105
《王荆文公诗李壁注》卷三十二 ………………………………………… 109
《王荆文公诗李壁注》卷三十三 ………………………………………… 113
《王荆文公诗李壁注》卷三十四 ………………………………………… 116
《王荆文公诗李壁注》卷三十五 ………………………………………… 120
《王荆文公诗李壁注》卷三十六 ………………………………………… 125
《王荆文公诗李壁注》卷三十七 ………………………………………… 130
《王荆文公诗李壁注》卷三十八 ………………………………………… 132
《王荆文公诗李壁注》卷三十九 ………………………………………… 135
《王荆文公诗李壁注》卷四十 …………………………………………… 137
《王荆文公诗李壁注》卷四十一 ………………………………………… 140
《王荆文公诗李壁注》卷四十二 ………………………………………… 143
《王荆文公诗李壁注》卷四十三 ………………………………………… 146
《王荆文公诗李壁注》卷四十四 ………………………………………… 150
《王荆文公诗李壁注》卷四十五 ………………………………………… 156
《王荆文公诗李壁注》卷四十六 ………………………………………… 160
《王荆文公诗李壁注》卷四十七 ………………………………………… 164
《王荆文公诗李壁注》卷四十八 ………………………………………… 167
《王荆文公诗李壁注》卷四十九 ………………………………………… 177
《王荆文公诗李壁注》卷五十 …………………………………………… 180
《王荆文公诗李壁注》校勘征引书目 …………………………………… 182

《王荆文公诗笺注》标点商榷 ………………………………………… 187

第三章　论冯注苏诗中的学者态度　197
一、不剽窃、不隐善的学者品质 ………………………………… 199
二、家学渊源与学术动态的交融 ………………………………… 204
三、鲜明的文献溯源意识 ………………………………………… 207
四、冯注的缺陷 …………………………………………………… 212
五、结语 …………………………………………………………… 215
《苏轼诗集合注》勘误 …………………………………………… 216

第四章　《剑南诗稿校注》补正　218
《剑南诗稿校注》卷一至卷十 …………………………………… 218
《剑南诗稿校注》卷十一至卷二十 ……………………………… 225
《剑南诗稿校注》卷二十一至卷三十 …………………………… 230
《剑南诗稿校注》卷三十一至卷四十 …………………………… 232
《剑南诗稿校注》卷四十一至卷五十 …………………………… 234
《剑南诗稿校注》卷五十一至卷六十 …………………………… 235
《剑南诗稿校注》卷六十一至卷七十 …………………………… 237
《剑南诗稿校注》卷七十一至卷八十 …………………………… 239
《剑南诗稿校注》卷八十一至卷八十五 ………………………… 243
《剑南诗稿校注》中陆诗原文错误四则 ………………………… 244

第五章　《杨万里集笺校》勘误补正　245
《杨万里集笺校》卷一 …………………………………………… 246
《杨万里集笺校》卷二 …………………………………………… 247
《杨万里集笺校》卷三 …………………………………………… 249
《杨万里集笺校》卷四 …………………………………………… 250
《杨万里集笺校》卷五 …………………………………………… 251
《杨万里集笺校》卷六 …………………………………………… 252
《杨万里集笺校》卷七 …………………………………………… 253
《杨万里集笺校》卷八 …………………………………………… 253
《杨万里集笺校》卷九 …………………………………………… 254

《杨万里集笺校》卷一〇 ………………………………………………… 254
《杨万里集笺校》卷一一 ………………………………………………… 254
《杨万里集笺校》卷一二 ………………………………………………… 255
《杨万里集笺校》卷一三 ………………………………………………… 255
《杨万里集笺校》卷一四 ………………………………………………… 256
《杨万里集笺校》卷一五 ………………………………………………… 258
《杨万里集笺校》卷一六 ………………………………………………… 258
《杨万里集笺校》卷一七 ………………………………………………… 259
《杨万里集笺校》卷一八 ………………………………………………… 261
《杨万里集笺校》卷一九 ………………………………………………… 262
《杨万里集笺校》卷二〇 ………………………………………………… 263
《杨万里集笺校》卷二一 ………………………………………………… 264
《杨万里集笺校》卷二二 ………………………………………………… 265
《杨万里集笺校》卷二三 ………………………………………………… 267
《杨万里集笺校》卷二四 ………………………………………………… 267
《杨万里集笺校》卷二五 ………………………………………………… 268
《杨万里集笺校》卷二六 ………………………………………………… 269
《杨万里集笺校》卷二七 ………………………………………………… 269
《杨万里集笺校》卷二八 ………………………………………………… 271
《杨万里集笺校》卷二九 ………………………………………………… 271
《杨万里集笺校》卷三〇 ………………………………………………… 272
《杨万里集笺校》卷三一 ………………………………………………… 273
《杨万里集笺校》卷三二 ………………………………………………… 274
《杨万里集笺校》卷三三 ………………………………………………… 276
《杨万里集笺校》卷三四 ………………………………………………… 277
《杨万里集笺校》卷三五 ………………………………………………… 278
《杨万里集笺校》卷三六 ………………………………………………… 279
《杨万里集笺校》卷三七 ………………………………………………… 280
《杨万里集笺校》卷三八 ………………………………………………… 281
《杨万里集笺校》卷三九 ………………………………………………… 283
《杨万里集笺校》卷四〇 ………………………………………………… 283
《杨万里集笺校》卷四一 ………………………………………………… 284

《杨万里集笺校》卷四二 ……………………………………… 285
《杨万里集笺校》卷四三 ……………………………………… 286
《杨万里集笺校》卷四四 ……………………………………… 286
《杨万里集笺校》卷四五 ……………………………………… 286
《杨万里集笺校》卷四六 ……………………………………… 287
《杨万里集笺校》卷四七 ……………………………………… 287
《杨万里集笺校》卷四八 ……………………………………… 288
《杨万里集笺校》卷四九 ……………………………………… 288
《杨万里集笺校》卷五〇 ……………………………………… 289

第六章　读宋词笔记 …………………………………………… 291
　一、读《山谷词校注》笔记 ………………………………………… 291
　二、读《东坡乐府笺》笔记 ………………………………………… 293
　三、读《淮海居士长短句笺注》笔记 ……………………………… 294
　四、读《姜白石词笺注》笔记 ……………………………………… 295
　五、读《芦川词笺注》笔记 ………………………………………… 296
　六、读《放翁词编年笺注》(增订本)笔记 ………………………… 298
　七、读《后村词笺注》笔记 ………………………………………… 299

第一章 《梅尧臣集编年校注》辨正

朱东润先生编年校注的梅尧臣集为学界提供了一个很好的研究基础,这是毫无疑问的,其中倾注了朱先生的大量研究心血,这一点从开卷的四篇叙论中就可以看出,尤其是叙论三《梅尧臣集的版本》一文,详细地交代了梅尧臣诗文集的版本,为文中的校勘提供了可靠的文献基础。更可贵的是,朱先生将当时能搜集到的相关研究全部吸纳了进来,这从书尾所附的《夏敬观梅尧臣诗导言》《夏敬观梅宛陵集校注序》就可以反映出来,而且在校注中还广泛地吸取了夏敬观、冒广生等先生的校勘意见,不时附以己意,使得整书的校勘处在一个相当高的水准上,也为读者扫清了很多疑惑。

但智者千虑,总有一失。在《梅尧臣集编年校注》中也存有一些疏忽,其中主要体现在校勘记中,如梅诗原本使用的字词是正确的,只是梅尧臣选择了不常用的词汇,但这并不是错误,如果按照校勘记中的意见修改,则会给读者带来误导。现按照收录他人错误校记而未加甄别者、自撰之错误校记和漏校梅诗正文讹误的顺序,将内容排列如下,请读者批评指正。

一、收录他人错误校记而未加甄别者

1. 卷三《忆洛中旧居寄永叔兼简师鲁彦国》:"东堂石榴下,夜饮晓未还。绤衣湿浩露,桂酒生朱颜。"①校记:"浩露"诸本皆作"浩"。冒广生校作"皓"。

按,"浩"字不误。浩露,谓露水多也,前人多有用之者。如陆云《九愍》:"把浩

---

① [北宋]梅尧臣著;朱东润编年校注《梅尧臣集编年校注》,上海古籍出版社2006年版,第55页。按:本书所引梅尧臣诗句皆出自该版本,后文不再一一说明。

露于兰林"①,陈子昂《感遇》(二十二):"况乃金天夕,浩露沾群英。"②元稹《冬夜怀李侍御、王太祝、段丞》:"浩露烟墼尽,月光闲有余。"③冒氏改"浩"为"皓",一者于版本无据,一者"浩"字有使用前例。故冒氏校改未确,校记当删。

2. 卷七《道傍虎迹行》:"伤哉此遗体,冒险轻百金。"④校记:"百金"诸本皆作"百"。冒广生云:"百当为千。"

按,作"百"是,作"千"无据。"轻百金"之例虽少,然非无也。《文苑英华》卷九一三载张说《广州都督甄公碑》曰:"气之所重,轻百金于一诺。"⑤贺铸《送武庠归隐终南》曰:"愿赋一诗轻百金。"⑥梅诗往往要到人所不到处,故遣词造句皆避熟就生,此即一例。故"百"字不误,校记当删。

3. 卷八《闻表兄施先辈上第》:"吾始日夜心,望尽京关道。拜庆早归来,莫变秋庭草。"⑦校记:"吾始"诸本皆作"始"。夏敬观云:"始当为姑误。"○"京关"诸本皆作"关"。疑当作"阙"。

按,改"始"为"姑",当是;改"关"为"阙",非也。"京关"一词,前人多有其例。江淹《横吹赋》曰:"故函夏以为宝饰,京关以为戎储。"⑧岑参《阻戎泸间群盗》曰:"何当遇长房,缩地到京关。"⑨杜荀鹤《乱后出山逢高员外》曰:"自从乱后别京关,一入烟萝十五年。"⑩以此观之,京关即京师之意,梅诗所用与此无异,故作"关"是。

4. 卷十一《孙主簿惠上党寺壁胡霈然书墨迹一匣》:"此时虽喜落吾手,老大腕硬无由学,但当拜贶不敢忘,莫为报言曾未数。"⑪校记:"莫为"诸本皆作"为"。冒广生云:"为疑谓"。

按,为者,谓也,二字古通用。《孟子·公孙丑上》:"管仲,曾西之所不为也,而子为我愿之乎?"朱熹注曰:"子为之为,去声。"⑫言弟子谓孟子愿之也。《谷梁传·

---

① [清]严可均辑《全上古三代秦汉三国六朝文》(全晋文卷一百一),商务印书馆1999年版,第1065页。
② [唐]陈子昂撰;徐鹏校点《陈子昂集》,上海古籍出版社2013年版,第7页。
③ [唐]元稹撰;冀勤点校《元稹集》,中华书局1982年版,第70页。
④ [北宋]梅尧臣著;朱东润编年校注《梅尧臣集编年校注》,上海古籍出版社,第100页。
⑤ [宋]李昉等编《文苑英华》,中华书局1966年版,第4807页。
⑥ 北京大学古文献研究所编《全宋诗》,北京大学出版社1995年版,第12508页。
⑦ [北宋]梅尧臣著;朱东润编年校注《梅尧臣集编年校注》,上海古籍出版社,第122页。
⑧ [明]胡之骥注;李长路、赵威点校《江文通集汇注》,中华书局1984年版,第63页。
⑨ [唐]岑参撰;廖立笺注《岑嘉州诗笺注》,中华书局2004年版,第269页。
⑩ [清]彭定球等编《全唐诗》,中华书局1960年版,第7957页。
⑪ [北宋]梅尧臣著;朱东润编年校注《梅尧臣集编年校注》,上海古籍出版社,第178页。
⑫ [宋]朱熹撰《四书章句集注》,中华书局1983年版,第227页。

宣公二年》:"孰为盾而忍弑其君者乎?"①言孰谓赵盾当忍而杀其君也。释"为"作"谓",详见王引之《经传释词》卷二"为"字条。故"为"字不误,校记可删。

5. 卷十五《初冬夜坐忆桐城山行》:"下顾云容容,前溪未可涉。"②校记:"云容容"冒广生云:"作溶溶。"

按,冒校所据未详。《九歌·山鬼》曰:"表独立兮山之上,云容容兮而在下。"五臣注云:"容容,云出貌。"③是梅诗所用无误也。

6. 卷一八《和永叔中秋夜会不见月酬王舍人》:"主人待月敞南楼,淮雨西来斗变秋。"④校记:"斗变秋"诸本皆作"斗",冒广生校作"陡"。

按,"斗"字不误。"斗"作副词,为骤然、突然之意,与"陡"同,前人亦有用之者。杜甫《义鹘行》:"斗上捩孤影,噭哮来九天。"仇兆鳌注曰:"斗上,陡然飞上也。"⑤韩愈《答张十一功曹》曰:"吟君诗罢看双鬓,斗觉霜毛一半加。"钱仲联注引张相:"斗,与陡同,犹顿也。"⑥故"斗"字不误,校记可删。

7. 卷二二《李审言遗酒》:"空肠易醉忽酩酊,倒头梦到上帝前。赐臣苍龙跨入月,不意正值姮娥眠。无人采顾傍玉兔,便取作腊下九天。"⑦校记:"采顾"诸本皆作"采"。夏敬观云:"采疑来字之误。"

按,"采"字不误。"采,睬"上古通用,即理睬之意。唐杜荀鹤《登灵水阁贻钓者》:"未胜渔父闲垂钓,独背斜阳不采人。"⑧《北齐书·穆后传》:"后既以陆为母,提婆为家,更不采轻霄。"⑨梅诗"无人采顾傍玉兔"谓无人理睬照看姮娥身旁之玉兔,故可取之下九天以作干肉(腊)也。梅诗不误,校记当删。

8. 卷二四《吴正仲见访回,日暮必未晚膳,因以解嘲》:"不杀鸡为具,堪题凤向人。"⑩校记:"为具"诸本皆作"具",冒广生校作"黍"。

按,"为具"不误。冒氏盖以"故人具鸡黍"之语遂疑"具"乃"黍"之误,然"为具"

---

① [晋]范宁集解;[唐]杨士勋疏;夏先培整理;杨向奎审定《春秋谷梁传注疏》,北京大学出版社1999年版,第190页。
② [北宋]梅尧臣著;朱东润编年校注《梅尧臣集编年校注》,上海古籍出版社,第317页。
③ [宋]洪兴祖撰;白化文,许德楠等点校《楚辞补注》,中华书局1983年版,第80页。
④ [北宋]梅尧臣著;朱东润编年校注《梅尧臣集编年校注》,上海古籍出版社,第466页。
⑤ [唐]杜甫著;[清]仇兆鳌注《杜诗详注》,中华书局1979年版,第475页。
⑥ [唐]韩愈著;钱仲联集释《韩昌黎诗系年集释》,上海古籍出版社1994年版,第187页。
⑦ [北宋]梅尧臣著;朱东润编年校注《梅尧臣集编年校注》,上海古籍出版社,第617页。
⑧ [清]彭定球等编《全唐诗》,中华书局1960年版,第7965页。
⑨ [唐]李百药撰《北齐书》,中华书局1972年版,第128页。
⑩ [北宋]梅尧臣著;朱东润编年校注《梅尧臣集编年校注》,上海古籍出版社,第728页。

本为一词，《史记·滑稽列传》："为具牛酒饭食，"①《史记·淮阴侯列传》："食时信往，不为具食"②并其例。梅诗戏谓友人吴正仲来访而己未能备办酒食，宜其抱怨而去也，全诗脉络通顺。冒氏所校无版本依据，校记当删。

9. 卷二五《真上人因送毛令，伤足复伤冷》："野云不管田袍薄，寒逼瘦肤相伴归。"③校记："田袍"诸本皆作"田"，夏敬观云："田袍误，或系旧字。"

按，"田"字不误。田袍，亦谓之田衣，即僧人所着之袈裟，以其衣多有方格交错，与水田之纵横相类，故名。白居易《从龙潭寺至少林寺题赠同游者》曰："山屐田衣六七贤，搴芳蹋翠弄潺湲。"④谓所同游者，六七僧人耳。姚合《送清敬阇黎归浙西》诗："自翻贝叶偈，人施福田衣。"⑤"福田衣"，谓袈裟也。唐彦谦《西明寺威公盆池新稻》曰："得地又生金象界，结根仍对水田衣。"⑥又可谓巧用双关矣。夏氏所疑无据，故此校记可删。

10. 卷二六《依韵和王平甫见寄》："其后渐衰微，余袭犹未弹。我朝三四公，合力兴愤叹。"⑦校记："未弹"诸本皆作"弹"，夏敬观云："弹疑殚讹。"

按，"弹"字不误。弹者，讥弹也。曹植《与杨德祖书》曰："仆常好人讥弹其文，有不善者，应时改定"⑧云云，正用此意。梅诗所叙恰为宋初改革文风之事，故此诗以韩愈之故事（文章革浮浇，近世无如韩）为开端，赞赏"健笔走霹雳""扬风何端倪"的风格。韩愈之后文风渐靡，至宋初益甚，欧阳修诸人奋起改革，整饬文风，此举于他人势必有所讥弹也。审梅诗之意，"余袭"乃衰微之文章而沿袭前人之糟粕者，此本应在讥弹之列，然未暇及之。夏氏所言似以为"犹未能尽之"，与诗意不符，不可从，故此条校记删去可也。

11. 卷二七《张尧夫寺丞改葬挽词》（其一）："谁知二纪水，重卜九原安。"⑨校记："二纪水"诸本皆作"水"。夏敬观云："水疑永误。"

按，"水"字不误。"二纪水"者，谓张氏入土至今二十四年矣，年代已久，墓穴渐为水浸，后人思改葬也，故有"重卜"一语。此组诗第三首首二句"旧坟为润啮，新冢

---

① ［汉］司马迁撰《史记》，中华书局1959年版，第3211页。
② ［汉］司马迁撰《史记》，中华书局1959年版，第2609页。
③ ［北宋］梅尧臣著；朱东润编年校注《梅尧臣集编年校注》，上海古籍出版社，第805页。
④ ［唐］白居易著；朱金城笺注《白居易集校笺》，上海古籍出版社1988年版，第1914页。
⑤ ［清］彭定球等编《全唐诗》，中华书局1960年版，第5631页。
⑥ ［清］彭定球等编《全唐诗》，中华书局1960年版，第7690页。
⑦ ［北宋］梅尧臣著；朱东润编年校注《梅尧臣集编年校注》，上海古籍出版社，第833页。
⑧ ［梁］萧统编；［唐］李善注《文选》，上海古籍出版社1986年版，第1902页。
⑨ ［北宋］梅尧臣著；朱东润编年校注《梅尧臣集编年校注》，上海古籍出版社，第953页。

得山深"即此意。故梅诗不误,校记可删。

12. 卷二七《送公仪龙图知杭州》:"成都与余杭,天下莫比论。彼为公故乡,此为公偃藩。"①校记:"偃藩"诸本皆作"偃"。夏敬观云:"偃藩疑有误字。"

按,"偃藩"不误。偃藩者,偃而藩之也。左思《咏史八首》(其三)曰:"吾希段干木,偃息藩魏君。"②谓段干木于偃卧寝息之时犹能守护魏国,为其藩篱。梅诗亦是此意,诗谓成都乃公之故乡,杭州乃君守护之所也。故"偃藩"无误,校记可删。

13. 卷二八《送邵裔长洲主簿》:"里胥争迎县寮喜,入门先自易彩衣。"③校记:"县寮"诸本皆作"寮"。夏敬观云:"寮当为僚误。"

按,"寮"字不误。"寮"乃"僚"之假借,《左传·文公七年》曰:"同官为寮,吾尝同寮,敢不尽心乎?"④可知"寮"即同官之义。又《文选》载张华《答何劭》诗曰:"自昔同寮寀,于今比园庐。"⑤吕向注:"同寮寀,同官也。"《后汉书》卷六十上《马融列传》曰:"因讲武校猎,使寮庶百姓,复睹羽旄之美,闻钟鼓之音。"⑥寮庶,谓官员庶民也。梅尧臣刻意作诗,纳采古意,故"寮"字不误,校记可删。

二、自撰之错误校记

1. 卷十五《和通判太博鸡冠花十韵》:"有客驱辞颖,临风运笔端,尝嗟古吟缺,每惜此芳残。揣情苦精妙,继音惭未安。"⑦校记:"辞颖"颖疑当作颍。

按,"颖"字不误。陆机《文赋》"苕发颖竖,离众绝致"句下,吕向注曰:"谓思得妙音,辞若苕草华发,颖禾秀竖,与众辞离绝,致于精理。"⑧故知"辞颖"者,乃语辞之颖也。梅诗"临风运笔端"正谓"驱辞颖"之事。"客"即"通判太博"者,此通判以为古今尚未有咏鸡冠花者,故先咏之而梅诗继和。作"颍"则意思全殊,谓此通判迫于官程,不得不离任颍州,于临辞之时作此诗篇。此解迂而无征,故不取。

2. 卷十六《夏日对雨偶成寄韩仲文兄弟》:"吾庐无所有,频看壁间梭。"⑨校记:

---

① [北宋]梅尧臣著;朱东润编年校注《梅尧臣集编年校注》,上海古籍出版社,第975页。
② [梁]萧统编;[唐]李善注《文选》,上海古籍出版社1986年版,第988页。
③ [北宋]梅尧臣著;朱东润编年校注《梅尧臣集编年校注》,上海古籍出版社,第997、998页。
④ 杨伯峻编著《春秋左传注》,中华书局1981年版,第561页。
⑤ [梁]萧统编;[唐]李善注《文选》,上海古籍出版社1986年版,第1132页。
⑥ [南朝宋]范晔撰;[唐]李贤等注《后汉书》,中华书局1965年版,第1955页。
⑦ [北宋]梅尧臣著;朱东润编年校注《梅尧臣集编年校注》,上海古籍出版社,第309页。
⑧ [唐]吕延济等撰《五臣注文选》,中华书局2012年版,第313页。
⑨ [北宋]梅尧臣著;朱东润编年校注《梅尧臣集编年校注》,上海古籍出版社,第348页。

"梭"诸本皆作"棱",疑当作"褰"。

按,作"梭"字佳。梭者,织具也。此梅尧臣怀念亡妻之作,"无所有"者,谓妻亡而室空,"频看壁间梭"者,即潘岳《悼亡诗》"遗挂犹在壁"之意。江淹《悼室人诗》"流黄夕不织,宁闻梭杼音"与此大类。同卷梅诗《悲书》曰:"有在皆旧物,唯尔与此共"云云,亦可作此解。此外,同卷《忆吴松江晚泊》"当时谁与同,涕忆泉下妇",《忆将渡扬子江》"今日念同来,吾妻已为土",《丙戌五月二十二日昼寝梦亡妻》"云云,皆在此背景之下。梅尧臣睹物思人,频看壁间之梭乃是人之常情。若无版本依据,此字不当更改。

3. 卷二二《送雪窦长老昙颖》:"安隐彼道场,万事都忘情。"①校记:"安隐"诸本皆作"隐"。疑当作"稳"。

按,"隐"字不误。安隐,谓安而处之。古文多有其例,《诗·大雅·绵》"乃慰乃止"之句,郑玄笺曰:"民心定,乃安隐其居。"②《宋书·夷蛮列传·呵罗单国》:"庄严国土,人民炽盛,安隐快乐。"③杜甫《投简梓州幕府兼简韦十郎官》:"幕下郎官安隐无?从来不奉一行书。"④故"隐"字不误,校记当删。

4. 卷二二《十九日出曹门见水牛拽车》:"只见吴牛事水田,只见黄犁负车轭。今牵大车同一群,又与骡驴走长陌。卬头阔步尘蒙蒙,不似缓耕泥洢洢。——夜眠头向南,越鸟心肠谁辨白。"⑤校记:"洢洢"诸本皆作"洢"。疑当作"汩"。

按,"洢"字不误。洢,《说文解字》曰:"浅水也。"⑥与梅诗意合,且"洢"与"轭""陌""白"同属平水韵入声"陌"字部,而"汩"字不在该韵中,故校记有误,删之可也。

5. 卷二六《依韵奉和永叔社日》:"老枥半黄田鼓鸣,树下宰平谁似玉。"⑦校记:"老枥"诸本皆作"枥"。疑有误。

按,"枥"字无误。"枥"即是"栎"字,《南都赋》"枫柙枥枥"句,李善注曰:"枥与栎同。"⑧韩愈《山石》亦曰:"时见松枥皆十围。"钱仲联先生所撰校记曰:"阁本、蜀本同作'枥'。曾、谢本刊'枥'作'栎'。"⑨所以二者在字义上并无区别。因梅诗所

---

① 梅尧臣著;朱东润编年校注《梅尧臣集编年校注》,上海古籍出版社,第641页。
② [汉]毛亨传;[汉]郑玄笺;[唐]孔颖达疏;龚抗云,李传书等整理,刘家和审定《毛诗正义》,北京大学出版社1999年版,第986页。
③ [梁]沈约撰《宋书》,中华书局1974年版,第2382页。
④ [唐]杜甫著;[清]仇兆鳌注《杜诗详注》,中华书局1979年版,第1010页。
⑤ 梅尧臣著;朱东润编年校注《梅尧臣集编年校注》,上海古籍出版社,第646页。
⑥ [汉]许慎撰《说文解字》,中华书局1963年版,第229页。
⑦ 梅尧臣著;朱东润编年校注《梅尧臣集编年校注》,上海古籍出版社,第886页。
⑧ [梁]萧统编;[唐]李善注《文选》,上海古籍出版社1986年版,第152页。
⑨ [唐]韩愈著;钱仲联集释《韩昌黎诗系年集释》,上海古籍出版社1994年版,第146页。

写为社日,故兼及陈平为宰,"分肉食甚均"之事,并以想象之辞置陈平于栎树之下。《史记》载陈平为"美丈夫,如冠玉",故梅诗有"似玉"一词。栎树与社日为一体之词,《庄子·人间世》有"匠石之齐,至于曲辕,见栎社树"①之句,故"老栎"为古老之栎树,非"老骥伏枥"之"枥"。此无误,不当疑,校记可删。

6. 卷二八《送朱纯臣端公使契丹奠祭》曰:"已将厚礼施殊俗,更录专辞入本朝。"②校记:"专辞""专"字疑误。

按,"专"字不误。专辞者,专对之辞也。《论语·子路》载:"子曰:'诵《诗》三百,授之以政,不达;使于四方,不能专对;虽多,亦奚以为?'"③孔子以为出使外邦,则须能属辞专对,否则诵《诗》多至三百亦无可称道者。梅诗送人出使契丹,亦是《论语》所谓"出使四方"之事,"录专辞"者,言朱纯臣言语可为法则以传后人也,预其不辱使命之意。故"专"不误,校记当删。

7. 卷二八《侄宰与外甥蔡骃下第东归》:"事莫必有胜,必胜难可持。迩来罕相见,世人多夸驰。"④校记:"可持""持"疑当作"恃"。

按,"持"字不误。持者,握而有之之谓。梅诗意谓科举之事未有必胜之理,非可持而有之也。恃者,可凭借之谓也,乃已然之辞。据诗意,二人尚未及第,固不可言"必胜"二字。且梅诗下文有"朝见恃赫赫"之语,若作"恃"则与下文重矣。梅诗精于煅炼,当无此误。

8. 卷二九《次韵景彝奉慈庙孟秋摄事二十韵》:"别祠缘相汉,旧礼效宗周,萧气接庭燎,鼓声通市楼。"⑤校记:"萧气"诸本皆作"萧"。疑当作"箫"。

按,"萧"字不误。校者盖缘下句有"鼓"字,遂疑上句当作"箫",合之而成"箫鼓"一词。"鼓"有"声",固可谓之"鼓声";而"箫"无"气",则"箫气"不词矣。且梅诗所言乃祭祀之事,首句"閟宫初告飨"已言明主旨,加之"椒浆兹往奠""慈庙""别祠"等句词,亦可证此。"萧"者,祭祠所用之物也。《周礼·甸师》曰:"祭祀,共萧茅。"⑥《礼记·郊特牲》曰:"萧合黍、稷,臭阳达于墙屋,故既奠,然后焫萧合膻、芗。"⑦故知祭祠之时,焚萧而使气味(臭)上达。梅诗之"萧气"盖缘于此。

---

① [清]郭庆藩撰;王孝鱼点校《庄子集释》,中华书局1961年版,第170页。
② 梅尧臣著;朱东润编年校注《梅尧臣集编年校注》,上海古籍出版社,第997页。
③ [宋]朱熹撰《四书章句集注》,中华书局1983年版,第143页。
④ 梅尧臣著;朱东润编年校注《梅尧臣集编年校注》,上海古籍出版社,第1065页。
⑤ 梅尧臣著;朱东润编年校注《梅尧臣集编年校注》,上海古籍出版社,第1111页。
⑥ [汉]郑玄注;[唐]贾公彦疏;赵伯雄整理;王文锦审定《周礼注疏》,北京大学出版社1999年版,第97页。
⑦ [汉]郑玄注;[唐]孔颖达疏;龚抗云整理;王文锦审定《礼记正义》,北京大学出版社1999年版,第817页。

三、漏校梅诗正文讹误者

卷二十《寄题刁景纯环翠亭》:"古台数亩平冈连,莽苍瘦竹生寒烟。虾蟆不食海月在,夜久帖角回婵娟。"①

按,"帖角"不词,当作"砧角"。砧者,杵衣之物;角者,画角也。夜深侵晨时分,二者音声发动,感人良多,故文人多以之入诗。梅尧臣《送李康伯赴武当都监》:"试听清砧发,何如画角愁。"②即是此例。又如,方干《送缙陵王少府赴举》:"远驿新砧应弄月,初程残角未吹霜。"③王安石《千秋岁引》:"别馆寒砧,孤城画角"。④ 汪元量《通州道中》:"雪塞捣砧人戍远,霜营吹角客愁孤。"⑤并为"砧""角"对举之例,故"帖"当为"砧"之误。

---

① 梅尧臣著;朱东润编年校注《梅尧臣集编年校注》,上海古籍出版社,第545页。
② 梅尧臣著;朱东润编年校注《梅尧臣集编年校注》,上海古籍出版社,第163页。
③ [清]彭定球等编《全唐诗》,中华书局1960年版,第7488页。
④ 唐圭璋编《全宋词》,中华书局1965年版,第208页。
⑤ 北京大学古文献研究所编《全宋诗》,北京大学出版社1998年版,第44003页。

第二章 《王荆文公诗李壁注》勘误补正

上海古籍出版社 2010 年 12 月出版的《王荆文公诗笺注》，以朝鲜铜活字本为底本，参校了国内龙舒本、嘉靖本、清绮斋本、四库本等版本，并在前人的基础上进行了大幅度的提升，是目前研究王安石诗歌及李壁注的最佳版本，但该书体量庞大，全书约 130 万字，虽是智者千虑，然亦必有一失。现以朝鲜铜活字本为对象，就阅读中发现的底本讹误及标点问题做一校勘，并将其整理按全书原有卷次排列如下，以期对王荆公诗及李壁注的研究贡献微薄的价值，不当之处，还请大方之家不吝赐教。

《王荆文公诗李壁注》校勘说明

一、以下情况则出校

1. 出现重要文字讹误（讹、脱、倒、衍），违反史实、影响文意时，则出校记。

例 1：讹。A. 形近而讹。王安石《纯甫出僧惠崇画要予作诗》"粉墨空多真漫与"句下，李壁注曰：杜诗《画鹤行》："粉墨且萧瑟。"按，"鹤"，当作"鹘"；"日"，杜甫《画鹘行》原作"且"。B. 音近而讹。王安石《酬王詹叔奉使江东访茶法利害见寄》"强言岂宜当"句下，李壁注曰：退之诗："大惧失宜当。"按，"大"，韩愈《岳阳楼别窦司直》原作"但"。此处或是音误。

例 2：脱。王安石《和王微之登高斋二首》（其二）"萧条中原砺无水"句下，李壁注曰：《新序》："君独不闻海大鱼能激水，能牵砺□□水。陆居，则蝼蚁得志焉。"按，此段注文多有讹误，《新序》原作："君独不闻海大鱼乎？纲弗能止，缴不能牵，砺而失水，陆居，则蝼蚁得意焉。"故"鱼"后脱一"乎"字；"能"字前脱"纲弗"两字，后脱"止"字；"激水"当作"缴不"；"□□"当为"而失"；标点如上所示。

例3：倒。王安石《题晏使君望云亭》"欲斸比邻成二老"句下，李壁注曰：曹子建诗："丈夫四海志，万里犹比邻。"按，"四海志"，曹植《赠白马王彪》原作"志四海"，当据乙。

例4：衍。王安石《和平甫舟中望九华山四十韵》"缥缈浮青尖"句下，李壁注曰：杜诗："万点蜀山夹尖峰。"按，"夹尖峰"，杜诗《送张十二参军赴蜀州，因呈杨五侍御》原作"尖"，"夹""峰"乃衍文，当据删。

2. 注文出现文字讹误，虽然不违反史实、不影响文意，但存在以下情况的，则出校记。

A. 李壁"改字以附会荆文公诗"者。

例1：王安石《跋黄鲁直画》"公每玩之常在把"句下，李壁注曰：杜诗："孝经一通常在手。"按，"常"，杜甫《可叹》原作"看"，李壁因王诗有"常在"二字，遂改杜诗"看在"为"常在"，钱钟书先生在《谈艺录》中将此类情况定义为"改字以附会荆公诗"，究其所由，亦或偶然误记耳，今姑用此术语。

B. 事类不甚重要，然与王诗相合者。

例：王诗《送复之屯田赴成都》"石犀金马世称神"句下，李壁注曰：《汉·郊祀志》："或言益州有金马碧鸡之祥，可醮祭而致。"按，"祥"，《汉书》原作"神"。就文义而论，其义相似，李壁误记为"祥"亦无大碍，然王诗正文所用正乃"神"字，则"祥"字出校为佳。

3. 李壁将人名、篇名混淆，或部分信息不清，然未出现其他文字讹误者，亦出校。即，非版本流传中产生之讹误，视讹误之程度，适当选择出校位置。

例1：王安石《元丰行示德逢》"夜半载雨输亭皋"句下，李壁注：司马相如《子虚赋》："亭皋千里。"按，"子虚"当作"上林"，此为司马相如《上林赋》中句。

例2：王安石《寄吴氏女子一首》"岂特茂松竹，梧楸亦冥冥"句下，李壁注曰：杜诗："岸树共纷披，渚牙相纬经。"按，此韩愈诗，题为《东都遇春》，非杜诗也。

例3：王安石《即事六首》（其五）"波澜吹九州，金石安得止"句下，李壁注曰：古诗："飘风从东来，雨足尽西靡。万物逐波流，金石终自止。"按，此黄庭坚之诗也，题为《赋未见君子忧心靡乐八韵寄李师载》（其七）。

4. 标点及注文皆有讹误，则统一放在注文"勘误补正"中校改，"标点讹误"部份不再收录。

例：王安石《酬王詹叔奉使江东访茶法利害见寄》"岂惟祖子孙"句下，李壁注曰：韩文："志见其祖，子孙三世。"按，此句见于韩愈《殿中少监马君墓志》，标点及注文皆有误，当作"韩文《志》：'哭其祖子孙三世'。"

二、以下情况则不出校

1. 李壁引用古书时，使用自己的语言组织方式，在出现和原文献不相吻合时，不违反史实，不影响文意（包括修辞），则不出校。

例：王安石《读开成事》一诗，李壁注引《唐书·百官志》"门下省·起居郎"条，曰："贞观初，以给谏兼知起居注。"核以《新唐书·百官志》，原文作："贞观初，以给事中、谏议大夫兼知起居注。"因李壁熟悉史实官制，以"给""谏"二字分别代指"给事中""谏议大夫"则实无不可，故此类不必一一据补，只需在"给"字后用顿号点断即可。

2. 李壁未使用自己的语言组织方式，只记忆出现讹误，但不违反史实、不影响文意时，仍不出校。

例：王安石《送潮州吕使君》"韩君揭阳居"句下，李壁注引退之《别赵德》诗："我迁于揭阳，子先揭阳居。"核以韩愈《别赵子》，"子"，原作"君"。

3. 古今字、异体字、通假字，原则上不出校记。

4. 因校勘实践已发生，凡沈钦韩、汪东、李之亮已有校改，而高克勤未校出者，亦不列入此"勘误补正"部分。

《王荆文公诗李壁注》卷一

一、《元丰行示德逢》

《论衡》曰："尧时百姓无事，有五十之民，击壤于涂。……凿井而饮，耕田而食，尧何力于我也？"

按，语出《论衡·卷五·感虚篇》，"老何力于我也"，原作"老何等力"。（《论衡校释》，第253页①）

二、《后元丰行》

《盐铁论》："周公之时，风不鸣条，雨不破块，五日一风，十日一雨。"

按，"五日一风，十日一雨"，《盐铁论·卷六·水旱》原作"旬而一雨，雨必以夜"，李壁改字以从王。（《盐铁论校注》，第429页）

---

① 为行文简洁之便，校勘记中所引文献之具体版本信息见本章附录一《校勘征引书目》。

三、《纯甫出僧惠崇画要予作诗》

杜诗《画鹤行》:"粉墨日萧瑟。"

按,杜甫有《画鹘行》,故"鹤",当作"鹘";"日",原作"且",并当据改。(《杜诗详注》卷六,第 478 页)

四、《陶缜菜示德逢》

《荀子·正名篇》:"心乎愉则色不及佣而可以养目"。

按,"乎",《荀子》原作"平",当据改。(《荀子集解》卷十六,第 432 页)

五、《招约之职方并示正甫书记》

司马相如《子虚赋》:"礝石、武天,皆玉类也。"

按,"礝"当作"碝";"武天"当作"砥砆"。"皆玉类也"为李壁疏解之语,非《子虚赋》文字,故当别出引号之外。(《文选》卷七,第 350 页)

六、《同王濬①良赋龟得升字》

张衡《思玄赋》:"……玄武缩于壳中兮,腾蛇蜿而自纠。"

按,"蜿",原作"蜿",李善注引《广雅》曰:"蜿,曲也。"是原文作"蜿"之明证,当据改。又,"蜿",五臣作"宛",活字本或是因此而误。(《文选》卷十五,第 667 页)

七、《张明甫至宿明日遂行》

陶公《时运诗序》:"偶影独逝,欣慨交心。"

按,"逝",陶诗原作"游",当据改。(《陶渊明集笺注》卷一,第 8 页)

八、《奉酬约之见招》

《孟子》:"段干木窬垣而避之,洩柳闭门而不纳,是皆已甚迫,斯可以见矣。"

按,注文、标点皆有误。"避",《孟子·滕文公下》原作"辟";"洩"原作"泄";"纳"原作"内"。"是皆已甚迫"当点断,谓急迫之时斯可以见矣,非谓"甚迫"也。(《孟子正义》卷十三,第 441 页)

---

① 在人名或无法区分行文的情况下,保留底本中的异体字和繁体字。

九、《寄吴氏女子一首》

1.《书·多方》:"朕迪简在王庭。"

按,"朕",《尚书·多方》无此字,当据删。(《尚书正义》卷十六,第676页)

2. 司马相如《封禅书》:"逢吉丁辰,景命也。"

按,此班固《典引》中语,非司马相如《封禅书》也,语见《文选》。(《文选》卷四十八,第2165页)

3. 柳子《非国语》:"和妄人也,非诊视攻熨,而苟及国家。"

按,"攻熨"下,柳文原有"之专"二字,当据补,"之"犹"是"也;又,标点当作"和,妄人也。"(《柳宗元集》卷四十五,第1319页)

4. 杜诗:"岸树共纷披。"

按,此韩愈诗,题为《东都遇春》。(《韩昌黎诗系年集释》卷七,第723页)

5.《张敞传》:"礼君母山门,则乘辎軿。"

按,标点及注文皆有误。"山",《汉书》原作"出",当据改。标点当作:"礼,君母出门则乘辎軿"云云。(《汉书》卷七十六,第3220页)

[庚寅增注]

一、《元丰行示德逢》

《左氏》:"岁之秋矣,我落其实而取其材。"

按,"之",《左传》原作"云",当据改。又,标点当作"我落其实,而取其材。"(《春秋左传注》,第354页)

二、《后元丰行》

《选》:"栖柉绿边。"

按,此句见何晏《景福殿赋》;"栖",原作"槚";"绿"原作"缘",并当据改。(《文选》卷十一,第529页)

三、《纯甫出僧惠崇画要予作诗》

1."悁然坐我天姥下"。

按,此杜甫《奉先刘少府新画山水障歌》中句;"悁",杜诗原作"悄"。当据改。(《杜诗详注》卷四,第276页)

2. 注："皆五色石之精。阳燧圆，……，方诸圬，而面月得水。"

按，此段出处为《太平广记》"五石精"条。"面"，《太平广记》原作"向"，当据改。（《太平广记》卷一百六十一，第1157页）

3. 退之诗云："芒端变寒暑。"

按，句见韩愈《城南联句》，原作"芒端转寒燠"。（《韩昌黎诗系年集释》卷五，第482页）

四、《己未寄耿天骘遇雪》

与其折腰以屈辱，孰若洁身而自娱？

按，"屈"，郭祥正《杂言寄耿天骘》原作"群"，与"自"对，当据改。（《全宋诗》卷七五四，第8789页）

五、《招约之职方并示正甫书记》

韩诗："欲济无舟梁。"

按，"韩"当作"孟"，句见孟浩然《岳阳楼》（一作《望洞庭湖赠张丞相》）；"梁"原作"楫"，当据改。（《孟浩然诗集笺注》卷上，第132页）

六、《寄吴氏女子一首》

《扁鹊传》："在肠胃，酒胶之所及也。"

按，"胶"，《史记·卷一百五·扁鹊仓公列传》作"醪"。（《史记》，第2793页）

《王荆文公诗李壁注》卷二

一、《寄德逢》

1. 退之赋："嫉贪狡之污浊兮，曰吾将既劳而后食。"

按，"狡"，韩愈《复志赋》原作"佞"；"将"，原作"其"，当据改。（《韩昌黎文集校注》卷一，第9页）

2. 杜诗："糟凿传白粲。"

按，"糟"，杜甫《行官张望补稻畦水归》原作"精"。（《杜诗详注》卷十九，第1655页）

二、《次前韵寄德逢》

《楞严经》:"……与世界外浮幢王刹、诸香水海寺无差别。"

按,"寺",大德本、清绮斋本作"等",于义为长,当从。

三、《示张秘校》

刘沧诗:"天寒绝塞闻归雁,叶尽孤村见夜灯。"

按,"寒",刘沧《咸阳怀古》原作"空",与"尽"相对;"归",刘诗原作"边",当据改。(《全唐诗》卷五百八十六,第6803页)

四、《邀望之过我庐》

1. 《淮南子·兵略训》:"养池鱼者,必去猵獭;养禽兽者,必去豺狼。"

按,前一"养"字,《淮南子》原作"畜",与"养"对文。(《淮南子集释》卷十五,第1046页)

2. 《诗·鱼藻》:"鱼在于藻,或依于蒲。"

按,《诗经·鱼藻》原作"鱼在在藻,依于其蒲。"当据改。(《毛诗注疏》卷十五,第895页)

五、《闻望之解舟》

韩诗:"谓我此淹留。"

按,"谓",韩愈《南溪始泛三首》(其二)原作"劝",当据改。(《韩昌黎诗系年集释》卷十二,第1280页)

六、《法云》

1. 杜诗:"鸟好人亦好。"

按,句见杜甫《奉赠射洪李四丈》,原作"人好乌亦好",当据改。(《杜诗详注》卷十一,第953页)

2. 《志公赞》云:"阳焰本非真水,渴鹿狂趁匆匆。"

按,"真",《景德传灯录》原作"其",当据改。(《景德传灯录译注》卷二十九,第2342页)

七、《弯碕》

《王褒传》:"千里一息。"

按,"千",《汉书·卷六十四下·严朱吾丘主父徐严终王贾传》原作"万",当据改。(《汉书》,第2823页)

八、《题晏使君望云亭》

1. 曹子建诗:"丈夫四海志,万里犹比邻。"

按,"四海志",曹植《赠白马王彪》原作"志四海",当据改。(《文选》卷二十四,第1125页)

2. 杜诗《寄赞上人》:"一昨陪杖锡,卜邻南山幽。"

按,"杖锡",杜诗原作"锡杖",当据改。(《杜诗详注》卷七,第597页)

九、《浐亭》

李白诗:"歇鞍憩古木,解带挂树枝。"

按,"树",李白《秋日鲁郡尧祠亭上宴别杜补阙范侍御》原作"横"。(《李太白全集》卷十五,第704页)

十、《春日晚行》

《霍光传》:"皇太后御小马车。"张晏曰:"汉厩有果下马,高三尺,以驾果树下乘之,故号果下马。"

按,"驾"字下,《汉书》注文原有"辇。师古曰:'小马可于'"八字,当据补。(《汉书》卷六十八,第2944页)

十一、《寄蔡氏女子二首》(其一)

1.《楚词》:"霰雪纷其无垠兮,雨霏霏而承宇。"

按,"雨",《楚辞·惜诵》原作"云",当据改。(《楚辞补注》,第130页)

2. 退之诗:"家国迟雨荣。"

按,"雨",韩愈《燕河南府秀才》原作"子",当据改。(《韩昌黎诗系年集释》卷七,第766页)

十二、《梦黄吉甫》

《列子·周穆王篇》:"昼想夜梦,神形所遇,故神凝者于梦自消。"

按,"于",《列子》原作"想","想梦"与前文"昼想夜梦"相对称,故当据改。(《列子集释》卷三,第103页)

十三、《游土山示蔡天启秘校》

1. 杜子美《塞芦子》诗:"延州秦北尺,门防犹可倚。"

按,"尺",杜诗原作"户";"门"原作"关",当据改。(《杜诗详注》卷四,第328页)

2. 杜牧诗:"笑靥还须待我开。"

按,"靥",杜牧《留赠》原作"脸",当据改。李壁改字以从王,王诗曰:"相视开笑靥"。(《杜牧集系年校注》,第1174页)

[庚寅增注]

一、《赠约之》

《后汉·赵壹传》:"秦越人还太子结脉,世著其神。"

按,"还"字下,《后汉书》原有"虢"字,当据补。(《后汉书》卷八十下,第2628页)

二、《至八功德水》

陈子昂诗:"云泉既已矣。"

按,"泉",陈子昂《感遇三十首》(其二十九)原作"渊";"矣",原作"失",当据改。(《陈子昂集》卷一,第9页)

三、《法云》

江摠诗:"空花岂得兼求果,阳焰何如更觅鱼?"

按,此白居易诗,题为《读禅经》。(《白居易集笺校》卷三十二,第2173页)

四、《春日晚行》

白诗:"大业末年春暮月,柳色如烟花白雪。"

按,"花白雪",白居易《隋堤柳》原作"絮如雪"。(《白居易集笺校》卷四,第251页)

五、《四皓》（其二）

李白诗："灵珠产无种。"

按，此白居易诗，题为《过昭君村》。(《白居易集笺校》卷十一，第 578 页)

《王荆文公诗李壁注》卷三

一、《再用前韵寄蔡天启》

1. 辠，《说文》："从辛，从自。辠人蹙鼻，苦辛之状。秦以辠似皇字，改为罪。"臣铉曰："同古者以为鼻字，故以'自'。罪捕鱼竹同从网非。余谓使民自辛，欲其不犯秦人，故非不失有罪也。辠，古文也，《说文》不当篆写之。"

按，此段疑误较多。陈师道《后山谈丛》载有此段文字，可略作校改："辠，《说文》：从辛从自，言辠人蹙鼻苦辛之忧。秦以辠似皇字，改为罪。臣铉等曰：自古者以为鼻字，故从自。""罪，捕鱼竹网。从网非。"余谓使民自辛，欲其不犯，秦从网非，不失有罪也。辠，古文也，《说文》不当以篆写之。"(《后山谈丛》，第53—54页)

2. 扬雄说，以为古之理官决罪三日，得其宜，乃行之，从晶，从宜。亡新以为叠字从三日太盛，而改之为三田。臣铉曰："《周礼》有三宥、三刺之法，故曰三日也。莽疑图书汉有再受命之象，恶重叠字有三日太盛，改为田，则失六书之义，所谓忌则多怨，又何能克？"

按，此处讹误亦较多。此段出自《说文解字系传》，"铉"当作"锴"；"图书"原作"图谶"；"盛"后原有"也"字；"改为三田"句，"改"为衍文；"何"《系传》原作"安"，其实当作"焉"也，此《左传·僖公九年》中语也，标点亦当加单引号。

3. 《前汉·艺文志》："六体者，古文、奇字、……。"师古云："古文谓孔壁曰书；……；虫书，谓为虫鸟之形，所以书播信也。"

按，"孔壁曰书"，《汉书》颜师古注原作"孔子壁中书"；"播"，原作"幡"，并当据改。(《汉书》卷三十，第1722页)

4. 晋卫常云："汉兴而有草书……齐相杜度号善作篇，后有崔瑗、崔寔，亦皆蒂王，弘农张伯英因而转精，谓之草圣文。"

按，"蒂王"，《晋书·卷三十六·卫瓘传》原作"称工"，当据改。(《晋书》，第1065页)

5. 崔瑗《草书势》曰:"草书之法,盖又云略应待谕指,用于卒迫,兼功并用,爱日省力。"

按,"盖又云略应待谕指",《晋书·卷三十六·卫瓘传》原作"盖又简略,应时谕指",当据改。(《晋书》,第1066页)

6. 欧阳文忠公《集古录》有《周穆王刻石》:"……,而又别有四望山者,云是穆王所登仙,……,形怪也。"

"形怪",欧集原作"形类"。(《集古录跋尾》,第10—11页)

7. 《张释之传》:"岂效啬夫,利口喋喋。"

按,"利口喋喋",《汉书·卷五十·张冯汲郑传》原作"喋喋利口",当据改。(《汉书》,第2308页)

二、《用前韵戏赠叶致远直讲》

1. 牧之《送国棋》诗:"羸形暗出春泉长,猛势横来野火烧。"

按,"出",杜牧《送国棋王逢》原作"去",去、来对语;"猛",原作"拔",当据改。(《杜牧集系年校注》,第259页)

2. 《苕溪渔隐》曰……若鲁直于棋则不然,如"心似蛛丝游碧淮,身如蜩甲化枯枝。"

按,"淮",《苕溪渔隐丛话》(前集)卷三十三、黄庭坚《弈棋二首呈任公渐》(其二)皆作"落"。(《苕溪渔隐丛话》,第223页;《山谷诗集注》,第540页)

3. 《贾谊传》:"淮阳王之比大诸侯,仅如黑子之着面。"

按,"王",《汉书·卷四十八·贾谊传》无此字,当删。(《汉书》,第2260页)

三、《白鹤吟示觉海元公》

左太冲诗:"贵者虽自贵,视之者轻尘。贱者虽自贱,重之若千钧。"

按,"者轻",左思《咏史八首》(其六)原作"若埃",当据改。(《文选》卷二十一,第990页)

四、《示安大师》

1. 《本草》云:"与木瓜相类,看带间别有重蒂如乳者为木瓜,无此者为榠楂也。"

按,"带",当作"蒂"。

2. 欧公《归田录》:"唐、邓间多大柿,其初生涩,坚实如石,九百十柿,以一榠楂置其中,则红熟如泥而可食。"

按,"九",《归田录》原作"凡";"熟"下原有"烂"字,并当据改。(《归田录》卷二,第33页)

五、《示宝觉》

乐天《柳》诗:"嫩如金色软如丝。"

按,两处"如",白居易《永丰坊西南角园中有垂柳一株》原均作"于"。(《白居易集笺校》卷三十七,第2559页)

六、《我所思寄黄吉甫》

1. 沈约作《谢灵运赞》:"波涛云委。"注:"积也。"

按,"涛",沈约《宋书·谢灵运传论》原作"属",当据改。(《文选》卷五十,第2219页)

2.《庄周传》……又:"吾所谓聪者,非谓其闻彼也,自闻而已矣,非谓其见彼也,自见而已矣。夫不自见而见彼,不自得而得彼者,是谓得人之得而不自得其得,此适己之意也。"

按,注文与标点皆有误。"非谓其见彼也"之前,脱"吾所谓明者"五字;"是谓得人之得而不自得其得",原作"是得人之得而不自得其得者也";"此适己之意也",为李壁疏解之语,非《庄子》原文,故不当在引号内。(《庄子集释》卷四上,第327页)

[庚寅增注]

一、《寄蔡天启》

唐人诗:"跋石聊长啸,攀松作短歌。"

按:此唐人上官昭容诗,题为《游长宁公主流杯池二十五首》(其十),"作"原作"乍",当据改。(《全唐诗》卷五,第62页)

二、《定林示道原》

杜诗:"下有郁蓝天,垂光抱琼台。"

按,"下有郁蓝天",杜甫《冬到金华山观因得故拾遗陈公学堂遗迹》原作"上有蔚蓝天",当据改。(《杜诗详注》卷十一,第946页)

《王荆文公诗李壁注》卷四

一、《题半山寺壁二首》（其一）

《姚崇传》："行与坏会。"

按，"行与坏会"，《新唐书·卷一百二十四·姚崇传》原作"坏与行会"，当据改。（《新唐书》，第4385页）

二、《移桃花示俞秀老》

1. 李白诗："桃生露井上，李树生桃傍。……"

按，此古乐府，非李白之诗也。此诗《艺文类聚》《乐府诗集》皆有载。（《艺文类聚》卷八十六，第1466页；《乐府诗集》卷二十八，第406页）

2. 古诗言："服药求神仙，多为药所误。不如饮美酒，被服纨与素。"

按，"服药"，《古诗十九首》（其十三）载此诗，原作"服食"。（《文选》卷二十九，第1348页）

三、《放鱼》

1. 《檀弓》："杜蒉曰：'蒉也，宰夫也，唯刀匕是供。'"

按，"唯刀匕是供"，《礼记·檀弓》原作"非刀匕是共"，当据改。（《礼记正义》卷九，第289页）

2. 陆玑《草木虫鱼疏》："辽东梁水，魴特肥美。语曰：'居就粮，梁水魴。'鯸似魴而头大，鱼之不美者也，故里谚曰：'经鱼得鯸，不如啖茹。'"

按，"也"字，《草木虫鱼疏》无此字，当为衍文；"经"，原作"纲"，当据改。（《毛诗多识》卷五，第491页）

四、《霾风》

1. 《战国策》："赵襄子曰：'江河之大，不过三日，飘风暴雨不终朝，日中不须臾。'"

按，此语不见《战国策》。《吕氏春秋·慎大》《列子·说符》载有此语。

2. 杜诗："皇天未省见白日。"又："乾坤莽回玄。"

按，"皇天"，杜甫《秋雨叹三首》（其三）原作"秋来"，当据改。（《杜诗详注》卷

三,第218页)。"玄",杜甫《有怀台州郑十八司户》原作"互",当据改。(《杜诗详注》卷七,第561页)

五、《拟寒山拾得二十首》(其二)

《扬子》:"羊质而虎皮,见草而悦。"

按,"悦",扬雄《法言·吾子》原作"说",李轨注曰:"音悦"。(《法言义疏》卷四,第71页)

六、《拟寒山拾得二十首》(其三)

《淮南子》曰:"方其梦也,不知其梦也,觉而后知其梦也。今将有所大觉,乃知此之为大梦也。"

按,"乃知",《淮南子·俶真训》原作"然后知今",于义为长;"所"字为衍文,当据删。(《淮南子集释》卷二,第98页)

七、《拟寒山拾得二十首》(其十九)

苏子由《和陶诗》:"松依白露上,历坎幽泉鸣。功从猛士得,不取儿女情。"

按,"松依",苏辙诗原作"依松",当据改。(《苏辙集》,第880页)

八、《古意》

扬雄《长杨赋》:"西厌月蜎。"

按,"蜎",《长杨赋》原作"䏶",服虔注:"音窟,月所出也。"而"蜎"乃海蟹,寄居于空螺者。二字殊异,当据改。(《文选》卷九,第409—410页)

九、《病起》

孙休诏:"诸家礼书,可共咨度,务取便佳。"

按,"家礼",大德本、清绮斋本、《三国志·吴书·孙休传》并作"卿尚",当据改。(《三国志》卷四十八,第1158页)

十、《独归》

《杜钦传》:"官闲无事,钦所好也。"

按,"官闲",《汉书·卷六十·杜周传》原作"职闲",李壁改字以从王。(《汉书》,第2667页)

十一、《梦》

1.《首楞严》:"净极光通圆,寂照含虚空。却来观世间,亦如梦中事。"

按,"圆",《楞严经》原作"达";"亦"原作"犹",当据改。

十二、《车载板二首》(其一)

1.《曹参传》:"乃反取酒张坐饮,亦歌呼与相应和。"

按,李壁所引注文乃《史记·卷五十四·曹相国世家》中语,非《汉书·卷三十九·曹参传》也;"亦歌呼与相应和",《汉书·卷三十九·萧何曹参传》原作"大歌呼与相和",当据改。(《史记》,第2465页;《汉书》,第2020页)

2. 鲁直亦有"无可拣择眼界平"之句。

按,"拣",黄庭坚《赠送张叔和》原作"简",当据改。(《山谷诗集注》,第110页)

[庚寅增注]

一、《放鱼》

《酉阳杂俎》:"越山有卢册者……与表兄韩確同居。……,遽呼吏访所市鱼处泊,鱼子形状,与梦不差……"

按,"確",《酉阳杂俎》原作"确";"册"原作"冉";"市鱼处泊,鱼子形状"原作"市鱼处,泊鱼子形状",当据改。(《酉阳杂俎》,第221页)

二、《病起》

1.《左氏》:"叔武新沐,闻君至,喜,捉走出。"

按,"新"原作"将","捉"字下,《左传》原有"发"字,当据补。(《春秋左传注》,第470页)

2. 宋玉:"讴然汗出,霍然病已。"

按,此枚乘《七发》中句,非宋玉也;"讴",当作"涊"。(《文选》卷三十四,第1573页)

3.《世说》:"支道林拔新领异,胸怀所及,乃自佳,卿欣见否?"

按,"欣",《世说新语·文学》原作"欲";"否"原作"不,"当据改。(《世说新语笺疏》卷上之下,第223页)

三、《跋黄鲁直画》

杜诗："《孝经》一通常在手。"

按，"常"，杜甫《可叹》原作"看"，李壁改字以从王。（《杜诗详注》卷二十一，第1831页）

《王荆文公诗李壁注》卷五

一、《秋热》

1. 子厚《解崇赋》："金流玉烁兮，曾不自比于流沙。"

按，"流沙"，柳文原作"尘沙"。（《柳宗元集》卷二，第52页）

2. 《公羊》："鱼烂而已。"

按，"已"，《公羊传·僖公十九年》原作"亡"，当据改。"亡"后原有"也"字，可据补。（《春秋公羊传注疏》卷十一，第241页）

二、《思北山》

韩退之诗："终日思归此得归。"

按，"得"，韩愈《郴口又赠二首》（其一）原作"日"，当从。（《韩昌黎诗系年集释》卷三，第269页）

三、《上南冈》

王右丞诗："山月随客来，主人兴不浅。今宵竹林下，谁觉花源远？"

按，此钱起之诗，题为《酬王维春夜竹亭赠别》。李壁盖一时误记耳。（《全唐诗》卷二百三十六，第2606页）

四、《谢公墩》

1. 《列子》："问之朝而朝不知也，问之野而野不知也。"

按，句见《列子·仲尼篇》，原作"问外朝，外朝不知。问在野，在野不知"，语义更为明晰，当据改。（《列子集释》卷四，第143页）

2. 僧清顺诗："摩挲青莓苔，莫教惊着汝。"

按，此为卢仝诗，题为《村醉》，"教"原作"嗔"；"莫嗔"一作"嗔我"。（《全唐诗》

卷三百八十七,第 4373 页)

3.《韩集·盛山诗序》:"追逐云月,不足为事。"

按,韩愈《韦侍讲盛山十二诗序》"不足"下,原有"日"字,当据补。(《韩昌黎文集校注》卷四,第 291 页)

4. 谢灵运诗:"生存华屋处,零落归山丘。"

按,此曹植诗,题为《箜篌引》。(《曹植集校注》卷三,第 460 页)

五、《秋夜泛舟》

唐人诗:"欲知游泛久,花露渐成珠。"

按,此孟浩然诗,题为《同卢明府早秋宴张郎中海亭》;"游"原作"临";"花"原作"荷"。(《孟浩然诗集笺注》,第 392 页)

六、《和耿天骘同游定林寺》

颜延年诗:"肃此尘外轸。"

按,此殷仲文诗,题为《南州桓公九井作》。(《文选》卷二十二,第 1032 页)

七、《次韵约之谢惠诗》

1. 杜诗:"卜筑聊遣怀。"

按,此杜甫《秋日夔府咏怀奉寄郑监李宾客一百韵》"衾枕成芜没,池塘作弃捐。"句下自注曰:"平生多病,卜筑遣怀。"(《钱注杜诗》卷十五,第 519 页)

2.《礼记·内则》:"芼羹菽萦蕡稻黍粱秫,惟所欲。"

按,"菱",《礼记》原作"麦",当据改。(《礼记正义》卷二十七,第 832 页)

3. 陈思《七启》:"膴江界之潜鼋。"

按,"思"下当脱一"王"字,"陈思王"谓曹植也;"界",原作"东",当据改。(《文选》卷三十四,第 1579 页)

4. 退之《读荀子》:"好事者,公以其说干时君,纷纷藉藉,相乱六经。"

按,"公",韩文原作"各",当据改。(《韩昌黎文集校注》卷一,第 36 页)

八、《次韵舍弟江上》

杜子美:"鱼戏新荷动。"

按,此谢朓诗,题为《游东田》。(《文选》卷二十二,第 1057 页)

九、《酬王濬贤良松泉二诗》(其一)

1.《范彦龙传》:"怀倚从慅慅。"

按,此为范彦龙诗,题为《赠张徐州稷》;"倚从"原作"情徒",当据改。(《文选》卷二十六,第1218页)

2.《神仙传》:"发白再黑,齿白更生。"

按,"齿白",《列仙传·稷邱君》载此语,作"齿落",于义为长。(《列仙传校笺》卷上,第92页)

3. 杜诗:"会须扫白发。"

按,此苏轼诗,题为《初别子由》。(《苏轼诗集合注》卷十五,第735页)

十、《酬王濬贤良松泉二诗》(其二)

1.《前汉·食货志》:"令远方各以其物与商贾转贩者为赋相灌输。"

按,此句《汉书》原作:"令远方各以其物如异时商贾所转贩者为赋,而相灌输",当据改。(《汉书》卷二十四上,第1174—1175页)

2.《枚乘传》:"单极之统断干。"孟子曰:"西人名屋梁曰极。"

按,"统",《汉书·卷五十一·贾邹枚路传》原作"统";"子"当作"康";"西人"原作"西方人";"曰",原作"谓"。(《汉书》,第2360—2361页)

3.《诗》:"洌彼寒泉。"

按,"寒",当作"下",此《诗经·下泉》中句。(《毛诗注疏》,第687页)

4. 卢仝《寄男》诗云:"竹林吾最惜,新笋好看竹。万箨包龙儿,攒迸溢林薮。"又云:"箨龙正称冤,莫杀入汝口。丁宁属记汝,汝活箨龙否。"

按,"看竹",卢仝《寄男抱孙》原作"看守";"记"原作"托"。(《全唐诗》卷三百八十七,第4369页)

十一、《送惠思上人》

1. 扬雄《河东赋》:"汩低回而不能去。"师古曰:"低徊,犹能祠也。"

按,"低徊,犹能祠也",《汉书·卷八十七上·扬雄传》颜师古注原作:"低回犹言徘徊也"。(《汉书》,第3539页)

2. 太公《谢亚表》有:"去使坛陆有鸟,无眩视之悲;豪梁之鱼,有从容之乐。"

按,此王安石《乞宫观表四道》(第三表),"太"为衍文,当删;"谢亚表"亦当据改;"去"当作"云"且当移置标点之外;"有鸟"当作"之鸟"。(《王文公文集》卷十六,

第 186 页)

十二、《杂咏八首》(其四)

1. 《战国策》:"如虎豹之搏羔豚,必无幸矣。"

按,"如虎豹搏羔豚"不见于《战国策》;《战国策》载:"无以异于堕千钧之重,集于鸟卵之上,必无幸矣。"此处李壁或因王诗"羔豚窘虎豹"而误记。(《战国策》卷二十六,第 934 页)

2. 《文公·十八年》:"见无礼于其君者,如鹰鹯之逐鸟雀也。"

按,"如"字前,《左传》原有"诛之"二字。(《春秋左传注》,第 633 页)

3. 《邹阳传》:"以其能越拘挛之语。"

按,"拘挛",《汉书·卷五十一·贾邹枚路传》原作"挛拘",当据改。李壁改字以从王。(《汉书》,第 2351 页)

十三、《杂咏八首》(其八)

1. 《鹤鸣》诗:"鱼潜在渊,或在於渚。"

按,"於",《诗经》原作"于",当据改。(《毛诗注疏》卷十七,第 957 页)

2. 《说苑》:"阳书谓宓子贱曰:'……,若存若亡,若食不食者,鲂也,其为鱼也,薄而厚味。'"

按,"薄",《说苑》原作"博",当据改。(《说苑校证》卷七,第 161 页)

十四、《张良》

四人果至,客建成所。

按,"果"字,《汉书·卷四十·张陈王周传》原无,当据删;"建成"下,《汉书》原有"侯"字,当据补。(《汉书》,第 2034 页)

十五、《诸葛武侯》

1. 韩诗:"东方未明火星没,独有太白配残月。"

按,"未",韩愈《东方半明》原作"半";"火"原作"大",并当据改。(《韩昌黎诗系年集释》卷二,第 254 页)

2. 《太白集》:"吾欲揽六龙,回车持扶桑。"

按,"持",李白《短歌行》原作"挂"。(《李太白全集》卷五,第 320 页)

[庚寅增注]

一、《上南冈》

管子:"敷者,马之委辔。"

按,"敷",《管子·法法》原作"赦";"马"前原有"犇"字。(《管子校注》卷六,第298页)

二、《司马迁》

公文云:"……,以彼私独,安能无欺于真昧之间耶?"

按,注文、标点皆有误。"私"字前,王安石《答韶州张殿丞书》原有"其"字,当据补;"独"字当属下读;"真",原作"冥",当据改。(《王文公文集》卷八,第99页)

《王荆文公诗李壁注》卷六

一、《读墨》

1. 谁为尧舜徒,孔子而已矣。人皆是尧舞,未必知孔子。

按,"舞",大德本、清绮斋本皆作"舜",当据改。此正文讹误。

2. 又云:"今之与杨、墨辩者,如追放豚,然既入其笠,又从而招之。"

按,高克勤校曰:"'笠',《孟子·尽心下》及清绮斋本均作'苙'",是。此处"然"字为衍文,亦当据《孟子》删,清绮斋本亦误衍此字。

二、《读秦汉间事》

1.《汉书》:"吾以羽征召天下兵。"

按,"征召",《汉书·卷一下·高帝纪》原作"檄征"。(《汉书》,第68页)

2. 大厦非一木所支。

按,王通《中说·事君篇》载有此语,"大厦"后有"将颠"二字,当据补。(《二十二子·中说》,第1315页)

3. 王通云:"林木尽矣。帝省其山,其将何辞以对?"

按,"木",《中说·立命篇》原作"麓"。(《二十二子·中说》,第1327页)

4. 杜诗:"干宵焚九庙,银汉为之红。"

按,"干",杜甫《往在》原作"中";"银"原作"云"。(《杜诗详注》卷十六,第 1428 页)

三、《幽谷引》

《周礼·冬官》:"九沟治因水势,防必因地势。"

按,"九沟治",《周礼·冬官·考工记》原作"凡沟必",当据改。(《周礼注疏》卷四十二,第 1165 页)

四、《明妃曲二首》(其一)

1. 白乐天诗:"白黑既可见,丹青不足论。"

按,"见",白居易《过昭君村》原作"变";"不"原作"何",当据改。(《白居易集笺校》卷十一,第 578 页)

2. 古乐府《明妃曲》:"一上玉关道,天涯去不归。"

按:此李白诗,题为《王昭君二首》(其一)。(《李太白全集》卷四,第 235 页)

3. 欧公诗:"上马即知无返日,不须出塞始堪悲。"

按,"悲",欧阳修《明妃小引》原作"愁",为韵脚字。(《欧阳修诗文集校笺》,第 255 页)

五、《明妃曲二首》(其二)

1. 评曰:浅浅处亦有情。

按,"情",大德本作"说",于义为长。

2. 元微之《琵琶歌》:"泪垂捍拨琵琶湿,冰泉呜咽流莺涩。"

按,"琵琶",元稹诗原作"朱弦"。(《元稹集》卷二十六,第 304 页)

3. 评曰:正言似反,与《小弁》之怨同情。更千古孤臣出归,有口不能自道者,仍从举声一动出之。

按,"出归",大德本作"出妇";"动",大德本作"恸",当从。

六、《叹息行》

《后汉·礼仪志》:"春日下宽大之书。"

按,此句《后汉书·礼仪志》原作:"立春之日,下宽大书。"或是活字排印之误,或是后人妄改《后汉书》。(《后汉书》,第 3102 页)

七、《兼并》

《论语》:"百姓足,君谁与不足。"

按,"谁",《论语·颜渊》原作"孰",当据改。此或是音误。(《论语正义》卷十五,第494页)

七、《和吴御史汴渠诗》

1. 中作而觉,秦欲杀郑国,郑国曰:"始臣为间,为韩延数岁之命。然渠成,亦秦之利也。"秦以为然,卒使就渠。

按,文有脱漏、倒置,《汉书·卷二十九·沟洫志》原作:"郑国曰:'始臣为间,然渠成,亦秦之利也。臣为韩延数岁之命,而为秦建万世之功。'秦以为然,卒使就渠。"当据增改。(《汉书》,第1678页)

2. 班固《叙传》言:"律历间不容翲忽。"

按,此司马迁《太史公自序》中语,原作"律历更相冶,间不容翲忽。"(《史记》卷一百三十,第3305页)

八、《酬王詹叔奉使江东访茶法利害见寄》

1. 《孟子·梁惠王》:"古之人有得之者,文王是也。"

按,"得",《孟子》原作"行",当据改。(《孟子正义》卷五,第151页)

2. 《汉纪》:"古诏书数下,岁劝民种树而功未兴。"

按,今本《东观汉纪》不见此篇诏文,《汉书·卷四·文帝纪》载有此语,"古"原作"吾",当据改。(《汉书》,第124页)

3. 《孟子》:"子思曰:'如伋云,君谁与守?'"

按,"云",《孟子·离娄下》原作"去"。(《孟子正义》卷十七,第603页)

4. 《诗》:"饮酒乐衎。"

按,《诗经》无此连续四字。《诗经·南有嘉鱼》有句曰:"君子有酒,嘉宾式燕以衎。"未知李壁所引为此句否。

5. 《汉·刑法志》:"犴狱不平。"

按,"犴狱",《汉书》原作"狱犴"。(《汉书》卷二十三,第1109页)

6. 退之诗:"大惧失宜当。"

按,"大",韩愈《岳阳楼别窦司直》原作"但",当据改。此或是音误也。(《韩昌黎诗系年集释》卷三,第317页)

九、《酬王伯虎》

1.《高纪》:"王陵可,然少戆;陈平可以佐之。"

按,高克勤校曰:"'王陵可',原作'为正陈吒',据《汉书·高帝纪下》改",是。然"佐"字,《汉书》原作"助",亦当据改。(《汉书》,第79页)

2.《李广传》:"惜广资不逢时。"

按,"资",《汉书·卷五十四·李广传》无此字,当删。(《汉书》,第2439页)

3. 退之《此二鸟赋》:"幸年岁之末暮,庶无美于斯类。"

按,"此",当作"感";"末"当作"未";"美"当作"羡"。(《韩昌黎文集校注》卷一,第3页)

十、《答虞醇翁》

《诗·蓼莪》:"抚我畜我。"

按,"抚",《毛诗注疏》原作"拊",陆德明《音义》曰:"拊,音抚",是毛诗原作"拊"之明证。李壁改字以从王。(《毛诗注疏》卷十三,第1118页)

十一、《送潮州吕使君》

韩《至潮州谢表》:"戚戚嗟嗟,与死日迫。"

按,"与死日迫",韩文原作"日与死迫",于义为长,当从。(《韩昌黎文集校注》卷八,第620页)

[庚寅增注]

一、《明妃曲》

陆云《感离》诗:"仿佛想容仪,欷歔不自持。"

按,《艺文类聚》卷二十九载此,题为左思之妹所作。(《艺文类聚》,第517页)

二、《桃源行》

贺兰晋明诗:"秦庭初指鹿,群盗满山东。忤意皆诛死,所忠为谁忠?"

按,"晋"当作"进";"所忠为谁忠",贺兰进明《古意二首》(其一)作"所言肯为忠?"(《全唐诗》卷一百五十八,第1612页)

三、《叹息行》

或谓荆公晚年诗多讥诮神考处,若下注脚,尽做谤讪宗庙,他日亦拈得出。曰:"君子做事,只是……"

按:此段文字来源于《龟山先生语录》;"或谓"前,原有一"问"字,正与下文"曰"合,当据补。

四、《酬王詹叔》

1. 韩文:"志见其祖,子孙三世。"

按,此句见于韩愈《殿中少监马君墓志》;标点及注文皆有误,当作:"韩文《志》:'哭其祖子孙三世'。"(《韩昌黎文集校注》卷七,第538页)

2. 杜诗:"岂无济时策?终竟畏瞿苦。"

按,"瞿苦",杜甫《遣兴五首》(其二)原作"罗罟",有异文作"罪罟",然非"瞿苦"二字。(《杜诗详注》卷七,第563页)

《王荆文公诗李壁注》卷七

一、《虎图》

1. 杜诗:"临轩忽觉无丹青。"

按,"临",杜诗《题李尊师松树障子歌》原作"凭";"觉"原作"若",当据改。(《杜诗详注》卷六,第459页)

2. 《张耳传》:"外黄富人女庸奴其夫。"

按,《汉书·卷三十二·张耳陈余传》"女"字下,原有"甚美"二字。此事《史记》《汉书》皆有记载,然《史记·卷八十九·张耳陈余列传》作:"外黄富人女甚美,嫁庸奴,亡其夫,去抵父客"(《史记》,第2571页),是逃婚者也,非颜师古所谓"视之若庸奴"。王诗"睥睨众史如庸奴"与《汉书》之意相近,故李壁所引当为《汉书》,当据《汉书》增补。(《汉书》,第1829页)

3. 韩集《猛虎行》:"虎不知所为。"

按,"为",韩诗原作"归"。(《韩昌黎诗系年集释》卷十二,第1216页)

二、《次韵欧阳永叔端溪石枕蕲竹簟》

1. 退之《月诗》:"孤质不自憚,中天为君拖。"

按,"拖",韩愈《玩月喜张十八员外以王六秘书至》原作"施",当据改。(《韩昌黎诗系年集释》卷十二,第 1285 页)

2. 刘长卿诗:"调啸寄疎旷,形骸坐弃捐。"

按,"坐",刘长卿《夜宴洛阳程九主簿宅送杨三山人往天台寻智者禅师隐居》原作"如",当据改。(《刘长卿诗编年笺注》,第 17 页)

3. 退之《谢郑群赠簟》诗:"倒身甘寝百疾愈,却愿天日长炎曦。"

按,诗原名《郑群赠簟》,"长",韩诗原作"恒",当据改。(《韩昌黎诗系年集释》卷四,第 387 页)

4. 《庄子·大宗师篇》:"傅说得之,以相武丁,奄有天下,秉东维,骑箕尾,而比于列星。"

按,"秉",《庄子》原作"乘",当据改。(《庄子集释》卷三上,第 247 页)

三、《和冲卿雪并示持国》

1. 韩诗:"庭前铺瓦陇。"

按,"庭",韩愈《咏雪赠张籍》原作"度",当据改。(《韩昌黎诗系年集释》卷二,第 161 页)

2. 李义山:"此时雪月交光夜,身在瑶台第一层。"

按,"此时",李商隐《无题》原作"如何";"身"原作"更";"第一"原作"十二",并当据改。(《李商隐诗歌集解》,第 1612 页)

3. 《晋·刘伶传》:"二豪之在侧焉,如蜾蠃与螟蛉。"

按,句出刘伶《酒德颂》,"之在",《晋书·卷四十九·刘伶传》《文选》卷四十七皆作"侍";"蠃"皆作"蠃";"与"字前原有"之"字,并当据改。(《晋书》,第 1376 页)

四、《送石赓归宁》

1. 东坡诗:"归来卧重茵,忧愧夜不眠。"

按,"夜",苏轼《和陶怨诗楚调示庞主簿邓治中》原作"自"。(《苏轼诗集合注》卷四十二,第 2180 页)

2. 《诗·考槃》:"独寐晤歌。"

按,"晤",《诗经·考槃》原作"寤"。(《毛诗注疏》卷三,第 300 页)

五、《送张拱微出都》

韩《南溪》诗："谓我此淹留。"

按，"谓"，韩愈《南溪始泛三首》（其二）原作"劝"，当据改。（《韩昌黎诗系年集释》卷十二，第1280页）

六、《冲卿席上得昨字》

1. 退之诗："明朝视颜色，与故不相似。"

按，"明朝"，韩愈《秋怀诗十一首》（其一）原作"天明"，当据改。（《韩昌黎诗系年集释》卷五，第541页）

2. 但作别时苦，勿作别后思。

按，"但作别时"，韩愈《送李翱》原作"宁怀别后"，当据改。（《韩昌黎诗系年集释》卷六，第710页）

七、《塞翁行》

1. 谢玄晖《和王著作八公山》诗："春色良已凋，秋场广能筑。"

按，"色"，谢朓诗原作"秀"；"广"原作"庶"，并当据改。又，王诗正文曰："家家新堤广能筑，胡儿壮马休南牧"，李壁注引谢诗"秋场广能筑"以证王诗之来历，其实"广"字来历有误，王诗正文似当作"庶"，与"休"字语气相应。（《文选》卷三十，第1415页）

2. 贾谊《过秦论》："胡人不敢南下而牧马，吏士不敢弯弓而报怨。"

按，"吏"，《过秦论》无此字，当据删。（《文选》卷五十一，第2236页）

八、《白沟行》

《贾谊传》："斥候望烽燧不得息。"文颖曰："……，有寇即燃火举之以告，曰烽。又多积薪，寇至燃之，望其烟，曰燧。"

按，"息"，《贾谊传》原作"卧"；"燃火"原作"火然"；"至"下原有"即"字；"望"前原有"以"字，并当据改。（《汉书》卷四十八，第2240—2241页）

九、《寄育王山长老常坦》

1. 杜诗："朔风吹胡雁，惨惨带沙砾。"

按，"吹"，杜甫《遣兴五首》（其一）原作"飘"；"惨惨"原作"惨澹"，并当据改。

(《杜诗详注》卷七,第568页)

2. 子美《病马》诗:"天寒远放雁为伴。"

按,此杜甫《瘦马行》中句,《病马》为杜甫另一首诗。(《杜诗详注》卷六,第473页)

[庚寅增注]

《次韵欧阳永叔》

《南史》:"宋季稚市宅与吕僧珍为邻,或问宅价几何,曰:……"

按,"稚"当作"雅","宋季雅",人名也,事见《南史·吕僧珍传》,故标点之专名线亦当画为一处。(《南史》卷五十六,第1397页)

《王荆文公诗李壁注》卷八

一、《送李屯田守桂阳二首》(其一)

1. 《寰宇志》:"扬州合渎渠,本吴掘邗沟,以通江、淮之水路。昔吴王夫差将伐齐,比霸中国,自广陵城东南筑邗城,下掘深沟,谓之邗江,亦曰邗沟。"

按,"比",高克勤校曰:"原作'此',据清绮斋本改。"然此处清绮斋本亦有误,《太平寰宇记》原作"北",当据改。

2. 《诗·王风》:"遵大路兮,惨执子之手兮。"

按,"王"当作"郑";"惨",《诗经·郑风》原作"掺",并当据改。(《毛诗注疏》卷四,第405页)

二、《送李屯田守桂阳二首》(其二)

1. 《韩集·城南》:"忘南归迹归不得。"

按,韩愈《城南联句》孟郊此句作:"缥气夷空情,归迹归不得。"故"忘南"二字为衍文,当据删。(《韩昌黎诗系年集释》卷五,第482页)

2. "君今已及我正来,朱颜宜笑能几回?"

按,此李端诗,题为《赠康洽》;"及",李诗原作"反";末尾问号原作句号,并当据改。(《全唐诗》卷二百八十四,第3239页)

三、《即事六首》(其一)

苏子卿诗:"骨肉连枝叶,结交亦相因。四海皆兄弟,谁能为路人?"

按,"连",苏子卿诗四首(其一)原作"缘";"能为路"原作"为行路",并当据改。(《文选》卷二十九,第1354页)

四、《即事六首》(其三)

《礼记》:"吊死而哀,非为生者也。"

按,"礼记",当作"孟子";《孟子·尽心下》载此语;"吊",《孟子》作"哭",正与王诗合。(《孟子正义》卷二十九,第1012页)

五、《即事六首》(其五)

古诗:"飘风从东来,雨足尽西靡。万物逐波流,金石终自止。"

按,此黄庭坚之诗也,题为《赋未见君子忧心靡乐八韵寄李师载》(其七)。(《山谷诗集注》,第636页)

六、《即事六首》(其六)

"试问蜉蝣熏,要知龟鹤年。"《选》诗。

按,郭璞《游仙诗七首》(其三)载此句,原作"借问蜉蝣辈,宁知龟鹤年?"(《文选》卷二十一,第1021页)

七、《送郑叔熊归闽》

杜诗:"远游长妻子。"

按,"妻",杜甫《将别巫峡赠南卿兄瀼西果园四十亩》原作"儿",李壁改字以从王。(《杜诗详注》卷二十一,第1862页)

八、《寄二弟》

1. 屈原《远游》章句:"思发故以想象兮,长太息而掩涕。"

按,"发",屈原《远游》原作"旧",当据改。(《楚辞补注》,第172页)

2. □设诗:"人生无离别,谁□愿爱重。"

按,"□设"当作"苏轼",句见《颍州初别子由二首》(其二);"□愿"当作"知恩"。(《苏轼诗集合注》卷六,第251页)

九、《休假大佛寺》

1. 韩诗:"解带围新竹。"

按,此柳宗元《夏初雨后寻愚溪》诗。(《柳宗元集》卷四十三,第1213页)

2. 杜诗:"六龙寒急高裴回。"

按,"高裴回",杜甫《晚晴》原作"光徘徊"。(《杜诗详注》卷二十一,第1847页)

十、《寄朱氏妹》

王昌龄诗:"北风吹五两,谁是浔阳客?"

按,此为李颀诗,题为《送刘昱》。(《全唐诗》卷一百三十三,第1356页)

十一、《赠陈君景初》

《列子》:"赵襄子率徒十万狩于中山,藉芿焚林,扇赤百里。"

按,"焚",《列子·黄帝》原作"燔";"赤",原作"赫",当据改。(《列子集释》卷二,第68页)

十一、《赠张康》

1. "有一苏才翁,语酸入四邻。"

按,苏舜元,字才翁。黄庭坚《跋二苏送梁子熙联句》原作:"凄吟哀号,酸入四邻。"李壁之标点或可作:"有一苏才翁,语:'酸入四邻'。"

2. 韩诗:"别轮车轮转。"

按,前一"轮"字,韩愈《远游联句》原作"肠",当据改。(《韩昌黎诗系年集释》卷一,第44页)

3. 《中说·王通》篇:"廉有常,乐无求。"

按,"通"原作"道";"有"原作"者";逗号去除,并当据改。(《二十二子·中说》,第1310页)

十二、《送程公辟之豫章》

1. 《木兰诗》:"父母闻女归,出郭相扶将。"

按,"父母"原作"爷娘";"归"原作"来",当据改。(《乐府诗集》卷二十五,第374页)

2. 《蜀志·秦虑传》云云:"此便鄪州之阡陌。"

按,"虑",当作"宓",句见《三国志·蜀书·秦宓传》,当据改。(《三国志》卷三十八,第975页)

3. 子厚《马退山茅亭记》:"是山崒然起于莽苍之中,至数百里,尾蟠荒陬,首注大溪。"

按,"至数百里",柳宗元《邕州柳中丞作马退山茅亭记》原作"亘数十百里",当据改。(《柳宗元集》卷二十七,第729页)

4. 杜牧《钟陵》诗:"连巴控越知何有,珠翠沉檀处处推。"

按,"推",杜牧《怀钟陵旧游四首》(其二)原作"堆",当据改。(《杜牧集系年校注》,第473页)

5. 晋人语:"北府酒可饮,兵可用。"

按,此桓温语也,见《晋书·卷六十七·郗鉴传》;"北府"原作"京口"。(《晋书》,第1803页)

6. 《小雅·北山》:"膂力方刚,经营四方。"

按,"膂",《诗经·北山》原作"旅",毛传曰:"旅,众也。"郑笺曰:"众之气力",则非臂膊之力明矣。(《毛诗注疏》卷十三,第1142页)

十三、《凤凰山二首》(其二)

1. 后汉李宝劝刘嘉且观成败。光武间告邓禹曰:"孝孙素谨专,是长安轻薄儿误之耳。"

按,"专",《后汉书·卷十四·顺阳怀侯嘉传》原作"善",当据改。(《后汉书》,第568页)

2. 白诗:"结交杜陵轻薄子。"

按,此李颀诗,题为《缓歌行》。(《全唐诗》卷一百三十三,第1348页)

十四、《梦中作》

《汉书》:"河伯许兮不属。"

按,"汉书"当作"史记",句见《史记·卷二十九·河渠书》;"兮"字后原有"薪"字,当据补。(《史记》,第1413页)

十五、《彭蠡》

杜诗:"掜拖开头捷有神。"

按,"拖",杜甫《拨闷》原作"舵"。(《杜诗详注》卷十四,第1223页)

十六、《东门》

1. 李白诗:"我乘素舸同康乐,浪咏清川飞夜霜。"

按,"浪",李白《劳劳亭歌》原作"朗"。(《李太白全集》卷七,第 399 页)

2. 古乐府:"杨白花,风吹渡江水。坐令宫树无颜色,摇荡春光千万里。"

按:此柳宗元诗,题为《杨白花》。(《柳宗元集》卷四十三,第 1251 页)

3. 太白诗:"绮裘明紫霞。"

按,今本李白集无此句,李白《玩月金陵城西》有句曰:"倒被紫绮裘",不知李壁所引是否为此句。(《李太白全集》卷十九,第 894 页)

[卷末补注]

《李氏书堂》

凡好恶任情,违众自用,盗国威福,怙□植党,皆私也。

按,《四库全书总目》王安石《周礼新义》提要曰:"安石怙权植党之罪,万万无可辞。"则"□"或为"权"字也。(《四库全书总目》卷十九,第 150 页)

[庚寅增注]

一、《即事其二》

韩诗:"蛙黾鸣无谓,合合祗以乱人。"

按,"以",韩愈《杂诗四首》(其四)无此字,当据删;"祗"原作"只",当据改。(《韩昌黎诗系年集释》卷二,第 246 页)

二、《寄朱氏妹》

《史记》:"始皇八年,河鱼逆流上。"

按,"河鱼逆流上"为《汉书》中语(《汉书·卷二十七中之下·五行志》,第 1430 页),《史记·卷六·秦始皇本纪》原作"河鱼大上"(《史记》,第 225 页)。

三、《凤凰山其二》

白诗:"人生待富贵,欢乐常苦迟。"

按,"欢",白诗《晚春沽酒》作"为"。(《白居易集笺校》卷六,第 319 页)

《王荆文公诗李壁注》卷九

一、《和王微之登高斋二首》(其一)

1. 韩诗:"磊落火齐金盘堆。"

按,韩愈《永贞行》原作:"火齐磊落堆金盘",当据改。此当是活字排版中乱序所致。(《韩昌黎诗系年集释》卷三,第333页)

2. 小杜诗:"舣船一棹百分空。"

按,"舣",杜牧《题禅院》原作"觥";"棹"原作"捽"。(《杜牧集系年校注》,第450页)

3. 《庄周传》:"皆空语无实事。"

按,"实事",《史记·卷六十三·老子韩非列传》原作"事实",当据改。(《史记》,第2144页)

二、《和王微之登高斋二首》(其二)

1. 《史记》:"黄金珠玑犀象,楚产也,吾何求于晋?"

按,此《战国策·楚三》中语;"楚产也吾何求于晋",原作"出于楚,寡人无求于晋国",当据改。(《战国策》卷十六,第540页)

2. 贾爵之云:"又非独朱崖有珠犀玳瑁。"

按,"爵"当作"捐";"朱崖",《汉书·卷六十四下·贾捐之传》作"珠崖"。(《汉书》,第2834页)

3. 李白诗:"力排南山三壮士,齐相救豪费二桃。"

按,"救豪",李白《梁甫吟》原作"杀之",当据改。(《李太白全集》卷三,第172页)

4. 汉人泽置车,霸山□□宝,水置楼船。故杨朴为楼舡将军。

按,注文恐有脱误,待考。

三、《和微之登高斋》

1. 李白诗:"金陵昔时何在哉?席卷英豪天下来。冠盖散为烟雾尽,金舆玉坐成寒灰。"

按,"在",李白《金陵歌送别范宣》原作"壮";"玉"原作"玉",并当据改。(《李太

白全集》卷七,第409页)

2. 太白《金陵诗》:"江水九道流,云端遥明浮。"

按,"流",李白《登梅冈望金陵,赠族侄高座寺僧中孚》原作"来";"浮"原作"没",当据改。(《李太白全集》卷二十一,第984页)

3. 《列子》第一:"既而狎之,欺诒挡搪挨枕。"

按,注文、标点皆有误。"第一"当作"第二",句见《列子·黄帝第二》;"狎之",原作"狎侮";"挡搪挨枕"原作"挡㧐挨㧐",当据改。标点当作:"既而狎侮欺诒,挡㧐挨㧐。"(《列子集释》卷二,第55页)

4. 杜诗:"终施适荆蛮,安排同庄叟。"

按,"施",杜甫《将适吴楚留别章使君留后兼幕府诸公》原作"作";"同"原作"用",当据改。(《杜诗详注》卷十二,第1065页)

四、《和董伯懿咏裴晋公平淮西将佐题名》

1. 退之《平淮西碑》:"万口附和,并为一谈。"

按,"附和",韩文原作"和附",当据改。(《韩昌黎文集校注》,第477页)

2. 元和九年冬,以忠武节度副使李光颜为节度使,严缓为中武招讨使。

按,高克勤校曰:"'中武招讨使',《旧唐书·宪宗纪》作'申、光、蔡招讨使'。"然"招讨使"三字,《旧唐书·宪宗纪》实作"招抚使";且"严缓"原作"严绶",并当据改。(《旧唐书》卷十五,第451页)

3. 张景阳诗:"离居几何时?铁燧忽改木。"

按,"铁",张协《杂诗十首》(其一)原作"钻",当据改。(《文选》卷二十九,第1378页)

4. 《李愬传》:监军使者泣曰:"果落于奸计。"

按,"果落于奸计",《新唐书·卷一百五十四·李愬传》原作"果落祐计"。"祐",谓李祐也,当据改。(《新唐书》,第4877页)

5. 退之《答崔立之书》:"虽云自取所试读之,乃类于俳优者之辞。"

按,"虽云",韩文原作"退"。(《韩昌黎文集校注》卷三,第167页)

五、《用王微之韵和酬即事书怀》

《晋诗·蟋蟀》:"今我不乐,日月其慆。无已太康,职思其忧。好乐无荒,良士休休。"

按,高克勤校曰:"《晋诗·蟋蟀》当作《唐风·蟋蟀》"。若以今人断之,似当改正;以李壁之时断之,或不必改动。朱熹《诗集传》释"唐"之名,曰:"唐,国名……周成王以封弟叔虞为唐侯。南有晋水,至子燮乃改国号曰晋。"唐与晋原本即为一地,且李壁曰"晋诗",乃晋地之诗,非谓"晋风"也。"太",毛诗原作"大"。(《毛诗注疏》卷六,第539页)

六、《和吴仲庶》

杜诗:"海胡来千艘。"

按,"海胡来",杜甫《送重表侄王砅评事使南海》原作"海胡舶",当据改。(《杜诗详注》卷二十三,第2045页)

七、《书任村马铺》

退之《过始兴》诗:"忆昨儿童随伯氏,南来今只一身存。"

按,"昨",韩愈《过始兴江口感怀》原作"作",当是形音相近而讹。(《韩昌黎诗系年集释》卷十一,第1121页)

八、《葛蕴作巫山高爱其飘逸因亦作两篇》(其一)

李白《将进酒》:"吹龙笛,击鼍鼓。"

按,此李贺《将进酒》也,非李白诗。(《三家评注李长吉歌诗》,第164页)

九、《葛蕴作巫山高爱其飘逸因亦作两篇》(其二)

杜诗:"杳霭深谷攒青枫。"

按,此韩愈诗,题为《杏花》,非杜甫诗也;"杳霭",韩诗原作"杳杳"。(《韩昌黎诗系年集释》卷四,第356页)

十、《久雨》

1. 玉川子《月蚀》诗:"摧环破璧眼前尽,当天一搭如煤炲。"

按,"前",卢仝诗原作"看"。(《全唐诗》卷三百八十七,第4364页)

2. 鲁直《对酒歌》:"南阳城门雪三日,城门昼开眠贾客。"

按,"开",清绮斋本、黄庭坚《对酒歌答谢公静》皆作"闭",第一个"门"原作"边",当据改。(《山谷诗集注》,第575页)

[卷末补注]

一、《和王微之登高斋》(其二)

又:"君独不闻海大鱼能激水,能牵砀□□水。陆居,则蝼蚁得志焉。"

按,此段注文恐多有讹误,《新序》原作:"君独不闻海大鱼乎,网弗能止,缴弗能牵,砀而失水陆居,则蝼蚁得意焉。"故"鱼"后脱一"乎"字;"能"字前脱"网弗"两字,后脱"止"字;"激水"当作"缴弗";"□□"当为"而失";标点如上所示。(《新序校释》,第279—280页)

二、《平淮西题名》

余尝喜洪觉范《李愬诗》:"君得李佑不肯杀,便知元济在掌握。"

按,"佑"当作"祐";"杀",释惠洪《注石门文字禅》卷一《题李愬画像》原作"诛";"握",原作"股",当据改。(《注石门文字禅》卷一,第15页)

三、《和吴仲庶》

《左氏》:"以官之长,皆民誉也。"

按,"以",《左传》原作"凡六",当据改。(《春秋左传注》,第910页)

[庚寅增注]

一、《和董伯懿咏裴晋公》

公作《仲询墓志》云:"……,嗟丁此流俗所羞,以为迂而弗言者也。"

按,"丁",王安石《尚书屯田员外郎仲君墓志铭》原作"乎";其后有逗号,当据改。(《王文公文集》卷八十八,第937页)

二、《葛蕴作巫山高爱其飘逸》

又据《广记·阳平谪仙传》:"二十四化各有一大洞,或方千里、五百里、三百里,其中音有日月飞精,谓之伏晨之根,下照洞中,与世无异。"

按,"音",《太平广记》原作"皆"。(《太平广记》卷三十七,第235页)

《王荆文公诗李壁注》卷十

一、《和王胜之雪霁借马入省》

1. 韩文《泥水滑》:"马弱而以书。"

按,注文有脱衍,标点亦误。韩愈《与李秘书论小功不税书》原作:"泥水马弱不敢出,不果鞠躬亲问而以书。"当据增补。(《韩昌黎文集校注》卷二,第128页)

2. 《萧望之传》:"仲翁出入从仓头,庐儿传呼甚宠。"

按,"儿"字下,《汉书·卷七十八·萧望之传》有"下车趋门"四字,当据补。标点当作:"仲翁出入从仓头庐儿,下车趋门,传呼甚宠。"(《汉书》,第3272页)

3. 杜诗:"当时历块误一蹶,委弃非复能周防。"

按,"复",杜甫《瘦马行》原作"汝"。(《杜诗详注》卷六,第473页)

二、《送李宣叔倅漳州》

1. 乐天《忠州》诗:"吏民生梗浑如鹿,市井萧条一似村。"

按,"民",白居易《初到忠州赠李六》原作"人";"梗",原作"硬";"浑"原作"都";"萧条一似"原作"萧疏只抵"。(《白居易集笺校》卷十八,第1150页)

2. 又,诗:"南方本多毒,北客常惧侵。"

按,"常",韩愈《县斋读书》原作"恒",当据改。(《韩昌黎诗系年集释》卷二,第191页)

三、《送裴如晦即席分题三首》(其一)

1. 《选》诗:"素衣已成缁。"

按,陆机《为顾彦先赠妇二首》(其一)有句曰:"素衣化为缁。"不知李壁所引为此诗否。(《文选》卷二十四,第1149页)

2. 戎昱诗:"送客春风湖上亭。"

按,戎昱有诗曰《移家别湖上亭》,此句原作"好是春风湖上亭。"(《全唐诗》卷二百七十,第3009页)

四、《送裴如晦即席分题三首》(其三)

《汉史》:"夙夜永帷,万事之统。"

按,《汉书·卷五十六·董仲舒传》曰:"夙夜不皇康宁,永惟万事之统。"当据补。(《汉书》,第2495页)

五、《寄吴冲卿》

1. 李白诗"回薄万古心,揽亡不盈掬。"

按,"亡",李白《寻阳紫极宫感秋作》原作"之",当据改。(《李太白全集》卷二十四,第1114页)

2. 韩文:"故设问以观吾子,其已成熟乎?将以为友也。其未成熟耶?将以讲云其非而趋其是耳。"

按,"云",韩愈《答吕医山人书》原作"去";"趋其是",原作"趋是",当据改。(《韩昌黎文集校注》卷三,第217页)

3. 秦秀言:"贾充文按小才,乃居□国大任。"

按,"□",《晋书·卷五十·秦秀传》作"伐";"按"原作"案",当据补。(《晋书》,第1405页)

4.《僖公·二十三年》:"楚共王:'周书有之:"乃大明服。"己则不明,杀人以逞。'"

按,高克勤校曰:"据《左传·僖公二十三年》,'《周书》'诸语出卜偃,非楚共王"。然"不明"后,《左传》尚有"而"字,补之而文意更畅。(《春秋左传注》,第403页)

六、《韩持国见访》

1. 李白诗:"荆人泣美玉,鲁叟非匏瓜。"

按,"非",李白《早秋赠裴十七仲堪》原作"悲",当据改。(《李太白全集》卷九,第466页)

2. 乐天《烹葵》诗:"抚心私自在,何者是荣襄?"

按,"在",白居易诗原作"问";"襄"原作"衰",当据改。(《白居易集笺校》卷七,第391页)

3.《盖宽饶传》:"印前屋而叹。"

按,"印前",《汉书·卷七十七·盖宽饶传》原作"印视",当据改。(《汉书》,第3245页)

4. 高适诗:"云衣出户一相送,唯见归云纵复横。"

按,"云",高适《送别》原作"揽"。(《高适诗集编年笺注》,第332页)

5.《翟笺传》:"谁云者?两黄鹄。"

按,"笺"当作"义"。翟义者,翟方进之子也。句见《汉书·卷八十四·翟方进传》,第3440页。

七、《思王逢原》

1. 退之《感春》诗:"朝万马出,暝就一方。"

按,文句不通,当有讹脱。韩愈《感春四首》(其三)曰:"朝骑一马出,暝就一床卧。"(《韩昌黎诗系年集释》卷四,第372页)

2. 乐天《哭元稹诗》:"苍苍露草咸阳垄,此是千秋第一枝。"

按,"枝",白居易《元相公挽歌词三首》(其二)作"秋",当据改。(《白居易集笺校》卷二十六,第1853页)

八、《登景德塔》

1. 聊□□邑屋不见敬。

按,《汉书·卷九十二·游侠传》载此句,原作:"解曰:'居邑屋不见敬,是吾德不修也。"据此"聊□□"当作"解曰居"三字,"聊"者,"解"之形近而讹也。(《汉书》,第3702页)

2. 李白诗:"女娲戏尘团作下,愚人散在六合间。"□□尘。

按,注文有讹脱,标点亦误。据李白《上云乐》,注文当作:"女娲戏黄土,团作愚下人。散在六合间,蒙蒙若沙尘。"(《李太白全集》卷三,第206页)

3. 晚唐□栖蟾诗:"身得几时活,眼开终日忙。"

按,"□"为衍文,当删。栖蟾为晚唐诗僧,《全唐诗》卷八百四十八有录。

4. 李白诗:"扰扰季华人,鸡鸣趋四关。"

按,"华",李白《古风五十九首》(其三十)作"叶",当据改。(《李太白全集》卷二,第125页)

5. 韩承嘏□贵骄气。

按,"韩"原作"郭",《新唐书·卷一百三十七·郭承嘏传》载:"帝尝称其儒素,无贵骄气。"据此,"□"当是"无"字。(《新唐书》,第4611页)

6. 韩诗:"几欲犯严出荐口,气象砫矶不可攀。"

按,"矶不",韩愈《雪后寄崔二十六丞公》原作"兀未",当据改。(《韩昌黎诗系年集释》卷八,第901页)

九、《和贡父燕集之作》

1. 韩文:"心亲则千里晤对。"

按,此乃黄庭坚文,题为《上苏子瞻书》。(《黄庭坚全集辑校编年》,第149页)

2. 杜诗:"落月照屋梁,犹疑见颜色。"

按,"照",杜甫《梦李白二首》(其一)作"满",当据改。(《杜诗详注》卷七,第556页)

十、《惜日》

《与记》:"知频通达,强立而不及,是谋大成。"

按,"与"当作"礼",此《礼记·学记》中语;原句作"知类通达,强立而不反,谓之大成。"当据改。(《礼记正义》卷四十六,第1053页)

[庚寅增注]

一、《韩持国从富并州辟》

杜诗:"少人慎勿逢,多虎信所过。"

按,"勿逢",杜甫《别唐十五诫因寄礼部贾侍郎》原作"莫投"。(《杜诗详注》卷十四,第1194页)

二、《思王逢原》

韩诗:"三江灭其口。"

按,"其",韩愈《宿曾江口示侄孙湘二首》(其一)原作"无"。(《韩昌黎诗系年集释》卷十一,第1136页)

三、《登景德塔》

1. 唐人诗:"世上何人肯自知?须凭精鉴定妍媸。"即此意也。

按,此唐人郑谷诗,题为《闲题》;"世上"原作"举世";"凭"原作"逢"。(《郑谷诗集笺注》卷二,第211页)

2. 《贾谊传》:"高者难攀,卑者易凌,其势然也。"

按,"凌",《汉书·卷四十八·贾谊传》原作"陵";"其",原作"理"。(《汉书》,第2254页)

四、《和贡父燕集之作》

韩退之诗:"昔我未识子,孟君自南方。自言有所得,言子有文章。"

按,"昔我未识",韩愈《此日足可惜一首赠张籍》原作"念昔未知";"自言",原作"自矜"。(《韩昌黎诗系年集释》卷一,第 84 页)

五、《寄孙正之》

《运命论》:"其道微密,寂寥惚恍。"

按,"运"当作"辨",此刘孝标《辨命论》也,《运命论》乃李萧远所作,二《论》并见《文选》,李壁盖误记也;《辨命论》"微密"原作"密微";"惚恍"原作"忽慌",当据改。(《文选》卷五十四,第 2350 页)

《王荆文公诗李壁注》卷十一

一、《两马齿俱壮》

《春秋后语》:"人有骏马,欲卖之,比三具立于市,人莫之知。"

按,《战国策》亦载此事。"具",《战国策》作"旦";"之知"原作"与言";"人"原作"臣",可从。(《战国策》卷三十,第 1092 页)

二、《春从沙碛底》

杜诗:"天上浮云似白衣,须臾忽变为苍狗。"

按,"须臾忽变为",杜甫《可叹》原作"斯须改变如",当据改。(《杜诗详注》卷二十一,第 1830 页)

三、《结屋山涧曲》

□□□诗:"雨仕皆生鲜,风嫌树有瓢。"

按,"□□□"当作"钱惟演",题为《怀天台进禅师》;"仕皆"原作"任阶";"鲜"原作"藓";并当据改。(《全宋诗》卷九五,第 1069 页)

四、《黄菊有至性》

1. 韩诗:"秋日苦昏暗。"

按,"昏",韩愈《秋怀》作"易"。(《韩昌黎诗系年集释》卷五,第552页)

2. 东坡言:"菊性介烈,不与百卉并盛衰,须霜露乃降。岭南也暖,百卉送作无时,独菊冬至霜后始开。"

按,苏轼《仇池笔记》"论菊"条载有此事。"露乃降",原作"降乃发";"也",原作"地";"送作",原作"造化"。

3. 韩退之诗:"异质忌处群,孤芳独寄林。"

按,"独",韩愈《孟生诗》作"难"。(《韩昌黎诗系年集释》卷一,第12页)

五、《少狂喜文章》

子由《和陶诗》:"少年喜文章,中年慕功名。自从乐江湖,一意事养生。"

按,"乐",苏辙《次韵子瞻和渊明饮酒二十首》(其三)原作"落"。(《苏辙集》,第878页)

六、《少年见青春》

1. 韩诗:"少年意真狂,有意与春竞。"

按,"意",韩愈《东都遇春》原作"气",于义为长,当从。(《韩昌黎诗系年集释》卷七,第723页)

2. 柳子厚云:"长来觉日月益速。"

按,"速",柳宗元《与萧翰林俛书》原作"促",当据改。(《柳宗元集》卷三十,第798页)

七、《一日不再饭》

1. 刘公干诗:"起坐失次第,一日四五迁。"

按,"四五",刘桢《赠徐干》原作"三四"。(《文选》卷二十三,第1114页)

2. 鲁直:"永脱世纠缦。"

按,"永",黄庭坚《次韵杨明叔见饯》原作"未";"缦"原作"缠",当据改。(《山谷诗集注》内集卷十四,第346页)

3. 韩诗:"肠肚□煎炒。"

按,"□",韩愈《答孟郊》作"镇"。(《韩昌黎诗系年集释》卷一,第56页)

八、《秋枝如残人》

陶诗:"灼灼妩媚花,不久当如何?"

按,陶渊明《拟古九首》(其七)原作:"皎皎云间月,灼灼叶中华。岂无一时好,不久当如何?"据此,"妩媚花"或当作"叶中华"。(《陶渊明集笺注》卷四,第332页)

九、《青青西门槐》

韩偓诗:"尘土每寻行止处,烟波长在梦魂间。"

按,"每",韩偓《睡起》原作"莫"。(《全唐诗》卷六百八十一,第7811页)

十、《山田久欲拆》

评曰:老成无所不见。

按,大德本"见"原作"具",于义为长,当据改。

十一、《圣贤何常施》

邵尧夫言:"海空终是著,齐物到头争。"

按,"海",邵雍《放言》原作"泥"。(《邵雍集》卷三,第225页)

十二、《散发一扁舟》

太白诗:"何如鸱夷子,散发操扁舟。"

按,"操",李白《古风五十九首》(其十八)作"棹",此当是形近而误。(《李太白全集》卷二,第111页)

十三、《道人北山来》

杜诗:"四松初移时,大抵三尺强。别去忽三岁,离立如人长。"

按,"去",杜甫《四松》原作"来",当据改。时杜甫已由四处避乱回到草堂。(《杜诗详注》卷十三,第1116页)

十四、《今日非昨日》

尔非戎洪俦,空复尔为后之书。

按,《后汉书·卷五十八·臧洪传》原作:"汝非臧洪俦,空复尔为。""后之书"当作"后汉书"。(《后汉书》,第1892页)

十五、《秋日不可见》

桑之落矣,其黄而殒。

按,"殒",《诗经·氓》原作"陨"。当据改。(《毛诗注疏》卷三,第315页)

十六、《骐骥在霜野》

唐崔频诗:"种荷玉盆里,不及沟中水。养鸡黄金笼,见草心欢喜。"

按,"崔"当作"卢";"鸡",卢频《东西行》原作"雉";"欢"原作"先",于义为长,当据改。(《全唐诗》卷七百十九,第8258页)

十七、《悲哉孔子没》

《书》:"太始二年,又诏更铸黄金为麟趾,袅蹄,以叶瑞。"

按,"书"前当脱一"汉"字;"叶"原作"协",句见《汉书·卷六·武帝纪》,第206页。

十八、《秋日在梧桐》

退之《秋怀》诗:"高蝉暂寂寞。"

按,"高",韩愈《秋怀诗十一首》(其二)原作"寒"。李壁改字以从王。(《韩昌黎诗系年集释》卷五,第544页)

十九、《我欲往沧海》

退之《吊画佛文》:"晢晢兮目有,丁宁兮耳言。"

按,"有",韩愈《吊武侍御所画佛文》原作"存",当据改。(《韩昌黎文集校注》卷五,第331页)

二十、《前日石上松》

韩偓诗:"长松夜落钗千股,小港春流水半腰。"

按,"流",韩偓《寄隐者》原作"添",于义为长。(《全唐诗》卷六百八十一,第7804页)

[庚寅增注]

一、《结屋山涧曲》

杜诗:"西南天风动地至。"

按,杜甫《楠树为风雨所拔叹》原作"东南飘风动地至",当据改。(《杜诗详注》

卷十,第830页)

二、《日出堂上饮》

诗云:"蚁子生处无,元因湿处生。"

按,"处无"原作"无处",言无定处也;"元"原作"偏",当据改。(《元稹集》卷四,第42页)

《王荆文公诗李壁注》卷十二

一、《孔子》

退之《送王埙序》:"吾常以夫子之道大而能博问,弟子不能独观而尽识,此故学焉,而皆得其性之所近。"

按,标点及注文皆有误。当作:"吾常以为孔子之道大而能博,门弟子不能遍观而尽识也,故学焉而皆得其性之所近。"(《韩昌黎文集校注》卷四,第261页)

二、《扬雄三首》(其二)

曾子固言:"前世之传者,……,观雄之所树立,故介甫以谓世传其投阁者妄也。"

按,高克勤校曰:"'树'原脱,据清绮斋本补",是。但曾巩《答王深父论扬雄书》原作"自",于义为长。(《曾巩集》卷十六,第266页)

三、《扬雄三首》(其三)

1. 桓谭言:"今人见子云禄位容貌不能动人,故轻其书,……,若使遭遇时君,更阁贤知为所称善,则必度越诸子矣。"

按,"阁",《汉书·卷八十七·扬雄传》原作"阅",当从;"今人"原作"亲"。"贤知"后宜加逗号点断。(《汉书》,第3585页)

2. 白诗:"双金百钱少人知,纵我知君无以为。"

按,"钱",白居易《每见吕南二郎中新文辄窃有所叹惜因成长句以咏所怀》原作"炼";"无以"原作"徒尔",当据改。(《白居易集笺校》卷三十七,第2562页)

四、《韩信》

龟山曰:"……又楚、汉之时,淮共者皆非淮阴之敌,而尝易之,故淮阴能取胜也。"

按,"淮共",宋人马永卿《元城语录》载此事,作"用兵",当据改。

五、《开元行》

壮氏子,见韩文。

按,据王诗正文"一朝寄托谁家子"句,"壮"或当作"谁"字,韩愈有《谁氏子》诗。(《韩昌黎诗系年集释》卷七,第790页)

六、《阴册画虎图》

又《广传》:"吏当广赎为庶人。数岁,与故颍阴侯屏居蓝田南山中射猎。"

按,"吏当广"不通,《汉书·卷五十四·李广传》原作"当斩",是也;其后有句读。"颖",原作"颍"。(《汉书》,第2443页)

［卷末补注］

《汉文帝诗》

杨龟山奏:"正某著为邪说,以涂学者耳目,……,其咨禹曰:……,后王皆以三公领应奉司,号为享上,实自俭之说有以唱之也。"

按,"正",当作"王",谓王安石也;"咨",《龟山集》作"称";"自俭之说有以唱",作"安石竭天下自奉之说有以倡",当从。

［庚寅增注］

一、《扬雄三首》

柳子厚书:"其余谁不欲争裂绮绣,仰攀日月?"

按,"仰",柳宗元《与友人论为文书》原作"互",李壁改字以从王。(《柳宗元集》卷三十一,第829页)

二、《开元行》

史:"不见马上郎,秖见黄尘起。"

按,"史"前当脱一"南"字;"秖",《南史·陈本纪》原作"但"。(《南史》卷十,第311页)

三、《相送行效张籍》

刘梦得诗云："千里江蓠青，故人今不见。"

按"蓠青"，刘禹锡《重至衡阳伤柳仪曹》原作"蓠春"，当据改。（《刘禹锡集》卷二十八，第407—408页）

《王荆文公诗李壁注》卷十三

一、《杜甫画像》

王逢原《读老杜诗集》："自是古情因发愤，非关诗道可穷人。"

按，"情"，王令诗原作"贤"。（《王令集》卷十一，第207页）

二、《吴长文新得颜公坏碑》

欧公言："使颜公书，虽不佳，后世见者，未必不宝也。"又云："古人岂皆能书？独其贤者传遂远。"

按，"未必不宝"，欧阳修《世人作肥字说》作"必宝"；后句原作："非自古贤哲必能书也，惟贤者能存尔。"（《欧阳修全集》，第1970页）

三、《答扬州刘原甫》

谢玄晖诗："既欢怀禄情，复叶沧洲趣。"

按，"叶"，谢朓《之宣城郡出新林浦向板桥》原作"协"。六朝后，引此诗者亦不作通假字。（《谢宣城集校注》卷三，第219页）

四、《寄鄂州张使君》

杜诗："巴童荡桨欹侧过，白鸥衔鱼来去飞。"

按，"白鸥"，杜甫《阆水歌》原作"水鸡"。李壁改字以从王。（《杜诗详注》卷十三，第1074页）

五、《送元厚之待制知福州》

1.《战国策》："临淄之涂，车毂击，人肩摩，连衽成帷，奉袂成幕，挥汗如雨。"

按，《战国策》"涂"原作"途"；"毂"原作"毄"；"帷"原作"帷"；"奉袂"原作"举

袂";"如"原作"成",并当据改。(《战国策》卷八,第337页)

2.《出郊》:"特牡丹漆雕几之美。"

按,标点及注文皆有误。当作:"出《郊特牲》:'丹漆雕几之美。'""出"字或是衍文。(《礼记正义》卷二十六,第809页)

六、《伤杜醇》

1. 鲍明远《东武吟》:"荷杖牧鸡独。"

按,"荷",鲍诗原作"倚",当据改。(《文选》卷二十八,第1320页)

2.《诗》:"敝笱在梁,其鱼鲂鲤。"

按,"鲤",《诗经·敝笱》作"鳏",当据改。(《毛诗注疏》卷五,第491页)

七、《哭梅圣俞》

1. 桓公问:"何以共重吴声?"羊孚曰:"当以其妖而浮。"

按,"公"当作"玄",此或为形近而误,非谓"桓玄"为"桓公"也。(《世说新语笺疏》卷上之上,第157页)

2.《胤征》:"道人以木铎循于路。"

按,"循",《尚书·胤征》原作"徇"。(《尚书正义》卷七,第270页)

3.《汉书》:"嘘枯吹生。"

按,此为《后汉书·卷七十·郑太传》中句,故"汉"字前当脱一"后"字。(《后汉书》,第2258页)

八、《游章义寺》

1. 退之诗:"顾视窗壁间,亲戚竞觇鸾。"

按,"鸾",韩愈《赠张籍》原作"矕",当据改。"矕,也",与"鸾"为两字。(《韩昌黎诗系年集释》卷七,第831页)

2. 乐天偈云:"盘陁石上,苍松影里。六根之源,湛如止水。"

按,"六根之源,湛如止水",出白居易《八渐偈·定偈》;但"盘陁"二句,未详出处,此或是白诗另一版本。(《白居易集校笺》卷三十九,第2643页)

3. 曹道冲云:"闲闲只要□元神。"

按,宋俞琰《周易参同契发挥》载有此句,"□"彼作"养",可从。

4. 韦应物诗:"情虚澹泊生,境寂尘想灭。"又:"眼暗文字废,心闲道心精。"

按,"想",韦应物《同元锡题琅琊寺》作"妄"(《韦应物集校注》卷七,第482页);

"子",韦诗《寓居永定精舍》原作"字";"心闲",原作"身闲",于义并长,当据改。(《韦应物集校注》卷八,第505页)

九、《送宋中道通判洺州》

《汉志》曰:"魏文侯时,……,史起进曰:'魏民之行田也以百亩,邺独二百亩,是田恶也。'"

按,"民",《汉书·沟洫志》原作"氏"。(《汉书》卷二十九,第1677页)

十、《送张公仪宰安丰》

1.《邶风·匏有苦叶》:"士如妇妻,迨冰未泮。"
按,"妇"当作"归"。
2. 韩诗:"去去朔寥廓。"
按,"朔",韩愈《送郑十校理》原作"翔",当据改。(《韩昌黎诗系年集释》卷七,第736页)

十一、《送陈谔》

淳化三年,试《卮言日出赋》。焓命糊名考校,分为五等,状元孙何。
按,"焓"当作"始"。《宋史·选举志》曰:"淳化三年,……,仍糊名考校,遂为例。""遂为例"即"始"之意。(《宋史》卷一百五十五,第3608页)

十二、《云山诗送正之》

韩《祭李氏文》:"出从于人,既相谐嬉。"
按,"嬉",韩愈《祭李氏二十九娘子文》原作"熙",当据改。(《韩昌黎文集校注》卷五,第342页)

[庚寅增注]

一、《送乔秀才归高邮县》

1. 藜羹不糁止,犹有饭也。
按,此句不详所谓,疑有讹脱。
2. 杜诗:"风幔不依栖。"
按,"栖",杜甫《西阁口号呈元二十一》原作"楼",当据改。(《杜诗详注》卷十

八,第1560页)

二、《将冠》

山谷诗:"有弟有弟力持家,归能养姑供珍鲜。"

按,"归",黄庭坚《送王郎》原作"妇";"鲜",黄诗原作"鲑",并当据改。(《山谷诗集注》卷一,第31页)

《王荆文公诗李壁注》卷十四

一、《和甫如京师微之置酒》

王晳,字微之,时知江宁。

按:"晳",清绮斋本作"皙"。本书卷四十八(第1336页)《谢微之见过》题下注亦曰:"王晳,字微之。"

二、《别孙莘老》

1. 夫子曰:"自吾得间,门人益风。"

按,注文难通。《史记·仲尼弟子列传》曰:"自吾有回,门人益亲。",谓颜回也。李壁所引或是此句。(《史记》卷六十七,第2188页)

2. 相随身留而形往也,故下又云"想见"。

按,标点与注文皆应有误。"相随"乃王诗原文,即"我心得自如,今与子相随"。"身留而形往",此语有病:身即留矣,形何能往?观"我心"之句,"形"当作"心",如此文意方通。

三、《寄丁中允》

《诗》:"就其浅矣,方之舟之。"

按,《诗经·谷风》原作:"就其深矣,方之舟之;就其浅矣,泳之游之。"当据增改。(《毛诗注疏》卷二,第202页)

四、《示平甫弟》

1. 司马相如:"宜春宫临曲江之陁。"

按,《史记·卷一百十七·司马相如传》载:"(上)还过宜春宫,相如奏赋以哀二世行失也,其辞曰:'……,临曲江之隉州兮,……'"据此,则"宜春宫"与"临曲江之隉"并非连续之文,非谓"宜春宫"位于"曲江之隉"也。(《史记》,第 3054—3055 页)

2. 有林回弃壁之风。

按,"壁"当是"璧"之误字。"林回弃千金之璧"见《庄子·山木篇》,大德本即作"璧"。(《庄子集释》卷七上,第 685 页)

3. 朱晦翁在史院,酒半,尝为子诵此二句,意气甚伟云。

按,"子"当是"予"之误字,大德本、清绮斋本作"余"。

五、《忆蒋山送胜上人》

唐人诗:"但闻烟外钟,不见烟中寺。"

按,此苏轼诗,题为《梵天寺见僧守诠小诗清婉可爱次韵》。(《苏轼诗集合注》卷八,第 357 页)

六、《相国寺启同天道场行香院观戏者》

范忠宣尝言:"人将官职,只好作奉使借官看。人之处世,亦何异戏者哉?只作侏优看,又何忻怨之有?"

按,"宣"字下,当脱一"公"字,"范忠宣公"谓范纯仁也,纯仁字尧夫,范仲淹之子。《晁氏客语》载此事,原作:"范尧夫尝谓:人作贵官,只将如奉使借官看,便无事。"则李壁注所引范忠宣公之语至"官看"而止;"人之处世"至"之有"为李壁疏解之语,不当在引号内。

七、《马上转韵》

1. 杜子美诗:"年华冉冉催人老,风物萧萧又变秋。"

按,此为苏舜钦《秋怀》诗中句;苏舜钦字子美,故"杜"当作"苏"。(《苏舜钦集》卷七,第 79 页)

2. 古诗《□歌行》:"忆昨去家此为客,荷花初红柳条碧。"

按,此为李白诗,题为《幽歌行上新平长史兄粲》,故"□"当作"幽"。(《李太白全集》卷七,第 379 页)

八、《乙巳九月登冶城作》

杜牧诗:"不改中南色,其余事事新。"

按,此为刘禹锡诗,题为《初至长安》;"中南",刘诗原作"南山"。(《刘禹锡集》

卷二十二,第283页)

九、《估玉》

又唐人诗:"堆金柱北斗。"

按,此白居易诗,题为《劝酒》;"堆金"前有"身后"二字;"柱"白诗原作"拄",当从。(《白居易集笺校》卷二十一,第1452页)

十、《信都公家白兔》

1. 杜诗《宿赞公房》:"身在水晶域。"

按,"身",杜甫《大云寺赞公房四首》(其一)作"心",当据改。(《杜诗详注》卷四,第333页)

2. 《抱朴子》:"兔寿千五百岁,其色白。"

按,李壁此条引自《艺文类聚》,此书卷九十五"兔"类原作:"兔寿千岁,满五百岁则色白。"揆李壁之意,标点或当作:"兔寿千,五百岁其色白。"(《艺文类聚》,第1650页)

3. 韩诗:"金鸦一腾翥,六合俄清新。"

按,"一",韩愈《送惠师》原作"既",当据改。(《韩昌黎诗系年集释》卷二,第194页)

十一、《车螯二首》(其一)

郭璞《江赋》:"玉珧海月,肉吐石华。"

按,"肉吐",《江赋》原作"土肉";"玉"原作"王"。(《文选》卷十二,第563页)

十二、《赋枣》

司马彪诗:"奠愿神龙来,扬光以见烛。"

按,"奠",司马彪《赠山涛》原作"冀"。(《文选》卷二十四,第1131页)

[庚寅增注]

一、《别莘老》

1. 韩诗:"下马入省门。"

按,"马",韩愈《寄崔二十六立之》原作"驴",当据改。(《韩昌黎诗系年集释》卷

八,第860页)

2. 古诗:"以我径寸心,从吾千里外。"

按,此沈约《饯谢文学》中句;"吾",沈诗作"君",当从。(《谢宣城集校注》卷四,第305页)

二、《示平甫弟》

毕耀诗:"寓形薪火内,甘作天地客。与物无疏亲,斗酒胜竹帛。"

按,此独孤及诗,题为《客舍月下对酒醉后寄毕四耀》;"疏亲",原作"亲疏"。(《全唐诗》卷二百四十六,第2761页)

三、《忆蒋山送胜上人》

庚桑子诗云:"鱼乐深渺,鸟慕靓深。"

按,此句未明出处,柳宗元《零陵三亭记》曰:"鱼乐广闲,鸟慕静深。"不知李壁所引是此否?(《柳宗元集》卷二十七,第738页)

四、《车螯二首》(其二)

退之诗:"寒日万里晒。"

按,"寒",韩愈《朝归》原作"秋"。(《韩昌黎诗系年集释》卷十二,第1227页)

五、《同昌叔赋雁奴》

□□□老翁飘零已是沧海客。

按,句见杜甫《惜别行送向卿进奉端午御衣之上都》,原作:"卿到朝廷说老翁,漂零已是沧浪客。"(《杜诗详注》卷二十一,第1891页)

《王荆文公诗李壁注》卷十五

一、《寓言十五首》(其三)

1. 当时独公是先生刘贡父素与公善,一书争之,最为切至。今附于此:"……不能使民家给人足,□称贷之患……"

按,"□",刘攽《与王介甫书》原作"无",可据补。句见《全宋文》卷一四九七(第69册),第81页。

2. 百头千绪。

按,"百",原作"万"。(《全宋文》第 69 册,第 81 页)

3. 今郡县之吏,方以青苗钱为殿最。

按,"方"原作"率"。(《全宋文》第 69 册,第 81 页)

4. 若是乎周公之为,桀、跖嗃笑,桁杨接槢也。

按,标点、注文皆有误,当作:"若是乎周公之为桀、跖嗃矢,桁杨接槢也。"故"笑"当作"矢"。"嗃矢"为《庄子》之文。《全宋文》此处以"嗃"字属下读,标点似欠妥。(《全宋文》第 69 册,第 82 页)

5. 且朝廷取青苗之息,专为备百姓不足,至其盈溢,能以贷贫,不赋役乎？

按,"取"字,原文无此,衍文也;又"能以贷"标点当作"能以代贫下赋役乎？","不"当是"下"之误。(《全宋文》第 69 册,第 82 页)

二、《寓言十五首》(其四)

《荀子·儒效》篇:"四海之内若一家,通达之属莫不服从。"

按,"服从",《荀子》原作"从服",盖上古汉语如此,当据改。(《荀子集解》卷四,第 121 页)

三、《寓言十五首》(其五)

《管子·牧民》篇:"士相与言仁义与间燕。"

按,今本《管子》无此句,《汉书·货殖传》载:"管子云:'士相与言仁谊与闲宴'",未知李壁所引为此句否？(《汉书》卷九十一,第 3679 页)

四、《寓言十五首》(其六)

《韵书》:"芒,草岸；铓,刃耑,皆言其经也。"

按,卷末"庚寅增注"有"莛芒"一条,与此重复。"岸"彼作"耑"(即"端"字);"经"彼作"细",之后有"故"字,当从。"皆言其细故也"为李壁之语,不当在引号内。

五、《寓言十五首》(其八)

裴骃案,"《新序》曰:'申子之书,言人主当执术任刑,因循以督责臣下。其责深刻,故号曰术。'"

按,"任刑",《史记·卷六十三·老子韩非列传》"喜刑名法术之学"句下,裴骃集解所引《新序》作"无刑",当据改。(《史记》,第 2146 页)

六、《寓言十五首》（其十）

《语》："攻其恶，无攻人之恶。子贡好方人，孔子曰：'赐也贤乎哉？夫我则不暇责之深矣。"

按，标点及注文皆有误。当作：《语》："攻其恶，无攻人之恶。""子贡方人。子曰：'赐也贤乎哉？夫我则不暇。"责之深矣。"责之深矣"盖为李壁之语，非《论语》原文；"好"字为衍文，当删。(《论语正义》卷十五，第509页；卷十七，第588页)

七、《寓言十五首》（其十三）

《荀子·乐论》："墨子曰：'乐者，圣人之所作也，而儒者为之，过也。'君子以为不然。"

按，"作"，《荀子》原作"非"；从"人"原作"王"，当从。(《荀子集解》卷十四，第381页)

八、《舟中读书》

又："低心逐时好，苦勉秖能暂。"

按，"好"，韩愈《秋怀十一首》（其七）原作"趋"；"秖"原作"只"。(《韩昌黎诗系年集释》卷五，第552页)

九、《读进士试卷》

《梁书·萧子显传》："简文在东宫时，每引与宴。子显尝起更衣，简文谓坐客曰：'尝闻异人间出，今日始知是萧尚书。'"其见重如此。

按，注文、标点皆有误。《梁书·萧子显传》"与宴"间有一"促"字，当据补。"其见重如此"乃《梁书》正文，不当别出。(《梁书》卷三十五，第512页)

十、《寄题郢州白雪楼》

张景阳诗："不见郢中曲，能不居然别。阳春无和者，巴人皆下节。"

按，"曲"，张景阳《杂诗十首》（其五）作"歌"；"不"，原作"否"。(《文选》卷二十九，第1380页)

十一、《圣俞为狄梁公孙作诗要予同作》

《陆机传》："伊生抱明允以婴戮，文子怀忠义而齿剑。"

按,高克勤校曰:"'文子'原作'丈子',据《晋书·陆机传》改,"是。然"义",《晋书》《文选》皆作"敬",亦当据改。(《晋书》卷五十四,第1474页)

十二、《蒙亭》

1. 谢尚论"处者为优,出者为劣"之类。

按,"尚"当作"万",《晋书·卷七十九·谢万传》载:"(万)叙渔父、屈原、季主、贾谊、楚老、龚胜、孙登、嵇康四隐四显为《八贤论》,其旨以为'处者为优,出者为劣'。"(《晋书》,第2086页)

2. 后魏邢峦为梁、秦二州刺史,奏欲图蜀,曰:"萧深藻是裙屐少年,木洽治务。"

按,据《北史·卷四十三·邢峦传》,"木"当是"未"之误字。高克勤本读"木"为"不",亦误。(《北史》,第1581页)

十三、《和王乐道烘虱》

《汉·冯异传》:"光武自蓟晨夜驰至芜蒌亭,时天气烈异,上豆粥。"

按,标点及注文皆有误。当作:"时天寒烈,异上豆粥。"异者,冯异也。(《后汉书》卷十七,第641页)

十四、《和农具诗十五首》(钱镈)

1. 退之诗:"挑塞与钱镈。"

按,韩愈《晚秋郾城夜会联句》原作"桃塞兴钱镈",当据改。(《韩昌黎诗系年集释》卷十,第1038页)

2. 孔子曰:"观其器而知工之巧。"

按,《礼记·礼器》载此,作:"蘧伯玉曰:'君子之人达,故观其器而知其工之巧,观其发而知其人之知。'"当据改。(《礼记正义》卷二十四,第756页)

十五、《和农具诗十五首》(耰锄)

《过秦论》:"陈涉以戍卒,不用弓戟之兵,钼耰白挺,望屋而食,横行天下。"

按,"挺",清绮斋本作"梃",当从。

十六、《和农具诗十五首》(被襫)

贾谊曰:"今民卖僮者,为之绣衣丝履,备诸缘内之闲中,是古天子后服,庶人得以衣婢妾。"

按,标点与注文皆有误。《汉书·卷四十八·贾谊传》原作:"为之绣衣丝履偏诸缘,内之闲中。""偏诸缘"三字属上读,颜师古注曰:"偏诸,若今之织成以为要襻及褾领者也。"(《汉书》,第2242—2243页。)

十七、《和农具诗十五首》(耕牛)

1.《敕勒川歌》:"烟苍苍,野茫茫。"

按,"烟",今多作"天",备考。

2.《孟子·告子》篇:"扬子取为我,拔一毛而利天下,不为也。"

按,"扬"当是"杨"之误字。

3.《选》诗:"七襄不成文。"

按,此《文选》所录颜延年诗,题为《夏夜呈从兄散骑车长沙》;"不"原作"无"。《诗经·大东》原作"虽则七襄,不成报章",李壁盖一时误记也。(《文选》卷二十六,第1203页)

十八、《和农具诗十五首》(水车)

汉阴老人抱瓮而灌。子贡曰:"凿木为机,后重前轻,挈水若流,其名桔槔。"

按,"流",《庄子·天地篇》原作"抽"。(《庄子集释》卷五上,第433页)

十九、《和农具诗十五首》(耘鼓)

退之诗:"昨日州前搥大鼓,嗣皇继圣登夔皋。"

按,"日",韩愈《八月十五夜赠张功曹》原作"者",当从。(《韩昌黎诗系年集释》卷三,第257页)

二十、《和农具诗十五首》(牧笛)

《文选》:"缀平台之逸响,采南陂之高咏。"

按,"陂",沈约《宋书谢灵运传论》原作"皮";"咏",原作"韵",并当据改。(《文选》卷五十,第2219页)

[庚寅增注]

一、《寓言十五首》(其五)

杜诗:"诜诜胄子行。"

按,"诜诜",杜甫《题衡山县文宣王庙新学堂呈陆宰》原作"侁侁"。(《杜诗详注》卷二十三,第2079页)

二、《和农具诗十五首》(田庐)

《孟子》注:"藉者,借人相借力,助之也。"
按,标点及注文皆有误。当作:"籍者,借也。犹人相借力助之也。"(《孟子正义》卷十,第334页)

三、《和农具诗十五首》(牧笛)

杜诗:"日落在平地。"
按,杜诗《羌村三首》(其一)原作"日脚下平地",当据改。(《杜诗详注》卷五,第391页)

《王荆文公诗李壁注》卷十六

一、《次韵酬微之赠池纸并诗》

1. 杨次公《盐铁论》:"内无其质而外学其文,若镂冰画脂,费日损功。"
按,高克勤校曰"杨,当作桓。桓宽字次公,撰有《盐铁论》",是。此处"镂冰画脂",《盐铁论卷五·殊路》原作"画脂镂冰",当据改。(《盐铁论校注》,第272页)
2. 《卫恒传》:"梁鹄乃益为版,饮之酒,候真醉而窃其柑,遂以书名。"
按,"真",《晋书·卷三十六·卫恒传》原作"其"。(《晋书》,第1064页)

二、《酬冲卿月晦夜有感》

张昌龄诗:"暗尘随马去"。
按,此为苏味道诗,题为《正月十五夜》。《历代诗话续编》所载《本事诗》载张昌龄与苏味道相谑之事中有此句。李壁或误记。(《历代诗话续编》,第21页)

三、《送子思兄参惠州军事》

1. 《赵世家》:"小儿被曰文葆。"
按,此乃《史记·卷四十三·赵世家》"文葆"集解所引徐广之语,非《史记》原文,且注中无"文"字,"文"乃《史记》正文,误衍"集解"之中,当据删。(《史记》,第1784页)

2. 退之诗:"鹏搴堕长翮。"

按,"搴",韩愈《送惠师》原作"骞"。(《韩昌黎诗系年集释》卷二,第 194 页)

3.《柳子厚墓志铭》:"以此较彼,孰为得失?"

按,韩愈原文作:"以彼易此,孰得孰失。"当据改。(《韩昌黎文集校注》卷七,第 513 页)

4. 东坡诗:"饥来嗅空案,空案一字不堪煮。"

按,"嗅",苏轼《虔州吕倚承事年八十三读书作诗不已》原作"据";下句"空案"为衍文。(《苏轼诗集合注》卷四十五,第 2287 页)

四、《送董伯懿归吉州》

1. 退之诗:"乖隔非愿始。"

按,此王安石诗,题为《寄朱氏妹》,见本书卷八,第 200 页。

2.《后汉·何进传》:"郑康成以幅巾而见汉辅。"

按,"何进传"当作"郑玄传"。汉辅者,何进也。事见《后汉书·卷三十五·郑玄传》:"大将军何进闻而辟之……进为设几杖,礼待甚优。玄不受朝服,而以幅巾见。一宿逃去。"(《后汉书》,第 1208 页)

3.《左氏》:"先君虽终,言犹在耳。"

按,"先",《左传》原作"今"。(《春秋左传注》,第 559 页)

4. 退之《寄崔立之》诗:"新恩释御羁。"

按,"御",韩诗原作"衔",当从。(《韩昌黎诗系年集释》卷八,第 862 页)

五、《八月十九日试院梦冲卿》

古书云:"东方有扶桑之木,其高万仞。日下浴于旸谷,上拂于扶桑。"

按,此所云"古书",实则《楚辞·九歌·少司命》"暾将出兮东方,照吾槛兮扶桑"之注文,王逸所撰也;"日"后有"出"字;"旸",原作"汤"。(《楚辞补注》,第 74 页)

六、《平甫归饮》

1. 退之诗:"我虽官在朝,气势已局缩。"

按,"已",韩愈《送诸葛觉往随州读书》原作"日",当据改。(《韩昌黎诗系年集释》卷十二,第 1272 页)

2. 郑谷诗:"一年流泪同,万里相思各。"

按,此吴均诗,题为《酬萧新浦王洗马三首》(其二)。(《文苑英华》卷二百四十,第1207页)

七、《答陈正叔》

1. 古诗:"规行无旷迹,短步岂逮人。"

按,此陆机乐府诗,题为《长安有狭邪行》;"短",陆诗原作"矩"。规、矩对言,当据改。(《文选》卷二十八,第1305页)

2. 退之《进学解》:"踵常徒之促促"。

按,"徒",韩文原作"途",当据改。(《韩昌黎文集校注》卷一,第48页)

八、《过食新城藕》

1. 少陵《病橘》:"纷纷不适口,岂止存其皮。"

按,"纷纷",杜诗原作"纷然",当据改。(《杜诗详注》卷十,第853页)

2. 《穆天子传》:"西王母献素莲一房。"

按,《穆天子传》无此记载。任渊注黄庭坚《赣上食莲有感》引王子年《拾遗记》曰:"西王母见穆天子,进素莲,一房百子。"此或是李壁误记也。(《山谷诗集注》卷一,第18页)

3. 《家语》:"曾参,齐尝聘欲与为卿,而不就,曰:'吾父母在,食人之禄,则忧人之事,故君不忍远亲而为人役也。'"

按,"父母在",《孔子家语·七十二弟子解》卷九原作"父母老",当据改。

九、《明州钱君倚众乐亭》

1. 《周礼·秋官·职金》:"旅干上帝,见洪其金版。"

按,高克勤先生校曰:"旅于上帝,则共其金版",是。然"于""于"有别,活字本"干"实为"于"字少一钩之误,《周礼·秋官·司寇》正作"旅于"。(《周礼注疏》卷三十六,第954页)

2. 唐韩滉遣使献罗,每檐天与白金一版。

按,注文难晓。据《资治通鉴》卷二百三十一所载韩滉之事,"罗"字前脱一"绫"字;"檐天"原作"担夫"。(《资治通鉴》,第7428页)

3. 李德裕诗:"仙女是董双成,桂殿夜凉吹玉笙。"

按,据《苕溪渔隐丛话》后集卷十二"李赞皇"条所载,"是"当作"侍",且此字下应当点断。(《苕溪渔隐丛话》,第91页)

4. 唐王毂诗:"灵鼍震叠神仙去。"

按,《唐诗纪事》卷七十"王毂"条载此,作"灵鼍振摄神仙出",当据改。(《唐诗纪事》,第1044页)

5.《汉·郊祀志》:"安期仙者,通蓬莱中,合则见人,不合则隐。"

按,《汉书·卷二十五上·郊祀志》"安期"字下有"生"字,当据补。(《汉书》,第1217页)

十、《答裴煜道中见寄》

1. 乐天《早秋晚望》诗:"穿霞日脚直,驰雁风头利。"

按,"驰",白居易诗原作"驱"。(《白居易集笺校》卷十,第569页)

2.《选》诗:"雨足洒四溟。"

按:此张景阳《杂诗十首》(其十)。(《文选》卷二十九,第1384页)

十一、《余寒》

1. 张祜诗:"马毛带雪汗气蒸,五花连钱旋作冰。"

按,此岑参诗,题为《走马川行奉送出师西征》,非张祜诗也。(《岑参集校注》卷二,第95页)

2. 杜诗:"君看云中雁,禽鸟亦有行。"

按,"君",杜甫《遣兴三首》(其一)原作"仰",当据改。李壁或因"君看随阳雁"而误记。(《杜诗详注》卷六,第493页)。

十二、《和微之药名劝酒》

李贺诗:"有酒且滴真珠红。"

按,"有酒且",李贺《将进酒》作"小槽酒",当据改。(《三家评注李长吉歌诗》,第164页)

十三、《客至当饮酒二首》(其二)

1. 杜诗:"日月双车毂。"

按,此方岳《唐律十首》(其四)中句。(《全宋诗》卷三二〇一,第38329页)

2. 唐人《胡僧歌》:"手种青松今十围。"

按,此岑参诗,题为《太白胡僧歌》。(《岑参集校注》卷五,第487页)

3. 杜诗:"时来展才力,先后无好丑。"

按,"好丑",杜甫《遣兴三首》(其三)作"丑好","好"字位于韵脚。李壁改字以从王。(《杜诗详注》卷七,第548页)

十四、《乙未冬妇子病至春不已》

《尔雅》:"二十八宿及诸星皆循天左行,一日一夜一周天。日月五星则右行,日行一日一周天,月行一月一周天。"

按,标点、注文皆有误。"二十八宿"至"则右行"为《尔雅》疏中语,非《尔雅》正文(《尔雅注疏》卷六,第93页)。以下为《史记》索隐中语,《史记·五帝本纪》"岁三百六十六日"索隐曰:"日行迟,一岁一周天;月行疾,一月一周天。"以此推之,注文"日行一日"当作"日行一岁"。(《史记》卷一,第19页)

十五、《强起》

颜延年诗:"幽人不能寐,耿耿夜何长?"

按,"幽",《文选·伤歌行》作"忧",题为"乐府三首",未著作者姓名;《玉台新咏》题为魏明帝所作。李壁此处题为颜延年所作,未详所据。(《文选》卷二十七,第1278页;《玉台新咏笺注》卷,第68页)

十六、《饮裴侯家》

1.《文选》:"歌吟四起。"

按,"吟",《文选》载江淹《恨赋》原作"吹"。(《文选》卷十六,第747页)

2. 萧颖士《伐樱桃赋》:"骈朱实以星繁。"

按,高克勤校曰:"'伐'字原脱,据《全唐文》卷三百二十二补",是。然《全唐文》题为"伐樱桃树赋",并脱一"树"字,且注文当作"骈朱实兮星灿"。"骈朱实以星粲"乃萧颖士文集中语,非《全唐文》也。(《全唐文》,第3262页)

3. 杜诗:"脱身簿领间,始与棰楚辞。"

按,杜甫《送高三十五书记十五韵》作"脱身簿尉中,始与捶楚辞。"(《杜诗详注》卷二,第127页)

[卷末补注]

《送董伯懿》

《通鉴》载高祖语乃云:"借史叛去,如以蒿箭射蒿中耳。"

按,"史",《资治通鉴》原作"使",当据改。(《资治通鉴》卷一百八十六,第5824页)

[庚寅增注]

一、《答陈正叔》

朱敬则《谏武后尚威刑疏》云:"急促无善迹,促任少和声。"亦此意也。

按,"促",《旧唐书·朱敬则传》作"趋";"任"原作"柱",当据改。(《旧唐书》卷九十,第2914页)

二、《明州钱君倚众乐亭》

杜诗:"去荚草,转置水中央。"

按,为杜甫《除草》中句,杜诗题下注曰:"去荚草",抑或李壁所见杜诗版本,"去荚草"即标为诗题。"置"原作"致"。(《杜诗详注》卷十四,第1204页)

三、《爱日》

《水经注》:"阴沟始乱濊荡,终别于沙而过水出焉。"

按,"过",《水经注·阴沟水》"东南至沛,为濄水"句下注原作"濄",当据改。标点亦当于"沙"字下点断。(《水经注校释》卷二十三,第412页)

四、《忆鄞县东吴太白山水》

韩诗:"别讵几何。"

按,韩愈《送侯参谋赴河中幕》作"一别讵几何",当是偶脱"一"字。(《韩昌黎诗系年集释》卷六,第715页)

五、《和微之药名劝酒》

晋武赐张华侧理纸万番,南越所献也。汉人言陟狸,狸与侧理相乱。南人以海苔为纸,其理纵横邪侧,因以为名焉。

按,据《太平御览》,后一"狸"字当为衍文(《太平御览》卷六百五,第2724页);据《太平广记》,则后一"狸"字前当脱一"陟"字,且《太平广记》"狸"皆作"厘"。(《太平广记》卷二百三十一,第1768页)

六、《客至当饮酒》(其二)

庾信云:"树犹如此,人其可知。"

按,"人其可知",庾信《枯树赋》作:"人何以堪。"(《庾子山集注》卷一,第53页)

七、《疥》

《前汉》:"灌夫中疮十余,适有万金良药,故得不死。"

按,"疮",《汉书·卷五十二·窦田灌韩传》原作"大创";"不",原作"无",当据改。(《汉书》,第2382页)

《王荆文公诗李壁注》卷十七

一、《和平甫舟中望九华山四十韵》

1. 杜诗:"挂李盘根□"□《铁堂峡》诗:"修纤无限竹,嵌空太始云。"

按,高克勤先生校曰:"铁堂峡",原作"纤堂峡",据《九家集注杜诗》卷六改。高先生所校无误,但漏校三处。"挂李盘根□"当作"仙李蟠根大",此杜诗《冬日洛城北谒玄元皇帝庙》中句(《杜诗详注》卷二,第91页);"太始云"当作"太始雪",雪积而未化,言山之高也。"□"出现两处,亦无理由,空一处即可,盖误衍一"□"。(《杜诗详注》卷六,第677页)

2. 杜诗:"万点蜀山夹尖峰。"

按,"夹尖峰",杜诗《送张十二参军赴蜀州因呈杨五侍御》原作"尖","夹""峰"乃衍文,当据删。(《杜诗详注》卷三,第196页。)

3. 《匈奴传》:"顾无喋喋呫呫,冠固何当。"

按,"呫呫",《汉书·匈奴传》原作"占占"。颜师古注曰:"占占,衣裳貌也。"《史记·匈奴列传》所载同。(《汉书》卷九十四上,第3760页)

二、《重和》

1. 《前汉·郊祀志》:"武帝欲放黄帝以接神人蓬莱,高世此德于九皇。"

按,"此",当作"比"。(《汉书·郊祀志》卷二十五上,第1233页。)

2. 《刘向传》:"始云:'舜命九官,济济相逊。'"

按,"逊",《汉书·楚元王传》作"让"。(《汉书》卷三十六,第1933页)

3. 杜诗:"五月江声草阁寒。"

按,"声",杜诗《严公仲夏枉驾草堂兼携酒馔》原作"深",当据改。(《杜诗详注》卷十一,第904页)

4. 又道书:"九老清都君。"

按,"清",《云笈七签》等皆作"仙"。(《云笈七签》卷四十一,第902页)

5. 退之诗:"□弘醉兀兀。"

按,现存韩诗无"弘醉兀兀"四字,此或是韩诗《答张彻》"觥秋纵兀兀"之阙讹。"兀兀",醉之貌也。(《韩昌黎诗系年集释》卷四,第397页)

6. 筑者呕曰:"泽门之晳,实兴我役。邑中之黔,实慰我心。"

按,"呕"原作"讴";"晳",乃"晳"之误字,晳、黔对言也。(《春秋左传注》,第1032页)

三、《次韵和中甫兄春日有感》

1. 《管子》第五篇:"正月令农始服,作于公曰农耕。及雪释。"

按,注文与标点皆有误。当作《管子》第五篇:"正月,令农始作,服于公田,农耕。及雪释,……"(《管子校注》,第91页)

2. 李郢诗:"村桥西路雪初晴,云腹沙干马足轻。"

按,"腹",李郢《送刘谷》原作"暖"。(《全唐诗》卷五百九十,第6850页)

3. 隋炀帝大业元年,筑西苑,宫树秋冬凋落,则剪彩为叶,……沼内亦剪彩为荷芰芡菱,乘舆游幸,则去水而布之。

按,"去水",《资治通鉴·隋纪四》作"去冰",当从。盖"冰"异体字有作"氷"者,与"水"相似,故误尔。(《资治通鉴》卷一百八十,第5620页)

4. 《贾生传》:"俗吏所务,在于刀笔箱箧。"注曰:"刀所以削书札。"

按,"吏"下,《汉书·贾谊传》原有"之"字,当据补;"箱",原作"筐",颜师古注曰:"筐箧所以盛书。"可证正文是"筐"字,当据改。(《汉书》卷四十八,第2245页)

四、《省兵》

而光武昆阳之众有八万,仍有在城者。

按,"八万",当是"八千"之讹。《艺文类聚》卷十二帝王部二载《续汉书》所评昆阳之战曰:"(光武)以数千屠百万,非胆智之至,孰能堪之。"又曰"时汉兵八九千人",故"万"当是"千"之讹。(《艺文类聚》,第235—236页)

五、《发廪》

《昭公·三年》:"齐其为陈氏乎?"

按,"乎",《左传》原作"矣"。(《春秋左传注》,第1234—1235页)

六、《感事》

《诗·小宛》篇:"彼昏不知,一醉日富。"

按,"一",《诗经·小宛》原作"壹"。(《毛诗注疏》卷十二,第1069页)

七、《美玉》

《韦贤传》:"复玷缺之难。"

按,"之"下,《汉书·卷七十三·韦贤传》尚有一"嫨"字。颜师古注:"嫨,古艰字。"(《汉书》,第3113页)

八、《寄曾子固》

1. 楚王曰:"……卧不安席,食不重味,摇摇如悬旌。"

按,"重",《史记·卷六十九·苏秦列传》作"甘";"摇摇"之前脱一"心"字(王安石诗曰"摇摇西南心",故"心"字不可脱),之后脱一"然"字。(《史记》,第2746页)

2. 《昭公·七年》:"抑谚曰:'蕞尔国而三世执其柄。'"

按,注文标点皆有误。"蕞尔国"乃谚语全文,应用单引号引起,"而"字后方为子产之语;"柄"字前,《左传》尚有"政"字,当据补。(《春秋左传注》,第1292页)

九、《同杜史君饮城南》

杜诗:"四明有狂客,号尔谪仙人。"

按,"四明",杜甫《寄李十二白二十韵》原作"昔年"。(《杜诗详注》卷八,第661页)

十、《有感》

1. 渊明诗:"时从墟里人,披草共来往。相见无杂言,佀道桑麻长。"

按,"从",陶渊明《归园田居五首》(其二)原作"复",当是形近而讹;"佀"当是"但"之误字。(《陶渊明集笺注》卷二,第83页)

2. 少陵有《遭田父泥饮诗》。又诗云:"相携行豆田,秋花晚菲菲。"

按,"晚",杜甫《甘林》原作"霸"。(《杜诗详注》卷十九,第 1668 页)

3. 退之诗:"猜嫌动置毒,对之辄怀愁。"

按,"之",韩愈《赴江陵途中》原作"案",当据改。(《韩昌黎诗系年集释》卷三,第 289 页)

4.《前汉·叙传》班嗣《报桓谭书》曰:"渔钓于一壑,则万物不奸其志;栖迟于一丘,则天下不能易其乐。"

按,《汉书·卷一百上·叙传》无"能"字,衍文也。以骈文对仗而言,亦不当有"能"字。(《汉书》,第 4205 页)

5.《汉书》:"上春秋高,阅天下之义理多。"

按,《汉书·卷四·文帝纪》:"上曰:'楚王,季父也。春秋高,阅天下之义理多矣。'"故主语为"上"之"季父",非"上"也。(《汉书》,第 111 页)

[卷末补注]

《收盐》

今重诱之,使相捕告,则县之狱必蕃。

按,王安石《上运使孙司谏书》"县"字前,脱一"州"字,当据补。(《王文公文集》卷三,第 41 页)

[庚寅增注]

一、《和平甫舟中》

退之文:"巡怒,鬓髯即张。"

按,"即",韩愈《张中丞传后叙》原作"辄";"鬓"原作"须"。(《韩昌黎文集校注》卷二,第 78 页)

二、《重和》

韩退之《宴喜亭记》:"宜其于山水,厌闻而饫见也。"

按,"厌闻而饫见",原作"饫闻而厌见"。(《韩昌黎文集校注》卷二,第 84 页)

三、《寄曾子固》

《汉·天文志》:"胃为天苍,其南众星之廥积。"

按,"胄",《汉书·卷二十六·天文志》原作"胃";"苍"原作"仓",与王诗合;

"之",原作"曰",并当据改。(《汉书》,第 1278 页)

四、《同杜史君饮城南》

杜牧诗:"觥船一棹百分空。"又:"上客如先起,应须赠一船。"

按,"上客"之句,为刘禹锡《抛球乐词》(其一),非杜牧诗。(《刘禹锡集》卷二十七,第 363 页)

《王荆文公诗李壁注》卷十八

一、《自州追送朱氏女弟宿木瘤僧舍明日度长安岭至皖口》

1. 苏子卿诗:"寒衣十二月,晨起践凝霜。"

按,《文选》载此诗原作:"寒冬十二月,晨起践严霜。"当据改。(《文选》卷二十九,第 1355 页)

2. 杜诗:"哀鸣独叫求其曹。"

按,"鸣",杜甫《曲江三章》(第一章)原作"鸿"。"哀鸿"与王诗"鸟骇"之"鸟"正合。(《杜诗详注》卷二,第 137 页)

二、《招同官游东园》

1. 陆士衡诗:"共与二三子。"

按,"共",陆机《赠冯文罴》原作"昔"。(《文选》卷二十四,第 1150 页)

2. 陈思王《赠友》诗:"眷我二三子。"

按,此为江淹所拟曹植诗,非"陈思王"之诗。(《文选》卷三十一,第 1455 页)

三、《试茗泉》

杜诗:"远洲通曲流,嵌窦泄潜濑。"

按,杜甫《万丈潭》原作:"远川曲通流,嵌窦潜泄濑。"当据改。(《杜诗详注》卷八,第 702 页)

四、《跃马泉》

1. 退之诗:"因风想玉珂。"

按,此为杜甫诗,题为《春宿左省》。(《杜诗详注》卷六,第 438 页)

2.《左氏》:"有斑马之声,齐师其遁。"

按,"斑"当作"班"字。(《春秋左传注》,第 1038 页)

五、《九井》

1. 习书穷猿。

按,此句疑有脱误。《晋书·卷九十二·李充传》曰:"穷猿投林,岂暇择木。"王诗曰"余声投林欲风雨",当用此语。"习",或是"晋书"之"晋"字。(《晋书》,第 2390 页)

2. 司马相如赋:"榜人歌声,流喝在虫,骇波鸿沸。"

按,标点、注文皆有误。句见《子虚赋》,原作:"榜人歌,声流喝,水虫骇,波鸿沸。"当据改。(《文选》卷七,第 354 页)

3. 张籍诗:"石上生菖蒲,一寸十二节,仙人劝我食,令我秋切雨如雪。"

按,"秋切雨",张籍《寄菖蒲》原作"头青面"。(《张籍集系年校注》卷七,第 834 页)

4. 东坡诗:"装回朱明洞,沙水自清香。谁把菖蒲根,欢息复弃置。"

按,此处讹误较多。苏轼《和陶杂诗十一首》(其六)原作:"徘徊朱明洞,沙水自清驶。满把菖蒲根,叹息复弃置。"当据改。(《苏轼诗集合注》卷四十三,第 2194 页)

六、《寄题众乐亭》

1. 书:"于游,于逸,于观。"

按,《尚书·无逸》原作:"于观,于逸,于游。"李壁倒序以从王,非也。(《尚书正义》卷十五,第 636 页)

2. 唐诗:"海月明孤斟。"

按,此乃秦观诗《海康书事十首》(其三)。(《淮海集笺注》卷六,第 238 页)

七、《书会别亭》

刘希夷诗:"洛阳城东花,飞来飞去落谁家。"王建诗:"春亦去,花亦不知春去处。"

按,刘诗"城东"下原有"桃李"二字,当据补。(《乐府诗集》卷第四十一,第 601 页);王建《春去曲》诗第一个"亦"原作"已",当据改。(《全唐诗》卷二百九十八,第 3385 页)

八、《题舒州山谷寺石牛洞泉穴》

太白诗:"但爱清见底,欲寻不知源。"

按,此为白居易诗,题为《游悟真寺诗一百三十韵》。(《白居易集笺校》卷六,第341页)

[庚寅增注]

一、《七星砚》

欧阳公《杂说》云:"星殒于地,腥矿顽丑,化为恶石。其昭然在上而万物仰之者,精气之聚尔。及其毙也,瓦砾之下若也。"

按,"之下"之"下",当是"不"之讹字。铜活字"不"缺去右边一点(、),故成"下"字。

二、《九鼎》

1.《拾遗录》:"周末大乱,九鼎飞入天驷。末世书谓入泗水,声转讹焉。"

按,"驷",《太平广记》"汉武帝"条原作"池";"谓"作"论,云"。(《太平广记》卷二百二十九,第1758页)

2.《吾丘寿王传》:"昔秦皇亲出鼎于彭城而不能得。天祚有德,而瑶鼎自出。"

按,"秦皇",《汉书》原作"秦始皇";"瑶",原作"宝",当是字坏而讹。(《汉书》卷六十四上,第2798页)

《王荆文公诗李壁注》卷十九

一、《如归亭顺风》

《文选》:"飞阁流丹,下临无地。"

按,"流丹",《头陁寺碑文》原作"逶迤"。(《文选》卷五十九,第2538页)

二、《垂虹亭》

《贾生传》:"豪殖而大强。"注:"殖,立也。"

按,"殖",《汉书》作"植",注同。(《汉书》卷四十八,第2260页)

三、《张氏静居院》

《华佗传》:"古之仙者为导引之事,名五禽之戏。一曰虎,二曰鹿,三曰熊,四曰猿,五曰鸟。引挽要体,动诸关节,以求难老。"

按,《三国志·魏书·华佗传》"引挽腰体,动诸关节,以求难老"十二字,在"名五禽之戏"前,当据改。(《三国志》卷二十九,第804页)

四、《次韵唐彦猷华亭十咏》(吴王猎场三)

《吴志》:"孙权好射虎,所乘马为虎所伤,投以双戟,虎却废,常从张武击以戈,获之。"

按,"武",《三国志·吴书·孙权传》原作"世",当据改。(《三国志》卷四十七,第1120页)

五、《次韵唐彦猷华亭十咏》(昆山九)

孙惠《与朱诞书》曰:"不意二陆,相携暗朝。一旦湮灭,道业沦丧。痛酷之深,荼毒难言。国丧隽望,悲岂一人?"

按,"二",《晋书·卷五十四·陆云传》原作"三",谓陆机、陆云、陆耽也;"隽",《晋书》原作"俊",并当据改。(《晋书》,第1486页)

六、《秃山》

《庄子》:"吴王浮江,登于狙之山。众狙见,恂然弃而走。"

按,此句《庄子·徐无鬼》原作"吴王浮于江,登乎狙之山。众狙见之,恂然弃而走。"(《庄子集释》卷八中,第846页)

《王荆文公诗李壁注》卷二十

一、《答曾子固南丰道中所寄》

《文公五年》:"晋阳处父聘于卫,反过宁。舍于逆旅宁嬴氏。嬴谓其妻曰:'吾求君子久矣,乃今得之。'举而从之。阳子遂与之语,及山而还。"注:"山,河内温山也。"

按,疑"文公五年"仅用以标明时间耳,其事《左传》《国语》并载,其文则杂而取

之;"遂",《国语》原作"道",当从。(《国语》卷十一,第394页)

二、《忆昨诗示诸外弟》

高适诗:"大漠穷秋草木腓。"

按,"草木",高适《燕歌行》原作"塞草",正与王诗合,当据改。(《高适诗集编年笺注》,第97页)

《王荆文公诗李壁注》卷二十一

一、《寄慎伯筠》

1. 李白诗:"猎家张兔罝,不能挂龙虎。所以青云人,高歌在岩户。"

按,"家",李白《送韩准裴政孔巢父还山》原作"客"。(《李太白全集》卷十六,第775页)

2. 吕居仁《教后生》诗:"未须极轩昂,且须就低敛。"

按,"低",吕居仁《闻大伦与三曾二范聚学并寄夏三十一四首》(其一)原作"收",李壁改字以从王。(《全宋诗》卷一六一九,第18172页)

3. 杜诗:"郁郁三千字,岌嶪蛟龙缠。"

按,"千",杜甫《观薛稷少保书画壁》作"大";"岌嶪蛟龙",杜诗作"蛟龙岌相",并当据改。(《杜诗详注》卷十一,第960页)

4. 退之诗:"嘿坐念语笑,痴如遇寒蝇。"

按,"嘿",韩愈《送侯参谋赴河中幕》原作"默"。(《韩昌黎诗系年集释》卷六,第716页)

二、《哀贤亭》

张景阳诗:"庭无贝公蓁。"

按,"贝",张载《杂诗十首》(其三)原作"贡",当据改。(《文选》卷二十九,第1379页)

三、《众人》

《汉·平帝赞》:"政自莽出,休证嘉应,颂声并作。至乎变见,民怨,莽亦不能文也。"

按,"证",《汉书》原作"征";"至乎变见,民怨",原作"至乎变异见于上,民怨于下"。详审文意,此处或为李壁之省文,标点作"至乎变见民怨"则更为合适。(《汉书》卷十二,第360页)

四、《河北民》

1. 河北人过河南逐热。

按,"逐热",大德本、清绮斋本作"逐熟",当据改。

2. 杜诗:"恸哭苍山盛。"

按,"山盛",杜甫《送樊二十三侍御赴汉中判官》作"烟根",当据改。(《杜诗详注》卷五,第352页)

五、《君难托》

古诗:"君心虽澹薄,妾意正相托。"

按,"相",清绮斋本作"栖",此为陆龟蒙诗,题为《古意》;"虽",陆诗作"莫"。(《全唐诗》卷六百二十七,第7199页)

[庚寅增注]

《君难托》

1. 张籍《乐府》:"忆昔君前娇笑语,两情琬转如荣华。"

按,"琬"当作"宛";"荣华",张籍《白头吟》作"萦素"。(《张籍集系年校注》卷一,第88页)

2. 杜诗:"万事反复何所益"。

按,"益",杜甫《杜鹃行》原作"无"。(《杜诗详注》卷十,第838页)

《王荆文公诗李壁注》卷二十二

一、《山行》

李白诗:"平头奴子摇大羽,五月不热如清秋。"

按,"羽",李白《梁园吟》原作"扇"。(《李太白全集》卷七,第391页)

二、《定林院》

1. 《书·顾命》:"敷重篾席,敷重底席。"

按,"底",《尚书》原作"厎"。伪孔传曰:"厎,蒻苹。"则厎、底二字有别。(《尚书正义》卷十八,第729页)

2. 又:"客从碧山下,山月随人归。"

按,"客",李白《下终南山》作"暮"。(《李太白全集》卷二十,第930页)

三、《送张宣义之官越幕二首》(其一)

乐天《和人咏江南名郡》诗云:"君是旅人犹苦忆,我为刺史更难为。"

按,"为",白居易诗原作"忘",正与王诗合。(《白居易集笺校》卷二十六,第1809页)

四、《昼寝》

杜诗:"主人屋上乌,人好乌亦好。"

按,"主",杜甫《奉赠谢洪李四丈》原作"丈",当据改。(《杜诗详注》卷十一,第953页)

五、《寄西庵禅师行详》

1. 白傅诗:"池残寥落水,窗下悠扬风。"

按,"风",白居易《秋日》作"日","日"字在韵脚。(《白居易集笺校》卷九,第495页)

2. 杜诗:"残阳西入崦,茅屋访孤僧。"

按,此为李商隐诗,题为《北青萝》。(《李商隐诗歌集解》,第2085页)

六、《赠上元宰梁之仪承议》

崔峒诗:"苍苔漏巷滋。"

按,"漏",崔诗《寄上礼部李侍郎》作"陋",当从。(《全唐诗》卷二百九十四,第3347页)

七、《草堂》

《北山移文》:"丛条瞋瞻,叠颖怒魄。"

按,"瞻",《文选·北山移文》原作"胆","胆""魄"对言,当据改。(《文选》卷四十三,第1960页)

[卷末补注]

一、《题雱祠堂》

《温公杂录》云:"前宣州旌德尉、□□□□、太子中允、崇政殿说书雱,介父之子也。"

按,据《续资治通鉴长编》卷二百二十六注文所引"温公日记","□□□□"乃"王雱上殿除"五字。"除"字属下读,标作"除太子中允";"雱"字亦当属下读,标点作:"雱,介甫之子也。"(《续资治通鉴长编》,第5510页)

二、《怀古》

富公彦国尝有《颂》云:"执相诚非破相,亦妄不执不破,是名实相。"

按,"妄"当是"妄"之误字,标点当作:"执相诚非,破相亦妄,不执不破,是名实相。"

[庚寅增注]

一、《半山春晚即事》

《毛诗·民劳》:"民亦劳止,迄可小息。"

按,"迄",《诗经·民劳》原作"汔"。(《毛诗注疏》卷十七,第1651页)

二、《与道原游》(其二)

《选》殷仲文诗:"广筵散泛爱,逸爵行胜引。"

按,"行",殷仲文《南州桓公九井作》原作"纡",当据改。(《文选》卷二十二,第1033页)

三、《静照堂》

李宣远诗:"一月无消息,西看日又流。"

按,"流",李宣远《近无西耗》原作"沉"。(《全唐诗》卷四百六十六,第5298页)

《王荆文公诗李壁注》卷二十三

一、《与宝觉宿僧舍》

杜牧《鸦》诗:"扰扰复翩翩,黄昏扬冷烟。"

按,"翩翩",杜牧《鸦》原作"翻翻"。(《杜牧集系年校注》,第440页)

二、《中书偶成》

《马援传》:"士至一世云云,乡里称善人,斯可矣。"

按,"至",《后汉书·卷二十四·马援传》原作"生"。(《后汉书》,第838页)

三、《华藏寺会故人得泉字》

杜诗:"东宫赐酒如流泉。"

按,此为苏轼诗,题为《九月十五日迩英讲论语终篇》。(《苏轼诗集合注》卷二十九,第1459页)

四、《秋风》

杜诗:"大风吹断柳"。

按,杜甫《遣怀》原作"天风随断柳"。(《杜诗详注》卷七,第605页)

五、《次韵唐公三首》(其一)

1. 杜诗《风疾舟中书怀》:"故国悲立望,群云惨岁阴。"

按,"立",杜甫《风疾舟中伏枕书怀三十六韵奉呈湖南亲友》作"寒",当据改。(《杜诗详注》卷二十三,第2092页)

2. "卷却波澜入小诗。"

按,此为苏轼诗,题作《元佑六年六月自杭州召还》,"卷却"句,原文作"文章曹植今堪笑,却卷波澜入小诗。"(《苏轼诗集合注》卷三十三,第1689页)

六、《次韵唐公三首》(其二)

又《荆王世家》:"今吕氏雅故推毂高帝就天下。"

按,"王"当作"燕",此燕王刘泽故事;"故"字下脱一"本"字。(《史记》卷五十

一,第 1995 页)

七、《次韵唐公三首》(其三)

卢纶诗:"青草湖将天暗合,白头浪与雪相和。"

按,此为韩偓诗,题为《雪中过重湖信笔偶题》。(《全唐诗》卷六百八十,第 7791 页)

八、《长垣北》

《选》诗:"居人掩关卧,行子夜中饭。"

按,"关",鲍照《乐府八首·东门行》原作"闺",当据改。(《文选》卷二十八,第 1323 页)

九、《冬日》

韩诗:"今既不如昔,后当不如今。"

按,此为白居易诗,题为《东城寻春》。(《白居易集笺校》卷十一,第 592 页)

十、《壬辰寒食》

1. 唐人诗:"白纶巾下发如丝,静倚枫根坐钓矶。"

按,此皮日休诗,题为《西塞山泊渔家》。(《全唐诗》卷六百十三,第 7065 页)

2. 白诗:"白发逐梳出,朱颜辞镜去。"

按,"出",白居易《渐老》作"落",李壁改字以从王。(《白居易集笺校》卷十,第 557 页)

十一、《雨中》

李白诗:"暂闲滋味胜长闲。"

按,李白集中无此诗。苏轼《六月二十七日望湖楼醉书》(其四)有句曰:"可得长闲胜暂闲",不知李壁所引为此否。(《苏轼诗集合注》卷七,第 319 页)

十二、《乘日》

颖滨尝云:"《绵》九章,事不接,文不属,如连山断岭,虽相去绝远,而气象联络,观者知其脉理之为,止此最为文高致也。"

按,"脉理之为,止",苏辙《诗病五事》原作"脉理之为一也",标点当于此点断;

"为文"下原有"之"字,当据补。(《苏辙集》,第1228—1229页)

十三、《秋露》

又韩诗:"独有知时鹤,虽鸣不绿身。"

按,"绿",韩愈《杂诗》作"缘"。(《韩昌黎诗系年集释》卷二,第246页)

十四、《将次洺州憩漳上》

杜诗:"天高逐望低。"

按,"天高",杜甫《出郭》原作"高天"。(《杜诗详注》卷九,第771页)

十五、《宜春苑》

杨文公诗:"风定落花深一寸,日迟啼鸟度千声。"

按,此为蔡襄诗,题为《甲辰寒日游公谨园池》;"定",蔡诗原作"静"。(《全宋诗》卷三九一,第4812页)

十六、《春日》

杜诗:"坐对贤人酒,门听长者车。"

按,"坐",杜诗《对雨书怀起邀许主簿》原作"座","座""门"对言。(《杜诗详注》卷一,第15页)

[庚寅增注]

一、《乌塘》

元稹诗:"祖名业新笋。"

按,"名业",元稹《酬乐天东南行诗一百韵》作"竹丛",当据改。(《元稹集》卷十二,第137页)

二、《雨中》

《左氏》:"或名难以间其国,启其疆土。"

按,"名",《左传》原作"多",正与王诗合;"间",原作"固"。(《春秋左传注》,第1247页)

三、《将次洺州》

杜诗:"罔两多深树。"

按,"罔两多",杜甫《月》作"魍魉移"。(《杜诗详注》卷十八,第1629页)

四、《宜春苑》

唐人丁仙芝诗:"平阻旧池馆,寂寞使人愁。"

按,"阻",丁仙芝《长宁公主旧山池》诗原作"阳"。(《全唐诗》卷一百十四,第1156页)

五、《春日》

李端诗:"车马虽嫌僻,莺燕不弃贫。"

按,此为郎士元诗,题为《送张南史》;"燕",郎诗原作"花",李壁改字以从王。(《全唐诗》卷二百四十八,第2782页)

《王荆文公诗李壁注》卷二十四

一、《秋兴和冲卿》

古诗:"苦哉远征人。"又:"城南有思妇。"

按,此两处皆为陆机诗,前者题为《乐府十七首·从军行》(《文选》卷二十八,第1297页);后者题为《为顾彦先赠妇二首》(其二),"城"陆诗作"东",当据改。(《文选》卷二十四,第1149页)

二、《次韵冲卿除日立春》

于武陵诗:"浮出若浮云,千回故复新。"

按,"出",于诗《洛阳道》作"世"。(《全唐诗》卷五百九十五,第6890页)

三、《金山寺》

唐人诗:"晚来题竹遍,幽独恐伤神。"

按,此句不知是否另有出处,杜甫《题郑县亭子》有句作:"更欲题诗满青竹,晚来幽独恐伤神。"(《杜诗详注》卷六,第484页)

四、《送孙子高》

李白诗:"何必儿女情,相看泪成行。"

按,"情",李白《留别贾舍人至二首》(其二)原作"仁"。(《李太白全集》卷十五,第738页)

五、《送董传》

储光羲诗:"一听南律曲,分明散客愁。"

按,"律",清绮斋本及储诗《洛桥送别》皆作"津",当从;"客",储诗原作"别"。(《全唐诗》卷一百三十九,第1413页)

六、《寄深州晁同年》

1. 陆韩卿诗:"陵陇多秀色,杨园多好音。"

按,此为王僧达诗,题为《答颜延年》;"陵",王僧达原作"麦"。(《文选》卷二十六,第1208页)

2. 太白诗:"初莛哀丝动豪竹。"

按,此为杜甫诗,题为《醉为马坠诸公携酒相看》;"莛",杜诗原作"筵",当据改。(《杜诗详注》卷十八,第1591页)

七、《自白土村入北寺二首》(其一)

1. 坡诗:"水作三虹流。"

按,"三",苏轼《郁孤台》原作"玉",当据改。(《苏轼诗集合注》卷三十八,第1942页)

2. 于武陵诗:"寒州满西日,空照雁成群。"

按,"州",于武陵诗原作"川"。(《文苑英华》卷二百三十二,第1168页,题作《赠王隐仙人》;《全唐诗》卷五百九十五,第6892页,题作《赠王隐者山居》)

八、《自白土村入北寺二首》(其二)

孟郊诗:"一雨百泉涨,两潭夜来深。"

按,"两",孟郊《汝州南潭陪陆中丞公宴》原作"南"。(《孟郊诗集校注》卷五,第197页)

九、《闲身》

郭璞《游仙诗》:"长揖当涂人,云来山林客。"

按,"云",郭璞《游仙诗七首》(其七)原作"去",当据改。(《文选》卷二十一,第1024页)

十、《还家》

柳诗:"远树重遮千里目。"

按,"远",柳宗元《登柳州城楼寄漳汀封连四州》原作"岭",王诗"阁目数重山"正用"岭"字意。(《柳宗元集》卷四十二,第1165页)

十一、《次韵景仁雪霁》

《选》诗:"春从沙际归。"

按,此为杜甫诗,题为《阆水歌》;全句为:"正怜日破浪花出,更复春从沙际归。"(《杜诗详注》卷十三,第1074页)

十二、《次韵范景仁二月五日夜风雪》

徐钗诗:"冥茫万事空。"

按,"钗"当是"铉"之误,见《苕溪渔隐丛话》(前集)卷二十五,第169页。

十三、《疟起舍弟尚未已示道原》

《赵世家》:"穷乡各异,世学多辨。"

按,"各",《史记·卷四十三·赵世家》原作"多";"世"原作"曲"。(《史记》,第2179页)

十四、《江》

韦应物诗:"失意还独语,多愁秪自知。"

按,此为张籍诗,题为《蓟北旅思》;"秪"原作"只"。(《张籍集系年校注》卷二,第125页)

十五、《寄纯甫》

1. 高适诗:"博陵无近信,犹未换春衣。"

按,此岑参诗,题为《送郭乂杂言》,当据改。(《岑参集校注》卷一,第29页)

2. 韩诗:"为留新赐火,向晚着朝衣。"

按,"为留",韩愈《寒食直归遇雨》作"惟将";"晚",韩诗作"曙"。(《韩昌黎诗系年集释》卷九,第940页)

十六、《江上二首》(其一)

1. 韩诗:"浅有葭苇"。

按,韩愈《郓州溪堂诗》原作:"浅有蒲莲,深有葭苇。"(《韩昌黎诗系年集释》卷十二,第1250页)

2. 李陵:"大泽葭苇中"。

按,"李陵"下,当脱一"传"字,此《汉书·卷五十四·李陵传》中句,谓李陵行军抵达泽苇之中。(《汉书》,第2453页)

3. 《战国策》载逸诗云:"行百里者,半九十如。"

按,"半九十如",《战国策·秦策》原作"半于九十",当是"如"误为"于",且排印上移所致。(《战国策》卷七,第269页)

4. 韩文《郑群墓志》:"客至请坐,相看竟不能设食。"

按,"请",韩愈《唐故朝散大夫尚书库部郎中郑君墓志铭》原作"清";"竟"上脱一"或"字,下脱一"日"字;"看",别本或作"对"。标点当作:"客至,清坐相看,或竟日不能设食。"(《韩昌黎文集校注》卷七,第518页)

十七、《江上二首》(其二)

《秦诗·黄鸟》:"如可赎号,人百其身。"

按,"号",当作"兮"。(《毛诗注疏》卷六,第609页)

[卷末补注]

《送董传》

《蔺相如传》:"赵王闻秦王善为秦声。客请奉盆瓶秦王,以相娱乐。"

按,"客",《史记·卷八十一·蔺相如列传》原无此字,当据删;"奉",原作"奏";"瓶",原作"瓵",并当据改。(《史记》,第2442页)

[庚寅增注]

《自白土村入北寺》（其二）

1. 王昌龄诗："万影皆因月,千声各为秋。"

按,此为刘方平诗,题为《秋夜泛舟》。(《全唐诗》卷二百五十一,第 2837 页)

《王荆文公诗李壁注》卷二十五

一、《夏夜舟中颇凉因有所感》

刘长卿诗："平生江海意,惟共白鸥闲。"

按,"闲",刘长卿《禅智寺上方怀演和尚寺即和尚所创》作"同",此"同"位于韵脚,当是李壁字误。(《刘长卿诗编年笺注》,第 180 页)

二、《孤桐》

谢朓《咏桐》诗云："孤桐北窗外,枝高百丈余。"

按,"枝高",谢朓《游东堂咏桐》作"高枝",李壁倒序以就王诗,非也。"丈"原作"尺"。(《谢宣城集校注》卷五,第 388 页)

三、《河势》

《汉志》："诸渠往二股引取之。"

按,"渠"字下,《汉书·卷二十九·沟洫志》尚有"皆"字;"往二",《汉书》原作"往往",此或是刻工将李壁之省字符误作"二"也。(《汉书》,第 1695 页)

四、《送河间晁寺丞》

又云："颓林竹兮揵石灾。"

按,"揵",《史记·卷二十九·河渠书》原作"楗"。(《史记》,第 1413 页)

五、《暮春》

尚书郎束晳曰："挚虞小生,不足以知之。"

按,"束晳"当作"束晳",句见《晋书·卷五十一·束晳传》。"挚""之"字多余。

(《晋书》,第1433页)。

六、《游北山》

故《斯干》诗美宣王之室云:"如鸟斯輋,如翚斯飞。"

按,"輋",《诗经·斯干》原作"革"。(《毛诗注疏》卷十一,第984页)

七、《次韵张子野秋中久雨晚晴》

杜诗:"日下西山阴。"

按,"西",杜甫《暝》原作"四"。(《杜诗详注》卷二十,第1755页)

八、《寄谢师直》

1. 白诗:"午茶能破睡,卯酒善消愁。"

按,"破",白居易《府西池北新葺水斋》作"散",此处或是字误。(《白居易集笺校》卷二十八,第1975页)

2. 陆龟蒙……《钓筒》……诗云:"短短截筼筒,悠悠卧江色……须臾中芳饵,迅疾如飞翼……"

按,"筼筒",陆诗原作"筼光",与下句"江色"相对;"叟"乃"臾"之误字。(《全唐诗》卷六百二十,第7135页)

九、《和吴冲卿雪霁紫宸朝》

杜诗《骢马行》:"顾影骄嘶似矜宠。"

按,"似",杜诗原作"自",当据改。(《杜诗详注》卷四,第256页)

十、《见远亭上王郎中》

1. 唐诗:"高阁临江上,重阳古戍闲。"

按,此为郎士元诗,题为《送韦湛判官》;"临",韦诗作"晴"。(《全唐诗》卷二百四十八,第2780页)

2. 张祜诗:"山畦花气远。"

按,"山畦",清绮斋本、张祜《题余姚县龙泉寺》皆作"天晴",当据改;"远",原作"漫",清绮斋本亦误。(《张祜诗集校注》卷三,第119页)

3. 《诗》:"鲁侯宴喜。"

按,"宴",《诗经·閟宫》原作"燕",李壁改字以从王。(《毛诗注疏》卷二十,第

2098 页）

4. 杜牧诗："绛帷环佩列神仙。"

按，"列"，杜牧《怀钟陵旧游四首》（其一）原作"立"。（《杜牧集系年校注》卷四，第 471 页）

[庚寅增注]

一、《次韵张子野》

坡诗："娟娟泣露紫含笑。"

按，"娟娟"，苏轼《正月二十六日偶与数客野步》作"涓涓"。（《苏轼诗集合注》卷三十九，第 1985 页）

二、《拟和圣制》

杜审言诗："尧尊随步辇，舜乐绕行辉。"

按，"辉"，杜审言《望春亭侍游应诏》原作"麾"；"尊"原作"樽"，当据改。（《全唐诗》卷六十二，第 732 页）

《王荆文公诗李壁注》卷二十六

一、《段约之园亭》

1. 杜诗："紫鳞冲岸耀。"

按，"耀"，杜甫《重题郑氏东亭》原作"跃"。（《杜诗详注》卷一，第 35 页）

2. 杜诗："啭林黄鸟过。"

按，杜甫《遣意二首》（其一）原作："啭枝黄鸟近。"当据改。（《杜诗详注》卷九，第 794 页）

二、《段氏园亭》

惠对威诗："遥知杨柳是门处，似危芙蕖无路通。"

按，此为刘威诗，题为《游东湖黄处士园林》；"危"，刘诗原作"隔"。（《全唐诗》卷五百六十二，第 6525 页）

三、《回桡》

1. 杜诗:"濠梁同是招。"

按,"是",杜甫《陪郑广文游何将军山林十首》(其一)原作"见",当据改。(《杜诗详注》卷二,第147页)

2. 陶诗:"山泽又见招。"

按,"又",陶诗《和刘柴桑》作"久"。(《陶渊明集笺注》卷二,第135页)

四、《次韵致远木人洲二首》(其二)

1. 孟尝君将入秦,……:"……流子而去,则子漂漂者未知所止息也。"

按,"未知所止息也",《战国策》原作"将何如耳",李壁改字以合王诗"止"字,非也。(《战国策》卷十,第374页)

2. 韩诗:"根为头面干为身。"

按,"为"字,韩愈《题木居士二首》(其一)皆作"如"。(《韩昌黎诗系年集释》卷三,第270页)

五、《次韵酬龚深甫二首》(其一)

李白诗:"驿庭三杨树,正当白下门。"

按,"庭",李白《金陵白下亭留别》原作"亭",当据改。(《李太白全集》卷十五,第728页)

六、《次韵酬龚深甫二首》(其二)

退之诗:"暮齿良多感,无事涕垂顾。"

按,"顾",韩愈《奉使常山早次太原》作"颐",当据改。(《韩昌黎诗系年集释》卷十二,第1232页)

七、《次韵叶致远》

韩诗《联句》:"怀糈愧贤屈,乘桴追圣丘。"

按,"愧",韩愈《远游联句》作"馈"。(《韩昌黎诗系年集释》,第45页)

八、《次韵酬朱昌叔五首》(其二)

《陈遵传》:"故事,有百适者斥。"注:"适,读自谪。"

按,"自"乃"曰"之误字。(《汉书》卷九十二,第3709—3710页)

九、《次韵送程给事知越州》

1. 元微之《苦乐相倚曲》:"犹得半年相暖热。"

按,"相",元诗作"伴"。(《元稹集》卷二十三,第264页)

2. 乐天《对酒》诗:"赖有诗仙相暖热。"

按,"诗仙",白居易《对酒五首》(其三)原作"酒仙"。(《白居易集笺校》卷二十六,第1841页)。

3. 《易·贲卦》:"贲於丘园,东帛戋戋。"

按,"於"当作"于";"东"当作"束"。(《周易本义》,第106页)

十、《次韵酬徐仲元》

《诗》:"终南何有?有纪与堂。"

按,"与",《诗经·终南》原作"有"。(《毛诗注疏》卷六,第607页)

十一、《送许觉之奉使东川》

扬雄《解嘲》曰:"历金门,上下堂有日矣。"

按,"下",《文选》作"玉",当据改。(《文选》卷四十五,第2006页)

十二、《送项判官》

李义山诗:"内苑只知含凤髓,属车无复插鸡翘。"

按,"髓",李商隐《茂陵》原作"觜"。(《李商隐诗歌集解》,第607页)

十三、《北山三咏》(其一)

杜子美《望岳》诗:"西岳崚增竦处尊,诸峰罗列如儿孙。"

按,"增",杜甫《望岳》原作"嶒"。(《杜诗详注》卷六,第485页)

十四、《北山三咏》(其二)

1. 陈后主《游栖霞寺》诗:"催青松树影,零落石藤阴。"

按,"催青松",陈诗《同江仆射游摄山栖霞寺》原作"摧残枯";"石"原作"古",并当据改。(《文苑英华》卷二百三十三,第1173页)

2. 薛能诗:"坐石教公子,禅床摇竹阴。"

按,"教公",薛能《赠僧》原作"落松",当据改。(《全唐诗》卷五百五十八,第6479页)

3. 许浑诗:"蒲院华花平志石,绕山藤叶盖禅林。"

按,许浑《和浙西从事刘三复送僧南归》原作:"开院草花平讲席,绕龛藤叶盖禅床。"罗时进校曰:"'开院',《文苑英华》作'满院'。'席',《全唐诗》校'一作台。'",则"蒲"当是"满"字之误;"石"当是"台"字之误。(《丁卯集笺证》卷八,第518—519页)

4. 郑谷诗:"自说康芦侧,槐阴半下床。"

按,郑谷《题兴善寺寂上人院》原作:"自说匡庐侧,杉阴半石床。"(《郑谷诗集》卷一,第100页)

[庚寅增注]

一、《送项判官》

杜子美《寄岑参》诗:"所向泥滑滑,思君令人疲。"

按,"滑滑",杜甫《九日寄岑参》作"活活";"疲"杜诗原作"瘦",并当据改。(《杜诗详注》卷三,第208页)

二、《北山三咏》(其二)

有诗赠之,其终曰:"不与物遗真道广,每随缘起自禅深。舌根已静谁能坏,足迹如空我得寻。"

按,据本卷王诗《北山三咏》(其二),"遗"当作"违";"静"当作"净"。

《王荆文公诗李壁注》卷二十七

一、《登宝公塔》

张祜诗:"引滕闻鼠乱。"

按,"滕",张祜《题灵岩寺》作"藤"。(《张祜诗集校注》卷八,第402页)

二、《重登宝公塔二首》(其二)

柳子厚记零陵三亭:"高者冠山颠,下者附清池。"

按,"附",柳宗元《零陵三亭记》原作"俯",当据改。(《柳宗元集》卷二十七,第738页)

三、《纸阁》

少陵诗:"锦衾卷还客,始觉心之乎。"

按,"衾",杜甫《太子张舍人遗织成褥段》作"鲸";"之乎"杜诗原作"和平。"并当据改。(《杜诗详注》卷十三,第1160页)

四、《雨花台》

1. 韩诗:"洛邑得休告,旧山穷绝陉。"

按,"旧",韩愈《答张彻》原作"华",当据改。(《韩昌黎诗系年集释》卷四,第397页)

2. 杜诗:"舟人鱼子入浦溆。"

按,"鱼",杜甫《戏题王宰画山水图歌》原作"渔",当据改。(《杜诗详注》卷九,第755页)

五、《招吕望之使君》

一又:"意钟老柏青,谊动秋蛇蛰。"

按,"谊",杜甫《送率府程录事还乡》原作"义";"秋"原作"修",当据改。(《杜诗详注》卷五,第343页)

六、《公辟枉道见过获闻新诗因叙叹仰》

唐人《送人解官赴阙》诗:"吏辞如贺日,民送似迎时。"

按,《诗话总龟·诙谐门》载此为陈亚诗,题为《送归化宰赴阙》。"送人解官赴阙"乃李壁所拟之题目。陈亚,宋人也。(《诗话总龟》卷四十,第384页)

七、《蓼虫》

白乐天诗:"尧被巢由作外臣。"

按,"被",白居易《游丰乐招提佛光三寺》作"放"。(《白居易集笺校》卷三十六,第2529页)

八、《示江公佐外厨遗火》

1. 《礼》:"冬温夏清。"

按,"清",《礼记·曲礼》原作"凊",正与王诗合,当据改。(《礼记正义》卷一,第

24页)

2.《哀公·三年》:"司铎火,济濡帷幕,郁攸从之,蒙茸公屋。"
按,"茸"当作"葺"。(《春秋左传注》,第1621页)

九、《读眉山集次韵雪诗五首》(其一)

韩诗:"偷入雷电室,輴较掉狂车。"
按,"较",韩愈《读东方朔杂事》原作"輘",当据改。(《韩昌黎诗系年集释》卷八,第904页)

十、《读眉山集次韵雪诗五首》(其五)

东坡诗:"咽嗽鸣两车。"
按,此黄庭坚《次韵益修四弟》诗。(《山谷诗集注》内集卷十五,第368页)

[卷末补注]

《留荣上人》

"灵光独曜,迎脱根尘。"
按,"迎",《苕溪渔隐丛话》(前集)卷五十六载此,作"迥";"曜"原作"耀",当从。(《苕溪渔隐丛话》,第381页)

《王荆文公诗李壁注》卷二十八

一、《读眉山集爱其雪诗能用韵复次韵一首》

陆机《月》诗:"三五二八时,千里共君同。"
按,此为鲍照诗,题为《玩月城西解中》;"共"原作"与"。(《文选》卷三十,第1404页)

二、《张侍郎示东府新居诗因而和酬二首》(其一)

唐李郢《奉陪裴相公重阳日游安乐池亭》诗云:"绛霄轻霭翊三台,髭阮襟情管乐才。莲沼昔为王俭府,菊篱今作孟嘉台……"
按,"台",《唐诗纪事》原作"杯",当从。(《唐诗纪事》卷五十八,第881页)

三、《和吴相公东府偶成》

韩诗："敛退就新懦,趋荣悼前猛。"

按,"荣",韩愈《秋怀》作"营"。(《韩昌黎诗系年集释》卷五,第 549 页)

四、《集禧观池上咏野鹅》

唐戴叔伦诗："乡人欲去尽,北雁又南飞。"

按,"欲去尽",戴叔伦《送郭太祝中孚归江东》作"去欲尽"。蒋寅先生于此首诗下校曰："此诗又见于《全唐诗》卷六四九方干诗中,题作《送郭太祝归江东》。今从《英华》卷二七三作戴诗。"(《戴叔伦诗集校注》卷一,第 5 页)

[卷末补注]

《种山药》

白诗："玳瑁筵中怀里醉。"

按,此为李白诗,题为《对酒》。(《李太白全集》卷二十五,第 1179 页)

[庚寅增注]

一、《上元次冲卿韵》

杜牧诗："微巡司隶很如羊。"

按,此为柳宗元诗,题为《古东门行》;"很",柳诗原作"眠"。(《柳宗元集》卷四十二,第 1139 页)

二、《和御制赏花钓鱼诗》

故王建《宫词》："遥索剑南新漾锦,东宫先钓得鱼多。"

按,"漾",王建诗原作"样",当据改。(《全唐诗》卷三百二,第 3441 页)

《王荆文公诗李壁注》卷二十九

一、《和杨乐道韵六首》(其二)

唐人诗："彩毫应染炉烟细,清珮仍含玉漏垂。"

按,此为杨巨源诗,题为《寄中书同年舍人》;"垂",杨诗原作"重"。(《全唐诗》卷三百三十三,第3723页)

二、《和杨乐道韵六首》(其五)

1. 韩诗:"新月迎霄挂,晴云到晚留。"

按,"霄",韩愈《奉和虢州刘给事》作"宵";"晴"当作"晴"。(《韩昌黎诗系年集释》卷八,第893页)

2. 东坡诗云:"君王恭俭倡优拙,自是丰年有笑声。"

按,"君王恭",苏轼《上元侍饮楼上三首呈同列》(其二)作"吾君勤"。(《苏轼诗集合注》卷三十六,第1854页)

三、《和杨乐道韵六首》(其六)

杜诗:"老翁须地坐,细细酌流霞。"

按,"坐",杜甫《官亭夕坐戏简颜十少府》原作"主",当据改。(《杜诗详注》卷二十二,第1927页)

四、《详定幕次呈圣从乐道》

高适《宿开善寺》:"读书不读经,饮酒还胜茶。"

按,后一"读"字,高适《同群公宿开善寺,赠陈十六所居》作"及";"还",高诗原作"不"。(《高适诗集编年笺注》,第295页)

五、《崇政殿详定幕次偶题》

王岐公诗:"禁幕天风日正亭,侍臣初赐玉壶冰。"

按,"天",王珪《皇帝阁》(其十)原作"无";"壶"原作"盘"。(《全宋诗》卷四九六,第5994页)

六、《详定试卷二首》(其一)

《韩集》:"古今号文章为难,足下知其所以难乎?非谓钻砺之不工,颎颣之不除也。得之为难,知之愈难耳。"

按,此柳宗元《与友人论为文书》中句;"颎",柳文原作"颇"。(《柳宗元集》卷三十一,第829页)

七、《次韵吴仲庶省中画壁》

杜诗:"何年顾虎头,满壁写沧洲。"

按,"写",杜甫《题玄武禅师屋壁》作"画",当据改。李壁改字以从王。(《杜诗详注》卷十一,第929页)

八、《答张奉议》

子由《辩才碑》:"老于南山龙井之上,以茅竹具。"

按,"以茅竹具",苏辙《龙井辩才法师塔碑》原作"以茅竹自覆",当据改。(《苏辙集》,第1143页)

九、《和祖择之登紫微阁二首》(其一)

杜诗:"诸天只在藤萝外。"

按,"只",杜甫《涪城县香积寺官阁》原作"合",当据改。(《杜诗详注》卷十二,第986页)

十、《永济道中寄诸弟》

李白诗:"城濠失往路,马首迷荒陂。"

按,"濠",李白《寻鲁城北范居士,失道落苍耳中,见范置酒摘苍耳作》原作"壕",当据改。(《李太白全集》卷二十,第919页)

十一、《道逢文通北使归》

小杜诗:"月明更想桓伊在,一曲闻吹出塞愁。"

按,"曲",清绮斋本作"笛",与杜牧《润州二首》(其一)同,当据改。(《杜牧集系年校注》,第340页)

十二、《尹村道中》

杜诗:"霜雾在草根。"

按,"雾",杜甫《阆州东楼筵奉送十一舅往青城》作"露",当据改。(《杜诗详注》卷十二,第1039页)

十三、《次韵王胜之咏雪》

1. 唐人顾况《雪》诗:"仙人宁底巧,剪水作花飞。"

按,此为陆畅诗,见《唐诗纪事》卷三十五(第532页);"仙",原作"天"。李壁注王安石《读眉山集次韵雪诗五首》(其一)、《染云》皆引作陆畅诗,此诗或为一时疏误。

2. 许敬宗诗:"白雪装梅树。"

按,《唐诗纪事》卷四十七载此诗,录为鲍防所作,题为《状江南十二咏》。(《唐诗纪事》,第713页)

3. 乐天《雪》诗:"素壁联题分韵句,红炉巡领战寒杯。"

按,"壁",清绮斋本及白居易《花楼望雪命宴赋诗》皆作"壁";"领战"白诗原作"饮暖"。(《白居易集笺校》卷二十,第1344页)

十四、《次韵次道忆太平州宅早梅》

李白诗:"西园飞盖处,依旧月徘徊。"

按,此为白居易诗,题为《题故曹王宅》。(《白居易集笺校》卷十三,第722页)

十五、《次韵曾子翊赴舒州官见贻》

"江涵秋潦鲈鱼美,岸入春风荻笋班。"

按,此宋人曾宰诗,题为《舒州寄王介甫》。"潦",清绮斋本作"老";"班",清绮斋本作"斑",并于义为长,当据改。(《全宋诗》卷五七九,第6816页)

十六、《次韵张子野竹林寺二首》(其一)

杜诗:"素交尽零落。"

按,此句杜甫《过故斛斯校书庄二首》(其二)作"素交零落尽",李壁改变字序以合于王诗"亲友半零落",非也。(《杜诗详注》卷十四,第1189页)

[庚寅增注]

一、《次韵吴仲庶画壁》

姚合《题刘相公三湘图》云:"……谁言魏阙下,日有东山幽。"

按,此为郎士元诗;"日",郎诗原作"自",当据改。(《全唐诗》卷二百四十八,第2780页)

二、《送沈兴宗察院出湖南》

刘删诗:"回舻承派水,举棹逐分风。"

按,《艺文类聚》卷九载此,原作:"回舻乘泒水,举帆逐分风。"(《艺文类聚》,第169页)

三、《送刘和甫奉使江南》

唐人诗:"寄语王孙莫来好,岭梅多是断肠枝。"

按,此唐人韩琮诗,题为《骆谷晚望》;"寄语",韩诗原作"公子";"梅",原作"花"。(《全唐诗》卷五百六十五,第6551页)

《王荆文公诗李壁注》卷三十

一、《次韵吴季野题岳上人澄心亭》

韦处厚诗:"绿崖踏石层。"

按,此为张籍诗,题为《和韦开州盛山十二首·竹岩》;"绿",张诗作"缘",当据改。(《张籍集系年校注》卷五,第624页)

二、《寄张先郎中》

唐人诗云:"莫叹青山抛皓月,直倾蛮榼尽浓醪。"

按,"直",清绮斋本作"且",于义为长,当从;《海录碎事》载此诗为李九龄作,题为《送人东游》。

三、《即席次韵微之泛舟》

白诗:"市井萧条半似村。"

按,"萧条半似",白居易《初到忠州赠李六》作"萧疏只抵"。(《白居易集笺校》卷十八,第1150页)

四、《和祖仁晚过集禧观》

东坡诗:"衰颜得酒尚能韶。"

按,"衰",苏轼《叶公秉王仲至见和次韵答之》作"苍"。李壁改字以从王,非也。

（《苏诗诗集合注》，第1542页）

五、《次韵登微之高斋有感》

《左氏》："井湮木刊也。"

按，"湮"，《左传》作"堙"；"也"字为衍文。（《春秋左传注》，第1102页）

六、《和微之重感南唐事》

杜牧之《金陵怀古》："如今四海归皇化，两岸萧萧芦荻秋。"

按，此为刘禹锡诗，题为《西塞山怀古》，此两句为诗之异文，"如"，原作"而"。（《刘禹锡集》卷二十四，第300页）

七、《示董伯懿》

元次公《盐铁论》曰："无其质而外学其文……"

按，"元"当作"桓"。桓宽，字次公。句见《盐铁论校注》第272页，"无"前有"内"字。

八、《思王逢原三首》（其三）

1. 皇甫谧《高士传》："黔娄先生卒，曾西来吊，见尸牖下，覆以布被，手足不尽，覆头则足见，覆足则头见。西曰：'斜其被，则敛矣。'妻曰：'斜之有余，不若正之不足。先生生而不斜，死而斜之，非先生意也。'西曰：'以何为谥？'妻曰：'先生存时，食不充饱，衣不盖形，可以谥为康乎？'西曰：'昔先生，君欲用为相国而辞不为，是有余贵；君赐粟而辞不受，是有余富。甘天下之淡味，安天下之卑位，其谥为康，不亦宜乎？'"

按：①《高士传》确有黔娄其人，然并无人物对话。此事载于刘向《列女传》，非《高士传》也。② 注文有脱误。"以何为谥妻曰"字下，脱"以康为谥西曰"六字，下文"西曰"当改为"妻曰"，如此文理方通。

2. 白乐天诗："风吹旷野纸钱灰，古墓无人春草绿。"

按，"灰"，白居易《寒食野望吟》原作"飞"；"无人"原作"累累"。（《白居易集笺校》卷十二，第684页）

［卷末补注］

一、《重感南唐事》

王逢原诗："乾坤未发龙虎争，日月须归仁义主。江山本不为英雄，英雄自负江山去。"

按,"发",王令《南徐怀古》作"定";"去",原作"死"。(《王令集》卷八,第144—145页)

二、《感南唐事诗》

李泰伯诗:"江左君臣笔力雄,一为宫体便移风。"

按,"左",李觏(字泰伯)《戏题玉台集》原作"右";"为"原作"言"。(《全宋诗》卷三四九,第4330页)

[庚寅增注]

一、《送吴仲纯守仪真》

《左氏》:"汝墓之栱矣。"

按,此句《左传》原作"尔墓之木拱矣"。(《春秋左传注》,第491页)

二、《寄吉甫》

李宣远诗:"靖安院里辛黄下,醉笑狂吟气最粗。"

按,此白居易诗,题为《洪州逢熊孺登》。"黄"原作"夷"。(《白居易集笺校》卷十七,第1130页)

三、《次韵微之即席》

李端诗:"经秋无客到,入夜有僧来。"

按,"来",李端《云际中峰居喜见苗发》作"还",李壁改字以从王。(《全唐诗》卷二百八十五,第3268页)

四、《思王逢原》(其三)

杜诗:"岂有骐骥地上行?"

按,"岂有",杜甫《骢马行》作"肯使"。此二字,亦文有作"知有"者。(《杜诗详注》,第258页)

《王荆文公诗李壁注》卷三十一

一、《和文淑溢浦见寄》

1. 广陵王谋反,上赐玺书云:"当时之时,头如蓬葆。"注:"头久不理,如蓬茸羽葆。"

按,"茸",《汉书·卷六十三·武五子传》服虔注作"草"。(《汉书》,第2759页);又,据《汉书》所载,谋反之人为燕剌王刘旦,非广陵王也。

2. 韩偓诗:"心为感恩长惨戚,鬓缘多病早苍浪。"

按,"多病",韩偓《秋郊闲望有感》作"经乱"。(《全唐诗》卷六百八十一,第7800—7801页)

二、《次韵和甫咏雪》

欧公诗:"青天却扫万里净,但见绿野如云敖。"

按,"净",欧阳修《百子坑赛龙》作"静";"敖",原作"敷"。(《欧阳修诗文集校笺》,第73页)

三、《次韵张氏女弟咏雪》

1. 唐人诗:"枝上空多地上稠。"

按,白居易《惜落花赠崔二十四》曰:"枝上稀疏地上多"。未知李壁所引即是此否。(《白居易集笺校》卷十六,第983页)

2. 退之《献裴尚书雪诗》:"照曜凌初日。"

按,"凌",韩愈《喜雪献裴尚书》原作"临"。李壁改字以从王。(《韩昌黎诗系年集释》卷三,第344页)

四、《次韵徐仲元咏梅二首》(其一)

1. 曹松诗:"初开偏称雕梁画,未落先愁玉笛吹。"

按,此为崔橹诗,题为《岸梅》。(《全唐诗》卷五百六十七,第6567页)

2. 江揔《落梅》诗:"横笛短箫吹复咽,谁知柏梁声不绝。"

按,"吹"字,江总《梅花落》原作"凄",李壁改字以从王。"咽"原作"切"。(《乐府诗集》卷二十四,第351页)

五、《次韵徐仲元咏梅二首》(其二)

《选》诗:"青条若葱蒨。"

按,"葱蒨",《文选》所载张翰《杂诗》作"揔翠",当据改。(《文选》卷二十九,第1377页)

六、《次韵酬陆彦回》

江文通赋:"虽渊、云之墨妙,皆严、乐之笔精。"又:"君房言语妙天下。"

按,① 江淹《别赋》无"皆"字,当是衍文。(《文选》,第756页)② "君房"之句出自《汉书·贾捐之传》,"言语"前脱"下笔"二字,王诗"中郎笔墨妙他年",正用"下笔"之意。(《汉书》卷六十四下,第2835页)

七、《留题曲亲盆山》

郦道元《水经注》云:"昔禹治洪水……水流疏分,指状表白,亦谓之三门。"

按,"白",《水经注·河水》"又东过砥柱间"句下注,原作"目"。(《水经注校释》卷四,第65页)

八、《偶成二首》(其一)

元微之诗:"二十年来谙此事,三千里外欲归人。"

按,"此事",元稹《寄乐天》原作"世路",与王诗"谙世"合;又,"欲归人",元稹诗作"老江城"。(《元稹集》卷二十二,第246页)

九、《雨过偶书》

1. 许浑诗:"前山雨过池塘满,小院秋归枕簟闲。"

按,"闲",许浑《送元昼上人归苏州兼寄张厚二首》(其二)作"凉"。(《丁卯集笺证》卷九,第553页)

2. 许浑诗:"尘意迷今古,云情识卷舒。"

按,此为杜牧诗,题为《许七侍御弃官东归潇洒江南颇闻自适高秋企望题诗寄赠十韵》。(《杜牧集系年校注》,第186页)

十、《季春上旬苑中即事》

1. 乐天诗:"水蓼怜花红簌簌,江蓠湿叶碧凄凄。"

按,"怜",白居易《竹枝词》(其三)作"冷";"簌簌",原作"簇簇"。李壁改字以从王。(《白居易集笺校》卷十八,第1183页)

2. 姚鹄诗:"旧山常梦到,流水送愁余。"

按,此为刘得仁诗,题为《云门寺》;"常",刘诗原作"多"。李壁改字以从王。(《全唐诗》卷五百四十五,第6305页)

3. 退之诗:"楚山直丛丛,淮之水舒舒。"

按,韩愈《此日足可惜一首赠张籍》作"淮之水舒舒,楚山直丛丛。"(《韩昌黎诗系年集释》卷一,第85页)

十一、《与微之同赋梅花得香字三首》(其一)

杜诗:"环佩空归月下魂。"

按,"月下",杜甫《咏怀古迹五首》(其三)原作"夜月"。(《杜诗详注》卷十七,第1502页)

十二、《与微之同赋梅花得香字三首》(其二)

李正封《牡丹》诗:"国色朝含酒。"

按,"含",《唐诗纪事》卷四十载此句,原作"酣",于义为长,当从。(《唐诗纪事》,第619页)

十三、《与微之同赋梅花得香字三首》(其三)

1. 退之诗:"凌晨拟作红糚面,对客偏含不语情。"

按,"凌晨拟作红糚面",韩愈《戏题牡丹》作"陵晨并作新妆面"。(《韩昌黎诗系年集释》卷九,第943页)

2. 李义山《桃花诗》:"脉脉无言度几春。"

按,此杜牧诗,题为《题桃花夫人庙》。(《杜牧集系年校注》,第523页)

3. 魏野诗:"蕊讶粉绡裁太碎,叶疑红蜡缀初乾。"

按,《瀛奎律髓》载此诗为林逋作,题为《梅花》;"叶"字,原作"蒂"。(《瀛奎律髓汇评》卷二十,第788页)

4.《遯斋闲览》云:"凡咏梅,多咏白,而荆公诗独云:'须撚黄金,带团红蜡',不惟造语巧丽,可谓能道人不到处矣。"

按,"带"当是"蒂"之误字。

十四、《和晚菊》

少陵诗:"九日萧条醉尽醒,残花漫烂开何益?"

按,"九",杜甫《叹庭前甘菊花》作"明",当据改;"漫烂",原作"烂熳",当据改。(《杜诗详注》,第211页)

十五、《景福殿前柏》

孙仅《赠种放》诗:"处士星孤轻世俗,大夫松好贱宫班。"

按,"宫",清绮斋本作"官",用"五大夫松"之典,于义为长,当从。

十六、《墙西树》

1. 小杜诗:"野竹疏还合,岩泉咽复流。"

按,"合",杜牧《秋晚与沈十七舍人期游樊川不至》作"密"。李壁改字以从王。(《杜牧集系年校注》,第210页)

2. 李颀诗:"空山百鸟散还合,万里浮云阴复明。"

按,"复明",李颀《听董大弹胡笳》作"且晴"。(《全唐诗》卷一百三十三,第1357页)

十七、《狄梁公陶渊明俱为彭泽令至今有庙在焉》

扬雄《甘泉赋》:"属堪舆以壁垒兮,梢夔魖而扶猗狂。"

按,"扶"当作"挟",李善注引《说文》曰:"挟,击也,丑乙切。"则二字当别。"梢"原作"捎"。(《文选》,第322页)

十八、《次韵乐道送花》

杜诗:"截成金露盘。"

按,"成",杜甫《枯楠》原作"承",当据改。(《杜诗详注》,第857页)

十九、《愁台》

王建《丛台》诗:"零落故宫无入路,东西涧水绕城斜。"

按,"东西",王建《九日登丛台》原作"西来"。(《全唐诗》卷三百一,第3437页)

二十、《和正叔怀其兄草堂》

杜诗:"白帽仍兼似管宁。"

按,此句虽有异文,但"仍兼",杜甫《严中丞枉驾见过》作"还应",一作"应兼"。(《杜诗详注》,第889页)

[庚寅增注]

一、《次韵吴季野》

杜诗:"临老得君还恨晚,似君须向古人求。"

按,"临老得君还恨晚",杜甫《从事行》作"垂老遇君未恨晚",李壁改字以从王。(《杜诗详注》,第942页)

二、《次韵酬陆彦回》

韩诗:"投赠不知报。"

按,"投",韩愈《答张彻》原作"辱",李壁改字以从王。(《韩昌黎诗系年集释》卷四,第396页)

三、《与微之同赋梅花》(其一)

沈休文诗:"丽日属元巳,年芳俱在新。"

按,"新",沈约《三月三日率尔成篇》原作"斯",当据改。(《文选》卷三十,第1425页)

四、《与微之同赋梅花》(其三)

白乐天诗:"紫艳黏为蒂,红酥点作蕤。"

按,"艳",白居易《玩半开花赠皇甫郎中》作"蜡",正与王诗合。(《白居易集笺校》卷三十一,第2153页)

《王荆文公诗李壁注》卷三十二

一、《陈君式大夫恭轩》

《韦贤传》:"遗子黄金满籯,不如教子一经。"

按,"教子"二字不见于《汉书·韦贤传》,当是衍文。(《汉书》,第 3107 页)

二、《寄黄吉甫》

1. 退之诗:"讦谟者谁子？无乃太失宜。"

按,"无乃太失宜",韩愈《归彭城》原作"无乃失所宜。"(《韩昌黎诗系年集释》卷一,第 119 页)

2. 退之诗:"春醪又千石。"

按,"石",韩愈《城南联句》原作"名",当据改。(《韩昌黎诗系年集释》卷五,第 483 页)

三、《高魏留》

《史记·吴起传》:"其父战不旋踵,亦死于敌。"

按,"亦",《史记·卷六十五·吴起列传》原作"遂"。李壁改字以从王。(《史记》,第 2166 页)

四、《送周仲章使君》

《贾谊传》:"上方受釐宣室。"

按,"釐"下脱一"坐"字,且当于"坐"字前断开,作"上方受釐,坐宣室"。(《汉书》卷四十八,第 2230 页)

五、《送王蒙州》

1. 王褒颂:"恩从翔风翱,德与和气游。"

按,"翔",《文选》原作"祥"。(《文选》,第 2093 页)

2. 《北史》:"斛律金,人号落雕都督。"

按,号"落雕都督"者,乃斛律金之子斛律光。(《北史》卷五十四,第 1968 页)

六、《送庞签判》

张协《七命》:"酒则荆南乌程。"

按,"酒则",原作"乃有"。(《文选》卷三十五,第 1610 页)

七、《送僧无惑归鄱阳》

1. 孟郊诗:"挂席几千里。"

按,此为孟浩然诗,题为《晚泊浔阳望庐山》。(《孟浩然诗集笺注》,第 6 页)

2. 李商隐《寄崔侍御》诗:"若向南台见莺友,为言垂翅度春风。"

按,"言",原作"传"。李壁改字以从王。(《李商隐诗歌集解》,第 560 页)

八、《寄育王大觉禅师》

1. 杜诗:"多病如淹泊,长吟阻静便。"

按,"如",杜诗《寄岳州贾司马六丈巴州严八使君两阁老五十韵》原作"加",当据改。(《杜诗详注》,第 654 页)

2.《离骚经》:"依前哲以节中兮,喟凭心而历兹。"

按,"哲",《离骚》作"圣"。(《楚辞补注》,第 20 页)

3.《尔雅》:"年者,取禾一熟也。"《说文》云:"年,年谷熟也,从禾干。"《春秋》曰:"大有年。"则年者,禾熟之名,每岁一熟,故以为岁名。

按,"尔雅年"至"以为岁名"皆为《尔雅疏》中语,且"年者"前脱"周曰"二字;"年,年穀熟也,从禾干",原作"年,穀熟也,从禾千声。""则"前脱"然"字。(《尔雅注疏》卷六,第 96 页)

九、《寄无为军张居士》

黄蘗云:"但知学言语,念向皮袋里安著?到处称我会禅,还替得生死吗?"

按,"替得"下,据《五灯会元》卷四所载此句,"替得"下尚有"汝"字,当据补。(《五灯会元》,第 190 页)

十、《次韵邓子仪二首》(其一)

《庄子·天地篇》:"夫子无意乎横目之民乎?愿闻圣治。"

按,前一"乎"字,《庄子》作"于"。(《庄子集释》卷五上,第 440 页)

十一、《送王龙图》

1. 杜诗:"鸿雁影来连峡内,鹡鸰飞急到沙头。"

按,"鹡",杜甫《舍弟观赴蓝田取妻子到江陵喜寄三首》(其一)作"鹡",当据改。(《杜诗详注》,第 1841 页)

2.《后汉·仇香传》:"百里岂大贤之路?避贤者路。"

按,"百里岂大贤之路"见于《后汉书·仇香(览)》传,然"避贤者路"不见于此传,乃《史记》《汉书》之常语耳。(《后汉书》卷七十六,第 2480 页)

十二、《次韵酬宋中散二首》（其一）

《西都赋》："金钜玉阶,彤庭辉辉。"薛琮注曰："彤,赤也;辉辉,赤色貌。"
按,"辉辉",皆当作"煇煇"。（《文选》卷二,第 55 页）

十三、《次韵酬宋玘六首》（其一）

1. 皇甫曾诗："古路无行客,寒林独见君。"
按,此为刘长卿诗,题为《碧涧别墅喜皇甫侍御相访》;"寒林",刘诗作"空山",正与王诗合。（《刘长卿诗编年笺注》,第 398 页）
2. 张俞诗："手持新岁酒,还绕落梅行。"
按,《岁时杂咏》《全宋诗》载此诗为赵崇嶓所作,题为《立春日舟次藕池阻雪有怀》;"还"字,赵诗作"空"。（《全宋诗》卷三一七一,第 38081 页）

十四、《次韵酬宋玘六首》（其四）

《汉·赞》："远迹羊豕之群,干旄大夫之旃。"注："旄于干首。"
按,标点及注文皆有误。"群",《汉书·公孙弘赞》作"间"（《汉书》卷五十八,第 2633 页）,《汉书》原文至"间"字而止;"干旄"以下标点当作："《干旄》,'注旄于干首,大夫之旃也。'"（《毛诗注疏》卷三,第 282 页）

十五、《次韵酬宋玘六首》（其五）

刘梦得诗："伊水溅溅相背流。"
按,此为李商隐之诗,题为《十字水期韦潘侍御同年不至时韦寓居水次故郭邠宁宅》。（《李商隐诗歌集解》,第 2094 页）

十六、《次韵酬宋玘六首》（其六）

《汉武纪》："故详延天下方闻之士,咸荐诣朝。"
按,"诣",《汉书》作"诸"。（《汉书》卷六,第 171—172 页）

十七、《寄吴正仲却蒙马行之都官梅圣俞太博和寄依韵酬之》

《齐书》："谢朓字玄晖,仕为尚书吏部郎。为江祐等构,下狱死。"
按,"江祐",《南齐书》、清绮斋本皆作"江祐"。（《南齐书》,第 827 页）

十八、《同陈伯通钱材翁游山二君有诗因依元韵》

白诗:"散职无羁束,羸骖夕送迎。"

按,"夕"字,白居易《早春独游曲江》作"少"。(《白居易集笺校》卷十三,第764页)

《王荆文公诗李壁注》卷三十三

一、《次韵酬子玉同年》

1. 《高祖纪》:"郎中说汉王:'高垒深沟,勿战。'"

按,"高垒深沟",《史记·卷八·高祖本纪》作"深沟高垒,勿与战",李壁或因王诗有"塞垣高垒深沟地"之语而误记。(《史记》,第374页)

2. 《成公·九年》:"郑人所厌楚囚也。"

按,"厌",《左传》作"献"。(《春秋左传注》,第844页)

二、《奉酬永叔见赠》

《曲礼》:"抠衣趋隅,必谨唯诺。"

按,"谨",《曲礼》作"慎"。(《礼记正义》卷二,第36页)

三、《送陈舜俞制科东归》

公孙弘……元光元年,复征贤良文学,太常奏弘第居下,天子擢弘为第一。

按,"元年",《汉书·卷五十八·公孙弘卜式儿宽传》原作"五年",当据改。(《汉书》,第2613页)

四、《上元戏呈贡父》

1. 许景先诗:"红树晓莺啼,春风暖翠园。"

按,"园"字,许诗《阳春怨》作"闺"。(《全唐诗》卷一百十一,第1135页)

2. 李白诗:"春风试暖昭阳殿,明月还过乌鹊楼。"

按,"乌"字,李白《永王东巡歌十一首》(其四)作"鳷"。(《李太白全集》卷八,第429页)

五、《和杨乐道见寄》

《列子释文》谓:"污简刮去青皮也。"
按,"污"当是"汙"之误字。

六、《寄吴冲卿二首》(其一)

《战国策》:"颜率曰:'魏人欲得九鼎,谋于浑台之下,沙海之上,其日久矣。"
按,"魏人",《战国策》原作"梁之君臣";"浑台",原作"晖台"。(《战国策》卷一,第2页)

七、《次御河寄城北会上诸友》

1. 少陵《遣兴》诗:"花时日缊袍。"
按,"遣兴",原作"遣遇";"日"原作"甘"。(《杜诗详注》,第1960页)
2. 唐人诗:"长乐钟声帘外尽,龙池柳色雨中深。"
按,此为钱起之诗,题为《赠阙下裴舍人》;"帘"字,钱诗作"花"。(《全唐诗》卷二百三十九,第2675页)

八、《寄友人三首》(其二)

崔橹诗:"山上断云迷旧路,渡头芳柳忆前年。"
按,"山上",崔鲁《过蛮溪渡》作"山口";"芳柳",崔诗作"芳草"。(《全唐诗》卷五百六十七,第6567页)

九、《净因长老楼上玩月见怀有疑君魂梦在清都之句》

李义山诗:"梧桐莫更相清露,孤鹤横来不得眠。"
按,"相",李商隐《西亭》作"翻",正与王诗合;"横"字原作"从"。(《李商隐诗歌集解》,第1198页)

十、《寄张谔招张安国金陵法曹》

李白诗:"愿兔半藏身。"
按,"愿",李白《上云乐》作"顾"。(《李太白全集》卷三,第206页)

[卷末补注]

《酬郑闳中》

《列子》:"至言无意。"

按,《列子》中无此句。《列子·黄帝篇》有"至言去言,至为无为"之句,不知李壁所引是否为此。(《列子集释》卷二,第 68 页)

[庚寅增注]

一、《次韵张唐公马上》

《西汉》:"今天下未定,疮痍未瘳。"

按,此或为李壁手稿,"西汉"或是李壁自设提示之辞。"今天下未定",不详所出;"创痍未瘳"为《汉书·卷三十七·季布传》中语。(《汉书》,第 1977 页)

二、《次韵酬子玉同年》

太白诗:"宁辞捣衣倦,一寄塞垣深。"

按,此为杜甫诗,题为《捣衣》。(《杜诗详注》,第 608—609 页)

三、《寄余温卿》

张华撰《博物志》,成于御前,赐青铁砚。铁是于阗国所献。铁为砚,以此见铁亦有青者,不但泥也。

按。李壁前段所引为《拾遗记》(见《太平御览》)中语,后乃李壁案语,且引文有脱误。标点及注文当作:"'张华撰《博物志》,奏武帝,帝赐青铁砚。铁是于阗国所献,铸以为砚。'以此见铁亦有青者,不但泥也。"(《太平御览》卷六百五,第 2723 页)

四、《酬永叔见赠》

萧颖士诗:"被褐来上都,翳然声未振。中郎何为者?倒屣倾坐宾。词赋岂不佳?盛名亦相因。"

按,"都",萧诗《仰答韦司业垂访五首》(其五)作"京";"倾坐",萧诗原作"惊座"。(《全唐诗》卷一百五十四,第 1596 页)

五、《送何正臣》

扬子问老氏曰品藻。

按,标点及注文皆有误。当作:"《扬子》:问左氏,曰:'品藻'。"是扬雄以"品藻"二字许《左传》也。(《法言义疏》卷十五,第413页)

六、《上元戏呈贡父》

王维诗:"九天阊阖开黄道。"

按,"黄道",王维《和贾舍人早朝大明宫》作"宫殿";又,杜诗《太岁日》曰:"阊阖开黄道。"(《王维集校注》,第488页;《杜诗详注》,第1854页)

七、《寄吴冲卿》(其二)

《息夫躬传》:"诸曹以下,朴遫不足取。"

按,"朴",《汉书·卷四十五·息夫躬传》原作"仆";"遫"当作"遬";"取",原作"数"。(《汉书》,第2181页)

《王荆文公诗李壁注》卷三十四

一、《送别韩虞部》

《汉·卢绾传》:"里中两家亲相爱,生子同日。"

按,"里中"下,《汉书·卷三十四·卢绾传》原有"嘉"字,当据补。(《汉书》,第1890页)

二、《怀舒州山水呈昌叔》

《周南》:"黄鸟於飞。"陆玑疏云:"黄离留也,或谓之黄栗留。故里语曰:'黄栗留苗,我麦黄其熟。'亦应节趋时之鸟。"

按,"於飞"当作"于飞"。又,"黄栗留苗,我麦黄其熟"当作"黄栗留,看我麦黄葚熟不?"(《毛诗注疏》卷一,第40页)

三、《呈柳子玉同年》

1. 唐人诗:"温气冰底归,匆匆过六旬。"

按,此黄庭坚之诗,题为《圣柬将寓于卫行乞食于齐有可怜之色再次韵感春五首赠之》,此为其一。又,"匆匆过六旬",黄诗作"忽忽六过旬"。(《山谷诗集注》,第653页)

2. 韩滉诗:"平毛老向山城寺,不觉春风换柳条。"

按,"韩滉"当作"韩翃","平毛",韩诗《晦日呈诸判官》作"年年";"山"原作"江"。(《全唐诗》卷二百六十二,第2909页)

3.《选》诗:"悟彼愁歌唱,信此劳者歌。"

按,"愁歌",谢混《游西池》作"蟋蟀"。(《文选》,第1034页)

四、《次韵陆定远以谪往来求诗》

白诗:"苦被老元偷格律。"

按,白居易《编集拙诗成一十五卷因题卷末戏赠元九李二十》曰:"每被老元偷格律,苦教短李伏歌行。"(《白居易集笺校》卷十六,第1053页)

五、《李璋下第》

1. 王维诗:"九天阊阖开黄道。"

按,详见《王荆文公诗卷第三十三》"庚寅增注"第六条。

2. 韩诗:"青春白日映宫门。"

按,"宫门",韩愈《同水部张员外曲江春游籍游曲江寄白二十二舍人》作"楼台";"春"原作"天"。(《韩昌黎诗系年集释》卷十二,第1238页)

六、《送杨骥秀才归鄱阳》

《南史》:"王淮之曾祖彪之,博闻多识,练达朝仪。"

按,"淮",《南史·王准之传》原作"准";"达",原作"悉"。(《南史》卷二十四,第663页)

七、《示德逢》

周公《七月》诗:"十月约禾稼,黍稷重穋。"

按,"约",《诗经·七月》原作"纳"。(《毛诗注疏》卷八,第721页)

八、《寄袁州曹伯玉使君》

《诗》:"尔牛来斯,其耳湿湿。"

按,"斯",《诗经·无羊》原作"思"。(《毛诗注疏》卷十一,第992页)

九、《邢太保有鹤折翼以诗伤之客有记翎经冥三韵而忘其诗者因作四韵》

张籍诗:"更选居山记,仍寻相鹤经。"

按,"选",张籍《和左司元郎中秋居》(其九)作"撰";"仍"作"唯"。(《张籍集系年校注》卷二,第369页)

十、《次韵平甫金山会宿寄亲友》

1. 杜牧之诗:"天接海门秋水色,烟笼沙宛暮钟声。"

按,"宛",杜牧《寄题甘露寺北轩》作"苑";"沙"字,杜牧诗作"隋",亦有作"鹿"者,然皆非"沙"字也。(《杜牧集系年校注》,第589页)

2. 韩诗:"岁老阴渗作,云类雪翻腾。"

按,"类",韩愈《送侯参谋赴河中幕》作"颓";"腾"作"崩"。(《韩昌黎诗系年集释》卷六,第716页)

十一、《丙申八月作》

1. 诗:"沣水东注。"

按,"沣",《诗经·文王有声》作"丰"。(《毛诗注疏》卷十六,第1514页)

2. 杜诗:"生理忍凭黄阁老,归期定送白云边。"

按,"忍",杜甫《将赴成都草堂途中有作先寄严郑公五首》(其四)作"只"。"归期定送白云边"非杜诗之文,未详所出。(《杜诗详注》,第1108页)

十二、《登西楼》

杜诗:"青山犹衔半边日。"

按,此为李白诗,题为《乌栖曲》。(《李太白全集》卷三,第176—177页)

十三、《始与韩玉汝相近居遂相与游》

1.《汉书》:"王阳结绶,贡禹弹冠。"

按,此句当是混淆《汉书》之语。《汉书·卷七十二·王吉传》曰:"王阳在位,贡公弹冠。"(《汉书》,第3066页)《汉书·卷七十八·萧育传》作"萧、朱结绶,王、贡弹冠。"(《汉书》,第3290页)

2.《后汉·班超传》:"尝辍耕投笔。"

按,"耕",《班超传》原作"业"。(《后汉书》,第 1571 页)

十四、《出城访无党因宿斋馆》

杜诗:"药里关心诗摁废,花枝到眼句还成。"

按,"到",杜甫《酬郭十五判官》原作"照"。李壁改字以从王,非也。(《杜诗详注》,第 1982 页)

十五、《寄张氏女弟》

杜子美诗:"心折此时无一寸。"又:"归心折大刀。"又:"心折大刀头。"

按,"心折大刀头"不见杜诗。古绝句有"何当大刀头"之语,不知李壁所引为此否。(《玉台新咏》卷十,第 469 页)

十六、《次韵耿天骘大风》

杜诗:"不得淮王术,风吹晕已生。"

按,"不",杜甫《玩月呈汉中王》原作"欲"。(《杜诗详注》,第 940 页)

[庚寅增注]

一、《寄泾州韩持国》

韩持国《寄泾州李公远》诗:"流景又逢黄菊节,狂歌犹记紫荆春。"

按,"李公远",韩维(字持国)原作"李公达","歌"原作"欢"。(《全宋诗》卷四二七,第 5246 页)

二、《寄漕使曹郎中》

《扬雄传》:"梢暗暗而靓深。"

按,"梢",《汉书·卷八十七上·扬雄传》原作"稍"。(《汉书》,第 3529 页)

三、《酬王太祝》

《息夫躬传》:"旷迥兮思无期。"

按,此句《汉书·卷四十五·息夫躬传》原作"游旷迥兮反亡期。"当据改。(《汉书》,第 2188 页)

《王荆文公诗李壁注》卷三十五

一、《清风阁》

杜甫《武侯祠松柏》诗："干戈满地客愁破,白云如火炎天凉。"

按,标点注文皆有误。此句为《夔州歌十绝句》(其九)中语,前二句为"武侯祠堂不可忘,中有松柏参天长",故"武侯祠松柏"为李壁转述之语。"白云",杜诗作"云日"。(《杜诗详注》,第 1306 页)

二、《留题微之廨中清辉阁》

王建诗:"日暮数峰青似染,傍人说是汝州山。"

按,"傍人",王建《江陵使至汝州》原作"商人"。(《全唐诗》卷三百一,第 3437 页)

三、《次韵和甫春日金陵登台》

唐章八元诗:"天边宿鸟生归思,关外晴山满夕岚。"

按,此为韦应物之诗,题为《送章八元秀才擢第往上都应制》。(《韦应物集校注》卷四,第 220 页)

四、《庆老堂》

1. 潘安仁《闲居赋》:"大夫人乃御板舆。"

按,"大",清绮斋本、《文选》皆作"太"。(《文选》卷十六,第 705 页)

2. 言已不远养,见他人之亲而悲感。

按,"远",清绮斋本作"逮",当从。

五、《寄张剑州并示女弟》

王贞白《望终南》诗:"为问红尘里,谁同勒马看。"

按,"勒",王诗《终南山》曰"驻"。李壁改字以从王。(《全唐诗》卷七百一,第 8061 页)

六、《元珍以诗送绿石砚所谓玉堂新样者》

1. 公诗又有"端溪作枕绿玉色"。

按,"作",本书卷七(第164页)《次韵欧阳永叔端溪石枕蕲竹簟》作"琢"。

2.《王恭传》:"丈人不识恭,恭作人无长物。"

按,此为《世说新语·德行》中语,非《晋书》也;且"识"当作"悉"。(《世说新语笺疏》卷上之上,第49页)

七、《和微之林亭》

1.《庄子·秋水篇》:"鯈鱼出游从客,是鱼乐也。"

按,"客"当是"容"之误字;"鱼"后缺"之"字。

2.《庄子·山木篇》:"孔子曰:'辞其交游,去其弟子,逃于大泽,入马不乱群,入鸟不乱行。'"

按,注文、标点皆有误。"孔子曰"下脱"善哉"二字,引号亦止于此,下文为庄子之语。"马",《庄子》原作"兽"。(《庄子集释》卷七上,第683页)

3.《元结传》:"人以为'漫者,亦漫为官乎?'呼为漫郎。"

按,单引号可删去,"漫者",《元结传》作"浪者"。(《新唐书》,第4685页)

八、《酬微之梅暑新句》

1. 杜诗:"明朝晒犊鼻,方信阮郎贫。"

按,此非杜甫诗,乃李商隐《七夕偶题》中句。(《李商隐诗歌集解》,第577页)

2. 唐人诗:"更著香薰一架书。"

按,此为王建《早秋过龙武李将军书斋》中句,"更"字,原诗作"长"。(《全唐诗》卷三百,第3402页)

九、《平甫游金山同大觉见寄相见后次韵二首》(其一)

曾氏《资暇录》云:"平甫与一浮屠诗云:'北固山连三楚远,中酃水入九江深'句法清远。"

按,"山连三楚远",王安国《同器之过金山奉寄兼呈潜道》原作"山随三楚尽";"酃",原作"泠"。(《瀛奎律髓汇评》卷四十七,第1749页)

十、《平甫游金山同大觉见寄相见后次韵二首》（其二）

戴叔伦诗："城根山半腹,庭影水中心。"

按,"庭",戴诗《奉酬秦征君系春日抚州西亭野望兼寄徐少府》原作"亭",当据改。(《戴叔伦诗集校注》卷一,第125页)

十一、《金陵怀古四首》（其一）

1. 孙秀流涕曰："昔讨逆弱冠以一校尉创业,今后主举江南而弃之哉?"此即"孤身取""百城降"之明证。李翱："宗庙山陵,于此为墟。悠悠苍天,此何人哉?昔神尧以一旅取天下,后世子孙不能以天下取河北",亦此意。

按,此处错讹当为手民之误。"孙秀流涕"云云及"宗庙山陵……此何人哉"之语,皆《三国志·吴书·宗室传》裴松之注引干宝《晋纪》中语,为连续之文字;"昔神尧以一旅"至"取河北",乃欧阳修《读李翱文》所引李翱之赋。故正确之顺序当为:"'孙秀流涕曰:……弃之[哉]? 宗庙山陵……此何人哉?'即'孤身取''百城降'之明证。李翱:'昔神尧……取河北',亦此意。"

2. "商女不知亡国恨,隔窗犹唱后庭花。"时夜泊秦淮,故言"船窗"。

按,"隔窗",杜牧诗原作"隔江"。清绮斋本不误,当从。

十二、《金陵怀古四首》（其二）

1. 落日应归去,鱼鸟见留连。

按,《北史》载此诗王晞所作,"落日",原作"日落"。李壁受正文影响而改字。(《北史》卷二十四,第891页)

2. 李义山诗："斜倚绿纱窗夜坐。"

按,今本李商隐无此句。杜牧《屏风绝句》曰："斜倚玉窗鸾发女",李群玉《感兴四首》（其三）曰："斜倚纱窗月"。未知李壁是否涉此而误。(《杜牧集系年校注》,第462页;《全唐诗》卷五百六十八,第6574页)

十三、《金陵怀古四首》（其四）

《江表传》："黄旗紫盖见于东南维,有天下者,荆、扬之君乎?"

按,《三国志·吴书·孙皓传》引《江表传》,"维"字作"终",故标点当作："黄旗紫盖见于东南,终有天下者"云云。(《三国志》卷四十八,第1168页)

十四、《次韵舍弟遇子固忆少述》

1. 《祢衡传》:"飞兔騕褭,绝足犇放,良药之所急。"

按,"药",《后汉书》原作"乐"。良乐者,王良、伯乐也。(《后汉书》卷八十下,第2654页)

2. 《越纪》:"楚王招风胡子……楚王引太阿之剑,登城而麾,二军破败,流血千里,晋、郑之士,头毕白也。"

按,"二军",《越绝书》卷十一、《太平御览》卷三百四十三皆作"三军";"郑之"下皆无"士"字。(《太平御览》,第1576页;《越绝书校释》,第303页)

十五、《次韵昌叔咏尘》

忠全文:"眯目圣神皇。"谓武侯也。

按,"眯目"句,见《太平广记》,"忠全文"当作"沈全交"。(《太平广记》卷二百五十五,第1981页)

十六、《玉晨大桧鹤庙古松最为佳树》

《左氏》:"松柏之下,其草不植。"

按,"植",《左传》作"殖"。(《春秋左传注》,第1155页)

十七、《次韵董伯懿松声》

刘禹锡诗:"能作凉州意外声。"

按,"能作",刘禹锡《与歌者米嘉荣》作"唱得",李壁改字以从王。(《刘禹锡集》卷二十五,第333页)

十八、《次韵答平甫》

1. 公有云:"绿阴青子胜花时。"

按,"青子",王诗《初夏即事》作"幽草"。未知王安石是否删改此句。

2. 《诗》:"悔子不将兮。"

按,"子",《诗经·丰》原作"予"。(《毛诗注疏》卷四,第428页)

十九、《次韵质夫兄使君同年》

《范雎传》:"不知公能自致青云之上。"

按,《史记·卷七十九·范雎蔡泽列传》原作:"不意君能自致于青云之上。"(《史记》,第2414页)

二十、《金明池》

林和靖《石竹花》诗:"斜倚纸丛如有恨。"

按,"纸",林诗《山舍小轩有石竹二丛哄然秀发因成七言二章》(其一)作"细",当据改。(《林和靖集》卷二,第91页)

二十一、《张剑州至剑一日以亲忧罢》

古乐府:秦氏:"庭乌八九子。"

按,标点、正文皆有误。黄庭坚《戏书秦少游壁》曰:"秦氏乌生八九子。"(《山谷诗集注》,第273页)

二十二、《送西京签判王著作》

罗隐诗:"空余岩下多情水,犹解年年绕驿流。"

按,"空",罗诗《筹笔驿》原作"唯";"绕",原作"傍"。李壁改字以从王。(《罗隐集·甲乙集》,第53页)

[庚寅增注]

一、《清风阁》

《汉书》:"焦心劳思。"

按,"焦心劳思"不见于《汉书》。《史记·卷二·夏本纪》有"劳身焦思"之语,李壁所记不知是否为此。(《史记》,第51页)

二、《酬微之新句》

白乐天诗:"促张弦柱吹高管,一曲凉州入沉寥。"

按,"沉",白诗《秋夜听高调凉州》作"泬"。(《白居易集笺校》卷三十一,第2141页)

三、《平甫游金山寺》

1. 又:"气吞余子无全日。"

按,"日",苏诗《和王斿二首》(其一)原作"目"。(《苏轼诗集合注》,第1232页)
2. 韩诗:"寻常不惮险。"
按,"常",韩诗《送灵师》原作"胜",正与王诗合,当据改。(《韩昌黎诗系年集释》卷二,第202页)

《王荆文公诗李壁注》卷三十六

一、《送刘贡父赴秦州清水》

1.《后汉》:郑泰谓董卓曰:"孔公绪清谈高论,嘘枯吹生。"
按,"郑泰",《后汉书》作"郑太"。(《后汉书》,第2258页)
2.《庄子·天下篇》:"语心之容,命之以心之行,以腼合欢,以调海内。"
按,"命之以",《庄子》作"命之曰"。(《庄子集释》卷十下,第1082页)
3. 韩诗:"博哉群圣文,磊落载其腹。"
按,"博",韩诗《送诸葛觉往随州读书》作"伟"。(《韩昌黎诗系年集释》卷十二,第1272页。)

二、《送纯甫如江南》

杜诗:"心折大刀头。"
按,杜诗《八月十五夜月二首》(其一)原作"归心折大刀。"(《杜诗详注》,第1750页)

三、《送郊社朱兄除郎东归》

1.《齐文宣王行状》:"神皋载穆,榖下以清。"
按,"榖",《文选》作"穀"。(《文选》卷六十,第2575页)
2."庾郎年最少,青草妒春鞿。"
按,"鞿",李商隐《春游》作"袍"。(《李商隐诗歌集解》,第39页)
3. 杜诗:"□车如青袍。"
按,此非杜诗中句,未详出处。"车"或是"草"之误。杜诗《送重表侄王砅评事使南海》有"春草随青袍"之句,不知李壁所引是否为此句。(《杜诗详注》卷二十三,第2045页)
4. 庾信赋:"青袍如草,白鸟如练。"

按,"鸟",庾信《哀江南赋》原作"马"。(《庾子山集注》卷二,第 120 页)

5. 后汉杨震使后世称为清白吏,子孙以此遗之,不亦多乎?

按,标点、正文皆有误。当作:《后汉·杨震》:"使后世称为清白吏子孙,以此遗之,不亦厚乎?"(《后汉书》,第 1760 页)

四、《送沈康知常州》

《汉·宣纪》:"诏吏务平法。或擅兴繇役,饰厨传,称过使客,越法逾职,以取名誉。"

按,标点正文皆有误。"诏"乃汉宣帝所下之诏也,不当在引号内。"越法逾职",《汉书》作"越职逾法"。(《汉书》卷八,第 256 页)

五、《安丰张令修芍陂》

1. 李白诗:"鲂鱼满市井,布帛如云烟。"

按,"鲂鱼",李白《赠宣城宇文太守兼呈崔侍御》作"鱼盐"。李壁改字以从王。(《李太白全集》卷十二,第 611 页)

2. 许浑诗:"何如谢康乐,海峤独留篇。"

按,"留篇",许浑《奉和卢大夫新立假山》作"题篇",李壁改字以从王。(《丁卯集笺证》卷十,第 694 页)

六、《送复之屯田成都》

1.《汉·郊祀志》:"或言益州有金马碧鸡之祥,可醮祭而致。"

按,"祥",《汉书》作"神",与王诗"石犀金马世称神"正合,当据改。(《汉书》卷二十五下,第 1250 页。)

2.《成公·二年》:"自始合,苟有险,予必下推车。"

按,"予",《左传》作"余"。(《春秋左传注》,第 792 页)

3.《王尊传》:"……行部至邛崃九折坂……'此非王阳所畏道耶?'"

按,"崃",《汉书·卷七十六·王尊传》作"郲";"坂"作"阪"。(《汉书》,第 3229 页)

七、《送萧山钱著作》

《汉·百官表》:"……秩比六百石以上,皆铜印墨绶;比二百石以上者,皆铜印黄绶。"

按,"墨绶",《汉书·卷十九上·百官公卿表》原作"黑绶"。李壁改字以从王。(《汉书》,第 743 页)

八、《送灵仙裴太博》

岂如彼所谓忧天下者?仆仆自枉而幸售真道哉。
按,"真",王安石《与王逢原书》(其一)原作"其",当据改。

九、《酬吴季野见寄》

1. 又:"幽蠹落书栅。"
按,"栅",《城南联句》作"棚",且题为孟郊之句。(《韩昌黎诗系年集释》卷五,第 482 页)

2. 王俭文:"弘以青冥之期。"
按,《文选》此文题目为《王文宪集序》,王文宪即王俭,作者为任彦升。此或李壁偶尔误记。(《文选》,第 2081 页)

十、《和平甫寄陈正叔》

1. 《扬雄传》:"有田一廛,有宅一区,世以农桑为业。"
按,"廛",《汉书》作"壥";"世",《汉书》作"世世",故此处脱一"世"字。(《汉书》卷八十七上,第 3513 页)

2. 灵均所赋,止有《离骚经》《九歌》《天问》《九章》《远游》《卜舍》《渔父》,凡七题二十五篇。
按,"卜舍",当作"卜居"。

3. 柳诗:"滕口任嚾嚾。"
按,"滕",《酬韶州裴曹长使君寄道州吕八大使因以见示二十韵一首》作"腾"。李壁改字以从王。(《柳宗元集》卷四十二,第 1129 页)

十一、《送叔康侍御》

王禹偁诗:"清朝曾贡皂囊封。"
按,"清",《阙下言怀上执政》(其二)作"新";"贡"字,作"献"。(《全宋诗》卷六七,第 770 页)

十二、《九日登东山寄昌叔》

1. 唐诗:"啼鸟破幽寂"。

按,此诗不见今唐诗文献。《冷斋夜话》载僧清顺诗,有云:"一鸟忽飞来,啼破幽寂处",不知是否即为此诗。

2. 杜牧之诗:"直须酩酊酬佳节。"

按,"直须",《九日齐山登高》作"但将"。(《杜牧集系年校注》,第371页)

3. 司马天章诗:"冷于陂水淡于秋,远目初穷见渡头。"

按,"目",据《诗话总龟》载司马光《行色》诗,原作"陌"。(《诗话总龟》卷十三,第156页)

十三、《舒州七月十七日雨》

《洞庭灵姻传》:"……毅复视之,则皆矫顾挈步,饮龁甚异,而大小毛角则无别羊焉。"

按,"挈步",当作"怒步"。见今《太平广记》"柳毅"条。(《太平广记》卷四百一十九,第3411页)

十四、《次韵答端州丁元珍》

1. 杜诗《送容州中丞》:"莫教铜柱北,空说马将军。"

按,此为小杜(杜牧)诗。(《杜牧集系年校注》卷,第236页)

2. 《苏武传》:"太子射上林中,得雁,足有系帛书……"

按,"太"字,《汉书》作"天"。(《汉书》卷五十四,第2466页)

3. 梁柳恽诗:"陇首白云飞。"

按,"白",《捣衣诗》作"秋"。(《玉台新咏》卷五,第196页)

4. 梁沈约书与徐勉曰:"……病虑切增……时观傍览……"

按,"病虑切增",《梁书》作"病增虑切";"时观"作"外观"。(《梁书》,第235页)

十五、《答刘季孙》

1. 《秦纪》:"俗儒好是古而非今。"

按,此数语不见《史记》,当是《汉书·卷九·元帝纪》中语,《元帝纪》曰:"俗儒不达时宜,好是古非今。"(《汉书》,第277页)

2. 《食货志》:"侵淫日广。"

按,"侵",《汉书》作"浸"。(《汉书》卷二十四下,第 1185 页)

十六、《至开元僧舍上方次韵舍弟》

《周礼》:"上,农。夫一廛。"

按,标点、正文皆有误。《周礼·司徒》原作"上地,夫一廛。"(《周礼注疏》卷十五,第 392 页)

十七、《次韵答彦珍》

《益稷篇》:"乃赓载歌曰:'元首明哉,股肱起哉,庶事康哉。'帝歌曰:'股肱喜哉,元首起哉,百工熙哉。'"注:"赓歌,载成也。"

按,此段顺序与《尚书》多有不同。①《尚书》"帝歌"云云原在"乃赓"之前。②"股肱起哉",《尚书》作"股肱良哉",李壁改字以从王。③"赓歌,载成也"《尚书》作"赓,续;载,成也"。(《尚书正义》卷五,第 182—183 页)

[庚寅增注]

一、《送刘贡父》

李白诗:"行当赤车使,再往召相如。"
按,"行",李诗《赠崔侍御》作"何"。(《李太白全集》卷九,第 487 页)

二、《送纯甫》

"蹁跹媚学子"。
按,"蹁跹",韩愈《示儿》作"躩躩",李壁改字以从王。(《韩昌黎诗系年集释》卷九,第 952 页)

三、《送沈常州》

言州虽雕弊可叹,而荆溪之影故佳。
按,"影"当是"景"之误字。

四、《送钱著作》

1.《书》:"禹别九州。"注:"分其所界。"
按,"所",《尚书》作"圻"。(《尚书正义》卷六,第 189 页)

2.《帝王世纪》:"禹年二十而用,三十一而洪水平……"

按,"三十一",《太平御览》引《帝王世纪》作"三十二";"而用",原作"始用"。(《太平御览》卷八十二,第380页)

五、《寄朱昌叔》

《广记》沈警《遇鬼仙》诗:"谁念衡山烟雾里,空多雁足不传书。"

按,标点、正文皆有误。"遇鬼仙诗"乃李壁陈述之语,非诗题。"多",《太平广记》原作"看",李壁改字以从王。(《太平广记》卷三百二十六,第2590页)

《王荆文公诗李壁注》卷三十七

一、《和金陵怀古》

李文饶诗:"偶因明月夕,重敞故楼屏。"

按,"屏",李德裕(字文饶)《汉州月夕游房太尉西湖》原作"扉"。(《全唐诗》卷四百七十五,第5394页)

二、《将至丹阳寄表民》

1.《选》诗:"青骧游骎骎。"

按,此阮籍《咏怀》诗,原作"青骊逝骎骎"。(《文选》卷二十三,第1075页)

2.《诗》:"泛泛扬舟,载沉载浮。"

按,"扬",《诗经·菁菁者莪》作"杨"。(《毛诗注疏》卷十,第896页)

三、《宿土坊驿寄孔世长》

1. 李涉《赠康老人歌》:"不脱弊裘轻绮绣,长吟佳句掩笙歌。"

按,此为戴叔伦诗,题为《赠康老人洽》;"绮绣",戴诗原作"锦绮"。(《戴叔伦诗集校注》卷二,第174页)

2. 卢纶诗:"白发悬明镜,青春换弊裘。"

按,此为岑参诗,题为《武威春暮闻宇文判官西使还已到晋昌》。"悬",岑诗原作"悲",当是形误;"弊"原作"敝"。(《岑参集校注》卷二,第89页)

四、《送福建张比部》

1. 唐人《茶》诗:"枪旗不染匈奴血,留与人间战睡魔。"

按,元刘埙《隐居通议》卷十"无名好诗"条录有此诗,当是宋末时人所作;清代陆心源《宋诗纪事补遗》谓此诗为宋末时陈少微所作。此条仍待考。

2. 又诗:"枪旗试新绿。"

按,欧阳修《虾蟆碚》曰:"共约试春芽,枪旗几时绿。"不知李壁所引为此诗否?(《欧阳修诗文集校笺》,第 10 页)

五、《题友人壁》

1. 皇甫冉诗:"寥寥行异境,过静千峰影。"

按,此为卢纶诗,题为《送吉中孚校书归楚州旧山》;"静"原作"尽"。(《全唐诗》卷二百七十六,第 3125 页)

2. 杜诗:"发兴自江天。"

按,杜甫《春日江村五首》(其二)曰:"发兴自林泉……恣意向江天。"李壁所引当为此句。(《杜诗详注》卷十四,第 1206 页)

六、《清明辇下怀金陵》

1. 王维诗:"柳塘春水慢。"

按,此严维诗,题为《酬刘员外见寄》。(《全唐诗》卷二百六十三,第 2914 页)

2. 赵嘏诗:"池塘风暖雁群去,松桧寺高人独来。"

按,"群",赵嘏《重游楚国寺》作"寻",当是音误;"桧"原作"桂"。(《文苑英华》卷二百三十八,第 1199 页;《全唐诗》卷五百四十九,第 6362 页)

七、《闻和甫补池椽》

《南史》:"人仕宦,非唯须才能,亦须还命力。"

按,《南史·羊玄保传》曰:"人仕宦非唯须才,亦须运命。"(《南史》卷三十六,第 933 页)

[庚寅增注]

一、《垂虹亭》

"浩渺澄江杳若空,飞梁横绝与天通。深春气豁前山暝,清晓潮乘涨海风。日月尽从金鉴出,乾坤都在玉壶中。明朝欲入空门去,俗事尘心未易穷。"右诗,王益柔元韵,与松江皆同,公并依其韵也。

按,王益柔诗题为《吴江即景》;"渺"原作"浩";"绝"原作"截";"气"原作"风";"涨"原作"北";"欲入空门"原作"即入盘门"。此诗《全宋诗》未载,《全宋诗订补》亦未载,见于清人张豫章所编《四朝诗》卷四十四。

二、《清明辇下怀金陵》

苏子美诗:"玉帐夜严兵似水,茅斋春击草如烟。"

按,"击",苏舜钦《某为世所弃》原作"静"。(《苏舜钦集》卷八,第93页)

三、《闻和甫补池椽》

乐天诗:"五车书任胸中有,万户侯须骨上来。"

按,此刘禹锡诗,题为《酬乐天偶题酒瓮见寄》;"五车书",刘诗原作"三冬学"。(《刘禹锡集》卷三十四,第484页)

《王荆文公诗李壁注》卷三十八

一、《钟山西庵白莲亭》

郑壁《白菊》诗:"白艳轻明带露痕。"

按,"壁",当作"璧"。(《唐诗纪事》卷六十四,第959页;《全唐诗》卷六百三十一,第7241页)。

二、《赠长宁僧首》

李白诗:"却顾女□峰,胡颜见秋月。"

按,李白此诗题为《赠韦秘书子春》,"□"作"几";"秋"原作"云"。(《李太白全集》卷九,第478页)

三、《次韵舍弟赏心亭即事二首》(其一)

杜诗:"倚剑望八荒。"

按,今本杜诗无此句,杜甫《又上后园山脚》曰:"矫首望八荒";又,《寄韩谏议注》曰:"濯足洞庭望八荒";又,江淹拟鲍照诗曰:"倚剑临八荒"。(《文选》卷三十一,第1479页)

四、《次韵舍弟赏心亭即事二首》(其二)

1. 杜诗:"寒冰尽倚薄,云月递微明。"

按,"尽",杜甫《宿青草湖》作"争"。(《杜诗详注》卷二十二,第1953页)

2. 梅宛陵诗:"夜瞻皓如昼。"

按,"夜瞻",梅尧臣《希深惠书,言与师鲁、永叔、子聪、几道游嵩,因诵而韵之》原作"凉蟾"。(《梅尧臣诗集编年校注》卷二,第37页)

3. 《诗·宾之初筵》:"宾既醉止,哉号哉呶。"

按,两个"哉",《诗经》原作"载"。(《毛诗注疏》卷十四,第1273页)

五、《登大茅山顶》

1. 《货殖传》:"牛角蹄千,僮手指千。"

按,"牛角蹄千",《史记》原作"牛千足,羊彘千双。"(《史记》卷一百二十九,第3274页)

2. 谢灵运《入华子岗》诗:"遂登群峰首,邈若来云烟。"

按,"来",谢诗原作"升"。(《文选》卷二十六,第1250页)

六、《登中茅山》

杜牧诗:"折戟沉沙铁未消,自将磨藓认前朝。"

按,"藓",杜牧诗原作"洗",李壁或因王诗"更磨碑藓认前朝"之句而误记。

七、《送张仲容赴杭州孙公辟》

李白诗:"朝寻霞外寺,暮宿池上岛。"

按,此为白居易诗,题为《除官去未间》;"池",原作"波",当据改。(《白居易集笺校》卷八,第446页)

八、《赠李士宁道人》

先生以诗别公,其朴句云:"异时复与公相见,正是江南二月天。"

按,"朴",清绮斋本作"落",当从。

九、《次韵春日即事》

杜甫《北征》诗:"或红如丹砂,或黑如点漆。雨露之所沾,甘苦齐结实。"

按,"沾",杜诗原作"濡",当据改。(《杜诗详注》卷五,第 397 页)

十、《次韵答陈正叔二首》(其二)

《孔子世家》:"读《易》,韦编三绝,曰:'假我数年,若是,我于《易》见彬彬矣。"
按,"见",《史记》原作"则",当据改。(《史记》卷四十七,第 1937 页)

十一、《苦雨》

1. 《扬子》:"灵场之威,其夜矣乎?"
按,"其",《法言·问明》原作"宜"。(《法言义疏》卷九,第 204 页)
2. 《诗·甫田》:"如京如坻。"
按,"如京如坻",《诗经》原作"如坻如京",当据改。(《毛诗注疏》卷十四,第 1212 页)

十二、《江上》

宋之问诗:"林缺见嵩丘,浮云补断山。"
按,李壁引"浮云补断山"以合王诗"春风似补林塘破",然宋之问《春日郑协律山亭陪宴饯郑卿》原作:"池平分洛水,林缺见嵩丘。"实无此句。(《沈佺期宋之问集校注》,第 618 页)

十三、《午枕》

此诗必访一处吊古而有作,题乃云"午枕",未详。即午梦耳,何疑?
按,"即午梦耳,何疑"乃是对李壁注之再解释,此当为刘辰翁之语。"未详"下当脱"评曰"二字。

十四、《姑胥郭》

东坡诗:"下第味如中酒味。"
按,苏轼《任安节远来夜坐三首》(其三)原作:"落第汝为中酒味。"(《苏轼诗集合注》,第 1057 页)

十五、《藏春坞诗献习十四丈学士》

1. 灵运诗:"漆园有傲吏,莱氏有逸妻。"
按,此为郭璞诗,题为《游仙诗》(其一)。(《文选》卷二十一,第 1019 页)

2. 梅圣俞集有《寄题刁景纯润州园亭》诗……疑此却藏春坞也。

按,"却"当是"即"之误字。

十六、《太湖恬亭》

戴叔伦诗:"共待夜深听一曲,□人骑马断肠回。"

按,此为戴叔伦《听歌回马上赠崔法曹》中句,"□"原作"醒"。(《戴叔伦诗集校注》卷一,第131页)

[庚寅增注]

一、《江上》

韩诗:"城缺连云草树荒。"

按,"缺",韩愈《题楚昭王庙》原作"阙",其义不同,当据改。(《韩昌黎诗系年集释》卷十一,第1107页)

二、《午枕》

韩退之《两鸟》诗:"还当三千年,复起鸣相酬。"

按,韩愈《双鸟诗》原作:"原当三千秋,更起鸣相酬。"(《韩昌黎诗系年集释》卷七,第836页)

三、《寄陈伯庸》

白乐天诗:"富贵与轩冕,又在外物外。"

按,白居易《遣怀》原作:"况有假饰者,华簪及高盖。此又疏于身,复在外物外。"不知李壁所引者为此诗否?(《白居易集笺校》卷六,第313页)

《王荆文公诗李壁注》卷三十九

一、《次韵吴彦珍见寄二首》(其一)

1. 韩诗:"眼穿书讶双鱼断。"

按,"书",韩愈《酒中留上襄阳李相公》作"长",当据改。(《韩昌黎诗系年集释》卷十二,第1196页)

2. 杜诗:"相与成二老,来往亦风流。"

按,"相与",杜甫《寄赞上人》作"与子"。(《杜诗详注》卷七,第 598 页)

二、《读诏书》

1. 齐己诗:"草满孤城白,沙翻大漠黄。"

按,"满",齐己《边上》作"上",李壁改字以从王。(《全唐诗》卷八百四十二,第 9505 页)

2. 韩诗:"致君岂无术?自献良独难。"

按,"献",韩愈《龊龊》作"进",李壁改字以从王。"良"原作"诚"。(《韩昌黎诗系年集释》卷一,第 100—101 页)

三、《王浮梁太丞之听讼轩有水禽三巢于竹林之上恬而自得邑人作诗以美之因次元韵》

《庄子》:"野雉五步一饮,十步一啄。"

按,《庄子·养生主》作:"泽雉十步一啄,百步一饮。"如此方生动形象,五步十步,则失之繁促矣。(《庄子集释》卷二上,第 126 页)

四、《寄虞氏兄弟》

《项羽传》:"咄嗟叱咤,千人俱废。"

按,《汉书》原作:"意乌猝嗟,千人皆废。"(《汉书》卷三十四,第 1864 页)

五、《除夜寄舍弟》

唐李颀诗:"蒙茸花向月,潦倒客经年。"

按,此陈羽诗,题为《春日晴原野望》。(《全唐诗》卷三百四十八,第 3889 页)

六、《和钱学士喜雪》

又《春秋考异邮》曰:"四十五日,阊阖风至。阊阖者,咸收养也。"

按,"咸收养也",《太平御览》引作"当寒天收也"。(《太平御览》卷九,第 44 页)

七、《送江宁彭给事赴阙》

1. 退之《征蜀联句》:"推肥牛呼牟。"

按,"推",清绮斋本、韩愈诗皆作"椎",当据改。(《韩昌黎诗系年集释》卷五,第

602 页）

2. 东坡《雪》诗："如夸剪刻工,故上朱蓝袂。"

按,"如",苏轼《次韵王觌正言喜雪》原作"欲",于义为长。(《苏轼诗集合注》卷二十七,第 1351 页)

3. 杜诗："梗楠枯峥嵘,乡党皆不记。"又云："空余栋梁具,无复霄汉志。"

按,"不",杜甫《枯楠》作"莫";"空余"杜诗作"犹含";"梗"原作"楩",当据改。(《杜诗详注》卷十,第 856—857 页)

[庚寅增注]

《送彭给事赴阙》

韦苏州《送章八元擢第》诗："决胜文场战已酣,行膺辟命复才堪。"

按,"膺",韦诗原作"应"。(《韦应物集校注》卷四,第 220 页)

《王荆文公诗李壁注》卷四十

一、《聊行》

欧公文："凉竹簟之暑风,曝芽檐之朝日。"

按,"芽",欧阳修《内制集序》作"茅";"朝",原作"冬"。(《欧阳修诗文集校笺》,第 1109 页)

二、《台上示吴愿》

唐人诗有"大书文字堤防老"之句。

按,《诗话总龟·留题门》载此句作者为张宗尹,张乃宋人。(《诗话总龟》卷十五,第 175 页)

三、《山中》

1. 谢灵运诗："花上露犹炫。"

按,"炫",谢诗《从斤竹涧越岭溪行》原作"泫",当据改。(《文选》卷二十二,第 1048 页)

2. 《离骚》："芳菲兮袭予。"

按，"芳菲"，《九歌·大司命》作"芳菲菲"。(《楚辞补注》，第71页)

四、《再题南涧楼》

令狐楚诗："适楚岂吾愿，思归秋向深。"
按，此郎士元《宿杜判官江楼》诗。(《全唐诗》卷二百四十八，第2785页)

五、《南浦》

杜诗："桃花客若至，定似昔人迷。"
按，"花"，杜甫《卜居》原作"红"。(《杜诗详注》，第1609页)

六、《和惠思波上鸥》

杜诗："相趁凫鸥入蒋芽。"
按，"鸥"，杜甫《夔州歌十绝句》(其五)作"雏"，李壁改字以从王。(《杜诗详注》，第1304页)

七、《代陈景初书于太一宫道院壁》

1. 乃追靖节韵而歌《归去来》以贻之，时亦自警云。
按，"时"，杨杰《归来堂赋》原作"庶"；"韵"字前漏一"遗"字。句见《全宋文》卷一六三八(第75册)第153页。以下三条，页码同此。

2. 行不愧乎夜漏，往取愧于晨门。
按，前一"愧"字，杨文原作"顾"。

3. 居善行而无迹，门善闭而无关。
按，"居"，杨文作"车"。

4. 有名教之真乐，绝世俗以忘忧。玩几微于八索，鉴福极于九畴。齐物我而一致，泛忘心之虚舟。
按，"以忘忧"，杨文作"之妄忧"，与"之真乐"相对，当从。

八、《杂咏四首》(其三)

许敬宗诗："心逐南云逝，形随北雁来。故乡篱下菊，今日几花开。"
按，《太平御览》载此诗为江总作，题为《九日至微山亭》。(《太平御览》卷三十二，第154页)

九、《楼上》

唐人诗："乱山无主鹧鸪啼。"又："无主杏花春自红。"

按，"乱山"句作者为宋人陆士规，题为《黄陵庙》(《鹤林玉露》卷七)；"无主"句作者为李群玉，题为《和吴中丞悼笙妓》。(《全唐诗》卷五百六十九，第6599页)

十、《春晴》

常建诗："药院滋苔绿。"

按，"绿"，常建《宿王昌龄隐居》作"纹"，正与王诗"苍苔纹"相合。(《全唐诗》卷一百四十四，第1454页)

十一、《晚归》

唐诗："归时不觉夜，出浦月随人。"又："不愁归路晚，明月上前汀。"

按，"归时"句，诗题为《春江曲》。《唐诗纪事》卷四十二、《全唐诗》卷三百四十六(第3875页)皆录为王涯作，然亦有录为张仲素者，如《唐诗品汇》卷二十五；"不愁"句作者为僧惠崇，题为《访杨云卿淮上别墅》。(《瀛奎律髓汇评》卷四十七，第1723页)

十二、《蒲叶》

1 杜牧诗："萝洞清浅水，竹廊高下风。"

按，此为许浑诗，题为《恩德寺》；"清浅"，许诗原作"浅深"，李壁改字以从王。(《丁卯集笺证》卷三，第167页)

2. 隋薛道衡诗："庭草无人随意绿。"

按，此为王胄诗。据《太平御览》同条所载：炀帝妒才而薛道衡、王胄俱见迫害。李壁殆一时误记耳。(《太平御览》卷五百九十一，第2660页)

十三、《芳草》

李白诗："长短春草绿，绿阶如有情。"

按，"绿阶"，李白《寄远十二首》(其九)原作"缘阶"，当据改。(《李太白全集》卷二十五，第1171页)

十四、《病中睡起折杏花数枝二首》(其一)

韩诗:"西邻北郭古寺空,杏花两株能白红。"

按,"西",韩愈《杏花》作"居"。(《韩昌黎诗系年集释》卷四,第 356 页)

十五、《送吕望之》

古诗:"虽无田田叶,及尔泛涟涟。"

按,此为陆厥诗,题为《奉答内兄希叔》;"涟涟",陆诗作"涟漪"。(《文选》卷二十六,第 1215 页)

十六、《别方邵秘校》

古乐府:"呼儿烹鱼,中有素书。"

按,"烹鱼",《饮马长城窟行》原作"烹鲤鱼";"有素"原作"有尺素",注文过于简略。(《玉台新咏》卷一,第 34 页)

十七、《梅花》

古乐府:"庭前一树梅,寒多未觉开。只言花似雪,不悟有香来。"

按,《乐府诗集》卷二十四录为苏子卿所作,题为《梅花落》;"庭前"原作"中庭";"未觉"原作"叶未"。(《乐府诗集》,第 350 页)

十八、《离升州作》

李白《送殷淑》诗:"相看不忍别,更进手中杯。"

按,"殷涑"当作"殷淑"。(《李太白全集》卷十七,第 831 页)

《王荆文公诗李壁注》卷四十一

一、《歌元丰五首》(其二)

《语》云:"野有庾积。"

按,"语"前脱一"国"字(或"周"字),此为《国语·周语》中句。(《国语》卷二,第 67 页)

二、《歌元丰五首》（其四）

《赵后传》："砌皆铜沓，冒黄金，白玉阶。"

按，"砌"，《汉书》原作"切"，颜师古注曰："切，门限也"；"黄金"下原有一"涂"字，当据补。（《汉书》卷九十七，第3989页）

三、《棋》

韦耀《博弈论》："然其所志，……"

按，"耀"当作"曜"。韦曜，字弘嗣，撰有《博弈论》。（《文选》卷五十二，第2283页）

四、《清明》

欧公《与圣俞诗》："不学长瓶卧墙曲。"

按，"学"，欧阳修《会饮圣俞家有作兼呈原父景仁圣从》原作"觉"。（《欧阳修诗文集校笺》，第222页）

五、《九日》

张滨诗："白首成何事，无欢可替悲。"

按，《全唐诗》录此诗为崔橹所作，李壁所取者盖《唐百家诗选》之著录，然"滨"当作"蠙"字。（《全唐诗》卷五百六十七，第6567页）

六、《初晴》

太白诗："新雪满前山，初晴好天气。"

按，此白居易诗，题为《江州雪》；"雪"，原作"云"。（《白居易集笺校》卷六，第358页）

七、《秋云》

1. 黄诗："贝宫荒寒弄明月。"

按，"荒"，黄诗《以团茶洮州绿石研赠无咎文潜》作"胎"，李壁改字以从王。（《山谷诗集注》，第150页）

2. 少游诗："荒寒问前路，空阔槛增波。"

按，秦观《过六合水亭怀裴博士次韵三首》（其二）作："荒门寒带路，空槛阔增波。"当据改正。（《淮海集笺注》卷七，第272页）

八、《春风》

王建诗:"青帝少女染桃花,露糢初出红尤湿。"

按,"尤",王建《春来曲》作"犹"。(《全唐诗》卷二百九十八,第3385页)

九、《嘲白发》

《左氏·昭公三年》:"余发种种如此,余奚能为?"

按,"种种如此",《左传》作"如此种种。"种种,短也。当据改。(《春秋左传注》,第1242页)

十、《外厨遗火二绝》(其一)

王稹赋:"厨人进瓜。"

按,"王稹",清绮斋本作"刘桢",当据改。据《初学记》卷十所载,"刘桢瓜赋……厨人进瓜"乃陈述句,其赋名曰"瓜赋"。(《初学记》,第240页)

十一、《和耿天骘以竹冠见赠四首》(其三)

1. 王绩诗:"一间松叶屋,数片藓花冠。"

按,此为张籍诗,题为《和卢常侍寄华山郑隐者》。(《张籍集系年校注》卷三,第390页)

2. 《谷梁传》:"弁冠虽敝,必加于首。周室虽衰,必先诸侯。"

按,"弁冠虽敝",《谷梁传》原作"弁冕虽旧",当据改。(《春秋谷梁传注疏》卷八,第121页)

十二、《次韵叶致远置洲田以诗言志四首》(其四)

《吾丘寿王传》:"子在上前之时,智略辐凑。"

按,"上",《汉书》作"朕",李壁改字以从王;"智",原作"知"。(《汉书》卷六十四上,第2795页)

十三、《送道原还仪真作诗要之》

欧公《送种花诗》:"先后应须开。"

按,今本欧阳修诗集不见此句,欧阳修《谢判官幽谷种花》曰:"浅深红白宜相间,先后仍须次第栽。我欲四时携酒去,莫教一日不花开。"不知李壁所引为此诗

否?(《欧阳修诗文集校笺》,第336页)

[庚寅增注]

一、《初晴》

杜诗:"新晴好天气,谁伴老人游?"

按,此白居易诗,题为《新秋夜雨》。(《白居易集笺校》卷三十七,第2573页)

二、《老嫌》

退之诗:"又闻识大道,何用补黥劓?"

按,"何用补黥劓",韩愈《送文畅师北游》"何路补黥劓。"(《韩昌黎诗系年集释》卷五,第584页)

三、《嘲白发》

谢灵运诗:"戚戚感物类,星星白发垂。"

按,"类",谢灵运《游南亭》原作"叹"。(《文选》卷二十二,第1041页)

《王荆文公诗李壁注》卷四十二

一、《光宅寺》

1. 《选》诗:"何惭宿昔意,消恨坐相仍。"

按,"消",鲍照《乐府八首·白头吟》原作"猜",当据改。(《文选》卷二十八,第1327页)

2. 白传诗:"蜂窠与蚁垤,随分有君臣。"

按,"传"当是"傅"之误字;"蜂窠与蚁垤",白居易《郡中春宴因赠诸客》作"蜂巢与蚁穴",李壁改字以从王。(《白居易集笺校》卷十一,第604页)

二、《东陂二首》(其一)

杜诗:"天涯宿雨霁,粳稻卧不翻。"

按,"宿雨霁",杜甫《赠蜀僧闾丘师兄》作"歇滞雨",当据改。(《杜诗详注》卷九,第767页)

三、《耿天骘惠梨次韵奉酬三首》(其三)

陈了翁有《接花》诗:"色红可使紫,叶单可使重……我欲春采兰,我欲冬赏桃。汝不能栽接,汝巧亦徒劳。"

按,"重",陈瓘《接花》原作"千";"兰",原作"菊"。"春采兰"有何难,作"菊"是。(《全宋诗》卷一一九一,第13470页)

四、《五更》

《南史》:"高阿那肱:'汉儿无事,强知星宿。'"

按,此句不见《南史》(李之亮、高克勤已校)"无",《北史》原作"多"。(《北史》卷二十八,第1033页)

五、《与薛肇明弈棋赌梅花诗输一首》

吴曾《漫录》:"荆公在钟山下棋时……'逢时可谓真千载,拜赐应须更方回。'时谓之薛方回。"

按,"方"字,清绮斋本皆作"万",当从。

六、《耿天骘许浪山千叶梅见寄》

白诗:"准拟人看似旧时。"

按,此刘得仁所作,题为《悲老宫人》。(《全唐诗》卷五百四十五,第6303页)

七、《池上看金沙花数枝过酴醾架盛开二首》(其一)

李义山诗:"莫许韩凭为蛱蝶,等闲飞上别枝开。"

按,"开",李商隐《青陵台》原作"花",李壁改字以从王;"凭"原作"讶"。(《李商隐诗歌集解》,第1153页)

八、《北山》

古诗:"为忆绿罗裙,步步怜芳草。"

按,牛希济《生查子》曰:"记得绿罗裙,处处怜芳草。"不知李壁所引为此诗否?(《全唐诗》卷八百九十三,第10093页)

九、《咏菊二首》(其二)

《蜀都赋》:"蜜房郁毓被其草。"

按,"草",《蜀都赋》原作"阜",当据改。(《文选》卷四,第 179 页)

十、《北山道人栽松》

李义山诗:"若信见多真实语,三生同听一楼钟。"

按,"见",李商隐《题僧壁》作"贝"。(《李商隐诗歌集解》,第 1423 页)

十一、《马死》

《柳集》:"明皇得灵昌部异马,居帝闲几二十年……"

按,"部",柳宗元《龙马图赞》作"郡"。(《柳宗元集》卷十九,第 527 页)

十二、《出郊》

许景先诗:"田家心适处,春色遍桑榆。"

按,此为杨颜诗,题为《田家》;"处",原作"时"。(《全唐诗》卷一百四十五,第 1470 页)

十三、《怀府园》

张子野诗:"浮云被处见山影。"

按,《竹庄诗话》载此,"被"原作"破"。(《竹庄诗话》卷二十一,第 450 页)

十四、《江宁夹口二首》(其一)

韩诗:"当忧复被冰雪埋,汲汲来窥戏迟缓。"

按,"戏",韩愈《游青龙寺赠崔大补阙》作"诚"。(《韩昌黎诗系年集释》卷五,第 563 页)

十五、《蒋山手种松》

1. 杜诗:"欲存老盖千年意,为觅云根数寸栽。"

按,"云",杜甫《凭韦少府班觅松树子栽》原作"霜"。(《杜诗详注》卷九,第 733 页)

2. 唐人诗:"世人易合复易离,故多弃旧求新知。叹息青青长不改,岁寒霜露贞松枝。"

按,此为皇甫冉诗,题为《寄刘方平》。"多",原作"交";"旧"原作"置";"露"原作"雪"。(《全唐诗》卷八百八十二,第9973页)

十六、《寄吴氏女子》

韩诗:"辛勤三十年,始有此屋庐。"

按,"始"字,韩愈《示儿》作"以",李壁改作"始"以合荆公"方"字。(《韩昌黎诗系年集释》卷九,第952页)

十七、《寄蔡天启》

刘宾客诗:"晴空一鹗排云上,便引诗情到碧霄。"

按,"鹗",当是"鹤"之误字。

[庚寅增注]

一、《蒋山手种松》

白居易《和李相公任兵部日移四松》诗:"右相历兵署,四松皆手栽。"

按,《全唐诗》卷四百八十八(第5543页)载此诗,为陶雍所作,题为《和兵部郑侍郎省中四松诗》;《文苑英华》卷三百二十四(第1679页)载此为姚合所作。虽署名不同,然皆非白居易之诗。

二、《绝句呈陈和叔》(其二)

《前汉》:"家贫孟公,无置酒之乐。"

按,陈遵,字孟公,《汉书》有传;然此句乃应璩《与侍郎曹长思书》中语。(《文选》卷四十二,第1915页)

《王荆文公诗李壁注》卷四十三

一、《庚申正月游齐安院有诗云水南水北重重柳壬戌正月再游》

东坡诗:"三三已过黄梅雨。"

按,"三三",苏轼《舶趠风》原作"三旬",当据改。(《苏轼诗集合注》卷十九,第938页)

二、《成字说后与曲江谭掞丹阳蔡肇同游齐安院》

李白诗:"还将三五少年辈,登高送远形神开。"

按,"还",李白《鲁郡尧祠送窦明府薄华还西京》原作"遂",当据改。(《李太白全集》卷十六,第780页)

三、《悟真院》

王维诗:"不向春山去,日令春草深。"

按,"春",王维《赠韦穆十八》原作"东",当据改。李壁或因王诗正文"春风""山北"之句而误记。(《王维集校注》卷七,第636页)

四、《定林院昭文斋》

储光羲诗:"古人不逢酒不足,遗恨精神传此曲。"

按,此崔国辅诗,题为《对酒吟》;"逢",崔诗原作"达";"神"原作"灵"。(《全唐诗》卷一百十九,第1200页)

五、《经局感言》

《庄子》"络马首",是谓子。

按,注文难晓。此乃《庄子·秋水篇》中语,应校改为"《庄子》:'落马首,是谓人'"。(《庄子集释》卷六下,第590页)

六、《书湖阴先生壁二首》(其二)

按《建康志》云:"公有《示蔡天启》诗云:'今年钟山南,随分作园圃'者是也。"

按,《建康志》有误,此句诗题为《示元度》,元度者,蔡卞之字也,与蔡天启为两人;"圃",王诗原作"囿"。

七、《过刘全美所居》

杜诗:"西崦人家宿。"

按,杜甫有诗,题为《赤谷西崦人家》,"宿"字或为衍文,李壁原意或单录杜诗诗题。(《杜诗详注》卷七,第593页)

八、《书何氏宅壁》

《世说》:"桓仲在荆州,张玄为侍中。使至江陵,……,'向得此鱼,观君舡上当有鲙见,是故来耳。'"

按,"仲"当作"冲";"见",《世说新语·任诞》原作"具",当据改。(《世说新语笺疏》卷下之上,第 750 页)

九、《江宁府园示元度》

韦苏州诗:"每到子城东路上,忆君相逐入朝时。"

按,此张籍诗,题为《哭丘长史》。(《张籍集系年校注》卷六,第 665 页)

十、《金陵郡斋》

唐人诗:"剩栽高竹听秋声。"

按,据《六一诗话》(见《历代诗话》)所载,此为宋人谢伯初(字景山)诗,"剩栽",谢诗作"旋移"。(《历代诗话》,第 270 页)

十一、《示李时叔二首》(其一)

唐张容诗:"一尉东南远,谁知此夜欢。"

按,"张容",当作"张子容",诗题为《云阳驿陪崔使君邵道士夜宴》。(《全唐诗》卷一百十六,第 1175 页)

十二、《示李时叔二首》(其二)

刘琨诗:"骇驷催双辀。"

按,句见刘琨《重赠卢谌》,"驷催",清绮斋本、《文选》皆作"驷摧",当据改。(《文选》卷二十五,第 1176 页)

十三、《仲元女孙》

韩诗:"娇痴婢子无性灵,竞挽春衫来并比。"

按,"并比",韩愈《芍药歌》原作"比并";"性灵"原作"灵性",当据改。(《韩昌黎诗系年集释》卷一,第 1 页)

十四、《示王铎主簿》

卢纶诗:"花正浓时君正愁,逢花却欲替花羞。"

按,"君",卢纶《春日登楼有怀》原作"人",当据改。李壁或因王诗正文有"君正"二字而误记。(《全唐诗》卷二百七十九,第3172页)

十五、《忆金陵三首》(其一)

许坚诗:"一水茫茫岂有涯,春风时节万林花。"

按,"林",清绮斋本作"株",于义为长。

十六、《望淮口》

陆龟蒙诗:"分明似个屏风上,飞起�鹊一道斜。"

按,此宋人林逋诗,题为《池上作》。(《林和靖集》卷四,第136页)

十七、《秦淮泛舟》

杜诗:"百丈牵江色,孤舟泛泛斜。"

按,"泛泛",杜甫《祠南夕望》原作"泛日",当据改。(《杜诗详注》卷二十二,第1956页)

十八、《寄金陵传神者李士云》

白诗:"衰容自觉宜闲处。"

按,"处",白居易《池畔逐凉》原作"坐",当据改。(《白居易集笺校》卷三十六,第2531页)

十九、《赠外孙》

杜诗:"庭前八月梨枣熟,一通正又能千里。"

按,"一通正又能千里",不知所谓,当是活字排版错误。杜甫《百忧集行》原作"一日上树能千回。"(《杜诗详注》卷十,第842页)

二十、《送黄吉父三首》(其三)

杜诗:"喜心翻倒极,乌咽更沾巾。"

按,"乌咽更沾巾",杜甫《自京窜自凤翔喜达行在所》(其二)原作"呜咽泪沾

巾",当据改。(《杜诗详注》卷五,第348页)

[庚寅增注]

一、《钟山晚步》

张华诗:"苍梧竹叶肖,宜城九酝酒。"

按,"肖",张载《七命》"乃有荆南乌程,豫北竹叶"句下,李善注引张华《轻薄篇》(即此诗),"肖",原作"青",于义为长,当从。(《文选》卷三十五,第1610页)

二、《泊船瓜洲》

李嘉祐诗:"细草绿河洲,王孙耐薄游。"

按,"河",李嘉祐《送王牧往吉州谒王使君叔》原作"汀"。(《全唐诗》卷二百六,第2154页)

《王荆文公诗李壁注》卷四十四

一、《金陵即事三首》(其一)

1. 小杜诗:"绿树阴青苔,柴门临水开。"

按,此许浑诗,题为《孟夏有怀》;"阴",许诗原作"荫"。(《丁卯集笺证》卷二,第116页)

2. 皮日休《古人名》诗:"水边韶景无穷柳,空被江淹一半黄。"

按,"空",皮日休《奉和鲁望寒日古人名一绝》原作"寒",当据改。(《全唐诗》卷六百十六,第7106页)

3. 杜诗:"野老篱前江岸日,柴门不正逐江开。"

按,"日",杜甫《野老》原作"回"。(《杜诗详注》卷九,第748页)

二、《乌塘》

钱起诗:"辛夷花尽杏花稀。"

按,"稀",钱起《暮春归故山草堂》原作"飞"。(《全唐诗》卷二百三十九,第2687页)

三、《北城》

杜诗:"鹅草淡衣袍。"

按,句不可晓,杜诗无此。杜甫《渡江》有句曰:"汀草乱青袍",不知李壁所引即此否。(《杜诗详注》卷十三,第1101页)

四、《午枕》

1. 陈陶诗:"迎门骚屑千家诗,隔水悠扬午夜钟。"

按,"陈陶",清绮斋本作"陈羽";此诗题为《梓州与温商夜别》(《夜别温商梓州》),"门"原作"风","诗"当作"竹"。《唐诗纪事》卷三十五、《文苑英华》卷二百七十六作"陈羽"。《全唐诗》卷七百四十六(第8483页)作"陈陶",然《全唐诗》卷三百四十八重收,作"陈羽"。以文献产生年代而言,较早之《唐诗纪事》《文苑英华》更为可信。

2. 灵一诗:"花湿隔水见,洞府过山逢。"

按,"湿",僧灵一《宿天柱观》原作"源",当据改。(《文苑英华》卷二百二十六,第1136页)

五、《观明州图》

欧公诗:"翠幕红灯照罗镜,心忆何似十年前。"

按,"镜",欧阳修《寄渭州王仲仪龙图》原作"绮";"忆"原作"情"。(《欧阳修诗文集校笺》,第431页)

六、《九日赐宴琼林苑作》

1. 杜诗:"夕阳临水钓。"

按,此刘长卿诗,题为《过前安宜张明府郊居》,非杜诗也。(《刘长卿诗集编年笺注》,第303页)

2. 又:"斯爵恐不遂,把酒意茫然。"

按,"爵",杜甫《重过何氏五首》(其五)原作"游",当据改。(《杜诗详注》卷三,第171页)

3. 又□□诗:"河日沾欲禄,归田买簿田。终身恐不遂,把酒意茫然。"

按,"□□"亦当作杜甫,亦为《重过何氏五首》(其五);"河",杜诗原作"何";"欲"原作"微";"田"原作"山";"终身"原作"斯游";"簿"原作"薄"。此条注文与上条注文紧接,除"把酒意茫然"外,其余不见于清绮斋本,当是李壁后来增补手稿尚未剪裁完备所致。

七、壬子偶题

1. 韩诗:"老翁真个似童儿,打水埋盆作小池。"

按,"打",韩愈《盆池五首》(其一)原作"汲",当据改。(《韩昌黎诗系年集释》卷九,第945页)

2. 刘长卿诗:"暮情辞镜水,秋梦识云门。"注:"遵诗:'秋宵睡足芭蕉雨,又是江湖入梦来。'"

按,"注"当是"汪"之误字,故应为"汪遵诗:"。"秋宵"句乃唐人汪遵《咏酒二首》(其二)诗中句。(《全唐诗》卷六百二,第6961页)

八、《送和甫至龙安暮归》

"人言愁,我始欲愁矣。"晋卫玠语。

按,此晋人王承语,非卫玠也。(《晋书·卷七十五·王承传》,第1961页)

九、《南涧楼》

杜牧之诗:"后岭翠扑扑,前溪绿泱泱。"

按,"绿",杜牧《郡斋独酌》原作"碧"。(《杜牧集系年校注》,第65页)

十、《京城》

《汉·赞》:"彼以古人之责见绳,乌能胜其任乎?贤者自以不能如古人为愧。"

按,"责",《汉书·卷八十一·匡张孔马传》原作"迹",当据改。"贤者"以下为李壁之语,非《汉书》原文,故不当在双引号内。(《汉书》,第3366页)

十一、《暮春》

杜鹏诗:"侵阶草色连朝雨,满地梨花昨夜风。"

按,"杜"当作"来",此来鹏诗,题为《寒食山馆书情》。(《唐诗纪事》卷五十六,第1888页;《全唐诗》卷六百四十二,第7357页)

十二、《雨晴》

唐人诗:"杏香终日被风吹,多在青苔少在枝。"

按,此唐人崔橹诗,题为《暮春对花》;"杏香终日被风吹",原作"病香无力被风欺",当据改。清绮斋本亦误。(《全唐诗》卷五百六十七,第6568页)

十三、《日西》

李贺诗:"深帏金鸭冷,夜镜幽凤藏。"

按,"藏",李贺《兰香神女庙》原作"尘",当据改。(《三家评注李长吉歌诗》,第156页)

十四、《禁直》

王缙诗:"帝城风月好,况复建平家。"

按,"缙",当作"维",此王维诗,题作《送孙秀才》;"月",王诗原作"日",并当据改。(《王维集校注》卷七,第600页)

十五、《御柳》

《诗》:"习习春风。"

按,"春风",当作"谷风",句见《诗经·谷风》。(《毛诗注疏》卷十三,第1112页)

十六、《禁中春寒》

花蕊夫人诗:"试炙银盘先按拍,海棠花下合梁州。"

按,"盘",花蕊夫人《宫词》原作"笙",于义为长,当从。(《全唐诗》卷七百九十八,第8977页)

十七、《学士院燕侍郎画屏》

韩退之《桃源图》诗:"生绡一幅垂中堂。"

按,"一",韩诗原作"数",当据改。(《韩昌黎诗系年集释》卷八,第911页)

十八、《道傍大松人取为明》

左太冲诗:"亭亭山上松。"

按,此刘桢诗,题为《赠从弟三首》(其二),非左思诗也。(《文选》卷二十三,第1115页)

十九、《见鹦鹉戏作》

武元衡诗:"粉鸾归处玉笼开。"

按,"粉",武元衡《韦常侍以宾客致仕同诸公题壁》原作"彩",当据改。(《全唐诗》卷三百十七,第3576页)

二十、《池雁》

1. 杜诗:"孤雁不饮啄,哀鸣声念群。"

按,"哀",杜甫《孤雁》原作"飞",当据改。李壁或因王诗"哀鸣"二字而误记。(《杜诗详注》卷十七,第1530页)

二十一、《世故》

卢仝诗:"荷蓑不是人间事,归去沧江有钓舟。"

按,此李涉诗,题为《硖石遇赦》。(《全唐诗》卷四百七十七,第5432页)

二十二、《中年》

退之《远游联句》:"乘桴想圣丘。"

按,"想",韩诗原作"追",当据改。(《韩昌黎诗系年集释》卷一,第45页)

二十三、《江上》

1. 韩诗:"转觉霜毛一半加。"

按,"转",韩愈《答张十一功曹》原作"斗"。(《韩昌黎诗系年集释》卷二,第185页)

2. 俞亮诗:"树色含残雨,河流带夕阳。"

按,"亮"当作"凫",此喻凫诗,题为《岫禅师南溪兰若》,当据改。(《全唐诗》卷五百四十三,第6272页)

二十四、《春江》

李泰伯诗:"山店落英春寂寂,青旗吹尽柳花风。"

按,此宋齐愈(姓宋,名齐愈,字文渊)诗,题为《睢阳道中》。(《能改斋漫录》卷十一,第340页)

二十五、《与北山道人》

许景先诗:"时蔬利于鬻。"

按,此唐人杨颜诗,题为《田家》。(《全唐诗》卷一百四十五,第 1470 页)

二十六、《若耶溪归兴》

李白诗:"天门中断楚江开,碧水东流直百回。"

按,"直百",李白《望天门山》(缪本)作"直北"。(《李太白全集》卷二十一,第 1000 页)

二十七、《乌石》

李义山序柳枝事云:"柳枝年十七,涂糒绾髻,未尝竟,已复去吹华嚼蕊,调丝擫竹,作天风海涛之曲,多幽忆怨断之音。"

按,"已复"下,李商隐《柳枝》诗序尚有"起"字,当据补;"华",原作"叶";"竹"原作"管";"天风海涛"原作"天海风涛";"多"字原无。(《李商隐诗歌集解》,第 112 页)

二十八、《定林》

罗邺诗:"一道潺湲溅短蓑。"

按,"短蓑",罗邺《洛水》诗原作"暖莎"。(《全唐诗》卷六百五十四,第 7513 页)

二十九、《游钟山》

唐符载遣书,乞买山钱于于頔。

按,高克勤校:"'頔'原作'倾',据清绮斋本改",是。然此处"载"当作"戴"。《太平广记》卷一百七十七"于頔"条(源于《云溪友议》)载:"又有匡庐符戴山人,遣三尺童子赍数尺之书,乞买山钱百万,公遂与之。"清绮斋本亦误,当据《太平广记》改正。(《太平广记》卷一百七十七,第 1316 页)

[庚寅增注]

一、《乌塘》

欧公乐府:"千秋未圻水平堤。"

按,此秦观词,题为《阮郎归》,此句原作"秋千未拆水平堤",当据改正。(《淮海居士长短句笺注》卷中,第125页)

二、《金陵》

杜牧诗:"南去北来人自老,苔矶空属钓鱼郎。"

按,"南去北来人自老",为杜牧《汉江》中句,下句为"夕阳长送钓船归";"苔矶"句,为杜牧《题横江馆》中句,上句为"至竟江山谁是主",李壁盖一时误记。(《汉江》句,《杜牧集系年校注》第492页;《题横江馆》句,《杜牧集系年校注》,第541页)

三、《六年》

唐诗:"五云深处帝王家。"

按,此宋人方岳诗,题为《王母望阙》。

《王荆文公诗李壁注》卷四十五

一、《过徐城》

《王嘉传》:"孝文时,吏居官者或长,子孙以官为氏。"仓氏、庚氏,则仓庚吏之后。

按,注文、标点皆有误。"庚",《汉书·卷八十六·王嘉传》皆作"库";"子孙"二字当属上读,"长子孙"意为"(当官之时)子孙已成长。""仓氏、库氏,则仓库吏之后"乃《王嘉传》之文字,不当别出。故标点当作:"孝文时,吏居官者或长子孙,以官为氏,仓氏,库氏,则仓库吏之后。"(《汉书》,第3490页)

二、《省中沈文通厅事》

韩诗:"平明出门暮归舍,酩酊上马知为谁?"

按,"上马",韩愈《感春四首》(其二)原作"马上",当据改。(《韩昌黎诗系年集释》卷四,第369页)

三、《夜直》

温庭筠诗:"风扬檀烟消篆印,月移花影过禅床。"

按,"消",温庭筠《访知玄上人遇暴经因有赠》原作"销";"花影",原作"松影",

李壁或因王诗有"花影"一词而误记,并当据改。(《温庭筠全集校注》卷九,第 773 页)

四、《人间》

皇甫冉诗:"归来明日毗陵道,回首姑苏是白云。"

按,"来",清绮斋本、活字本卷四十五《赴召道中》注、《唐诗品汇》卷四十九,皆作"舟",当据改。(《唐诗品汇》,第 453 页)

五、《出城》

许棠诗:"分与仙山背,多年真翠微。"

按,"真",许棠《旅中送人归九华》原作"负",当据改。(《全唐诗》卷六百四,第 6991 页)

六、《题北山隐居王闲叟壁》

唐人诗:"细雨湿衣看不见,闲花满地落无声。"

按,此刘长卿诗,题为《别严士元》;"满地落无声",原作"落地听无声"。李壁或因王诗"满地"二字而误记。(《刘长卿诗编年笺注》,第 126 页)

七、《和惠思岁二日二绝》(其二)

柳诗:"回风旦夕至,零落委陈荄。"

按,"落",柳宗元《感遇二首》(其二)原作"叶",当据改。(《柳宗元集》卷四十三,第 1256 页)

八、《平父如通州寄之》

王维诗:"扬帆截海行。"

按,此孟浩然诗,题为《寻天台山》。(《孟浩然诗集笺注》卷上,第 47 页)

九、《和崔公度家风琴八首》(其一)

《庄子·大宗师》篇:"得者,时也;失者,顺也。安静而处顺,哀乐不能入也。此古之所谓悬解也。"

按,"安静",《庄子》原作"安时",与上文相应也,当据改。(《庄子集释》卷三上,第 260 页)

十、《辱井》

李白诗:"抚剑高吟空咄嗟,梁陈之国乱如麻。天子龙沉景阳井,谁歌玉树后庭花。"

按,"抚",李白《金陵歌送别范宣》原作"扣";"高"原作"悲";"之国"原作"白骨",并当据改。(《李太白全集》卷七,第 409 页)

十一、《题金沙》

杜诗:"直须添竹引龙须。"

按,"直须",当作"莫辞"。此韩愈《蒲萄》诗中句,非杜甫诗也。(《韩昌黎诗系年集释》卷四,第 383 页)

十二、《咏月三首》(其一)

李贺诗:"老兔寒蟾泣秋色。"

按,"秋",李贺《梦天》作"天"。(《三家评注李长吉歌诗》卷一,第 46 页)

十三、《咏月三首》(其三)

罗隐诗:"阴云薄暮上空虚,此名清光已破除。"

按,"名",罗隐《中秋夜不见月》作"夕";"已"原作"共"。(《罗隐集·甲乙集》,第 106 页)

[庚寅增注]

一、《次吴氏女子韵》

苏颋《九日》诗:"降鹤承仙路,吹花入睿词。"

按,"路",《唐诗纪事》卷十"苏颋"条载此诗,原作"驭",当据改。(《唐诗纪事》,第 147 页)

二、《即席》

退之诗:"霸浐扬春澌。"

按,"霸浐",韩愈《寄崔二十六立之》原作"灞渭";"澌"原作"澌",当据改。(《韩昌黎诗系年集释》卷八,第 862 页)

三、《和惠思闻蝉》

张说《过庾信宅》诗:"兰成追宋玉,旧宅偶辞人。笔诵江山气,文骄云两神。"

按,"诵",张说诗原作"涌";"两"原作"雨",当据改。(《张说集校注》卷八,第425页)

四、《春日》

杜牧之诗:"绿树阴青苔,柴门临水开。"

按,此许浑诗,题为《孟夏有怀》;"阴",许诗原作"荫"。(《丁卯集笺证》卷二,第116页)

五、《赴召道中》

1. 《贾山传》:"万物回薄兮,振荡用转。"

按,"山"当作"谊";"兮",《汉书·卷四十八·贾谊传》无此字;"振荡用转",原作"震荡相转",当据改。(《汉书》,第2227页)

2. 少陵《秋野》诗:"血留一片云。"

按,"血",杜甫《秋野五首》(其五)原作"帆",当据改。(《杜诗详注》卷二十,第1735页)

六、《江东召归》

邴明赞孟容:"岩岩丙公,学涯辄归。匪矫匪吝,前路威夷。"

按,"邴明赞孟容",当作"渊明赞丙曼容",句见陶渊明《扇上画赞》;"学"原作"望";"涯"原作"崖",当据改。(《陶渊明集笺注》卷六,第508页)

七、《和崔公度家风琴》(其六)

《礼记·月令》:"仲夏之月,饬钟磬祝歌。"

按,"祝歌",《礼记》原作"柷敔"。(《礼记正义》卷十六,第500页)

八、《送陈靖中舍归武陵》

以公事误太守……隐于华山……以太子中舍致仕……嘉祐酉年……六年七月,日亭午,命其子庠具纸作书,遗张郎中颙。颙字仲孚,颉字仲举,兄弟武陵名士。颙终鸿胪卿,颉终户部侍郎、龙图阁待制,曰……皆有脱去后患之意……"平直司必然矣,为议皇嗣事,勿怪,草草。"……是知帝王之兴,皆受命于天,嘿有符契,非偶然矣。

按,此段文字见于宋人张师正《括异志》卷一"陈靖"条。"误",原作"忤郡";"华"原作"叶";"酉"原作"四";"日亭午"前有"十七";"颙字仲孚……龙图阁待制"当是夹注小字而误排为正文大字;"后患"原作"世俗";"必然矣,为议皇",原作"必然失为议定皇";"嘿"原作"默",并当据以增改。(《括异志》卷一,第12页)

《王荆文公诗李壁注》卷四十六

一、《次韵杏花三首》(其一)

东坡《梅》诗:"君知早落坐先开,忍著新诗句句催。"
按,"忍",苏轼《次韵杨公济奉议梅花十首》(其六)原作"莫"。(《苏轼诗集合注》卷三十三,第1649页)

二、《访隐者》

杜牧诗:"谁家无事少年子,满面落花犹醉眠。"
按,此陆龟蒙《春思》(其二)中句。(《全唐诗》卷六百二十九,第7224页)

三、《杂咏六首》(其二)

欧公诗:"风日无情人暗换,旧游如梦空肠断。"
按,"风日",欧阳修《蝶恋花》原作"风月"。(《欧阳修全集》,第2009页)

四、《杂咏六首》(其四)

东坡诗亦云:"柔桑涨眼麦齐腰。"
按,"柔桑涨",苏轼《自昌化双溪馆下步寻溪源至治平寺二首》(其一)原作"桑枝刺",当据改。李壁或因王诗有"涨春风"三字而误记也。(《苏轼诗集合注》卷九,第424页)

五、《杂咏六首》(其五)

1. 退之诗:"天阶小雨润如酥。"
按,"阶",韩愈《早春呈水部张十八员外二首》(其一)原作"街"。(《韩昌黎诗系

年集释》卷十二,第1257页)

2. 林处士诗:"浮萍破处见山影。"

按,此张先诗,题为《西溪无相院》。(《瀛奎律髓汇评》卷四十七,第1750页)

六、《郊行》

太白诗:"荆湖麦熟茧成蛾,缲丝忆君头绪多。"

按,"湖",李白《荆州歌》原作"州"。(《李太白全集》卷四,第238页)

七、《破冢二首》(其二)

杜诗:"草边高冢卧麒麟。"

按,"草",杜甫《曲江二首》(其一)原作"苑",或作"花"。李壁恐因王诗正文"长草没麒麟"而误记。(《杜诗详注》卷六,第447页)

八、《相州古瓦砚》

刘商《铜雀妓》诗:"高台无昼夜,歌舞竟未久。"

按,"久"原作"足",当据改。(《全唐诗》卷三百三,第3447页)

九、《江雨》

1. 杜诗:"冥冥江雨熟杨梅。"

按,此王安石诗,题为《寄袁州曹伯玉使君》,见本书第853页。

2. 杜诗:"去马来牛漫不分。"

按,"漫不分",杜甫《秋雨叹三首》(其二)原作"不复辨",当据改。(《杜诗详注》卷三,第217页)

十、《独卧二首》(其二)

1. 李道昌《奉敕祭独孤君文》:"黄鹂百啭,猿声断肠。"

按,"鹂",《唐诗纪事》卷三十四"李道昌"条载此,原作"莺",当据改。李壁或因王诗有"百啭黄鹂"而误记也。(《唐诗纪事》,第529页)

2. 张籍诗:"桃生蕊婆娑,枝叶四向多。高未出墙头,蒿荇相凌摩。"

按,"蕊",张籍《新桃》原作"叶";"头"原作"颠"。(《张籍集系年校注》卷七,第855页)

3. 张继诗:"竹色侵官道,花枝出苑墙。"

按,诗题为《洛阳作》;"竹",《唐诗纪事》卷二十五、《全唐诗》卷二百四十二皆作"草",当据改。(《唐诗纪事》,第 380 页;《全唐诗》,第 2719 页)

4. 王梦周《题故白岩禅师院》:"花树不随人寂寞,数枝犹自出墙头。"

按,"头",王诗原作"来",位于韵脚;"枝"原作"株",当据改。(《全唐诗》卷七百七十,第 8748 页)

十一、《孟子》

李商隐《祭令狐相公文》:"圣有夫子,廉有伯夷,浮魂沉魄,公其尚之。"

按,"尚",李商隐《奠相国令孤公文》原作"与",当据改。(《李商隐文集编年校注》,第 210 页)

十二、《张良》

唐诗:"张良未遇韩信贫,刘项存亡在两臣。"

按,高克勤校曰:"'诗',原作'传',据清绮斋本改",是。然此诗为李白之作,题为《猛虎行》。(《李太白全集》卷六,第 362 页)

十三、《读蜀志》

《魏志·张邈传》:"刘备谓许汜曰:'令天下大乱,望君忧国忘家,有救世之意,而君求田问舍,言无可采。'"

按,"令"原作"今";"张邈传"应作"陈登传";"刘备"应作"刘表"。(《三国志》卷七,第 229 页)

十四、《读开成事》

杜诗:"金炉香动螭头暗。"

按,此韩愈诗,题为《奉和库部卢四兄曹长元日朝回》,非杜甫诗也。(《韩昌黎诗系年集释》卷九,第 937 页)

十五、《别和父赴南徐》

1. 卢纶诗:"垂杨不动雨纷纷,锦帐胡瓶争送军。"

按,"军",卢纶《送张郎中还蜀歌》原作"君"。(《全唐诗》卷二百七十七,第 3149 页)

2. 谢朓笺:"雅待清江,可望候归艎于春渚。"

按,"雅",谢朓《拜中军记室辞隋王笺》原作"唯";"清"原作"青",当据改;标点亦有误,"可望"二字当属上读。(《文选》卷四十,第1836页)

十六、《戏长安岭石》

隋人虞茂石诗:"徒然抱贞介,填海意谁知?"

按,注文、标点皆有误。句见《文苑英华》卷一百六十一,题为《赋得石》,作者为虞茂,故"石"字乃笼统之诗题,不当在人名线内;"意",原作"竟",当据改。(《文苑英华》,第768页)

十七、《代答》

《小说》:"矮人饶舌,破车饶楔。"

按,"矮",《太平广记》卷四百九十八"裴勋"条原作"矬";"轨",原作"楔"。(《太平广记》,第4089页)

十八、《促织》

古诗:"长安醉眠客,岂知秋雁来。"

按:此唐人雍陶诗,题为《秋馆雨夜》;"秋",原作"新"。(《全唐诗》卷五百十八,第5918页)

[庚寅增注]

一、《怀旧》

乐天诗:"山吐晴岚水放光,辛夷花白柳花黄。"

按,"柳花",白居易《代春赠》原作"柳梢",当据改。(《白居易集笺校》卷十六,第982页)

二、《杂咏六首》(其一)

刘禹锡诗:"门外黄尘人自去,瓮头清酒我初开。"

按,"黄",刘禹锡《酬乐天偶题酒瓮见寄》原作"红";"去",原作"走",当据改。(《刘禹锡集》卷三十四,第484页)

三、《杂咏六首》(其五)

柳诗:"高树临春池,风惊夜来雨。"

按,"春",柳宗元《雨后晓行独至愚溪北池》原作"清",当据改。(《柳宗元集》卷四十三,第1217页)

《王荆文公诗李壁注》卷四十七

一、《杏花》

唐任珪《戏郡守》诗:"入门堪笑复堪怜,三径苔封一钓船。"

按,"唐任珪"当作"伍唐珪","戏"当作"献";《唐诗纪事》卷七十一载此诗,题为《寒食日献郡守》;"封"原作"荒"。(《唐诗纪事》,第1050页;《全唐诗》卷七百二十七,第8328页)

二、《城东寺菊》

1. 郑谷《菊》诗:"节去风愁蝶不知,晚庭还绕折残枝。"

按,"晚",清绮斋本、郑谷《十日菊》皆作"晓";"风"原作"蜂",当据改。(《郑谷诗集笺注》卷二,第205页)

2. 薛能《柳》诗:"立马烦君折一枝。"

按,此杨巨源诗,题为《折杨柳》。(《全唐诗》卷三百三十三,第3736页)

三、《拒霜花》

1. 宋景文诗:"繁霜不可拒,谨勿爱虚名。"

按,"谨",宋祁《木芙蓉盛开四解》(其三)作"慎",此因避讳之故改,当回改。(《全宋诗》卷二二一,第2552页)

2. 东坡诗:"唤作拒霜浑未称,细思却是最宜霜。"

按,"浑",苏轼《和陈述古拒霜花》原作"知",当据改。李壁或因王诗有"浑欲拒严霜"之语而误记。(《苏轼诗集合注》卷八,第358页)

3. 小杜《过勤政楼》诗:"千秋佳节空名在,承露丝囊世已无。"

按,"空名",杜牧诗原作"名空",当据改。(《杜牧诗集校注》,第204页)

四、《黄鹂》

苏子美《闻莺》诗:"娅姹人家小女儿,半啼半语隔花枝。"

按,"娅姹",苏舜钦《雨中闻莺》原作"娇骇",当据改。李壁或因王诗有"娅姹"

二字而误记也。(《苏舜钦集》卷八,第83页)

五、《别灊皖二山》

杜牧之《赴吴兴》诗:"喜拖新锦帐,荣借旧朱衣。"

按,"拖",杜牧《新转南曹未叙朝散初秋暑退出守吴兴书此篇以自见志》原作"抛",当据改。(《杜牧集系年校注》,第407页)

六、《泊姚江》

1. 太白诗:"下视千万峰,峰头如浪起。"

按,此白居易诗,题为《初出蓝田路作》。(《白居易集笺校》卷十,第546页)

2. 柳诗:"洞庭春去水如天。"

按,"去",柳宗元《别舍弟宗一》原作"尽"。(《柳宗元集》卷四十二,第1173页)

七、《游钟山》

古诗:"但闻烟外钟,不见烟中寺。"

按,此苏轼诗,题为《梵天寺见僧守诠小诗清远可爱次韵》。(《苏轼诗集合注》卷八,第357页)

八、《龙泉寺石井二首》(其一)

李白诗:"深沉百丈通海底,那知不有蛟龙蟠。"

按,"通",李白《鲁郡尧祠送窦明府》原作"洞",当据改。(《李太白全集》卷十六,第779页)

九、《龙泉寺石井二首》(其二)

1. 《宣公·十二年》:"目于眢井而拯之。"

按,"极",清绮斋本、《左传》皆作"拯"。(《春秋左传注》,第750页)

2. 杜牧之诗:"水流苔发直。"

按,此为罗隐诗,题为《绝境》;"流",一作"梳",于义为长,当从。(《罗隐集·甲乙集》,第109页)

3. 退之诗:"闻说旱时求雨泽,只疑科斗是蛟龙。"

按,"雨泽",韩愈《峡石西泉》原作"得雨"。(《韩昌黎诗系年集释》卷七,第807页)

十、《兴国楼上作》

《淮南子》曰:"武王荫暍人于柳下,而天下怀。"
按,"柳",《淮南子·人间训》原作"樾"。(《淮南子》卷十八,第1300页)

十一、《汀沙》

1. 李白诗:"湖南大郡凡几家,家家屏障书题遍。"
按,"大",清绮斋本、李白《草书歌行》皆作"七",当据改。(《李太白全集》卷八,第456页)

2. 王逢原《山茶花》诗:"江南池馆厌深红,零落山烟山雨中。却是北人偏爱惜,数枝和雪上屏风。"
按,此陶弼(字商翁)诗,非王令诗也。

十二、《和文淑》

1. 《田叔传》:"蜀口栈道近山。"
按,"蜀口栈",《史记·卷一百四·田叔列传》原作"谷口蜀划",当据改。(《史记》,第2279页)

2. 少陵《遇栈阁》诗:"目眩陨杂花,头风吹过雨。百年不可料,一坠那得取。"
按,"遇栈阁",当作"龙门阁";"可",杜诗原作"敢",当据改。(《杜诗详注》卷九,第715页)

十三、《春日席上》

李群玉诗:"酒飞鹦鹉盏,歌送鹧鸪愁。"
按,"盏",李群玉《广江驿饯筵留别》原作"重"。(《全唐诗》卷五百六十九,第6589页)

十四、《晏望驿释舟走信州》

鲍昭《敬亭山》诗:"上干蔽白日,下属连回溪。"
按,此谢朓诗;"连",谢诗原作"带"。(《文选》卷二十七,第1260页)

十五、《中茅峰石上徐锴篆字题名》

《尔雅》:"鲁国邹县有峄山,纯石相积,连属而成山。峄山立石,刻秦功德。"

按,汪东、高克勤校记皆曰:"不见于《尔雅》及注文",是。此段文字出处《太平御览》所引《尔雅》,文字至"成山"而止;"积"字下,原有"构"字,当据补。"峄山"至"功德"当是李壁之语。(《太平御览》卷四十二,第202页)

十六、《石竹花》

芝兰生于深村,不以无人而不芳。

按,"村",《孔子家语》原作"林"。(《孔子家语疏证》卷二十,第135页)

十七、《铁幢浦》

如今舟是西归客。

按,"舟",清绮斋本、临川本、龙舒本皆作"身";李壁注曰:"张籍诗:'如今身是他州客'"则正文亦当作"身"字。当据各本及李壁注改正。"客"字,高克勤校曰:"嘉靖本作'去'",是。龙舒本作"去",然作"客"字,于义为长。

[庚寅增注]

《县舍西亭》(其二)

乐天诗亦云:"上佐近来多五考,少曾四度见花开。"

按,"曾",白居易《移山樱桃》原作"应",当据改。(《白居易集笺校》卷十六,第984页)

《王荆文公诗李壁注》卷四十八

一、《松江》

唐韦冰诗:"来时欢笑去时哀,家国迢迢迥越台。"

按,"迥",韦冰《和三乡诗》作"向"。(《全唐诗》卷七百二十六,第8320页)

二、《中秋夕寄平甫诸弟》

1. 裴夷然诗:"这莫冬冬鼓,须倾满满杯。"

按,高克勤校:"'裴夷然','夷'字原脱,据《全唐诗》补,诗题为《夜醉卧街》",是。然"这",裴诗《夜醉卧街》原作"遮",亦当据改。(《唐诗纪事》卷七十五,第

1097 页;《全唐诗》卷八百五十二,第 9637 页)

2. 李群玉诗:"浮云卷尽为朣胧,直出沧溟上碧空。"

按,"为",李群玉《望月怀友》原作"看",一作"月",于义为长。(《全唐诗》卷五百六十九,第 6598 页)

三、《灵山》

1.《司马相如传》:"水玉磊砢。"注:"水精也。"

按,"砢",《汉书》原作"砢",当据改。(《汉书》卷五十七上,第 2548 页)

2. 灵运:"凌波采水玉。"

按,此江淹所拟郭璞诗,"玉",江诗原作"碧",当据改。李壁或因王诗有"水玉"二字而误记。(《文选》卷三十一,第 1467 页)

四、《荷花》

唐人诗:"名高自不知。"

按,此唐人严维诗,题为《赠送朱放》;"自",严诗原作"身",当从。古人"名""身"对举成文,《老子》曰"名与身孰亲"云云。(《唐诗纪事》卷二十六,第 402 页;《文苑英华》卷二百五十五,第 1284 页;《全唐诗》卷二百六十三,第 2917 页)

五、《送僧游天台》

李白诗:"天台四万八千丈,对此欲倒西南倾。"

按,"西",李白《梦游天姥吟留别》原作"东",当据改。(《李太白全集》卷十五,第 706 页)

六、《初晴》

1. 乐天诗:"黯淡绯衫称我身。"

按,"我",白诗《故衫》作"老";"黯"原作"暗"。(《白居易集笺校》卷二十四,第 1633 页)

2. 少游诗:"断霞一抹海天低。"

按,"霞一抹",秦观《次韵子由题摘星寺》原作"虹明处",当据改。李壁或因王诗有"一抹明霞"之语而误记也。(《淮海集笺注》卷八,第 333 页)

3. 唐诗:"沉云隐乔树,细雨灭层峦。"

按,此六朝吴均诗,题为《酬周参军》。(《文苑英华》卷二百四十,第 1207 页)

七、《钓者》

又尝记得唐人一诗,不知谁作许,云:"青山长在境长新,寂寞持竿一水滨。及得王师身已老,不知辛苦为何人?"

按:"许,云",清绮斋本作"诗云",当据改,标点应当改正。此唐人高骈诗,题为《太公庙》。(《全唐诗》卷五百九十八,第6923页)

八、《题玉光亭》

开元中,有李氏者,嫁于贺若氏。贺若氏卒,乃舍俗为尼,号曰真如。家于巩县孝义桥[1]。天宝元年七夕[2],真如于[3]盥濯之间,忽见[4]五色云气[5],中引手,不见其形,徐以囊授真如,曰:"宝之,谨[6]勿言也。"真如谨守,不敢失坠。天宝末[7],中原鼎沸,真如展转流寓于楚州安宜县。肃宗元年建子月[8],真如[9]忽见二人着[10]皂衣,引真如东南而行[11],值[12]楼观严饰,兵卫鲜[13]肃。皂衣者指之曰:"化城也。"城有复[14]殿,一人衣碧[15],戴宝冠,号为天帝,复有二十余人,衣冠亦如之,呼为诸天。诸天[16]命真如进,既而诸天相谓曰:"下界丧乱时久,杀戮过多,腥秽之气,达于诸天,不知何以教[17]之。"一天曰:"莫若以神宝压之。"又一天曰:"当用第三宝。[18]今沴[19]气方盛[20],第三宝不足以胜之,须以第二宝授之[21],则兵可息,乱世可清也。"天帝曰:"然。"因出宝授真如,曰:"汝往令刺史崔侁,进达于天子。"复谓真如曰:"前所授汝小囊有宝五段,人臣可得见之。今者八宝,唯王者始宜见,汝谨[22]勿易也。"乃具以宝名及所用之法授真如,[23]诣县,摄令王滔之,以状闻州,州得滔之关会[24],刺将行,以县状示从事卢恒,曰:"[25]县有妖尼,事怪甚[26],亟往记[27]之。"恒至县,召真如,欲加以王法[28],真如曰:"上帝有命,谁敢废堕,且宝非人力所致,又何疑焉?"乃以囊中五宝示恒,其一曰:玄黄天符,形如笏,长可八寸余,阔三寸,上圆下方,近圆有孔,黄玉也,色比蒸栗,泽如凝脂,辟人间兵疫病气[29];其二曰玉鸡,毛文悉备,白玉也,王者以孝理天下则见;其三曰谷璧,白玉也,径五六寸,其文粟粒自生,无异雕镌之状,王者得之,则五谷丰稔;其四曰玉母[30]玉环二枚,亦白玉也。径六寸,王考[31]得之,能令外国归服[32],其玉色光花益[33]发,特异于常。卢恒曰:"玉信玉展[34],宴光宝平[35]。"真如乃悉出宝盘曰:"日[36]照之。其光皆射日,仰望不知光之而[37]极也。"恒与县吏同视,咸异之。翌日,侁至。恒谓[38]侁曰:"宝盖天授,非人力[39]也。"侁覆验,无异,叹该足[40]之,即真[41]事由[42]报节度使禅[43]圆,圆异之,征真如造[44]府,欲历视之。真如曰:"不可。"圆固控[45]之,真如不得已,又出八宝,一曰如意宝珠,其形正圆,大如鸡卵,光色莹彻[46],置之堂中,明如满月;其二曰红秫鞨,大如子[47]粟,亦[48]烂芳[49]朱樱,视之可应手而碎,触之则坚重不可破也;其三曰砒环[50]珠,其众[51]如环,四分银,一径[52]可五六寸;其四曰玉印,大如半手,其文始[53]鹿浮之郊中,着物[54]则形晃[55];其五曰皇后采原钓三枚[56],长五六寸,其纲[57]如筯屈其末,似金又似银,又类熟铜;其六曰雷公石二,农[58]斧形,长可四寸,阔二寸[59],无孔,腻如青玉。八宝置之日中,则日[60]气连天,错诸阴室,则烛濯[61]如月。其所压胜之法,真如皆秘,不可得知也。圆为録□[62]奏之,真如曰:"天命崔佽进焉,若何[63]?"圆惧而止,佽乃遣卢恒随真如上献,时史朝义方围宋州,又南陷甲[64]州,淮河道绝,遂取江南西[65]上,抵商山入关,以建巳月十三日达京。时肃宗寝疾方甚,视宝,促召代宗,谓曰:"汝自楚王为皇太子,今上赐宝,获于楚州,天作[66]汝也,宜保爱之。"代宗再拜受赐,得宝之故,即日改为宝应元年。上既监国[67],乃升楚州为上州,县为望县,改县名安宜,宝应[68]焉。刺吏上[69]进宝官皆有超升[70],号真如为宝和[71],宠赐有加,自后兵革渐偃,年谷丰登,封域之内几至小康。宝应之符验[72],真如所居之地得宝,河壖高敞,境物濯[73]茂,遗址后[74]六合县尉崔珵所居,两崖[75]之间,相传云:西域胡人过其傍者,至今莫不望其处而瞻礼焉。

按,此条错讹甚多,故引录全部注文。今据中华书局版《太平广记》卷四百四"肃宗朝八宝"(第3254—3256页)校勘,不改动底本文字,出校记于下(前人已有校勘成果,则于校记前标明):

[1]"桥"字下,《太平广记》原有"其行高洁,远近宗推之"九字,当据补。

[2]"七夕",原作"七月七日",当据改。

[3]"于"字下,原有"精舍户外"四字,当据补。

[4]"见",原作"有",当据改。

[5]"气"字下,原有"自东而来,云"五字,当据补。

[6]"谨",原作"慎",当据改。

[7]"末"字下,原有"禄山作乱"四字,当据补。

[8]"月"字下,原作"十八日夜"四字,当据补。

[9]"如"字下,原有"所居"二字,当据补。

[10]"着",原文作"衣"。

[11]"行"字下,原有"可五六十步"五字,当据补。

[12]"值"字下,原有"一城"二字。当据补。

[13]"鲜",原作"整"。

[14]"复",原作"大"。

[15]"碧",原作"紫衣"。
[16]"天"字下,原有"坐"字,可据补。
[17]"教",原作"救",当据改。
[18]"宝"字下,原有"又一天曰"四字,当据补。
[19]"渗",原作"厉"。
[20]"盛"字下,原有"秽毒凝固"四字,当据补。
[21]"授之"二字,原文无,当据删。
[22]"谨",原文作"慎",当据改。
[23]"如"字下,原文有"已而复令皂衣者送之,翼日,真如"十三字,当据补。
[24]"关",原作"状",当据改。"会"字当属下读,作"会刺史将行"云云。
[25]"县"字前,原有"安宜"二字,当据补。
[26]"有妖尼,事怪甚",原作"有妖尼之事,怪之甚也",当据改。
[27]"记",原作"讯",当据改。
[28]"欲加以王法",原作"欲以王法加之",当据改。
[29]"兵气",原作"邪疠",当据改。
[30](李之亮校)"玉母",原作"王母",当据改。
[31]"考",原作"者",当据改。
[32]"服",原作"复",可参。
[33]"花益",原作"彩溢",当据改。
[34]"展",原作"矣",当据改。
[35]"宴光宝平",原作"安知宝乎",当据改。
[36]"曰曰",原作"向空",当据改。又,此处非有对话,乃陈述句,双引号删除。
[37](李之亮校)"而",原作"所",当据改。
[38]"谓",原文作"白于",可参。
[39]"力",原文作"事",可参。
[40](李之亮校)"该足",原作"骇久",当据改。
[41]"真",原作"具",当据改。
[42]"由"原作"白",当据改。
[43]"禅",原作"崔",可据改。
[44]"造",原作"诣",当据改。
[45]"控",原作"强",当据改。

[46]"彻",原作"澈",于义为长。
[47]"子",原作"巨",于义为长。
[48]"亦",原作"赤",当据改。
[49]"芳",原作"若",当据改。
[50]"硍环",原作"琅玗",当据改。
[51]"众",原作"形",当据改。
[52]"四分银,一径",原作"四分缺一,径",当据改。
[53](李之亮校)"始",原作"如",当据改。
[54]"鹿浮之郊中,着物",原作"鹿陷之印,中着物",当据改。
[55]"晃",原作"见",当据改。
[56]"原钓三枚",原作"桑钓二枚",当据改。
[57]"纲",原作"细",当据改。
[58]"二,农",原作"二枚",当据改。
[59]"二寸",原作"寸许"。
[60]"日",原作"白",于义为长,可据改。
[61]"濯",原作"耀",当据改。
[62](高克勤校)"□",原作"表"字,当据补。
[63]"天命崔佑进焉,若何",原作"天命崔佑,事为若何",当据改。
[64](李之亮校)"甲",原作"申",当据改。
[65]"南西",原作"路而"。
[66]"作",原作"许",当据改。
[67]"监国",原作"登位",当据改。
[68]"安宜,宝应",原作"安宜为宝应",当据改。
[69](李之亮校)"上",原作"及",当据改。
[70]"升",原作"擢",可参。
[71]"宝和"下,原有"大师"二字,当据补。
[72]"验"下,原有一"也"字,当据补。
[73]"濯",原作"润",当据改。
[74]"后"字之后,原书有一"为"字,当据补。
[75]"两崖",原作"西堂",当据改。

九、《赠僧》

张乐全《寄郭思诚》诗:"心同秋水静,身似野云闲。"

按,"似",清绮斋本作"共",于义为长,当从。

十、《嘲叔孙通》

王逢原集亦有《咏叔孙》诗,大抵同此意,云:"弟子由来亦未纯,异时得大亦频频。一官所买知多少?便议先生作圣人。"

按,"得大",清绮斋本、《王令集》皆作"得失",当据改。"由",《王令集》作"从";"亦",清绮斋本作"迹",《王令集》原作"学"。(《王令集》卷十一,第 206 页)

十一、《和净因有作》

后山诗:"僧龛手注空留迹,佛几堆红拂委花。"

按,"注",陈师道《和吴子副智海斋集》原作"汗",当据改。(《后山诗注补笺》卷十二,第 447 页)

十二、《张工部庙》

《礼记·祭法》:"圣王之祭相也,法施于民则祀之,以死勤事则祀之……"

按,"圣王之祭相也",《礼记》原作"圣王之制祭祀也",当据改。(《礼记正义》卷四十六,第 1307 页)

十三、《和张仲通见寄三绝句》(其一)

杜诗:"注目寒江倚高阁。"

按,"高",杜甫《缚鸡行》原作"山"。(《杜诗详注》卷十八,第 1566 页)

十四、《和张仲通见寄三绝句》(其二)

白乐天诗:"无过学者绩,惟以醉为乡。"

按,"者",白居易《九日醉吟》原作"王"。(《白居易集笺校》卷十七,第 1113 页)

十五、《和张仲通见寄三绝句》(其三)

宋景文诗:"醉若有乡须涂地,吏如退隐即后簪。"

按,"涂",宋祁《自咏三首》(其二)原作"裂";"退隐即后"原作"逢隐即投",当据

改。(《全宋诗》卷二一二,第 2445 页)

十六、《宣州府君丧过金陵》

杜牧诗:"轻羸已近百年身,古寺风悲又一春。"

按,"轻",杜牧《早春题真上人院》原作"清";"悲",原作"烟",当据改。(《杜牧集系年校注》,第 1233 页)

十七、《观王氏雪图》

1. 李涉诗:"长廊无事人归院,尽日门前独看松。"

按,"人",李涉《题开圣寺》原作"僧",当据改。(《全唐诗》卷四百七十七,第 5430 页)

2. 吴融诗:"晓窥渭镜千峰入,莫倚长松独鹤归。"

按,"渭",吴融《即事》原作"青",故标点不当加地名线;"莫",吴诗原作"暮"。(《全唐诗》卷六百八十七,第 7893 页)

十八、《越人以幕养花游其下二首》(其一)

《诗家鼎脔》:"野满满眼露香新,独立空山茶莫春。花自落时无主惜,恣风吹逐马蹄尘。"

按,此为崔橹诗,题为《山路见花》;"野满满眼"原作"晓红初拆";"茶莫"原作"冷笑";"花自落时"原作"春意自知",并当据改。清绮斋本同卷《惜春》一诗,李壁注引此中一句,所引部份校勘信息全同,盖前后未能统稿也。(《唐诗纪事》卷五十八,第 890 页;《全唐诗》卷五百六十七,第 6568 页)

十九、《越人以幕养花游其下二首》(其二)

南唐法眼禅师作《牡丹偈》云:"艳色随朝露,麝香落晚风。何须待零落,然后始知空。"

按,"麝",殷益《看牡丹》原作"馨";"落"原作"逐"。(《全唐诗》卷七百七十,第 8743 页)

二十、《离鄞至菁江东望》

1. 《孙子》:"夜气不足以存。"

按,此《孟子·告子上》中句。(《孟子正义》卷二十三,第 776 页)

2. 张衡诗:"侧身东望涕沾裳。"

按,"东",张衡《四愁诗》原作"南";"裳"原作"襟"。(《文选》卷二十九,第1357页)

二十一、《别鄞女》

唐诗:"时难年饥世业空,弟兄羁旅各西东。"

按:此白居易诗,题为《自河南经乱关内阻饥兄弟离散各在一处因望月有感聊书所怀》。(《白居易集笺校》卷十三,第781页)

二十二、《真州马上作》

《太史迁传》:"神太用则竭,形太劳则弊。"

按,此《三国志·魏书·蒋济传》中语。(《三国志》卷十四,第454页)

二十三、《叠翠亭》

刘禹锡诗:"烟笼寒水月笼沙。"

按,此杜牧诗,题为《泊秦淮》。

二十四、《春日即事》

孙权语曹操:"春水方生,公日速去。"

按,"日",《三国志·吴书·孙权传》裴松之注,原作"宜",当据改。(《三国志》卷四十七,第1119页)

二十五、《赠安大师》

唐人诗:"重云晦庐岳,微鼓辨浥城。"

按,此唐人李群玉诗,题为《桑落洲》;"重",李诗原作"颓"。王诗卷四十六《山前》李壁注,引有此诗,校改信息全同。盖李壁一时遗漏,或未及全面统稿。(《全唐诗》卷五百六十九,第6589页)

二十六、《红梨》

1. 义山诗:"几度木兰花上望,不知舡是此花身。"

按,"兰花",李商隐《木兰花》原作"兰舟";"舡"原作"元"。(《李商隐诗歌集解》,第835页)

2. 杨文公《梨》诗："九秋青女霜添味，五夜方诸月陷津。"

按，"陷"，杨亿《梨》诗原作"溜"。（《西昆酬唱集注》卷上，第 136 页）

二十七、《鸥》

1. 退之《病鸱》诗："晴日占光景，高风送追随。遂凌紫凤高，肯顾鸿鹄卑。"

按，"高"，韩诗原作"群"。（《韩昌黎诗系年集释》卷九，第 1024 页）

2. 韩偓《玩水禽》诗："依倚雕梁欺社燕。"

按，"欺"，韩偓诗原作"轻"，当据改。李壁或因王诗有"欺黄雀"之语而误记，或是音误。（《全唐诗》卷六百八十，第 7791 页）

二十八、《惜春》

杜诗："莫怪杏园憔悴去，满城多少惜花人。"

按，高克勤校："'杜'，应作'小杜'，此为杜牧《杏园》诗句"，是。然"惜花人"，杜牧诗原作"插花人"，亦当据改。李壁或因王诗有"惜花人"之语而误记。（《杜牧集系年校注》卷二，第 314 页）

[卷末补注]

《示报宁长老》

婺州入云山，遇臻禅师秋分闲坐，颂曰："□庭萧一风飕一，日虚列空为魄高，指颐静坐神通为，乌巢无端吹布衣。"

按，此段注文讹误较多。据《五灯会元》卷十所载，此段注文当作："婺州齐云山遇臻禅师，秋夕闲坐。颂曰：'秋庭肃肃风飕飕，寒星列空蟾魄高，搘颐静坐神不劳，乌窠无端吹布毛。'"故"□"当为"秋"字；"萧一""飕一"当由"肃肃""飕飕"之省字符而误；"乌巢"之标点亦误（地名标识线当删去）。（《五灯会元》，第 617 页）

[庚寅增注]

一、《钓者》

渔翁何事亦从戎？变化神奇抵掌中。莫道直钩无所取，渭州一钓得三公。

按，"渭州"，《诗话总龟后集·评史门》卷十五载此诗，原作"渭川"；"抵"原作"握"，当据改。（《诗话总龟后集》卷十五，第 91 页）

二、《别鄞女》

《史记》："东门……叔孙……若皆蚤世犹可,若登以年载其毒,必亡。"

按,高克勤校曰:"'此条出《国语·周语中》,不见于今本《史记》",是。然"以年",《国语》原作"年以",当据改。(《国语》卷二,第77页)

三、《对棋呈道原》

欧公诗:"死生寿夭无足道,百年长短能几时?但饮酒,莫吟诗,子其听我言非痴。"

按,"能",欧阳修《答圣俞莫饮酒》原作"才";"吟",原作"作",当据改。李壁或因王诗有"吟诗"一词而误记也。(《欧阳修诗文集校笺》,第174页)

《王荆文公诗李壁注》卷四十九

一、《仁宗皇帝挽词四首》(其一)

1. 杜子美《玄元皇帝庙》诗云:"九圣联龙衮。"

按,高克勤校曰:"'杜子美',原作'杜诗云',据清绮斋本改",是。然此句"九"字,杜甫《冬日洛城北谒玄元皇帝庙》原作"五",亦当据改。(《杜诗详注》卷二,第91页)

2. 史载圣度漠然……或值水旱,必跣足露立……州都畏罪,□不敢言……又遇奏水灾者,有司请罪之。

按,此段史实载于宋人陈均《皇朝编年纲目备要》卷十六;"跣",原作"跌";"都"原作"郡";"□",《备要》无此阙字,"州郡畏罪,不敢言",文脉畅通,故无阙;"水灾"下,《备要》有"不实"二字,当据补。(《皇朝编年纲目备要》卷十六,第375页)

二、《仁宗皇帝挽词四首》(其二)

《贾谊传》:"故陛九级,上廉远地则崇高。"

按,"崇",《汉书·卷四十八·贾谊传》原作"堂",当据改。标点当作:"故陛九级上,廉远地,则堂高。"(《汉书》,第2254页)

三、《仁宗皇帝挽词四首》(其三)

1. 杜诗:"苔稼玉座春。"

按,"稼",杜甫《谒先主庙》原作"移"。(《杜诗详注》卷十五,第1354页)

2. 仁宗圣性恭俭。至和二年春,不豫。两府人臣日至寝阊问圣体,见上器服简质,用素漆唾盂子、素瓷盏进药,御榻上衾褥皆黄绁……然外人无知者,惟两府、侍人因见之尔。

按,此段文字出自欧阳修《归田录》,下文即有"欧公曰"三字;"人臣",《归田录》原作"大臣";"阊"原作"阁";"唾"下原有"壶"字;"两府、侍人"原作"两府侍疾",故应当省去顿号。(《归田录》卷一,第9页)

3. 魏泰记:"仁宗圣性仁恕,一日晨兴,谓近臣曰:'昨夕因不寐而甚饥,思食蒸羊。'侍臣曰:'何不降旨索取?'仁宗曰:'比闻禁中每有取索,外而遂以为例……'。"

按,事见魏泰《东轩笔录》卷一。"蒸羊",原作"烧羊";"外而"当作"外面",当据改。《皇朝编年纲目备要》卷十六亦载魏泰此条,校改信息全同。(《皇朝编年纲目备要》,第376页)

四、《仁宗皇帝挽词四首》(其四)

1. 李贺诗:"桂帐流苏暖。"

按,"帐",李贺《恼公》原作"火",当据改。李壁或因王诗有"帐殿"二字而误记也。(《三家评注李长吉歌诗》卷二,第93页)

2. 《后汉·礼仪志》:"校尉三人,侯司马亟为行首,皆衔枚。"

按,"三人",《后汉书·礼仪志》原作"三百人";"亟",清绮斋本、《后汉书》皆作"丞",并当据改。(《后汉书》,第3145页)

五、《英宗皇帝挽词二首》(其二)

孙奭谏书曰:"陛下始毕东封,更议西幸,殆非先王卜征五年谨重之意。"

按,"谨",《宋史·卷四百三十一·孙奭传》作"慎"。(《宋史》,第12802页)

六、《神宗皇帝挽词二首》(其一)

《语·子罕》:"天纵之将圣。"

按,此《论语·子罕》中句;高克勤校曰:"'子罕',原作'子固',据《论语》及清绮斋本改",是。然"天纵"前原有"固"字,当据补。(《论语正义》卷十,第329页)

七、《太皇太后挽词二首》(其二)

《蔡邕传》:"恒思皇后祖载之时,东郡有盗人妻者,亡在孝子中。"

按,"子",《后汉书·蔡邕传》无此字,当据删;"恒"应为"桓"。(《后汉书》卷六十下,第1998页)

八、《吴正肃公挽词三首》(其二)

《史记》:"淳于髡曰:'稀膏棘轴,所以为滑也,而不能运方穿。'"

按,"稀膏",《史记·卷四十六·田敬仲完世家》原作"豨膏",《索隐》曰:"豨膏,猪脂也。"当据改;"而"字前有"然"。(《史记》,第2291页)

九、《贾魏公挽词二首》(其二)

李涉《黄葵》诗:"好起秋风天上去,紫阳宫女要头冠。"

按,"起",李涉《黄葵花》作"逐"。(《全唐诗》卷四百七十七,第5436页)

十、《晏元献公挽词三首》(其一)

柳子厚书:"排门填户。"

按,"排门填户",柳宗元《寄许京兆孟容书》原作"填门排户",正与王诗"填门"相合,当据改。(《柳宗元集》卷三十,第780页)

[庚寅增注]

一、《神宗皇帝挽词》(其二)

白乐天《闻国哀诗》:"涕泪满襟君莫怪,甘泉侍从独多时。"

按,"独",《奉酬李相公见示绝句》(自注:时初闻国哀)原作"最"。(《白居易集笺校》卷十八,第1194页)

二、《晏元献公挽词》(其二)

杜诗:"经纬常密勿。"

按,"常",杜甫《北征》原作"固"。(《杜诗详注》卷五,第395页)

三、《韩忠献挽词》(其一)

《西汉书》:"诚浅之为丈夫也。"

按,此《左传·襄公十九年》中语,非《汉书》也;"诚",《左传》原作"吾",当据改。(《春秋左传注》,第1046页)

四、《韩忠献挽词》(其二)

1. 《五行志》:"成公十六年,雨木冰。刘向以为:'冰者,阴之盛而水滞者也。木者,少滞者也。木者少阳,贵臣卿大夫之象也。此人将有害,则阴气胁木先寒,故得雨而冰也。"

按,"木者,少滞者也",涉上文而衍,当据删;"雨木"之间当点断;"刘向"原作"刘歆";"胁木"下原有"木"字,当据补,且标点当于此处断开。(《汉书》卷二十七上,第1319—1320页)

2. 又曰:"今之长老名水冰为木介。介者甲。甲,兵象也。是岁……楚王伤木而败。"

按,"水冰",《汉书·五行志》原作"木冰";"伤木",原作"伤目",并当据改。(《汉书》卷二十七上,第1320页)

《王荆文公诗李壁注》卷五十

一、《崇禧给事马兄挽词二首》(其一)

李义山诗:"酒瓮凝余桂,书藏冷旧芸。"

按,"藏",李商隐《哭刘司户二首》(其一)原作"签",当据改。(《李商隐诗歌集解》,第1058页)

二、《崇禧给事马兄挽词二首》(其二)

杜牧诗:"斜阳竹西路,歌吹是扬州。"

按,"斜阳",杜牧《题扬州禅智寺》原作"谁知",当据改。此诗有两句为"暮霭生深树,斜阳下小楼",李壁或因此而误记。(《杜牧集系年校注》,第344页)

三、《赠尚书工部侍郎郑公挽词》

1. 小杜《寄宣州郑谏议诗》:"五旬宁谢颜光禄,百岁须齐卫武公。"

按,"旬",清绮斋本、杜牧诗原作"言"(《杜牧集系年校注》,第560页)

2. 严武诗:"可似步兵偏爱酒,也知光禄最能诗。"

按,"似",《唐诗纪事》载严武《巴岭答子美见忆》诗(《全唐诗》题为《巴岭答杜二忆》),原作"但",与"也"正对,当据改。(《唐诗纪事》卷二十,第 281 页;《全唐诗》卷二百六十二,第 2907 页)

3. 刘禹锡《为杜司徒谢追赠表》:"紫书忽降于九重,密印加荣于厚夜。"

按,周密《齐东野语》卷一"蜜章密章"条载有此句,"厚"作"后"。(《齐东野语》,第 7 页)

4. 虞诩祖父经曰:"吾决狱六十年矣,虽不及於公,其庶几乎!子孙何必不为九卿?"

按,"於公",清绮斋本、《后汉书·卷五十八·虞诩传》皆作"于公",谓于定国也,当据改。(《后汉书》,第 1865 页)

四、《致仕虞部曲江谭君挽词》

1. 李端《赠康洽》诗:"同时献赋人皆尽,共壁题诗君独存。"

按,"存",李诗原作"在",当据改。(《全唐诗》卷二百八十四,第 3238 页)

2. 杜诗:"空余栋梁具,无复霄汉志。"

按,"空余",杜甫《枯楠》原作"犹含"。(《杜诗详注》卷十,第 857 页)

3. 宋鲍昭《蒿里歌》:"虚容遗剑佩,美兒戢衣巾。"

按,"美",鲍照《代蒿里行》原作"实",虚、实对举,当据改。(《鲍参军集注》卷三,第 140 页)

五、《马玘大夫挽词》

小杜《祭周公文》:"想像音容,思惟恩纪。"

按,"周"字下,杜牧集有"相"字,当据补。(《杜牧集系年校注》,第 909 页)

六、《追伤河中使君修撰陆公三首》(其一)

韩诗:"临风一挥手,金薤垂琳琅。"

按,韩愈《调张籍》曰:"平生千万篇,金薤垂琳琅。"苏轼《五月十日与吕仲甫周邠僧惠勤惠思清顺可久惟肃义诠同泛湖游北山》曰:"临风一挥手,怅焉起遐瞻。"此处或是排印错误。(《韩昌黎诗系年集释》卷九,第 989 页;《苏轼诗集合注》卷九,第 429 页)

七、《永寿县太君周氏挽词二首》(其二)

《选》诗:"缪通金闺籍。"

按，此谢朓诗，题为《始出尚书省》；"缪"，谢诗原作"既"，当据改。（《文选》卷三十，第1405页）

八、《渊师示寂》

杜牧之诗："窜逐空山与死期。"

按，"空山"，杜牧《见宋拾遗题名处感而成诗》原作"穷荒"，正与王诗"荒山"合，当据改。（《杜牧集系年校注》，第317页）

九、《吊王先生致》

刘得仁《吊人诗》："君苦为诗身到此，冰魂雪魄已难招。"

按，据《唐诗纪事》卷五十三"刘得仁"条载，此诗为僧栖白所作，吊刘得仁之丧也；"君"，栖白诗原作"忍"，当据改。（《唐诗纪事》，第812页）

[庚寅增注]

一、《虞部谭君挽词》

"怨修夜之不赐。"注："修，长也。"

按，《汉书·卷九十七上·外戚列传》载此句，作"奄修夜之不阳"，颜师古注曰："修，长也；阳，明也。"，当据改。（《汉书》，第3953页）

二、《追伤河中使君修撰陆公》（其二）

陆机《辨亡论》："及虏踠迹待戮。"

按，"及"，陆文原作"反"，当据改。（《文选》卷五十三，第2325页）

《王荆文公诗李壁注》校勘征引书目

经部

《毛诗注疏》，（汉）毛亨传；（汉）郑玄笺；（唐）孔颖达疏；（唐）陆德明音释；朱杰人、李慧玲整理；上海古籍出版社，2013年版。

《尚书正义》，（汉）孔安国传；（唐）孔颖达正义；黄怀信整理，上海古籍出版社，2007年版。

《周礼注疏》，（汉）郑玄注；（唐）贾公彦疏；彭林整理，上海古籍出版社，2010年版。

《礼记正义》，(汉)郑玄注；(唐)孔颖达正义；吕友仁整理，上海古籍出版社，2008年版。

《周易本义》，(宋)朱熹撰；廖名春点校，中华书局，2009年版。

《春秋左传注》，杨伯峻编著，中华书局，1981年版。

《春秋公羊传注疏》，十三经注疏整理委员会，北京大学出版社，2000年版。

《春秋谷梁传注疏》，十三经注疏整理委员会，北京大学出版社，2000年版。

《论语正义》，(清)刘宝楠撰；高流水点校，中华书局，1990年版。

《孟子正义》，(清)焦循撰；沈文倬点校，中华书局，1987年版。

《尔雅注疏》，(晋)郭璞注；(宋)邢昺疏；王世伟整理，上海古籍出版社，2010年版。

史部

《史记》(点校本二十四史修订本)，(汉)司马迁撰；(宋)裴骃集解；(唐)司马贞索隐；(唐)张守节正义，中华书局，2014年版。

《汉书》，(汉)班固撰；(唐)颜师古注；中华书局，1962年版。

《后汉书》，(宋)范晔撰，(唐)李贤等注，中华书局，1965年版。

《三国志》，(晋)陈寿撰；(宋)裴松之注，中华书局，1982年版。

《晋书》，(唐)房玄龄等撰，中华书局，1974年版。

《南齐书》，(梁)萧子显撰，中华书局，1972年版。

《梁书》，(唐)姚思廉撰，中华书局，1973年版。

《南史》，(唐)李延寿撰，中华书局，1975年版。

《北史》，(唐)李延寿撰，中华书局，1974年版。

《旧唐书》，(后晋)刘昫等撰，中华书局，1975年版。

《新唐书》，(宋)欧阳修、宋祁撰，中华书局，1975年版。

《宋史》，(元)脱脱等撰，中华书局，1977年版。

《资治通鉴》，(宋)司马光编著；(元)胡三省音注；"标点资治通鉴小组"校点，中华书局，1956年版。

《续资治通鉴长编》，(宋)李焘撰，中华书局，1986年版。

《皇朝编年纲目备要》，(宋)陈均编；许沛藻等点校，中华书局，2006年版。

《国语》，上海古籍出版社，1978年版。

《战国策》，(西汉)刘向集录，上海古籍出版社，1985年版。

《越绝书校释》，李步嘉校释，中华书局，2013年版。

《王安石年谱三种》，(宋)詹大和等撰；中华书局，1994年版。

《水经注校释》,(北魏)郦道元著,陈桥驿校释,杭州大学出版社,1999年版。

子部

《孔子家语疏证》,陈士珂辑,上海书店,1987年版。
《荀子集解》,(清)王先谦撰;沈啸寰,王星贤点校,中华书局,1988年版。
《盐铁论校注》,(汉)桑弘羊撰;王利器校注,中华书局,1992年版。
《说苑校证》,(汉)刘向撰;向宗鲁校证,中华书局,1987年版。
《新序校释》,(汉)刘向编着;石光瑛校释;中华书局,2001年版。
《法言义疏》,汪荣宝撰,陈仲夫点校,中华书局,1987年版。
《论衡校释》,黄晖撰,中华书局,1990年版。
《庄子集释》,(清)郭庆藩撰;王孝鱼点校,中华书局,1961年版。
《列子集释》,杨伯峻撰,中华书局,1979年版。
《淮南子集释》,何宁撰,中华书局,1998年版。
《管子校注》,黎翔凤撰,梁运华整理,中华书局,2004年版。
《吕氏春秋新校释》,陈奇猷校释,上海古籍出版社,2002年版。
《列仙传校笺》,王叔岷撰,中华书局,2007年版。
《二十二子》,上海古籍出版社,1986年版。
《世说新语笺疏》,余嘉锡撰,周祖谟整理,中华书局,1983年版。
《初学记》,(唐)许坚等编,中华书局,1962年版。
《艺文类聚》,(唐)欧阳询撰;汪绍楹校,上海古籍出版社,1982年版。
《太平广记》,(宋)李昉等编,中华书局,1961年版。
《太平御览》,(宋)李昉等编,中华书局,1960年版。
《西京杂记》,成林、程章灿译注,贵州人民出版社,1993年版。
《酉阳杂俎》,(唐)段成式撰,方南生点校,1981年版。
《北梦琐言》,(五代)孙光宪撰;贾二强点校,中华书局,2002年版。
《集古录跋尾》,(宋)欧阳修著,人民美术出版社,2010年版。
《归田录》,(宋)欧阳修著,李伟国点校,中华书局,1997年版。
《括异志》,(宋)张师正撰;白化文点校,中华书局,1996年版。
《后山谈丛》,(宋)陈师道撰;李伟国点校,中华书局,2007年版。
《能改斋漫录》,(宋)吴曾撰,上海古籍出版社,1979年版。
《齐东野语》,(宋)周密撰;张茂鹏点校,中华书局,1983年版。
《云笈七签》,(宋)张君房编;李永晟点校,中华书局,2003年版。
《五灯会元》,(宋)普济撰;苏渊雷点校,中华书局,1984年版。

《景德传灯录译注》,(宋)道原著;顾宏义译注,上海书店,2010年版。

集部

《楚辞补注》,(宋)洪兴祖撰,中华书局,1983年版。
《曹植集校注》,(三国魏)曹植著,人民文学出版社,1998年版。
《陶渊明集笺注》,袁行霈撰,中华书局,2003年版。
《鲍参军集注》,(南朝宋)鲍照撰,上海古籍出版社,1980年版。
《谢宣城集校注》,(南朝齐)谢朓著,上海古籍出版社,1991年版。
《庾子山集注》,(清)倪璠注,许逸民校点,中华书局,1980年版。
《陈子昂集》,(唐)陈子昂撰;徐鹏校点,上海古籍出版社,2013年版。
《沈佺期宋之问集校注》,陶敏、易淑琼校注,中华书局,2001年版。
《张说集校注》,熊飞校注,中华书局,2013年版。
《孟浩然诗集笺注》(增订本),佟培基笺注,上海古籍出版社,2013年版。
《李太白全集》,(清)王琦注,中华书局,1977年版。
《高适诗集编年笺注》,刘开扬笺注,中华书局,1981年版。
《杜诗详注》,(清)仇兆鳌注,中华书局,1979年10月第1版。
《钱注杜诗》,(清)钱谦益笺注,上海古籍出版社,2009年4月第1版。
《王维集校注》,陈铁民校注,中华书局,1997年版。
《岑参集校注》,陈铁民校注,中华书局,2004年版。
《刘长卿诗编年笺注》,储仲君笺注,中华书局,1996年版。
《韩昌黎诗系年集释》,钱仲联集释,上海古籍出版社,1994年版。
《韩昌黎文集校注》,马其昶校注,上海古籍出版社,2014年版。
《张籍集系年校注》,徐礼节、余恕诚校注;中华书局,2011年版。
《戴叔伦诗集校注》,蒋寅校注,上海古籍出版社,2010年版。
《韦应物集校注》,陶敏,王友胜校注,上海古籍出版社,2011年版。
《刘禹锡集》,《刘禹锡集》整理组点校,卞孝萱校订,中华书局,1990年版。
《柳宗元集》,(唐)柳宗元著,中华书局,1979年版。
《元稹集》,冀勤点校,中华书局,2010年版。
《白居易集笺校》,朱金城笺注,上海古籍出版社,1988年版。
《孟郊诗集校注》,华忱之,喻学才校注,人民文学出版社,1995年版。
《张祜诗集校注》,尹占华校注,巴蜀书社,2007年版。
《三家评注李张吉歌诗》,(清)王琦等,上海古籍出版社,1998年版。
《贾岛集校注》,齐文榜校注,人民文学出版社,2001年版。

《杜牧集系年校注》,吴在庆撰,中华书局,2008年版。
《李商隐诗歌集解》,刘学锴、余恕诚著;中华书局,1988年版。
《李商隐文集编年校注》,刘学锴、余恕诚著,中华书局,2002年版。
《罗隐集》,雍文华校辑,中华书局,1983年版。
《郑谷诗集笺注》,严寿澄、黄明、赵昌平笺注,上海古籍出版社,2009年版。
《丁卯集笺证》,罗时进笺证,中华书局,2012年版。
《温庭筠全集校注》,刘学锴著,中华书局,2007年7月第1版。
《林和靖集》,(宋)林逋著;沈幼征校注,浙江古籍出版社,2012年版。
《苏舜钦集》,沈文倬校点,上海古籍出版社,2011年版。
《梅尧臣集编年校注》,朱东润编年校注,上海古籍出版社,2006年版。
《邵雍集》,(宋)邵雍著,郭彧整理,中华书局,2010年版。
《欧阳修诗文集校笺》,洪本健校笺,上海古籍出版社,2009年版。
《欧阳修全集》,(宋)欧阳修著,李逸安点校,中华书局,2001年版。
《曾巩集》,(宋)曾巩著,陈杏珍、晁继周点校,中华书局,1984年版。
《王荆文公诗笺注》,(宋)王安石著,(宋)李壁笺注;中华书局上海古籍编辑所,1958年版。
《王荆文公诗笺注》,(宋)王安石著,(宋)李壁笺注,上海古籍出版社,2010年版。
《王荆公诗注补笺》,(宋)王安石著,李之亮补笺,巴蜀书社,2002年版。
《王荆文公诗李壁注》(据朝鲜活字本影印),(宋)王安石著,(宋)李壁注,上海古籍出版社,1993年版。
《王文公文集》,(宋)王安石著,唐武标校,上海人民出版社,1974年版。
《王令集》,(宋)王安石著,沈文倬校点,上海古籍出版社,2011年版。
《苏轼诗集合注》,(宋)苏轼著,(清)冯应榴辑注;黄任轲、朱怀春点校,上海古籍出版社,2001年版。
《苏辙集》,(宋)苏辙著,陈宏天、高秀芳点校,中华书局,1990年版。
《山谷诗集注》,(宋)任渊,(宋)史容,(宋)史季温注;黄宝华点校,上海古籍出版社,2003年版。
《黄庭坚全集辑校编年》(修订版),(宋)黄庭坚著,郑永晓整理,江西人民出版社,2011年版。
《淮海集笺注》,(宋)秦观著,徐培均笺注;上海古籍出版社,2000年版。
《淮海居士长短句笺注》,(宋)秦观著,徐培均笺注;上海古籍出版社,2008年版。

《注石门文字禅》,(宋)释惠洪著;(日)释廓门贯彻注;张伯伟,郭醒,童岭,卞东波点校,中华书局,2012年版。

《后山诗注补笺》,(宋)陈师道著,(宋)任渊注;冒广生补笺;冒怀辛整理,中华书局1995年版。

《王荆公诗文沈氏注》,(清)沈钦韩著;中华书局,1959年版。

《文选》,(梁)萧统编,(唐)李善注,上海古籍出版社,1986年版。

《玉台新咏笺注》,(陈)徐陵编;(清)吴兆宜注,程琰删补;穆克宏点校,中华书局,1985年版。

《文苑英华》,(宋)李昉等编,中华书局,1966年版。

《西昆酬唱集注》,(宋)杨亿编;王仲荦注,中华书局,1980年版。

《乐府诗集》,(宋)郭茂倩编,中华书局,1979年版。

《瀛奎律髓汇评》,(元)方回选评;李庆甲集评校点,上海古籍出版社,2005年版。

《唐诗品汇》,(明)高棅编选;上海古籍出版社,2012年版。

《全唐诗》,(清)彭定球等编,中华书局,1960年版。

《全唐文》,(清)董诰等编,中华书局,1983年版。

《全宋诗》,北京大学古文献研究所,北京大学出版社,1991年版。

《全宋文》,曾枣庄、刘琳等编,上海辞书出版社,2006年版。

《诗话总龟》,(宋)阮阅编;周本淳校点,人民文学出版社,1987年版。

《唐诗纪事》,(宋)计有功撰;王仲镛校笺,中华书局,2007年版。

《苕溪渔隐丛话》,廖德明校点,人民文学出版社,1962年版。

《竹庄诗话》,(宋)何汶撰;常振国、绛云点校,中华书局,1984年版。

《历代诗话》,(清)何文焕辑,中华书局,1981年版。

《历代诗话续编》,丁福保辑,中华书局,1983年版。

《王荆文公诗笺注》标点商榷

(上海古籍出版社2010年版)

1.《陶缜菜示德逢》:"一幅往往黄金百。"韩文《画记》:"百金不愿易也。"(第10页。第一个双引号之前为王诗正文,之后为李壁注解,页码为《王荆文公诗笺注》上海古籍出版社2010版所呈现的页码,下同。)

按,"韩文",乃韩愈之文,非谓某人姓韩名文也,故下划横线当至"韩"而止,下文仿此。

2.《赠彭器资》:"我挹其清久未竭。"郭林宗云:"奉高之器,譬诸泛滥,虽清而易挹。"(第74页)

按,"奉高"乃人名(袁阆,字奉高者),故当加以标识。同类错误如第304页注文引《孟子》:"克告于君,君为来见也"云云,"克",乃孟子弟子,亦当加专名线;第547页注引《左传》"堕成,齐人必至北门。且成,孟氏之保障也"云云,成,乃地名,亦当加地名专名线。

3.《秋热》:帘窗幕户便防冷,且恐霰雪相随来。评曰:比之"桃笙""葵扇"之句更是深远,真书生白发之见也。(第110页)

按,《全唐诗》载柳宗元《行路难》(飞雪断道冰成梁)曰:"盛时一失贵反贱,桃笙葵扇安可常。"故"桃笙""葵扇"当并为一处,非两处之诗。

4.《司马迁》:"领略非一家,高辞殆天得。"韩文绍述,无所不学,于辞于声,天得也。(第132页)

按,"韩文"下划线当规范。注文为韩愈《南阳樊绍述墓志铭》之句,故"韩文"以下文字为引文,"绍述"亦当加以人名标识。

5.《次韵欧阳永叔端溪石枕蕲竹簟》:

A,"天方选取欲扶世,岂特使以文章鸣。"退之《送孟东野序》:"夔弗能以文辞鸣。"又:"自假《韶》以鸣。"(第165页)

按,"又"字为《送孟东野序》原文,不应断开。故注文当作:"夔弗能以文辞鸣,又自假于《韶》以鸣。"

B,"公自不眠分与客。"范太史《布衾铭记》:"温公以圆木为警枕,小眠则枕转而觉,即起读书。荆、温好□,独于睡不同,亦可怪也。"(第181页)

按,检范祖禹《司马温公布衾铭记》,"温公以圆木"至"即起读书"为范太史原文,"荆温"以下,乃李壁之语,因其文字略含戏谑,非"铭记"应有之体态,是以疑之。

6.《和吴冲卿雪》:"飞扬类挟富,委翳等辞宠。"陆机《豪士赋》:"引祸积起于宠盛,而不知辞宠以招福。"(第167页)

按,"引"字不应在双引号内,当与"豪士赋"三字合为篇名。"祸积"二句见于《文选》,题为《豪士赋序》,古人以"引"为"序",亦多常见。

7.《塞翁行》:鱼长如人水满眼,杜诗:"沙苑行泉出,巨鱼长比人。"桑柘死尽生芙蕖。(第174页)

按,标点有误,当作:杜诗《沙苑行》:"泉出巨鱼长比人。"沙苑行,乃杜诗篇名也。

8.《送郑叔能归闽》:"尝持一尺棰,跨马河南北。"《邓禹传》曰:"光武曰:'赤眉东来,吾折棰笞之,即退之也。'"张道士诗:"恨无一尺棰,为国笞羌夷。"(第193页)

按,此段注文混乱,疑有脱误之字。"恨无一尺棰,为国笞羌夷",乃韩愈《送张道士》之诗,注文"退之"当是韩愈,"即""也"二字未晓何以在此。

9.《送程公辟之豫章》:"漂田种秔出穰穰。"《滑稽传》:"穰田者穰。"穰,众多也。(第205页)

按,标点当作:《滑稽传》:"'穰田者。'穰穰,众多也。"

10.《东门》:"一水宛秋蛇。"杜诗:"柴门众水为长蛇。"(第210页)

按,标点当作:杜诗《柴门》:"众水为长蛇"。"柴门",乃杜诗之篇名。

11.《久雨》:"羲和推车出不得,河伯欲取山为宫。"取山为宫,怀山是也。(第233页)

按,"怀山",为《尚书》"怀山襄陵"之简语,故不当加地理专名线,而应改为双引号。

12.《和王胜之雪霁借马入省》:"因知田里驾欬段,昔人岂即非良谋。"杜诗:"今夕行邂逅,岂即非良图。"(第240页)

按,标点当作:杜诗《今夕行》:"邂逅岂即非良图"。"今夕行",为杜诗篇名。

13.《送李宣叔倅漳州》:"野花开无时。"退之《岭外》诗:"所见草木多异同。"又云:"才开还落瘴雾中。"漳近岭,气候亦类之。(第243页)

按,此韩愈《杏花》之诗。李壁所言"岭外"者,谓韩诗作于岭外也,此类皆非注者之误,注家习惯之表达也。

14.《晨兴见南山》:"天风一吹拂,的皪成玙璠。"《鲁定公五年》:"季平子行东野,还,未至,卒于房。阳虎将以玙璠敛,仲梁怀弗与。"(第269页)

按,杜预注曰:"怀,亦季氏家臣。"据此,则仲梁怀为人名可知,故专名线当至"怀"而止。

15.《涓涓乳下子》:"三战败不羞。"《左氏》:"三败,及韩。管仲曰:'吾尝三战三北,鲍叔不以我为怯,知我有老母也。'"(第273页)

按,《左传》之文,仅"三败及韩"四字,余下乃《史记》所载管鲍之交,与《左传》无涉,不应在同一引号之下。

16.《圣贤何常施》:"曲士守一隅。"《庄子》:"可用于天下,不足以用天下。"此之谓辩士一曲之人也。语举一隅,不以三隅反。(第281页)

按,《庄子》原文,至"一曲之人也"而止;下文标点当作:《语》:"举一隅不以三隅反,(则不复也)"。注文皆引经典,非李壁之串讲。

17.《骐骥在霜野》:"骐骥在霜野,低回向衰草。入枥闻秋风,悲鸣思长道。"少陵《胡马行》"侧身"注:"目长风生。"(第285页)

按,标点当作:少陵《(李鄠县丈人)胡马行》:"侧身注目长风生"。"注目"为杜诗词汇,非"侧身"一词之注释也。

18.《扬雄三首》(其二):"子云游天禄,华藻锐初学。"《法言》:"今之学者,非特为之华藻也。"又:"从而绣其鞶帨。"(第295页)

按,"又"字为《法言》原文,不应断开。《法言》"特"字作"独"。

19.《杨刘》:"厉王昔监谤,变雅今尚载。"监谤事,见《国语》。然召穆公、凡伯、卫武公、芮伯皆作诗刺之,今《民劳》《板荡》《抑》《桑柔》等篇尚载于大雅。(303页)

按,《板荡》当作《板》《荡》,二者各自为篇,非同一诗题。

20.《送元厚之待制知福州》:"平旦息相吹,连城点如雾。"《诗》:"称息如雾。"亦言人物之众多。(第321页)

按,此李壁疏解王诗之语,非引用《诗经》中句也,且《诗经》无此句。

21.《馀祈泽寺》:"玩物岂能留?干时吾自懒。"《孟子》:"题辞干时,惑众者非一。"(第326页)

按.《孟子》原文无此八字,为赵歧注《孟子》之"题辞"(序)也。

22.《和甫如京师微之置酒》:"陟屺忧未已,强歌反哀号。"《诗》:"陟彼屺兮,瞻望母兮。长歌之哀,过于恸哭。"(第337页)

按.《诗经·陟岵》之文仅前八字,后八字非《诗经》之文也。此或是李壁疏解之语,又柳宗元《对贺者》曰:"嘻笑之怒甚乎裂眦,长歌之哀过乎恸哭。"

23.《赋枣》:"谁云食之昏,匿知乃成俗。"《老子》:"道非明,民将以愚之。"(第356页)

按.《老子·十五章》原作:"古之善为道者,非以明民,将以愚之。"推李壁之意,标点或作:"道非明民,将以愚之。"

24.《和甫如京师微之置酒》[庚寅增注]"拔取":韩文:"朝取一人,焉拔其尤。"(第358页)

按,句见韩愈《送温处士赴河阳军序》。标点当作:"朝取一人焉,拔其尤;(暮取一人焉,拔其尤)。"

25.《寓言十五首》(其一):(第361页)

A,"高语不敢出,鄙辞强颜酬。"退之《祭张籍文》:"出言无尤,有获同喜与高语不敢出,异矣。"

按,韩愈之文至"有获同喜"而止,"与'高语不敢出'异矣"为李壁之疏解,非韩愈原文。

B,"如傅一齐人,以万楚人咻。"云复学齐言,定复不可求。贾谊生长于齐,不能不齐言也。

按,"贾谊"下,当加冒号断开,"生长于齐,不能不齐言也"乃《汉书·贾谊传》原载贾谊之语,非谓贾谊出生于齐地。

26.《寓言十五首》(其三):"婚丧孰不供,贷钱免尔萦。"当时独公是先生刘贡父素与公善,一书争之,最为切至,今附于此:"……,仲尼云:'听讼,吾犹人也,必也使无讼乎?听讼而能判曲直,岂不为美?'然而圣人之意以为无讼为先者,贵息争于未形也。"(第363页)

按,此文见刘攽《与王介甫书》。孔子原文至"必也使无讼乎?"而止,余下为刘攽之语,不当混淆。

27.《寓言十五首》(蕈蕈俗所共):"彼哉负且乘,能使正日微。"《语》:"或问子西曰:'彼哉'。"注:"言无用也。"(第366页)

按,A,标点当作:"(或)问子西,曰:'彼哉。'"即,或问于孔子曰:"如子西,则何如?"孔子但以"彼哉彼哉"答之耳。B,"言无用也",当作"言无足称也",为马融之批注。

28.《读进士试卷》:"皋陶叙九德,固有知人术。"皋陶曰:"都,亦行有九德。"亦言其人有德,乃言曰:"载采采。"禹曰:"何?"皋陶曰:"宽而栗,柔而立,愿而恭,乱而敬,扰而毅,直而温,简而廉,刚而塞,强而义。"(第372页)

按,据《皋陶谟》所载:"亦言其人有德,乃言曰"皆皋陶之语,当与前文(亦行有九德)、后文(载采采)置于同一引号内。

29.《彼狂》:"上知闭匿不敢成。"《易》:"文言含之,以从王事,弗敢成也。"(第374页)

按,此乃《周易》坤卦之"文言"也,标点当作:"含之以从王事,弗敢成也。"

30.《寓言十五首》(不得君子居):

A,"小人游"。[庚寅增注]管子于群盗中拔二人而用之,曰:"可人也"其所与游者,僻也。(第389页)

按,"其所与游者僻也"皆当在引号之内,皆管仲之语,是其判断之标准。

B,"不相摩"。[庚寅增注]《礼》:"相观而善之谓摩。与小人居,宜无是也。"(第389页)

按,"与小人居宜无是也"为李壁疏解之语,非《礼记》之原文。

31.《寓言十五首》(其四):"榷其子"。[庚寅增注]《扬子》:"为人父而榷其子

纵利,如子何?"(第389页)

按,注文标点应作:"为人父而榷其子,纵利,如子何?"

32.《和王乐道烘虱》:"细黠老奸"。[庚寅增注]虱入豕栅,议所食曰:"肥豕不度腊。"相与食其瘠者。观此,岂非黠与奸耶?(第390页)

按,审其文势,标点当作,"虱入豕栅,议所食,曰:'肥豕不度腊。'相与食其瘠者。"此为一整体叙述。"观此"以下方为李壁疏解之语。

33.《送董伯懿归吉州》:"茫然冬更秋,一笑非愿始。"退之诗:"……"又和:"忆昨行屈指,数日怜婴孩。"(第398页)

按,韩愈《忆昨行和张十一署》:"屈指数日怜婴孩"。"又和"之句当断作:"又和《忆昨行》:屈指数日怜婴孩。"

34.《和平甫舟中望九华山四十韵》:"天王与秩祭。"《书·舜典》:"望秩于山川。"注:"诸侯境内名山大川,如其秩次望祭之。谓五岳牲礼视三公,四渎视诸侯,其余视伯、子、男。《祭法》曰:'山林川谷丘陵,能出云为风雨,见怪物,皆曰神。有天下者祭百神,诸侯在其地则祭之,亡其地则不祭。'"(第421页)

按,《尚书·舜典》"望秩于山川"之注释,至"其余视伯、子、男"而止。"《礼记·祭法》曰"云云,乃另起之注释,故不当在单引号内。

35.《重和》:"毅然如九官,罗立在堂廉。"《舜典》:"止言所命之官。"《刘向传》:"始云'舜命九官,济济相逊。'"(第423页)

按,此段文字乃李壁考订之语,非引用《舜典》《刘向传》之原文也。标点当作:《舜典》止言所命之官,《刘向传》始云"……"

36.《次韵和中甫兄春日有感》:"分香欲满锦树园。"杜诗:"锦树行霜雕。"碧树作锦树。(第425页)

按,标点有误,当作,杜诗《锦树行》:"霜雕碧树作锦树"。谓树叶经霜而红,若锦绣然。

37.《同杜史君饮城南》:"山公游何处,白马鸣翩翩。檀栾十亩碧,五月浮寒烟。留客醉其间,风吹江海县。"杜子美赋:"四海之水,皆立风吹",言竹声也。(第434—435页)

按,注文标点有误,当作:"杜子美赋:'四海之水皆立。'风吹,言竹声也。"杜甫《朝献太清宫赋》言"水立",则"风吹"可知。王诗"风吹江海"四字,自然引人联想,李壁之注当亦如此。

38.《七星砚》:"恍如超鸿蒙,俛仰帝垣侧。"《庄子·在宥篇》:"云将东游,过扶摇之枝,而适遭鸿蒙。"注:"鸿蒙,自然元气也。斗居帝垣之侧,故云'超鸿蒙'。"(第

451页）

按，《庄子》之注，至"自然元气也"而止。"斗居"云云，为李壁疏解王诗之语，故不当在双引号内。

39.《九井》[庚寅增注]"投玉册"。《东斋纪事》："道家有金龙玉简，……玉简以阶石制。熙宁七年冬，无雨雪，遣中使于曲阳大茂山真人洞投龙以祷。见《会要》。"（第459页）

按，《东斋纪事》之文至"玉简以阶石制"而止，"熙宁七年"云云，为李壁之语，故不当在同一引号内。

40.《河北民》："家家养子学耕织，输与官家事夷狄。"杜诗："甘林子实不得吃，货市送王畿。"（第508页）

按，标点当作：杜诗《甘林》："子实不得吃，货市送王畿。""甘林"乃杜诗篇名也，不得在引号内。

41.《东皋》："东皋兴不浅，游走及芳时。"阮籍《陈情》云："方将耕于东皋之阳，庾亮兴复不浅。"（第512页）

按，阮籍《诣蒋公》至"东皋之阳"而止，"陈情"乃李壁叙述之语，不当加书名号；"兴复不浅"乃庾亮故事，不当在同一引号内，故当别出，并在"庾亮"下加以冒号。

42.《求全》：（第547页）

A，"求全伤德义"。才有求全之意，即不能舍得而取义。孟子有求全之毁

按，"有求全之毁"，乃《孟子》中语，非谓孟子之毁在于求全也。故当于"孟子"二字加书名标识，并于其下加以冒号、双引号。

B，"欲速累功名"。《语》："欲速则不达。功业见乎变，岂可速为耶？"

按，《论语》至"不达"而止。"功业"云云，乃李壁疏解之语，故不当在同一引号内。

43.《游栖霞庵约平甫至因寄》："求田此山下，终欲忤陈登。"评曰：即问舍求田，意最高而更婉美。（第562页）

按，"问舍求田意最高"为王安石诗原句，见卷四十六《读蜀志》，故"问舍"句当用引号隔开，且逗句应挪至"高"字后。

44.《寄王补之》："今我思挥麈。"孙安国与殷中军语：'麈尾脱落。'见别注。（第613页）

按，注文应为陈述句，冒号、引号皆应删去。又，"麈"当作"麈"，已校。

45.《和蔡副枢贺平戎庆捷》："城郭名王据两垂，军前一日送降旗。"《汉·西域传》："有城郭诸国。名王，谓贵种也。"（第689页）

按,《汉书·西域传》至"有城郭"而止;"诸国、名王,谓贵种也"为李壁注释之语,不当在引号内。

46.《将次相州》:"魏公诸子分衣裘。"陆士衡《吊魏武文》:"夫以回天倒日之力,……不能者,兄弟可共分之。"既而意分焉。(第722页)

按,"既而竟分焉"为陆机原文,故不当别出。

47.《汜水寄和父》:"洒血只添波浪起,脱身难借羽翰追。"杜诗:"洒血江汉身衰疾。"又,"脱身薄尉间,始与捶《楚辞》。"(第741页)

按,"捶楚辞",即辞于捶楚,免于挨打之意。加书名号,误。"间"字,当作"中"。

48.《寄李君畀访别长芦至淮阴追寄》:"怒水搏风雪垅高。"韩诗:"怒水忽中裂。"又:"说楚波堆垄,海中作金鼓声。土人谓之海怒,当作风雨。"(第752页)

按,"说楚波堆垄"为韩愈之诗,然"海中"以下至句末,当是李壁之语,非韩愈之文也。

49.《思王逢原三首》(其一):"便恐世人无妙质,鼻端从此罢挥斤。"庄子送葬,过惠子之墓,顾谓从者曰:"郢人垩漫其鼻端若蝇翼,使匠石斵之……,郢人立不失容。"宋元君闻之,召匠石曰:"尝试为寡人为之。"匠石曰:"臣则尝能斵之,虽然,臣之质死久矣。自夫子之死也,吾无以为质矣。"(第755页)

按,"自夫子之死也"乃庄子悼念惠子之句,非匠石悼念郢人。庄子之语自"郢人垩漫其鼻端"至"无以为质矣"而止,当用双引号,双引号内当使用单引号。匠石所言,至"臣之质死久矣"为止,当在单引号内,与下文断开。

50.《次韵平甫赠三灵程惟象》:"久谙郭璞言多验,老比颜含意更疏。"按《璞传》:"庾翼幼时,……,名曰《同林》。璞尝欲为颜含筮,含曰:'年在天,位在人,……,自有性命,无劳蓍龟。'"(第765页)

按,李壁所引《晋书·郭璞传》至"名曰《同林》"而止;下文"璞尝欲为颜含筮"至"蓍龟"乃《晋书·颜含》传中语。

51.《次韵徐仲元咏梅二首》(其二):"攀翻剩欲寄情亲。"谢灵运诗:"桂枝徒攀翻。"注云:"桂树贞芳,可以翫游。"今友人不还,故徒为攀援,谁与共之?翻,援也。(第768页)

按,"今友人不还"至"谁与共之"为谢灵运诗句"桂枝徒攀翻"之注释,非李壁疏解王诗之语,故当在同一引号内。

52.《季春上旬苑中即事》:"赏心乐事须年少,老去应无日再中。"谢惠连诗:"颓魄不再圆,倾羲无两旦。"注云:"魄,月;羲,日也。言月既缺,一月之中无再复圆;日既倾,一日之中无更朝也。"喻人老不可更少。(第774页)

按,"喻人老不可更少"亦吕向注语,故不当别出。

53.《送章宏》:"身退岂嫌吾道进,学成方悟众人求。"退之《答侯继书》:"冀足下知吾之退,未始不为进;而众人进,未始不为退也。"下言:"学成行尊,则不即人,而人即之矣。"(第804页)

按:"下言"云云,为李壁疏解之语,不当在引号内。

54.《寄余温卿》:"空驰上国青泥信。"《东观汉纪》曰:"……,黎阳故吏最贫羸者举国,念训尝所服药,北州少乏……"(第825页)

按,当作:"黎阳故吏,最贫羸者。举国念训尝所服药,北州少乏。"

55.《金陵怀古四首》(其一):"东府旧基留佛刹,《后庭》余唱落船窗。"《舆地志》:"金陵有东府城,……,则丞相会稽王道子府。"谢安石薨,以道子代领扬州,州在第,故时人号为东府西州。(第884页)

按,据《太平御览》所引《舆地志》,"谢安石薨"以下文字亦《舆地志》中语,故当在引号内。

56.《送沈康知常州》:"厨传相仍市井贫。"《汉·宣纪》:"诏吏务平法。或擅兴繇役,饰厨传,称过使客,越职踰法,以取名誉。"(第905页)

按,"诏",乃《汉书·宣帝纪》中所载之诏书;"吏务平法"云云,乃诏书之内容。故"诏"字不当在引号内。

57.《次韵答彦珍》:"手得封题手自开,一篇美玉缀玫瑰。"《述异记》:"南海有珠……"玫瑰,亦珠名。(第922页)

按,据《太平广记》所引,"玫瑰亦珠名"五字,亦为《述异记》中语。故不别出。

58.《送叔康侍御》:[庚寅增注]"皂囊还请上亲开。"君不密则失,臣请上亲开,不欲左右者得见,或泄于外也。(第925页)

按,标点当作:"君不密则失臣。"此《周易》中语。"请上亲开,不欲使左右者得见,或泄于外也。"此李壁疏解之语。

59.《寄孙正之》:"万事百年能自信,一箪五鼎不须论。"颜子一箪食。主父偃生不五鼎食。(第934页)

按,标点当作:"颜子一箪食。"主父偃:"生不五鼎食。"

60.《别雷国辅之皖山》:"公孙今果见才高。"蔡邕见王粲,惊曰:"此王公孙有异才,吾不如也。"(第937页)

按,《三国志》所载,"孙"下有"也"字,故标点当作:"此王公孙也,有异才,吾不如也。""王公"二字乃通称,非有一人姓王名公也。

61.《山鸡》:"山鸡照渌水。"《博物志》:"山鸡有美毛,自爱其色,终日映水,目

眩则溺死。信乎其愚也。"(第1010页)

按,"信乎其愚也",为李壁疏解王诗"自爱一何愚"之语,非《博物志》原文也,不当在引号内。

62.《与薛肇明弈棋赌梅花诗输一首》:"凤城南陌他年忆。"杜诗:"复愁不满凤凰枝。"(第1085页)

按.《复愁》为杜诗篇名,标点当作:"杜诗《复愁》:'不满凤凰枝。'"

63.《巫峡》:"朝朝暮暮空云雨,不尽襄王万古愁。"沈存中《笔谈》云:"……,又曰:'明以白玉。'人君与其臣,语不当称白。又其赋曰……"(第1284—1285页)

按,"人君与其臣,语不当称白",标点当作:人君与其臣语,不当称"白"。

第三章 论冯注苏诗中的学者态度

中国古代注释学一直非常发达,且早已成熟,从汉代注经开始形成规模,唐代对经、史、子的注释不断发展,到宋代形成了第一高峰,在之后的清代又形成第二个高峰。就集部中的诗注而言,注释最为集中的时代为宋、清两朝;就具体诗人而言,现存较多的被注释的诗人是陶渊明、李白、杜甫、韩愈和苏轼,虽然陶渊明和韩愈的诗注并没有形成一个核心式的集大成者,但其诗注之价值、影响并不能被否定。剩下的三人中,李白诗注的集大成者为王琦,杜甫诗注的集大成者为仇兆鳌,而苏轼诗注的集大成者,则应归属冯应榴。

在众多著名诗注中,冯注苏诗的特殊性表现在两大方面:一是学术积淀与时代环境的影响及其在诗注中的体现;二是诗注中所表现出的明显的自觉的批判意识。就前者而言,苏诗注本中的王注、邵注、施注、查注,都取得了巨大的成就。而冯应榴在采用前人观点时,不厌其烦地将前人成果一一标出,这既是学术积淀的反映,也是学术规范的初步确立。在杜诗注本中,清人朱鹤龄、钱谦益的各自注本都从宋人注释中吸取了大量材料,但二人都没有注明,以至于有学者在仅仅比较了这两个注本后,就断定朱注本抄袭了钱注本,孰不知二人都是抄的宋注本[1]。冯注的这种做法,看似笨拙,但确立了学术规范,同时也可以使读者清晰地观察到苏诗注释在每一阶段所取得的成就。就后者而论,冯应榴的诗注并不像很多清人诗注那样,最终成了检验或炫耀自己学问的工具,冯应榴并不是为诗注而诗注,而是将诗注作为一个独立的对象,这样,"诗注"这一传统学问的方法和原则便在冯应榴处集其大成,同时也为后人注诗提供了经典范本和理论指导。

为了便于论述,我们先用两个例子来感受一下冯注苏诗的基本面貌。《苏轼诗集合注》卷二十五《赠袁陟》题下注曰:

---

[1] 参见莫砺锋《杜甫诗歌讲演录》,广西师范大学出版社2007年版,第112—114页。

>[查注]：袁陟，不详何许人。曾南丰有《答袁陟书》，韩魏公有《和袁陟节推龙兴寺芍药》诗。[翁方纲注]：按袁陟，南昌人。庆历六年进士，知当涂县，官至太常博士。著有《遁翁集》。即汲引郭功甫者也。邵氏补注题下已具其略，不知查注何以云"不详何许人"也。榴案：补施注本于王本注。又潘子真《诗话》云：郭功甫尝曰："数载汲引，袁二丈之功也。"《苕溪渔隐丛话》云：袁世弼读书最苦，因尔瘫痪，殁时才三十四岁。自作墓志。按陟自庆历六年至元丰末已阅四十年，苕溪所云不确。①

以上引文大致分为三部分：查注、翁方纲注、（冯应）榴案。查注谓诗题中的袁陟"不详何许人"，而翁注便考证了袁陟的生平；而冯注又引《潘子真诗话》实证了翁注"即汲引郭功甫者"一语，并对《苕溪渔隐丛话》中有关袁陟享年的记载进行了辩驳。孟子讲读诗要"知人论世"，而翁注、冯注便是这种解诗法的具体实践，从中我们也可以清晰地看到苏诗注释的发展过程。再比如卷二十四《和王斿二首》（其一）："气吞余子无全目，诗到诸郎尚绝伦"句下，查注曰：

>《临川集》：平甫二子旂斿，亦皆巍巍有立。任渊《陈后山诗注》：旂字元钧，斿字元龙。按《实录》：元符元年九月，看详诉理所言宣德郎王斿于元祐中进状，称先臣冤抑，罪名未除，不幸不得出于兹时。诏斿罢江宁府粮料，旂罢京东运判，差监衡州酒税。《秦少游集》有《送王元龙赴泗州粮料院》诗，任注以为江宁者误。②

查注认为，依秦观诗题所言，王元龙（斿）当赴任"泗州粮料院"，而非罢免"江宁府粮料"。秦观与王斿同时，且有诗歌往来，当不至误书，但冯应榴案曰：

>《续通鉴长编》：绍圣四年十二月，王旂为京东路转运判官。元符元年六月，王斿罢榷货物，以曾布、蔡卞亲戚，又苏轼、辙门下人也。九月，王旂添差监衡州盐酒税。十月，王斿监江宁府粮料院。任注不误。至查注作罢粮料，误矣。今校正。③

就查注而言，冯注首先引用《续资治通鉴长编》，对王斿的事实进行了补充；同时与任注所引《实录》相响应，得出"监"误作"罢"之推论。但我们也应该看到，无论

---

① ［宋］苏轼著；［清］冯应榴辑注，黄任轲、朱怀春校点《苏轼诗集合注》，上海古籍出版社 2001 年版，第 1275 页。
② 《苏轼诗集合注》，第 1232 页。
③ 《苏轼诗集合注》，第 1232 页。

是查注还是冯注,他们共同关注到一个对象,那就是"任注"。任渊注黄庭诗、陈师道诗,在清人心目中早已是诗注典范被用来揣摩和学习,对任注的运用与再研究,也可以看作学术(诗注)交流与时代背景的反映。

诗注中对注释者渊博知识的要求,在以上两个例子中已经得到说明,这是诗注中最为常见的现象。虽然这是诗注中最为核心的要素,但如果冯注仅有这一方面的优势,恐怕在众多以详赡著称的诗注中也难以寻找到自己的特色。按正常之推想,冯注中所体现出的学者素养也普遍存在于其他诗注之中,这些要素都在情理之中,并没有可以特别称说的部分,对注诗者的要求无非是知识渊博、谦虚谨慎、不人云亦云等等,但冯注的特殊性在于其诗注中所表现出的自觉意识和批判意识,而且在这些方面有较多典型、生动的例证,具体体现在"不剽窃、不隐善的学者品质""家学渊源与学术动态的交融""鲜明的文献溯源意识"三个方面,当然冯注也有一些缺陷,这也是需要指出来的。以上这几点,不过就其荦荦大者而论,不可能包括冯注的方方面面,不当之处,还望学界同仁不吝指正。

一、不剽窃、不隐善的学者品质

这一点在前人诗注中已有体现,比如王十朋《王状元集百家注分类东坡先生诗》中的"百家注",各人的成果都有相应的区别,这种做法即是"不抹杀、不剽窃"的体现,但冯应榴"合注"的特殊性就在于他多次明确地提出这个概念并将其凝练成一种学术规范。比如卷十二分别有《王莽》《董卓》二诗:

> 汉家殊未识经纶,入手功名事事新。百尺穿成连夜井,千金购得解飞人。
> 公业平时劝用儒,诸公何事起相图?只言天下无健者,岂信车中有布乎?①

咏史诗多有借古讽今之意,这是从左思以来就有的传统,苏轼此诗用意何在?邵长蘅所补施注曰:

> 蘅按:此二诗具有深意。"入手功名事事新",讥安石之变法。"岂信车中有布乎",指吕惠卿之负安石也。②

细味邵注,亦合情合理,可谓发覆之论,但此论述是邵长蘅自己的心得吗?冯注紧接着引出查注:

---

① 《苏轼诗集合注》,第574页。
② 《苏轼诗集合注》,第575页。

慎按周必大《二老堂诗话》：陆务观云："王性之谓东坡作《王莽》诗，讥介甫云'入手功名事事新'。又咏《董卓》云'岂信车中有布乎'，盖讥介甫争市易事自相叛也。'车中有布'，借吕布以指惠卿姓、曾布名，其亲切如此。"前辈已言之矣，施氏补注抹却此段，窃为己说，是何心哉！①

查慎行在其注本中并没有将邵氏补注引出，而是直接加以批判，谓其"窃为己说"，冯应榴在查氏的基础上，补出邵注，这样诗注的脉络也就自然分明了。在这首诗的"合注"中，冯应榴没有加一句按语，只是将二者排列出来，其态度是显而易见的。更重要的是，冯氏将这种"不抹杀、不剽窃"的精神继续发扬，使其成为更加引人注目的诗注原则，或者说学术规范。

首先，冯注对自身是严格要求的，在遇到与前人偶合的情况时，冯注便有明确说明，比如卷十一《张子野年八十五尚闻买妾述古令作诗》"江南刺史已无肠"句下，冯注曰："余补注后，阅何焯批本，亦有'江南刺史似用张又新事，更以诗话考之'云云。"②何焯为前辈，且冯氏在合注中采用了何焯的很多观点，每一处都有"何焯曰"的标识，此处冯氏特意说明"余补注后"一事，是为了表明自己的观点并非剽窃，只是偶然相合罢了。

其次，冯注用这条原则批判查注，可谓以子之矛攻子之盾，比如卷三十七《鹤叹》题下注：

[施注]：眉山唐子西博士论东坡居士作《病鹤》诗，□写"三尺长胫瘦躯"，缺其一字。使任德翁辈下之，凡数字。东坡徐出其稿，盖"阁"字也。此字既出，俨然如见病鹤矣。榴案：此段施注虽残，而大略尚存，即查氏所引《唐子西语录》也。但查氏不云原注所有，未免抹煞前人。今补全之，而删查注。③

冯氏所批判的也是"抹煞前人"的现象。因为《唐子西语录》具在，所以施注之内容可得以补全，冯氏保留施注而删除查注的做法，是力求反映苏轼诗注的动态过程，而非自我作古。类似的例子再比如卷四十一《籴米》"不缘耕樵得，饱食殊少味"句下：

[施注]：《后汉书·周燮传》：有先人草庐，结于冈畔，下有陂田，常肆勤以自给，非身所耕渔，则不食也。[查注]：按先生"不缘耕樵得"二句正用此事。

---

① 《苏轼诗集合注》，第575页。
② 《苏轼诗集合注》，第496页。
③ 《苏轼诗集合注》，第1894页。

榴案：查氏不采施本，作为自注，今已删而存其按语。①

查氏肯定是见过施注的，而且将施注作为自己超越的对象，否则也不会批判其"抹煞前人，窃为己说"，但是和上例一样，查氏在遇到施注已有之内容时，也有抹去前人而自作一说者。和一人独注不同，既然诗注者关注到前人之注并明确提出不能剽窃，那么这种做法确实有些授人以柄。

再次，冯注对查注之前的邵注（补施注本）也有批评，比如卷二十四《泗州除夜雪中黄师是送酥酒二首》（其二）"欲从元放觅拄杖"句下：

> 榴案：……邵氏既采施注，后又云：或曰即左元放，一说左慈云云。是又剿袭王本注也，亦删。②

抹杀前人成果的方式，除了"剿袭"之外，还有一种情况，就是前人注本因残缺模糊而被删除的情况，比如卷三十四《次韵致政张朝奉仍招晚饮》"轻身岂胡麻"句下：

> ［施注］：《续齐谐记》：汉明帝时，刘晨、阮肇同入天台采药，乏食，见涧中流一杯胡麻饭，二女引至其庐，出胡麻云云。榴案：原注余皆残，今本《续齐谐记》又缺此条。考《太平广记》所引《神仙记》与此略同。又施注引"唐显庆中"一条，亦残缺不可辨。今考《太平广记》引《原仙记》云：唐显庆中，有蜀郡青城民尝采药遇一大薯药，剧之深而地陷，旁见一穴。寻之而行，出一洞口，人家村落，花木如二三月。问得来之由，遂告所以食以胡麻饭、柏子汤，引谒玉皇云云。以原注残字证之，当即此事也。补施注本于此条及下"三生"各条皆以其残缺而概从删去，未免没煞前人苦心矣。③

在这一段注文中，冯注首先指出施注所残缺的内容当出自《太平广记》所引《神仙记》，其次又指出施注所引"唐显庆中"一条，亦出自《太平广记》所引《原仙记》，最后将施注此诗下文"我本三生人"中所引《树宣录》之残缺部分，用《传灯录》所载文字补齐。补全缺文当然是冯注的意义，但冯注所提到的"前人苦心"，也正可见其谦虚务实、不攘人之美的学者品质。

冯注苏诗的压力是很大的，因为在他之前已经有了很多优秀的注本，特别是施注本和查注本的流行早已得到学界的认可，那么冯氏在注释的时候，又如何突破前

---

① 《苏轼诗集合注》，第2132页。
② 《苏轼诗集合注》，第1243页。
③ 《苏轼诗集合注》，第1744页。

人显示自我呢？冯应榴也确实有些焦虑，并将施注尤其是查注作为自己批判和超越的对象。但我们也应该看到，冯注在批判前人的同时，也注意肯定和理解前人，其思考的第一步不是前人有哪些错误，而是前人所注可能是正确的而后人没有注意或理解到。

在此思想的指导下，我们可以发现一些典型例证，比如卷三十八《新酿桂酒》"酒材已遗门生致"句下：

> [王注厚曰]：《周礼·酒正》篇：以式法授酒材。[邵氏《王注正讹》云]：《周礼》安有篇名？"式法"云云亦非酒人。榴案："酒正"讹作"酒人"，李注已改正。至《周礼》叙一官之职，即可云一篇，邵氏论太苛矣。①

王注将"酒人"错为"酒正"，这是事实，而且已被后人改正，但邵氏首先批判的"《周礼》安有篇名"，确实过于苛刻，措辞较为激烈，所讨论的内容也溢出诗注本身，相较之下，冯注的态度相对平和而切实。再比如卷三十九《甘菊》"孤根荫长松，独秀无众草"句下：

> [五注本赵云]：《左传》襄公二十九年：松柏之下，其草不植。而菊生其下，可谓独秀矣。榴案：茅刊王注本末二句改作"而菊生焉"一句。邵氏《王注正讹》云："《左传》无末句，注杜撰。"然次公先引《左传》，后释诗意，他注类此甚多，并非杜撰妄增。邵氏未见旧本，辄妄议古人，何也？②

邵氏所见之王注本，原文作"《左传》襄公二十九年：'松柏之下，其草不植，而菊生焉。'"所以邵氏驳之曰："注杜撰。"但茅刊王注本并非原始之版本，冯氏所见更早之"五注本"注文末二句作"而菊生其下，可谓独秀矣"，分明是阐释苏诗的文字，而不是《左传》原文，这种现象在诗注中很常见，邵氏之误会是版本不同造成的。冯氏谓邵注"妄议古人"虽然措辞略显严厉，但究其根本，恐怕还是邵氏在内心深处对前辈学者、对施注本缺少应有的敬畏之心。施注本虽然有不够完善的地方，但毕竟是当时最著名、最具影响力的注本。陆游在为施注作序时对该注本虽然有"几可无憾"的微词，但出自陆游之口，这已经是非常高的评价了，更何况陆游还有"司谏公以绝识博学名天下"③的正面肯定，注文中涉及的《左传》一书并非冷僻小道之学，而邵氏径谓施注"杜撰"，自然会引起冯氏的怀疑和求证。

---

① 《苏轼诗集合注》，第1977页。
② 《苏轼诗集合注》，第2048页。
③ 见《苏轼诗集全注》附录二《陆放翁施注原序》，第2704页。

当然,作为在清代影响最大的,也是冯注首先要超越的对象,查注本中的此类问题自然免不了冯注的批判,比如卷四十《和陶读〈山海经〉》(其四)"安知青藜火,丈人非中黄"句下:

> [施注]:《抱朴子·仙药篇》曰:中黄子有《服食节度》。《极言篇》曰:黄帝适东岱而奉中黄。[查注]:《老子中经·第十一[神]仙》:中黄真人,字黄裳子,主辟谷。《云笈七签》:《中黄真经》者,九仙君撰,中黄真人注。《抱朴子·地真篇》:黄帝西见中黄子,受《九加》之方。按中黄子,古之真人也。施氏原注所引《抱朴子·仙药篇》乃石中之黄子,与本文所用不合,今为驳正。榴案:《抱朴子·仙药篇》前载名药品,有"石中黄子"一条。后总论服食之宜曰:按中黄子《服食节度》云:"服治病之药,以食前服;养性之药,以食后。"云云。正指古真人中黄子,施注所引并不误也。查氏不细阅《抱朴子》而辄加指驳,可谓疏矣。①

苏轼肯定是将"中黄"视作人,而不是药材,因为前面有"丈人"二字,查氏以为施注所引"中黄"为药材,因为《仙药篇》中记载的确实有很多"药品",所以与苏诗不合,但冯应榴指出,《仙药篇》虽然在前文中提到了很多的"药品",但在之后论服药方法时,"中黄子《服食节度》"云云,明显是将其作为人名来记载的。而且当我们阅读完冯注所引施注之后,可以明显看出查氏所驳不确,造成这种现象的原因自然是查氏读书不细所致,但从源头上讲,还是查氏过于自信而认为前人之注多有疏漏,而冯氏则谦虚审慎,以肯定前人为出发点,逐一核对辨别。这种工作显得有些迂笨,正因为如此,其所得出的结论虽然收不到炫人耳目的效果,但是扎实可靠,经得起考验。再比如卷四十《和陶咏三良》"我岂犬马哉?从君求盖帷"句下:

> [查注]:《礼记》:仲尼之畜狗死,使子贡埋之,曰:"敝帷不弃,为埋马也;敝盖不弃,为埋狗也。"施氏删去中二句,大谬。榴案:施注与《别黄州》诗引《礼记》并不讹,此不过中间有脱文耳。查氏以为删去,太苛矣。②

施注此句原作:"仲尼之畜狗死,使子贡埋之,曰:'敝帷不弃,为埋狗也。'"亦即脱去查注所引的"中二句",使读者误以为孔子以"敝帷"埋狗,这和《礼记》原意是大不相符的,所以查注称之为"大谬"。一般被人称为"大谬"的,自然是错误很严重,而此处的施注似确有此弊,但冯注的回护也同样有理有据,因为施注本在前文《别黄州诗》"病疮老马不任靰,犹向君王得敝帏"句下也引到过此处文献,作"《礼记》:

---

① 《苏轼诗集合注》,第2071页。
② 《苏轼诗集合注》,第2058页。

'敝帷不弃，为埋马也。'"而在《和陶咏三良》一诗中，施注更加详细，但正如冯注所言，"不过中间有脱文耳"，而且《礼记》同样是常见之书，施氏当不会盖、帷不分。今天从结果上看，查氏的水准自然要比邵长蘅高得多，但查氏谓施注"大谬"，措辞亦略显重，可能也引起了冯氏的怀疑（甚至是一些不满），但冯氏只是用"太苛"来表明态度，相较于对邵氏的批驳显然是客气了许多。

冯注谓前人"太苛""妄议古人"等，固然有超越前注、更进一层的想法在其中，但同时也表现了冯注体谅通达的一面：一是前人在此问题上未必有错误，是后人在资料的甄别和研读上出了问题；二是前人的错误并非像后人想象得那么严重，有时也只是小有失误，不必夸大其词。后人在前人的基础上进行研究，固然可以获得很多便利，但同时也为自己带来不少压力，批判前人失误之处自然会为自己增价不少，这是可以想见的，而且冯氏本人批判前注的例子也比比皆是，但可贵的是，我们看到了冯注为前人申诉、辨别的内容，这一胸怀宽广、存人之善的品质，在诗注林立、百家争鸣，甚至是相互攻讦、水火不容的学界无疑是非常宝贵的存在。

二、家学渊源与学术动态的交融

地域、家族和师友，是古代文学研究中非常重要的三个要素，三者之间密不可分、相互联系，共同推动文学走向深入和成熟。在宋代时江西诗派、三苏、苏门四学士（六君子）等，就是很好的证明。到了清代这种现象继续存在并进一步发展，但不同的是清代除了对文学创作有影响之外，对学术研究也起到了巨大的推动作用。以冯注而言，冯应榴之父冯浩，便是清代著名的诗注家，其《玉溪生诗集笺注》不但对李商隐诗的内涵进行了深入阐释，在涉及唐代历史时，也能用实证的方法条分缕析，一一辨别。这无疑对冯应榴的诗注产生了积极的影响，更重要的是，冯浩对冯应榴注苏诗进行了直接的学术指导，这些内容被部分地反映在冯应榴的诗注中。如果讲家学渊源与学术动态，这便是冯注苏诗所可获得的最直接、最前沿的材料，是其自身之外最可依托的资源。比如卷四《和子由蚕市》"蜀人衣食常苦艰，蜀人游乐不知还。千人耕种万人食，一年辛苦一春闲"句下：

  [王注]：《礼记》：孔子谓子贡曰："百日之蜡，一日之泽，非尔所知也。"注云：蜡之祭，劳农以休息之。言民勤稼穑，有百日之劳，今一日使之饮酒燕乐，是君之恩泽。榴案：家大人曰：诗意谓蜀中田少户繁，衣食不足，又好游乐，故

于春闲之际,将事蚕桑,又相与为市也。旧注所引似非。①

"旧注"所引《礼记》谓人民劳苦,故有短暂之饮酒休闲。乍看之下,似乎与苏诗"一年辛苦一春闲"相符,但细味之下,便觉有不妥之处:因为苏诗明明是在批判"游乐不知还"的蜀人,若依"旧注"(王注)所论,只有短暂之休息,这本身就无可厚非,苏轼也没有必要来批评。其实"一年辛苦"和"春闲"的主语是"千人耕种"中的"千人",而非全体之"蜀人(万人)"。为数不多的耕种者,只有在农事未起的春天略有闲暇,正如冯注中的"家大人"所言"将事蚕桑,又相与为市",这样不但解释了"春闲"二字,也呼应了题目中的"蚕市"。"家大人"便是冯应榴之父冯浩,这是冯浩直接指导冯应榴注苏诗的一个例证。

冯浩以注李商隐诗而著名,那么冯浩的学术研究有没有反映在其子冯应榴的诗注中呢?父子间有没有学术的交流呢?答案自然是有的,比如卷二十二《海棠》"只恐夜深花睡去,故烧高烛照红妆"句下:

> 榴案:家大人注李义山诗"客散酒醒深夜后,更持红烛赏残花"二句云:东坡诗"更烧高烛照红妆",从此脱出也。②

苏轼的这两句诗非常著名,但前人的注释中,也多关注于"花睡"二字,正如冯注所谓"旧注引杨妃卯醉未醒事",将"夜""花""烛"三者综合思考,冯浩的眼光无疑是敏锐的,虽然李诗意在"残"字,而苏诗意在"睡"字,但经过冯浩的一番关联之后,苏诗的继承与发展之处便也清晰可见。这种关联是前人没有提及的,而冯应榴则在第一时间将其引入到自己的诗注中。家学渊源,是冯注苏诗得天独厚的条件,将其称为"学术动态"或许有些矫揉造作,但其内在实质并无二致。再比如卷三十八《朝云诗》:"经卷药炉新活计,舞衫歌扇旧因缘"句下:

> [查注]:《容斋三笔》:唐人好以"歌扇""舞衣"为对,李义山:"镂月为歌扇,裁云作舞衣。"刘希夷:"池月怜歌扇,山云爱舞衣。"老杜亦云:"江清歌扇底,野旷舞衣前。"储光羲云:"竹吹留歌扇,莲香入舞衣。"榴案:洪氏所引李义山句,乃李义府《堂堂》词也,辨见家大人《玉溪生诗注》末。③

冯浩的辨析在《玉溪生诗注》一书的末尾:"洪《容斋三笔》曰:'唐李义山诗云:"镂月为歌扇,裁云作舞衣。"'此李义府《堂堂》词,洪氏《万首绝句》亦载之,必近时刊

---

① 《苏轼诗集合注》,第133页。
② 《苏轼诗集合注》,第1140页。
③ 《苏轼诗集合注》,第1972—1973页。

本讹'府'字为'山'字也。"冯浩的辨析有两点：一是不应将李义府错为李义山，二是该错误并不是洪迈造成的。这对冯应榴注苏诗有何意义呢？关键就在于《容斋三笔》被查慎行引入到诗注中了，冯氏是为了批驳查注才顺带提及"家大人"的。苏诗中有关李商隐的地方肯定有很多，冯应榴如果想更多地展示其"家大人"的成果，自然有很多方式，但在这里，我们也看到了冯氏的克制与谦逊。

冯注苏诗中还记录了一些其与"家大人"的互动交流，比如卷四十六《黄楼口号》（并致语）题下注曰：

> 家大人云：致语、口号恐竟是他人赠先生而误入本集者。①

卷五十《送冯判官之昌国》题下注曰：

> 此诗见《浙江定海县志·艺文》中，家大人检得之以示余。考《宋史·地理志》：昌国县……此诗题下注"学士苏轼，眉山人"，当是据旧志采入者。但诗笔不似先生，冯判官又无考，姑附录以俟订正。②

从以上材料中我们不难发现，冯浩对其子冯应榴所注苏诗一事，是存于心并给过直接指导的，这种家学传承与交流是他人所不具备的得天独厚的有利因素。

除此之外，冯应榴所生活的时代也为其提供了良好的学术交流之基础空间，这些在冯注苏诗中也有较充分的反映，比如卷十一《和述古冬日牡丹四首》（其四）："使君欲见蓝关咏，更倩韩郎为染根"句下：

> 榴案：《太平广记》引《仙传拾遗》作"韩愈外甥，忘其姓名"。《酉阳杂俎》作"疏从子侄"，亦不言韩湘。顾嗣立注韩昌黎《示侄孙湘》诗引《青琐高议》，又作"韩愈之侄"。③

冯注提到了的"顾嗣立注韩昌黎"一语，揭示了两点重要信息：一是诗注，是与冯应榴本人所从事的相同的工作性质；二是顾嗣立本人，顾嗣立(1665—1722)与冯应榴(1741—1800)生活年代相差仅 80 年，最小时仅有 20 年，冯氏对顾注韩诗的吸收也可以看成重视学术交流的例证。再比如卷三十九《游博罗香积寺》中冯注"陆锡熊曰：方以智《通雅》"云云④，陆氏(1734—1792)与冯应榴几乎就是同时代之人，冯注在其他地方所引之仇兆鳌、邵晋涵、厉鹗等，都是这方面的例证。当然，冯注中

---

① 《苏轼诗集合注》，第 2330 页。
② 《苏轼诗集合注》，第 2502 页。
③ 《苏轼诗集合注》，第 499 页。
④ 《苏轼诗集合注》，第 1990 页。

最显著、最典型的表述,还是在冯氏对查注的批驳与发展中,比如卷在三十一《次韵毛滂法曹感雨》题下:

> [施注]:毛滂字泽民。元祐初,东坡在翰院,泽民自浙入京以书赘文一篇自通。……有《东堂集》行于世。[查注]:……观先生之推服如此,泽民文品非同流俗泛泛者。所著《东堂集》,世不传,后无知之者。榴案:《永乐大典》收载此集,今已采入《四库全书》,编作十卷。而此诗原唱,集中失载。①

查注认为毛滂的《东堂集》已经失传,言语之中,不无惋惜之意,但冯氏谓"《永乐大典》收载此集"则是对查氏的有力反驳。当然,在查慎行(1650—1727)生活的年代,《四库全书》初稿(1782)尚未完成,而在冯氏之年代,《四库全书》定稿(1792)已完成,这种紧跟学术动态的例证在全书还有一处,卷三十九《赠昙秀》题下:

> [查注]:……叔党所著名《斜川集》,惜不传。今从先生全集采附。榴案:今仍附载。至《斜川集》,今已列入《四库全书》,毗陵赵怀玉家有刻本矣。②

苏过(叔党)为苏轼第三子,人称"小坡",才思敏捷,其《斜川集》不传,无疑是一大憾事,但在冯注的时代,此书已经被采入《四库全书》,并且有赵怀玉家刻本,可谓是学林意外之喜。冯氏对查注的补充,说明了学术研究可以有后来居上的时代性优势,而对这一优势的把握关键还在于诗注者有积极追踪学术动态之意识,冯注无疑为我们提供了一个范例。

三、鲜明的文献溯源意识

就诗注者而言,"不剽窃"是学术底线,"存人之善"是学术品格,这是因人而异的,没有一个可以亦步亦趋的标准,而"家学渊源与学术动态"又是可遇而不可求的,不可人人而得之。从切实可行、循规蹈矩的角度来看,只有对文献溯源意识的实践才是最为扎实可靠、可以广泛借鉴的,而这也是冯注苏诗之所以取得巨大成就最为根本的因素。如果这一点出了问题,即便冯氏在前三个方面有多少优势,或者付出过多少努力,最终也会严重影响其诗注质量。

在冯注中,无论是旧注中提到的版本信息还是具体的文本资料,冯应榴都进行了严密的考证,并将其逐一核对。我们先看冯氏对版本的重视及运用,比如卷二十

---

① 《苏轼诗集合注》,第1564页。
② 《苏轼诗集合注》,第1999页。

三 《庐山二胜》(开先漱玉亭)题下：

> 邵氏《王注正讹》云：……王本既讹开先为开元，又讹南唐之元宗为唐开元天宝之玄宗，其杜撰踳驳乃尔。梅溪何至是，想后人伪托耶。榴案：旧王本作"先"，其作"元"字者，盖误刊也。所称元宗即指李景，邵氏之驳殆未见旧本耳。①

邵氏费了很大工夫才驳正了"王注"的疏误，但却忽略了一个问题："王注"自身是从"旧王本"流传而来的，在流传过程中难免产生新的讹误，这些讹误是不能直接归附于"王注"的，因为邵氏自己也说"梅溪何至是"，这不是注者本身的问题。再比如卷三十七《过高邮寄孙君孚》题下：

> [查注]：……君孚名升，两处皆同。施氏原注谓君孚名叔者，讹。今驳正。榴案：宋刊施注本作"升"，查氏误看，或为抄本所误。补施注本亦误。②

在行书写法上，"升"和"叔"略有相似之处，查氏据以驳正者，可能是"误看"之故，这种错误可能也不是施注自身的问题。除了因写法误看而导致旧注误判之外，可能还存在注家所据版本不同而导致的误判情况，比如卷三十三《留别蹇道士拱辰》题下：

> [查注]：……施氏补注本此诗至"微服方地行"止，脱去末四句，今据别本补入。[翁方纲云]：施氏原本实有之。榴案：诸本俱不缺。③

查注之意，谓施注本脱去"微服方地行"以下"咫尺不往见，烦子通姓名。愿持空手去，独控横江鲸"四句。施注本苏诗正文缺此二十字，应该算是一处重大文献失误，但事实却是"实有之"，而且"诸本俱不缺"。如果没有翁方纲、冯应榴的案语，读者几乎就将此视为查氏的功劳了。查注所论与实际情况出现巨大反差，可能是所据版本出了问题。再比如卷三十四《阅世堂诗赠任仲微》"却留封德彝，天意眇难测"句下：

> [查注]：……墓表不载运判姓名，俟再考。榴案：施注已指程之才，岂查注未见此注邪？④

---

① 《苏轼诗集合注》，第1161页。
② 《苏轼诗集合注》，第1926页。
③ 《苏轼诗集合注》，第1677页。
④ 《苏轼诗集合注》，第1758页。

查氏有些疑问希望之后继续考证,但实际上其问题早已解决,而且答案就在施注本之中,查注难道是没看见?冯应榴都感觉有些奇怪了。批驳早已享誉学界的查注,对冯氏而言是艰难而审慎的,但此类甚为简易的疏漏确实有些意外。

除版本信息外,冯氏对旧注所引的文本信息及其推论也都逐一核实,发现问题便加上自己的按语,比如:

卷三《壬寅二月有诏令郡吏分往属县减决囚禁》"相将弄彩舟"句下:[王注次公曰]:《选》诗:交头转相将。榴案:《文选》无此句。①

卷二十三《海棠》题下:查注引《冷斋夜话》,与施注同。榴案:《冷斋夜话》无此条。②

卷八《试院煎茶》"分无玉盌捧蛾眉"句下:[查注]:韩退之诗:茗盌纤纤捧。榴案:此韩、孟联句中孟郊句,非退之句也。③

卷二十六《金山妙高台》"我欲乘飞车"句下:[查注]:……《列子》:奇肱国民能造飞车。榴案:《列子》无此句。④

卷三十《次前韵再送周正孺》"珠玉本无胫"句下:[王注次公曰]:《战国策》云:珠玉无足,去此数千里,而所以能来者,好之也。榴案:《战国策》无此条,原注盖误以《吴志》及《文选》为《国策》也。⑤

卷三十七《三月二十日多叶杏盛开》"明年花开时,举酒望三巴"句下:[施注]:白乐天诗:三春三月忆三巴。榴案:此句一见《李太白集》,再见《杜牧之集》,《白乐天集》无此句。⑥

可以看出,无论是冯注甚为关注的查注,还是查注之前的各种旧注,每提到一处文献,冯应榴都进行了仔细的核对,核对的原则无外乎两条:一是有与无,即材料中的"无此句";二是是与非,即材料中《试院煎茶》《次前韵再送周正孺》和《三月二十日多叶杏盛开》所提及的情况。在古代文学研究(或者说一切学术研究)中,一向有"说'有'容易说'无'难"的提法,但在实际研究中,无论是说"有",还是说"无",都是很难的,因为二者都需要核对文献,只不过后者更困难一些罢了。上述材料中都是旧注以为"有",结果被证明为"无"的一类,从主观上看,这些错误可能也只是偶

---

① 《苏轼诗集合注》,第110页。
② 《苏轼诗集合注》,第1139页。
③ 《苏轼诗集合注》,第346页。
④ 《苏轼诗集合注》,第1294页。
⑤ 《苏轼诗集合注》,第1525页。
⑥ 《苏轼诗集合注》,第1919页。

然失误，不一定有故意的人为因素；而在冯氏纠正的另一类错误中（以查注为主），有不少是旧注说"无"，结果被证明为"有"的，这一类材料可能会让读者产生一些想法。

比如卷二十三《郭祥正家醉画竹石壁上郭作诗为谢且遗二古铜剑》题下：

  [查注]：《东都事略·文艺传》：郭祥正字功甫，其母梦太白而生。不乐仕进，自号谢公山人。梅圣俞呼为谪仙。后知高要郡，请老归。所居有醉吟庵，东坡过而题诗画竹石于壁。有诗文三十卷，名《青山集》。故宅在当涂城内寿俊坊。《宋史》本传：祥正举进士。熙宁中，以殿中丞致仕。后复出，通判汀州，知端州，又弃去。所载宦迹与《东都事略》不同。按东坡自海外归，与功甫有唱和诗，乃其知端州时也。《东都事略》失载其再出一节，合史传考之，功甫生平始备。①

按照材料铺排的先后顺序，可以看出查注考证了一条重要信息：《东都事略》对郭祥正的记载不完整（失载其再出一节），在"知高要郡"之后的履历，需要结合《宋史》本传才能将其补充完整（合史传考之，功甫生平始备），"始备"二字无疑是查注的重要发现，但事实果真如此吗？冯氏紧接其后注道：

  榴案：查氏所引《东都事略》惟"字功甫，其母梦太白而生"及"所居有醉吟庵"三句与原文符，余皆非原文所有。查氏盖采之《名胜志》也。至《东都事略》、本传明载致仕久之，起为通判汀州，后知端州，复弃去。查注误。施注残页亦有"知端州"句。②

首先，查氏所引文献与《东都事略》并不完全相符，可能是转引《名胜志》中的文字，在文献来源上已经是二手资料了，据此立论很可能会出现问题，而且查氏容易犯这样的错误，比如卷三十八《十一月二十六日松风亭下梅花盛开》"春风岭上淮南村"句下，查注引《方舆胜览》"春风岭在麻城县治东，岭上多梅，故名"云云，冯注即指出："此据《名胜志》所引之文，非《方舆胜览》原书也。"③其次，施氏残注也明确提到"知端州"一事，虽然只有三字，但"知高要郡"已非郭祥正的唯一仕途了。综合而论，查氏忽视了两条重要文献，因此对《东都事略》的补正也就失去了意义。

再比如卷三十九《章质夫送酒六壶书至而酒不达戏作小诗问之》题下：

---

① 《苏轼诗集合注》，第1179页。
② 《苏轼诗集合注》，第1179页。
③ 《苏轼诗集合注》，第1974页。

[查注]:《宋史》:章楶,字质夫,浦城人。仕至资政殿学士,谥庄简。陈师道《谈丛》云:东坡居惠,广守月馈酒六壶,吏尝跌而亡之,坡以诗谢,云云。据此,则质夫可为广州守,可补史传之缺。①

查氏通过陈师道《后山谈丛》的记载,并结合苏诗,辗转推断出章质夫曾任"广州守"的结论,可谓细心如发,其意义亦可"补史传之缺"。同样,事情果然如查氏所言吗?冯应榴于其后注曰:

榴案:《宋史》明载"绍圣初知应天府,加集贤殿修撰,知广州"。查氏误甚。②

和上一例不同,此处冯氏所用为"误甚"二字,一个"甚"字也说明冯注必须批驳查注的重要性。因为按查氏的逻辑,《宋史》也并非"僻书"③,可是查注却一再出现此类问题,未免令人心生疑惑,比如:

卷二十三《张近几仲有龙尾子石砚以铜剑易之》题下:[查注]《宋史》:张近字几仲……施氏原注谓镇高阳八年,为显谟阁学士,徙知太原,历官稍异。榴案:《宋史》知瀛洲下明载出镇高阳八年,累加显谟阁待制直学士,徙知太原府,正如施注合。查氏以为历官稍异,误甚。④

卷三十七《谢运使仲适座上送王敏仲北使》题下:[查注]:谢仲适爵里失考。慎按:《宋史》:"王古,懿敏公素从子靖之子……"独不载北使事。榴案:《宋史》本传明载"奉使契丹",即北使也,查氏误甚。⑤

卷四十四《和孙叔静兄弟李端叔唱和》题下:[查注]:《宋史》:孙鼛,字叔静,钱塘人……施氏原注叔静哲宗朝提举广东常平,东坡居惠,极意周旋,及二子娶晁无咎、黄鲁直女两事,可补史传之阙。榴案:《宋史》本传明载"擢提举广东常平"……至周旋东坡及二子娶晁、黄女事,尤明载本传。查注误甚。⑥

既然是史传"明载",为什么查氏却一再出现失误?其中原因确实匪夷所思,可能查氏有故作摇曳之嫌,也可能是查氏所据的《宋史》并非善本,但查注苏诗在文献

---

① 《苏轼诗集合注》,第2043页。
② 《苏轼诗集合注》,第2043页。
③ 《苏轼诗集合注》卷二七《次韵朱光庭初夏》"谏苑君方续承业"句下,查注曰:"事出《北史》,非僻书也,吴中补注谓《南史》李承业者,讹。今据《北史》驳正。"(第1370页)
④ 《苏轼诗集合注》,第1183页。
⑤ 《苏轼诗集合注》,第1880—1881页。
⑥ 《苏轼诗集合注》,第2239页。

使用上出现了问题则是可以肯定的：一是所据为二手资料，二是没有将文献从头至尾一一核对。解决这一问题的方式很简单，就是文献溯源，而冯注在这方面确实可圈可点。

四、冯注的缺陷

冯注的水准是学界公认的，至少可与查注、施注、王注并存而不废。虽然其学术创新程度及整体水准不及仇注杜诗、钱注杜诗等，但冯注却在中规中矩、人人可得仿效的模式下将苏诗注释推向了一个新的高度。谈冯注的缺陷只是题中应有之义，冯注的很多优点并未被完全展开，比如对前辈的尊重（施为前辈，故存之也）、不知为不知的学术准则（句未解、句未详、未详所本）等，这里所指的缺陷并非冯注独有，而是普遍出现在各家诗注中的现象，不过是孰多孰少、孰轻孰重、孰微孰显的区别。就大体而论，冯注的缺陷有两个方面：一是攻之稍急；二是自相矛盾。

相对于宋代的王注和施注，冯注的压力并不是很大，与其相近且已取得学界普遍赞誉的本朝查注，《四库全书总目》评价其曰："现行苏诗之注，以此本居最。"①其地位成就可见一斑，因此冯注若要进行下去，就必须对查注加以重点批驳，否则冯注又有何存在之必要？从结果来看，冯注的批驳在绝大部分情况下都是准确合理的，但其中也透露出操之稍急的情况，比如卷二十四《泗州南山监仓萧渊东轩二首》题下注：

[施注]：清江孔常父武仲撰《萧贯之挂冠亭记》，其略曰：乡丈人萧公贯之，世家新喻。少登上第，历馆阁屡出为使。年盛志得，而胸中浩然，不乐声利。方其在京师，已有诗十六篇，述江南四时风物之美，以未得即归为恨。既又营其第舍之东，将因高筑亭，为退居燕息之所，命之曰挂冠。公之年止于四十有六，而亭亦未及为也。其子潜夫，即其故基而屋之云云。渊知郴州以没，诗□犹存萧氏。周益公尝为题跋云：二诗墨迹，刻石成都，"珍禽声好犹思越"作"怀越"，未知即萧氏所藏，或是别本也……榴案：孔记周跋皆原注所有，查氏不全载而自为考证，何也？今补采施注而删查注。②

冯应榴批判的是查氏"自为考证"一事，在冯氏看来，查注大概是犯了"抹煞前人，窃为己有"的学术陋习，因此将查注删除了。查注的原文是："慎按：施氏原注此

---

① 《四库全书总目》，中华书局2003年版，第1327页。
② 《苏轼诗集合注》，第1240页。

诗犹存，萧氏墨迹，刻石成都，'珍禽声好犹思越'作'怀越'，未知即萧氏所藏或是别本也。此段新刻删去，今补录。"如果单从文字复制比上看，查注无疑是掩盖了前人成果，但我们却忽视了两点信息：一是查注明确地说了"施氏原注"，亦即冯氏所言"原注所有"，这样就不存在"自为考证"之说；二是查注所言"此段新刻删去"一语没有引起足够重视，对查注而言，其重点考虑的对象自然是施注。在查注之前最有影响力的"新刻"施注，很可能就是《四库全书总目》中所收录的《施注苏诗》，因为该版本经过宋荦、邵长蘅等人的辑佚、正讹之后重加刊印，已经形成了"取携既便，衣被弥宏"①的效果，然而该版施注却被大量删节，"于原注多所刊削"，其原因则是"长蘅等惮于寻绎，往往臆改其文或竟删除以灭迹"②，查氏所曰"今补录"，究其初心，可能并不是"自为考证"，而是对此类现象的纠补。施氏原注虽存，但学界广为流传的并不是原注，而是被删节的版本。冯氏的体例是"合注"，当然有保存（罗列）施注之必要；而查氏的体例却是"补注"，于苏诗编年、地理、职官、释道之典多有创获，与施注可谓各行其道，但现行删节版施注影响了人们的认识，查氏择其重点，为之拈出，非但不是窃为己有，反而是为施注固定名誉。冯氏对查注径加斥责，似有未通透彻底之处，查注中的相似问题可依此类推。再比如卷四十三《庚辰岁正月十二日天门冬酒熟予自漉之且漉且尝遂以大醉二首》"天门冬熟新年喜"句下：

[王注]：《外台秘要》有天门冬酒法，初熟味酸，久停则香美，余酒皆不及。[施注]：《证类本草》：孙真人《枕中记》云：天门冬，酿酒服之，去三虫伏尸，轻身益气，令人不饥。[查注]：慎按《枕中记·服食法》云："采天门冬根食之，去三虫伏尸。"后一段云："酿酒，初熟微酸，久停则香美，诸酒不及也。"新刻本引注舛讹，施氏原本所无也。今补注驳正。榴案：施氏原注现存，查氏何以云无？又考《本草》引《枕中记》有"酿酒服，去三虫伏尸"之语，盖古书流传，字句每有不同，施注并未舛误也。③

其实，查注所谓"舛讹"确实苛刻了些，但所谓的"施氏原本所无"指的是"酿酒初熟微酸，久停则香美，诸酒不及也"十六字，因为查注明确指出是"后一段云"，而冯氏"施氏原注现存"云云的指责很可能是弄错了对象，从学者品格上看，即便查注有一些斡旋之笔，但也不至于如此颠倒是非。

冯注的第二个缺陷是在批评别人时自己也犯了类似的错误，可谓自相矛盾，有

---

① 《四库全书总目》，中华书局2003年版，第1327页。
② 《四库全书总目》，中华书局2003年版，第1327页。
③ 《苏轼诗集合注》，第2189页。

双标之嫌疑,这也是诗注中普遍存在的现象。注释词语的最早出处,是诗注的内容之一,但常见字词一般不需要注释,冯注就多次批评过这种现象,比如以下诸例:

> 卷十六《春菜》"茵陈甘菊不负渠"句下:[王注]:杜牧诗:十岁青春不负公。榴案:如此注"不负",无乃太不伦。①
>
> 卷十六《与梁左藏会饮傅国博家》"识字劣能欺项籍"句下:[施注]:孟郊诗:小溪劣容身。榴案:一作孟襄阳诗。至施氏虽注"劣"字,然未免随手引填矣。施注每有此病,以原注不便删,惟重复者去之。前后具仿此。②
>
> 卷十九《御史台榆槐竹柏四首·槐》题下注:[山公注]:《淮南子》:槐之生也,入季春,五日而兔目,十日而鼠耳,更旬而始规。榴案:山公又引《周礼》注:冬,取槐檀之火。殊属无谓,今已删。③

在以上三例中,冯注所谓的"太不伦"和"殊属无谓"是合理的,但第二例中冯注对"劣"字的批判则不甚恰当,此处的"劣"字,用法稍为特殊,可以说是炼字的范例,施注拈出,亦不为甚过。冯注当然也表现出学者应有的宽容之姿,其所谓的"随手引填"也确实是施注(包括一般性诗注工作)中的常见现象,但冯氏本身也存在这样的问题,比如:

> 卷七《甘露寺》"枝撑云峰裂"句下:榴案:鲍照诗:霁旦见云峰。④
>
> 卷九《法惠寺横翠阁》"不独凭栏人易老"句下:榴案:韩偓诗:紫泥封后独凭栏。⑤
>
> 卷二十八《杜介送鱼》"醉眼朦胧觅归路"句下:榴案:李峤诗:朦胧烟雾晓。⑥
>
> 卷二十八《轼以去岁春夏侍立迩英而秋冬之交子由相继入侍次韵绝句四首各述所怀》(其一)"细细槐花暖欲零"句下:榴案:杜子美诗:炉烟细细驻游丝。⑦
>
> 卷三十二《次韵钱穆父紫薇花二首》(其二)"坐觉天光照海涯"句下:榴案:

---

① 《苏轼诗集合注》,第760页。
② 《苏轼诗集合注》,第772页。
③ 《苏轼诗集合注》,第970页。
④ 《苏轼诗集合注》,第280页。
⑤ 《苏轼诗集合注》,第400页。
⑥ 《苏轼诗集合注》,第1395页。
⑦ 《苏轼诗集合注》,第1424页。

孟东野诗:大海亦有涯。①

在以上的五个例子中,"云峰""凭栏""朦胧""细细""海涯"应该都是常见之词,读者一览便了,无需注释的。按照冯氏批判前人的说法,即使算不上"无谓"之举,恐怕也难逃"随手引填"之责。其实对于常见字词,冯氏是有过专门关注的,冯注一般采取两种做法:一是"复者删"②;二是"省注"③。全书开端此类说明随处可见,但冯氏为何还有如此之举呢?一个重要原因可能就是不忍割爱。注释之辛劳,可以说是注家所能普遍体会到的④,因此敝帚自珍才是最合理的逻辑,于是冯氏在批驳前人时,自己也出现了同样的缺点。

冯注当然还有其他缺陷:有时注释过于繁冗,喧宾夺主,比如卷四《凤翔八观·诅楚文》的考释;有时在引用前注时有脱漏,比如卷二十四《章钱二君见和复次韵答之》(其二)"况有新诗点蜀酥"句下所引王注等,但这些缺陷是诗注中常见的问题,而且与冯注苏诗所体现出的学者态度相距较远,故不再讨论。

五、结语

就诗注的完成形式而言,有些诗注是开创性的;有些诗注是继承和发展性的;就论述学者态度而言,前者的材料自然没有后者的充分;就处理方式而言,有些注者会将前人已注的部分标识出来,而有些注者则没有完全标出,这当然也是可以理解的,因为常见之书,人人可得而用,也就没有必要标出,而且当时也没有这样的学术规范,人们不认为就是剽窃;就注者的个性而言,大多数注者在诗注中只涉及注释内容,不发表评论,而有些注者恰恰表现出了喜欢评论的个性,这一点在苏诗的注释中恰恰比较普遍和深入,这也是冯注苏诗得到重视的原因。

邵长蘅等人在整理苏诗旧注的时候,对王注多有批评,就已经显示其个性,而查注苏诗对前人的批评,则直接涉及学术规范问题(补注抹却此段,窃为己说,是何心哉),到了冯注苏诗时,这种态度更加鲜明,拥有更多的例证。冯氏对学术动态的关注,既有得天独厚的优势,也有其辛勤不倦的付出,这一点也通过其文字清晰地

---

① 《苏轼诗集合注》,第1626页。
② 如卷一《神女庙》"上有千仞山"句下,冯注:"'千仞'字习见,后诗惟存旧注,复者删。"(第39页)
③ 如卷九苏诗《寒食未明至湖上太守未来两县令先在》"水云先已扬双凫"句下,冯注引王昌龄诗"日暮蒹葭空水云",并加按语曰:"字习见,后诗省注。"(第416页)
④ 卷三十七《刘丑厮诗》"翁既死于寒,客亦易比韶"句下,冯注曰:"此等注真大谬,今以旧注存之。亦可见古本之舛讹,而旧注之踳驳也。"抱怨之状,苦恼之情,概可想见。(第1898页)

展示了出来。其文献溯源意识,虽然不是特别有吸引力,但冯氏对版本、文字的阐述也鲜明地体现了其一丝不苟的态度,直至今天,这一点仍然是值得我们学习和坚持的。

综上所述,文中所论及的学者态度是注家本身就应该具备的,在冯氏的实践中也多有体现,但由于著作体例和注家个性的不同,冯注苏诗在认真实践的同时,给了我们完整而密集的自我陈述,这种对学术规范的自觉总结和表述,在(清代)诗注中是非常少见的,应该给予表彰和重视。

《苏轼诗集合注》勘误

(上海古籍出版社2001年版)

1. 卷十八《赠钱道人》:"不量力所负,轻出千钓诺。"(第916页)

按,"钓"当作"钧"。

2. 卷十九《次韵答王巩》"吾诗自堪唱,相子棹歌声"句下引施注:《礼记》:春不相。(第930页)

按,"春"当作"舂"。

3. 卷二十一《吊李台卿》:"我老多遣忘,得君如再少。"(第1099页)

按,"遣"当作"遗"。

4. 卷二十四《蔡景繁官舍小阁》"素琴浊酒容一榻"句下引王注:《晋书》:稽康云:"今但欲守陋巷……"(第1227页)

按,"稽"当作"嵇"。

5. 卷二十四《赠梁道人》:"寒尽山中无历(歷)日。"(第1236页)

按,"歷"当作"曆"。

6. 卷三十《送曹辅赴闽漕》"边风裂儒冠"句下引施注:杜子美《义鹘行》:"飘萧觉素发,凛烈衡儒冠。"(第1505页)

按,"衡"当作"冲(衝)"。

7. 卷三十二《袁公济和刘景文登介亭诗复次韵答之》

A,"却思少年日,声价争场屋"句下引施注:《后汉书》:北海敬王睦性谦恭好上,声价益广。(第1618页)

按,"好上",《后汉书》原作"好士",当据改。

B,"独泣荆山玉"句下引施注:《韩诗外传》:……王怒,刖其右足。王没,复献文山,玉人又曰:"石也。"刖其左足。(第1618页)

按,"文山"当作"文王"。

8. 卷三十四《二鲜于君以诗文见寄作诗为谢》"遣出虚危间"句下:"榴案:子骏再任京东转运,《绩通鉴长编》载于元丰八年……"(第1754页)

按,"绩"当作"续"。

9. 卷三十五《双石》"汲井埋盆故自痴"句下引王注曰:韩退之诗:老翁真个似童儿,汲水埋盆作下池。(第1778页)

按,"下",韩诗作"小",当据改。

10. 卷四十三《追和戊寅岁上元》"石建方欣洗腧厕"句下引王注:《前汉·石奋传》:……身自澣酒。(第2191页)

按,"酒"当作"洒"。

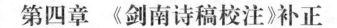

第四章 《剑南诗稿校注》补正

钱仲联先生的《剑南诗稿校注》对陆游诗歌中的人物地理、典故句法等都有详细的注释,可谓发挥无余韵矣。自出版以来,受到学界一致肯定,并被运用到学术研究中,虽然之后有学者不断对其进行补正,但钱氏在陆游诗歌阐释上的功劳是无可撼动的,本文也仅仅是补遗,希望对陆诗的理解起一点微薄的作用。全文按卷次排列,条目后的页码为上海古籍出版社 1985 年版《剑南诗稿校注》之页码,不当之处,恳请学界同仁批评指正。

《剑南诗稿校注》卷一至卷十

1. 卷一《题阎郎中溧水东皋园亭》"赞皇一夕平泉庄"。钱注引王鸣盛《蛾术编》卷七八《说集》四:"谓李德裕平泉,生平但止宿一夕也。"(第 6 页)

按,王鸣盛所释虽确,然并非此典本事。本事首见《唐语林》卷七:"李德裕自金陵追入朝,且欲大用,虑为人所先,且欲急行,至平泉别墅,一夕秉烛周游,不暇久留。"

2. 卷一《送王景文》:"张公遂如此,海内共悲辛。"钱注引《续资治通鉴》《宋史》等书,释张公(浚)生平事迹,"遂如此"三字未注。(第 76 页)

按,"遂如见",黄庭坚《谢公定和二范秋怀五首邀予同作》:"谢公遂如此,永袖绝弦手。"又,黄庭坚《奉答谢公静与荣子邕论狄元规孙少述诗长韵》:"谢公遂如此,宰木已三霜。"黄诗"遂如此"谓前辈去世,陆诗所用正与此同。

3. 卷一《送吕彦升参谋》:"遥怜霜晓朝衣冷,深愧江城睡足时。"钱注"睡足"引杜牧《忆齐安郡》:"半年睡足处,云梦泽南州。"(第 78 页)

按,"半年"当作"平生"。

4. 卷一《往在都下时与邹德章兵部同居百官宅无日不相从仆来佐豫章而德章

亦谪高安感事述怀作歌奉寄》:"两穷相遭世果有,我与邹子俱南征。"此句未有注。(第85页)

按,"两穷相遭",苏轼《岐亭五首》(其五):"枯松强钻膏,槁竹欲沥汁。两穷相值遇,相哀莫相湿。"陆诗常用此语,如《送邢刍甫入闽》:"两穷相值每相怜,闻子南游一怆然。"《老马》:"马固忘华厩,士亦安蓬荜。两穷适相遭,万事付一笑。"

5. 卷一《夜梦从数客雨中载酒出游山川城阙极雄丽云长安也因与客马上分韵作诗得游字》:"射雉侵星出,看花秉烛游。""射雉"句未有注。(第89页)

按,"侵星出"与"秉烛游"对偶成文,亦当有典。齐武帝好射雉,《南史》卷十一载:"(上)数幸琅琊城,宫人常从,早发至湖北埭,鸡始鸣,故呼为鸡鸣埭。"温庭筠《鸡鸣埭曲》:"南朝天子射雉时,银河耿耿星参差。"陆诗当用此。又,杨亿《南朝》:"繁星晓埭闻鸡度,细雨春场射雉归。"

6. 卷一《寄王嘉叟吏部》:"宿负烦公议,隆宽荷圣时。"又,"敢嗟贫到骨,饮水诵君诗。"(第106页)

按,"隆宽",谓隆盛宽厚之法,《汉书》卷七十七《盖诸葛刘郑孙毋将何传》曰:"方当隆宽广问,褒直尽下之时也。"又,"贫到骨",杜甫《又呈吴郎》:"已诉征求贫到骨。"此意陆诗屡用,如《炭尽地炉危坐至夜分戏作》:"直令贫到骨,未害气如虹。"《巴东令廨白云亭》:"正使官清贫至骨,未妨留客听潺潺。"

7. 卷二《闻雨》:"慷慨心犹壮,蹉跎鬓已秋。"(第126页)

按,"心犹壮",杜甫《江汉》曰:"落日心犹壮,秋风病欲苏。"又,陆诗屡用此三字,如《昼卧》"凌厉心犹壮",《夜赋》"支离自笑心犹壮",《遣怀》(其四)"看剑心犹壮"。

8. 卷二《休日有感》:"开轩催汛扫,脱帽共喧哗。"(第127页)

按,"汛扫",犹洒扫也。《诗经·大雅·抑》"洒扫庭内",毛苌注曰:"洒与汛同。"

9. 卷二《送张叔潜编修造朝》:"北窗铜碾破云腴,扪腹翛然一事无。"(第129页)

按,"一事无",杜甫《今夕行》:"咸阳客舍一事无。"

10. 卷二《宿枫桥》:"风月未须轻感慨,巴山此去尚千重。"(第137页)

按,"轻感慨",王安石《李璋下第》:"意气未宜轻感慨,文章尤忌数悲哀。"又陆诗《得韩无咎书寄使虏时宴东都驿中所作小阕》"有志未须深感慨"与此亦略同。

11. 卷二《晚泊》:"半世无归似转蓬,今年作梦到巴东。"(第138页)

按,"似转蓬",杜甫《客亭》:"多少残生事,飘零似转蓬。"

12. 卷二《江夏与章冠之遇别后寄赠》："壮岁光阴随手过,晚途衰病要人扶。"(第152页)

按,"随手过",白居易《自咏》:"百年随手过,万事转头空。"陆游喜用此三字,如"流年随手过""残暑不禁随手过"等。又,"要人扶",白居易《醉题候山亭》:"登山与临水,犹未要人扶。"陈师道《丞相温公挽词三首》(其二):"世方随日化,身已要人扶。"陆游亦喜用此三字,如《病起》:"老病即今那可说,出门十步要人扶。"《三月二十五夜达旦不能寐》(其二):"壮心空万里,老病要人扶。"《晚步湖堤归偶作》:"酒尽知难折简呼,出门仍苦要人扶。"《柳桥秋夜》:"正是吾庐秋好夜,上桥浑不要人扶。"陆游此处盖以白诗对举成句也。

13. 卷二《系舟下牢溪游三游洞二十八韵》:"怪怪与奇奇,万状不可名。"(第161页)

按,"怪怪与奇奇",韩愈《送穷文》:"不专一能,怪怪奇奇。"又,陆此诗亦效韩《南山》之作。

14. 卷二《晚晴书事呈同舍》:"许国渐疏悲壮志,读书多忘愧新功。"(第186页)

按,"读书新功"句,黄庭坚《次韵答邢惇夫》:"读书得新功,来雁寄一字。"此意陆诗屡用,如《冬夜戏书》(其三):"赊酒每惭添旧券,读书何计策新功?"《吕氏子夔郎求诗》:"行已勤勤须自省,读书亹亹要新功。"

15. 卷二《初夏怀故山》:"沉迷簿领吟哦少,淹泊蛮荒感慨多。"(第190页)

按,"沉迷簿领",刘桢《杂诗》:"沉迷簿领书,回回自昏乱。"陆诗屡用此句,如《夜思》"簿领沈迷无日了"、《凤兴》"犹胜簿领苦沈迷"、《深居》"作吏难堪簿领迷"等。

16. 卷二《定拆号日喜而有作》:"满案堆书惟引睡,侵天围棘不遮愁。"(第191页)

按,"堆书引睡"句,白居易《晚亭逐凉》:"趁凉行绕竹,引睡卧看书。"苏轼《次韵答邦直子由四首》(其一):"引睡文书信手翻。"《诗话总龟》卷三十一"效法门"引此二诗。又,此意陆诗屡用,如《书事寄良长老》:"数卷床头引睡书。"《道院杂兴》:"体倦尚凭书引睡。"《晚步舍北归》:"书为引睡媒。"《病疟两作而愈》:"引睡须书卷。"

17. 卷二《林亭书事》:"吏退林亭夏日长,乌纱白纻自生凉。"钱注"乌纱"句曰:"见卷一《丫头岩见周洪道以进士入都日题字》注。"(第197页)

按,检《丫头岩见周洪道以进士入都日题字》"乌巾白纻蹋京尘"所引柳宗元诗"春衫裁白纻,朝帽挂乌纱"及《宋史·舆服志》,知钱注所释者为"乌纱""白纻"之出处,于彼确为精当。然此处陆诗所引之典,实距苏诗为近。苏轼《病中游祖塔院》曰:"紫李黄瓜村路香,乌纱白葛道衣凉。"

18. 卷二《登城》:"簿领无时了,登临亦快哉。"(第201页)

按,此当是反用黄庭坚《登快阁》"痴儿了却公家事,快阁东西倚晚晴"之句。

19. 卷二《别王伯高》:"倾家酿酒犹嫌少,入海求诗未厌深。"钱注"未厌深"引曹操《短歌行》"海不厌深","入海求诗"未注。(第208页)

按,"入海求诗",见杜甫《西阁二首》(其二):"诗尽人间兴,兼须入海求。"

20. 卷三《邻山县道上作》:"鬓毛无色心犹壮,藉草悲歌对酒尊。"(第217页)

按,"藉草悲歌",杜甫《玉华宫》:"忧来藉草坐,浩歌泪盈把。"此与上文"心犹壮"皆取杜诗以成句也。

21. 卷四《深居》:"自怜甫里家风在,小摘残蔬绕废畦。"钱注曰:"陆龟蒙《村夜二首》云:'归来事耕稼。'此游所云'甫里家风'也。"而"小摘"句未有注。(第330页)

按,陆龟蒙《袭美以巨鱼之半见分因以酬谢》曰:"今朝最是家童喜,免泥荒畦掇野蔬。""荒畦掇野蔬"与陆游"小摘残蔬绕废畦"(废畦摘残蔬)事同语亦近,"甫里家风"与此处寻解或更贴切。

22. 卷四《重九会饮万景楼》:"落日楼台频徙倚,西风鼓笛倍凄悲。"此句未注。(第341页)

按,杜牧《题宣州开元寺水阁阁下宛溪夹溪居人》:"深秋帘幕千家雨,落日楼台一笛风。"陆诗所言"落日楼台""鼓笛"当用此。

23. 卷四《久客书怀》:"行役饱看山,沉绵剩得闲。"此句未注。(第341页)

按,"饱看山",黄庭坚《次韵子瞻题郭熙画秋山》:"黄州逐客未赐还,江南江北饱看山。""剩得闲"一语,惠洪《石门文字禅》屡见,如《和答素首座》"勘破诸方剩得闲",《快亭》"剩得清闲可奈何",《至邵州示胡强仲三首》(其一)"老境优游剩得闲"等。陆诗亦多受江西诗派影响,多以典故(语典)而对,"饱看山"既有出处,"剩得闲"亦当如此。

24. 卷四《下元日五更诣天庆观宝林寺》:"鸣驺应有高人笑,五斗驱君早夜忙。"前句"鸣驺"未有注。(第364页)

按,"鸣驺"因与"五斗"相对,故当以典释之。孔稚珪《北山移文》:"及其鸣驺入谷,鹤书赴陇。"李善注引如淳曰:"驺马以给驺,使乘之。"其意与五斗米同,陆诗正用此《北山移文》以自嘲也。

25. 卷四《夜行至平羌憩大悲院》:"今夕复何夕,此境忽在目。"此句未有注。

(第374页)

按,"今夕复何夕",此杜甫《赠卫八处士》成句。陆诗多用此语,如《中夜对月小酌客愁》:"今夕复何夕,素月流清辉。"《十一月十一日夜闻雨声》:"今夕复何夕,急雨鸣屋瓦。"又,"今夕何夕"见《诗经·唐风·绸缪》。"今夕何夕兮"见刘向《说苑》。

26. 卷四《蜀酒歌》:"眉州玻瓈天马驹,出门已无万里涂。""出门"句未有注。(第376页)

按,黄庭坚《与王周彦书》(其二)曰:"辱手书勤恳并寄诗文,意气骎骎翼翼,出门已无万里。"陆诗当用此。

27. 卷四《醉后草书歌诗戏作》:"往时草檄喻西域,飒飒声动中书堂。"此句未有注。(第377页)

按,杜诗《莫相疑行》曰:"集贤学士如堵墙,观我落笔中书堂。往时文采动人主,今日饥寒趋路旁。"杜甫晚年流寓西蜀,遭群儿相轻,诗曰"晚将末契托少年,当面输心背面笑",可谓心酸极矣,故引当年盛举以相告诫也。陆游寓蜀诗亦有"饱见少年轻宿士,可怜随处强追欢"(《晚登望云》)之句,晚年落魄之状,与杜何其相似!自注"余尝草丞相鲁公以下与夏国主书于政事堂",往事真呼之欲出矣。

28. 卷四《十二月十一日视筑堤》:"今年乐哉适岁丰,吏不相倚勇赴功。"此句未有注。(第387页)

按,"吏相倚",《晋书》卷三十九《荀勖传》曰:"尚书郎、太史令不亲文书,乃委付书令史及幹,诚吏多则相倚也。"又,《东坡书传》:"吏不敢任事,相倚以苟免。"陆诗当用此。

29. 卷五《同何元立赏荷花追怀镜湖旧游》:"不须更踏花底藕,但嗅花香已无酒。"此句未有注。(第417页)

按,"踏藕",谓以脚采摘莲藕。杜甫《陪郑公秋晚北池临眺》:"采菱寒刺上,踏藕野泥中。"又,白居易《和微之春日投简阳明洞天五十韵》:"暖蹋泥中藕,香寻石上蒲。"陆诗当用此。

30. 卷五《离成都后却寄公寿子友德称》:"吾道将为天下裂,此心难与俗人言。"钱注"吾道"句引《庄子》,甚是。然"此心"句无注。(第434页)

按,司马迁《报任安书》:"此可为智者道,难为俗人言也。"上下各使一典,此亦江西派句法,陆诗多见。

31. 卷五《听琴》:"哀思不怨和而庄,有齐淑女礼自防。"此句未有注。(第440页)

按,"有齐淑女",《诗经·召南·采蘋》:"谁其尸之,有齐季女。"陆诗当用此。

"哀思不怨"或取句于"哀而不伤",皆以《诗经》为对也。

32. 卷五《醉书》:"似闲有俸钱,似仕无簿书,似长免事任,似属非走趋。"此句未有注。(第441页)

按,黄庭坚《写真自赞五首》(其五):"似僧有发,似俗无尘。"陆诗句法或仿此。

33. 卷五《九月三日同吕周辅教授游大邑诸山》:"大邑知名杜叟诗,山中仍值菊花时。"钱注引《太平寰宇记》释"大邑"之沿革,甚是。然"知名杜叟诗"无注。(第456页)

按,陆诗谓大邑曾见知于杜甫之诗。杜诗《又于韦处乞大邑瓷碗》曰:"大邑烧瓷轻且坚,扣如哀玉锦城传。"大邑县盖以烧瓷闻名,故杜诗言之。陆诗当用此。

34. 卷六《自上清延庆归过丈人观少留》:"空山霜叶无行迹,半岭天风有啸声。"此句未有注。(第484页)

按,"半岭啸声"乃阮籍事。《世说新语·栖逸》载:阮步兵善啸,声闻数百步,后拜访苏门山真人,彼终不应。"籍因对之长啸,良久乃笑曰:'可更作。'籍复啸,意尽,退,还半岭许,闻上啾然有声,如数部鼓吹,林谷传响。顾看,乃向人啸也。"《晋书·阮籍传》亦载此事。陆诗用其语而不用其意,彼言真人之啸,此言天风之啸耳。

35. 卷六《弥牟镇驿舍小酌》:"自许白云终醉死,不论黄纸有除书。"钱注后句引《旧唐书》卷五《高宗纪》释"黄纸"一词,然于此诗尚有余地,且前句未有注。(第521页)

按,"白云醉死",《旧唐书》卷七十九《傅奕传》曰:"因自为《墓志》曰:'傅奕,青山白云人也,因酒醉死,呜呼哀哉!'"陆诗《饮酒》"狂歌起舞君勿嘲,青山白云终醉死"亦同此。又,"黄纸除书",屡见白居易之诗,如《刘十九同宿》:"红旗破贼非吾事,黄纸除书无我名。"《别草堂三绝句》(其一):"正听山鸟向阳眠,黄纸除书落枕前。"《留题天竺灵隐两寺》:"黄纸除书到,青宫诏命催。"《早饮醉中除河南尹敕到》:"绿醅新酎尝初醉,黄纸除书到不知。"陆诗喜掇白句,且所对仗之语典皆出于唐朝。

36. 卷七《晚兴》:"千卷蠹书忘岁月。"此句未有注。(第582页)

按,王安石《宝应二三进士见送乞诗》曰:"静忘岁月赖群书。"陆诗当用此。

37. 卷七《夏夜大醉醒后有感》:"那知一旦事大缪,骑驴剑阁霜毛新。"此句未有注。(第582页)

按,"事大缪",《汉书》卷六十二所载司马迁《报任安书》曰:"而事乃有大谬不然者。""缪"有"谬"之意,此或为陆诗之通假。陆诗当用此。又,陆诗喜用此三字。如《作雪未成自湖中归寒甚饮酒作短歌》:"宁知事大缪,白首犹寂寂。"《自勉》:"那知事大谬,齿发将秃豁。"《书感》:"宁知事大谬,憔悴理征橐。"《杂兴十首以贫坚志士节病长高人情为韵》(其四):"宁知事大谬,亲友化虎兕。"

38. 卷七《野外剧饮示坐中》:"但恨见疑非节侠,岂忘小忍就功名。"钱注上句引《史记》卷八六《刺客列传》:"夫为行而使人疑之,非节侠也。"甚是,而下句未有注。(第597页)

按,"小忍就功名",《史记》卷六十六《伍子胥列传》曰:"故隐忍就功名,非烈丈夫孰能致此哉?"陆诗皆以《史记》为对也。

39. 卷八《城东马上作》:"手柔弓燥猎徒喜,耳热酒酣诗兴生。"又:"莺如相识向人鸣。"钱注"耳热"引杨恽事甚确,其余未注。(第635页)

按,"手柔弓燥",《文选》鲍照《拟古三首》(其一)李善注引曹丕《典论》曰:"弓燥手柔,草浅兽肥。"又,苏轼《书刘君射堂》曰:"弓燥手柔春风后。"陆诗上下句皆用典,当是用此。"莺如相识向人鸣",戎昱《移家别湖上亭》曰:"黄莺久住浑相识,欲别频啼四五声。"

40. 卷八《和范舍人病后二诗末章兼呈张正字》:"请看蛟龙得云雨,岂比燕雀驯阶除。"钱注后句引杜诗"得食阶除鸟雀驯",甚确。然前句未有注。(第641页)

按,"蛟龙得云雨"乃杜诗成句,见《奉赠严八阁老》:"蛟龙得云雨,雕鹗在秋天。"陆游此联皆以杜诗为对也。

41. 卷八《小憩长生观饭已遂行》:"道士青精饭,先生乌角巾。"钱注后句"乌角巾"引杜诗"锦里先生乌角巾"甚确,然前句"青精饭"未有注。(第648页)

按,"青精饭",见杜甫《赠李白》:"岂无青精饭,使我颜色好。"陆游此联亦皆以杜诗为对也。

42. 卷八《秋日登仙游阁》:"白云如有情,傍我栏角住。"此句未有注。(第663页)

按,李白《寻阳紫极宫感秋作》:"白云南山来,就我檐下宿。"陆诗句意与此皆为相似。又,陆游《北窗哦诗因赋》:"白云只在檐间宿。"

43. 卷八《感秋》:"万事从初聊复尔,百年强半欲何之。"此句未有注。(第673页)

按,"聊复尔",《世说新语·任诞》:"(阮咸)曰:'未能免俗,聊复尔耳。'""欲何之",陶渊明《归去来兮辞》:"胡为乎遑遑欲何之?"

44. 卷八《丰桥旅舍作》:"群儿何足愠,为尔常悄悄。"此句未有注。(第678页)

按,此两句语出《诗经·邶风·柏舟》:"忧心悄悄,愠于群小。"

45. 卷八《次韵使君吏部见赠时欲游鹤山以雨止》:"午瓯谁致叶家白,春瓮旋

拨郎官清。"钱注曰:"叶家白,当是茶叶名。郎官清,当是酒名。"(第683页)

按,钱注推论甚确,然未详尽。"叶家白",梅尧臣《次韵和永叔尝新茶杂言》:"东溪北苑供御余,王家叶家长白芽。"苏轼《岐亭五首》(其三):"仍须烦素手,自点叶家白。"《寄周安孺茶》:"自云叶家白,颇胜中山醲。""郎官清",黄庭坚《病来十日不举酒》(其二):"承君折送袁家紫,令我兴发郎官清。"任渊注:"袁家紫,当是牡丹名;郎官清,当是酒名。《国史补》云:'酒则京城之郎官清。'"《次韵答杨子闻见赠》"玉壶浇泼郎官清",史容注所引同。陆诗句、意并由黄诗而来。

46. 卷八《东郊饮村酒大醉后作》:"未敢羞空囊,烂熳诗千首。"钱注"羞空囊"引杜甫《空囊》:"囊空恐羞涩。"(第695页)

按,钱注文字虽与陆诗较近,然陆诗用其语而不用其意也。陆诗"囊"字当与李贺"古锦囊"之典更近,谓吾诗千首,囊中不羞矣。陆游《马上》:"堪笑年来向诗懒,还家古锦只空囊。"又,《舍北行饭》:"归来笑补空囊课,寒日谁知亦自长。"空囊课,即诗课也。《秋兴》(其一):"残年我亦悲摇落,薄暮空囊又有诗。"《宿近村》:"邯郸倦枕晨炊熟,昌谷空囊晚醉归。"与此甚为相切。

47. 卷九《饭罢戏作》:"蒸鸡最知名,美不数鱼蟹。"此句未有注。(第701页)

按,"美不数鱼蟹",梅尧臣《范饶州坐中客语食河豚鱼》:"河豚当是时,贵不数鱼虾。"陆诗当用此。

48. 卷九《华发》:"人生只似驹过隙,世事莫惊雷破山。"钱注"驹过隙"引《庄子》,甚确。然后句"雷破山"无注。(第733页)

按,"雷破山",《庄子·齐物论》曰:"疾雷破山,[飘]风振海,而不能惊。"陆诗上下句盖皆以《庄子》为对也。

《剑南诗稿校注》卷十一至卷二十

1. 卷十一《园中杂书》:"剩欲杖藜寻昨梦,更添红绽绿阴中。"此句未有注。(第855页)

按,"杖藜寻昨梦",杜甫《晚》:"杖藜寻晚巷。""红绽绿阴中",杜甫《陪郑广文游何将军山林十首》(其五):"绿垂风折笋,红绽雨肥梅。"陆游或皆以杜诗为对也。

2. 卷十一《步过县南长桥游南山普宁院山高处有塔院及小亭缥缈可爱恨不能到》:"野寺长桥发兴新。"此句未有注。(第920页)

按,"发兴新",杜甫《题郑县亭子》:"户牖凭高发兴新。"又,此三句陆诗多见,如《湖村月夕》(其四)"鹤氅筇枝发兴新",《春晴泛舟》"湖海春回发兴新",《过邻家》

"筇枝发兴新",《新晴泛舟至近村偶得双鳜而归》"刹曲稽山发兴新",《冬初出游》(其二)"十里山村发兴新"等。

3. 卷十二《思归》:"那因五斗米,常作半涂人。""半涂人"未有注。(第953页)

按,"半涂人",《中庸》:"君子遵道而行,半涂而废。"陆诗当用此。

4. 卷十二《水亭》:"谁知簿书里,也复得吾生。"此句未有注。(第958页)

按,"也复得吾生",陶渊明《饮酒二十首》(其七):"啸傲东轩下,聊复得此生。"陆诗当用此。又,陆游《雨晴》:"亦知老健终难恃,且复萧然得此生。"

5. 卷十二《数日诉牒苦多惫甚戏作》:"空斋鼠迹留几尘。"此句未有注。(第968页)

按,《世说新语·德行》:"晋简文为抚军时,所坐床上尘不听拂,见鼠行迹,视以为佳。"陆诗当用此。

6. 卷十二《与黎道士小饮偶言及曾文清公慨然有感》:"君诗始惬病僧意,吾道难为俗人言。"此句未有注。(第969页)

按,"难为俗人言",《汉书·司马迁传》载其《报任安书》曰:"事未易一二为俗人言也。"陆诗当用此。

7. 卷十二《夏日》:"真成爱长日,未用忆新秋。"此句未有注。(第976页)

按,"真成爱长日",《唐诗纪事》卷四十《柳公权》条:"文宗夏日与诸学士联句,曰:'人皆苦炎热,我爱夏日长。'"陆诗题为"夏日",当用此。

8. 卷十三《赠西山老人》:"勤苦供租税,清贫遗子孙。"此句未有注。(第1016页)

按,"勤苦供租税",《史记》卷十《文帝本纪》:"今勤身从事而有租税之赋。""清贫遗子孙",《后汉书》卷五十四《杨震传》:"(震)曰:'使后世称为清白吏子孙,以此遗之,不亦厚乎?'"上下句皆汉代故事,陆诗当用此。

9. 卷十三《冬煖颇有春意追忆成都昔游怅然有作》:"刻烛赋诗空入梦,倾家酿酒不供愁。"钱注"倾家酿酒"引《老学庵笔记》所载晋人何次道事,甚确,然"刻烛赋诗"未有注。(第1075页)

按,刻烛赋诗,《南史》卷二十二《王泰传》曰:"每预朝宴,刻烛赋诗,文不加点,帝深赏叹。"陆诗当用此。

10. 卷十四《雪后出游戏作》:"典琴沽酒元非俗,著屐观碑又一奇。"此句未有注。(第1111页)

按,"典琴沽酒",张乔《赠友人》:"典琴赊酒吟过寺,送客思乡上灞陵。""著屐观碑",刘禹锡《送景玄师东归》:"滩头蹑屐挑沙菜,路上停舟读古碑。"二者皆唐诗,陆诗当用此。

11. 卷十四《夜从父老饮酒村店作》："床头金尽何足道,肝胆轮囷横九区。"钱注"肝胆轮囷"引韩愈《赠别元十八协律》"肝胆还轮囷",甚确。然"床头金尽"未有注。(第1116页)

按,"床头金尽",见张籍《行路难》:"君不见床头黄金尽,壮士无颜色。"二者皆唐诗,陆诗当用此。

12. 卷十四《久雨小饮》:"未除豪气每自笑,欲吐狂言无与同。"此句未有注。(第1125页)

按,"未除豪气",用陈元龙之事,陆诗多见;"欲吐狂言",苏轼《次韵答邦直子由五首》(其一):"欲吐狂言喙三尺,怕君嗔我却须吞。"

13. 卷十四《有怀独孤景略》:"喑呜意气千人废,娴雅风流一座倾。"钱注"千人废"引《史记·淮阴侯列传》甚确,然"一座倾"未有注。(第1126页)

按,"一座倾",《史记·司马相如列传》:"相如不得已,强往,一坐尽倾。"二语皆出《史记》,陆诗当用此。

14. 卷十四《醉歌》:"道边狐兔何曾问,驰过西村寻虎迹。"此句未有注。(第1134页)

按,"道边"句,《后汉书·张纲传》:"豺狼当道,安问狐狸。"又,此事陆诗屡用,如《晓出遇猎徒有作》:"狐兔草间何足问,合留长箭射天狼。"又,《悲歌行》:"项羽帐中撞玉斗,张纲本不问狐狸。"

15. 卷十四《草书歌》:"今朝醉眼烂岩电,提笔四顾天地窄。"钱注"烂岩电"引《世说新语》,甚确;然"提笔四顾"无注。(第1135页)

按,"提笔四顾",《庄子·养生主》:"提刀而立,为之四顾,为之踌躇满志。"陆诗辞、意与此相仿,当用此。

16. 卷十四《野饮夜归戏作》:"灞亭老将归常夜,无奈人间儿女曹。"钱注"灞亭"句引《史记·李将军列传》,甚确;然"儿女曹"无注。(第1136页)

按,"儿女曹",《汉书·灌夫传》曰:"今日长者为寿,乃效女曹儿呫嗫耳语。"颜师古注曰:"女曹儿,犹言儿女辈也。"曹者,辈也,且在韵脚,故陆诗倒文如此。又,陆诗上下句皆用同朝代(汉代)故事,此又一例。

17. 卷十四《短歌行》:"正令插翻上青云,不如得钱即沽酒。"此句未有注。(第1146页)

按,"得钱即沽酒",杜甫《醉时歌》:"得钱即相觅,沽酒不复疑。"陆诗当用此。

18. 卷十五《读袁公路传》:"成败相寻岂有常,英雄最忌数悲伤。"此句未有注。

(第1174页)

按,"最忌数悲伤",王安石《李璋下第》:"意气未宜轻感慨,文章尤忌数悲哀。"陆诗当用此。又,上文所论陆诗卷二《宿枫桥》"风月未须轻感慨"句,亦当出于王诗《李璋下第》。

19. 卷十五《夜步庭下有感》:"星辰北拱疏还密,河汉西流纵复横。"此句未有注。(第1178页)

按,杜甫《同诸公登慈恩寺塔》:"七星在北户,河汉声西流。"陆诗句、意皆与此相仿。

20. 卷十五《夜坐油尽戏作》:"区区纸上太痴计,一笑开门看月明。"此句未有注。(第1215页)

按,黄庭坚《王充道送水仙花五十枝欣然会心为之作咏》:"坐对真成被花恼,出门一笑大江横。"陆诗此处句、意并效山谷。

21. 卷十六《有感》:"怖惧几成床下伏,艰难何啻剑头炊!"钱注"床下伏"引王定保《唐摭言》所载孟浩然"遽匿床下"一事。(第1234页)

按,陆诗所用实《后汉书》卷二十四所载马援事,马援执政宽厚有恩信,吏有错判私人复仇为烧羌入寇者,马援戏之曰:"良怖急者,可床下伏。"与钱注所引孟浩然事相较,匹配程度更高,陆诗当用此。又,陆诗《风云昼晦夜遂大雪》:"儿怖床下伏",亦是用此语典。

22. 卷十六《六言》(其一):"功名正恐不免,富贵酷非所须。"此句未有注。(第1241页)

按,"正恐不免",《世说新语·排调》:"(谢安)乃捉鼻曰:'正恐不免耳。'""酷非所须",《世说新语·排调》:"且小如意,亦好豫人家事,酷非所须。"陆诗所用皆《世说新语》之语典。

23. 卷十六《独夜》"火熟铜瓶风雨声",此句未有注。(第1244页)

按,苏轼《夜过舒尧文戏作》"得火铜瓶如过雨",陆诗当用此。

24. 卷十六《幽事》"桐凋无复吟风叶",此句未有注。(第1297页)

按,"吟风叶",杜甫《堂成》:"桤林碍日吟风叶",陆诗当用此。

25. 卷十七《别梅》:"正喜巡檐来索笑,已悲临水送将归。"钱注"送将归"句引宋玉《九辨》,甚是,而上句无注。(第1307页)

按,"巡檐索笑",杜甫《舍弟观赴蓝田取妻子到江陵喜寄三首》(其二):"巡檐索共梅花笑,冷蕊疏枝半不禁。"陆诗当用此。

26. 卷十七《秋日泛镜中憩千秋观》:"冉冉年光行老矣,茫茫世路欲何之?"此

句未有注。(第1318页)

按,"行老矣",苏轼《书普慈长老壁》:"倦客再游行老矣。"陆诗截此三字,与下句用陶渊明"胡为乎遑遑欲何之"相同。

27. 卷十七《丰年行》:"拨醅白酒唤邻曲,啄黍黄鸡初束缚。"此句未有注。(第1320页)

按,李白《南陵别儿童入京》:"白酒初熟山中归,黄鸡啄黍秋正肥。"句意与此相似。陆诗《秋来益觉顽健时一出游意中甚适杂赋五字》(其三):"啄黍黄鸡嫩。"亦当用此。

28. 卷十七《病中久废游览怅然有感》:"不恨杯觞无藉在,但悲山水旷周旋。"此句未有注。(第1330页)

按,"无藉在",白居易《洛城东花下作》:"白头无藉在,醉倒亦何妨。""旷周旋",谢灵运《登江中孤屿》:"江南倦历览,江北旷周旋。"

29. 卷十七《题徐渊子环碧亭亭有茶山曾先生诗》:"旋补罅漏支倾斜。"此句未有注。(第1331页)

按,"补罅漏",韩愈《进学解》:"补苴罅漏。"

30. 卷十七《小舟过御园》:"金铺雨后上莓苔。"此句未有注。(第1353页)

按,杜牧《过勤政楼》:"唯有紫苔偏称意,年年因雨上金铺。"陆诗或用此。

31. 卷十八《新秋》:"问囚损气嗟谁念? 学道刳心恐已迟。"钱注"刳心"引《庄子》"君子不可以不刳心焉",甚是,然尚有余意待发。(第1392页)

按,"学道刳心",陈与义《元日》:"学道刳心却自违。"与上句"问囚损气"截取苏诗之成语同,此亦陆诗惯用之句法。

32. 卷十八《秋怀》:"少时本愿守坟墓,读书射猎毕此生。"此句未有注。(第1396页)

按,"守坟墓",《后汉书·马援传》:"(马少游)曰:'士生一世,但取衣食裁足……守坟墓,乡里称善人,斯可矣。'"

33. 卷十八《比得朋旧书多索近诗戏作长句》:"庭下讼诉如堵墙,案上文书海茫茫。酒酸胾冷不得尝,椎床大叫欲发狂。"(第1423页)

按,"大叫欲发狂",杜甫《早秋苦热堆案相仍》:"束带发狂欲大叫,簿书何急来相仍。"杜甫叹文书之多也,陆游亦复如是(案上文书海茫茫)。

34. 卷十九《晓出南山》:"亡羊未恨补牢晚,搏虎深知攘臂非。"钱注"搏虎"句引《论语》曰:"暴虎冯河,死而无悔者,吾不与也。"(第1453页)

按,钱注虽与搏虎有关,然"搏虎""攘臂"无出,《孟子·尽心下》:"晋人有冯妇者善搏虎……冯妇攘臂下车,众皆悦之。"陆诗当用此。

35. 卷十九《雨中独酌》:"微波生酒绿,短焰拥炉红。"此句未有注。(第1500页)

按,杜甫《对雪》:"瓢弃樽无绿,炉存火似红。"陆诗句、意与此相仿,当用此。

36. 卷十九《估客乐》:"齿摇发脱竟莫顾,诗书满腹身萧然。"此句未有注。(第1504页)

按,"齿摇发脱",苏轼《春菜》:"明年投劾竟归去,齿摇发脱竟莫顾。""诗书满腹",赵壹诗:"诗书虽满腹,不如一囊钱。"

37. 卷十九《感寓》:"豆羹箪食辄动色,攘窃乃至忘君亲。"此句未有注。(第1512页)

按,"豆羹"句,《孟子·尽心下》:"孟子曰:'好名之人,能让千乘之国;苟非其人,箪食豆羹见于色。'""攘窃",《尚书·微子》:"今殷民乃攘窃神祇之牺牷牲用,以容将食,无灾。"

《剑南诗稿校注》卷二十一至卷三十

1. 卷二十一《小院》:"世事熟看无一可。"此句未有注。(第1624页)

按,"无一可",《汉书》卷五十七《司马相如列传》:"二者无一可而先生行之。"陆诗当用此。

2. 卷二十二《自嘲解嘲》:"穹穹与厚厚,能识我非狂。"钱注"穹穹句"曰:"查慎行《得树楼杂钞》卷一五:'盖谓天地也。未详所出。'"(第1641页)

按,"穹穹与厚厚",李翱《故处士侯君墓志》:"穹穹与厚厚兮,乌愤予而不摅。"陆诗当用此。

3. 卷二十二《东关》(其二):"卧听萧萧雨打篷。"此句未有注。(第1667页)

按,苏轼《书双竹湛师房二首》(其二):"卧听萧萧雨打窗。"陆诗当用此。

4. 卷二十三《秋思》(其一):"年少若为评宿士?狂生曾是说高皇。"钱注"狂生"句引《史记·郦生传》,甚是,而"年少"句无注。(第1690页)

按,"年少评宿士",《世说新语·方正》:"深公谓曰:'黄吻年少,勿为评论宿士。'"陆诗当用此。

5. 卷二十三《秋思》(其二):"烂醉日倾无算酒,高眠时听属私蛙。"钱注"私蛙"引《水经注》等,甚是,而"无算酒"无注。(第1690页)

按,《仪礼·乡饮酒礼》:"无算爵。"郑玄注曰:"算,数也。宾主燕饮,爵行无数,醉而止也。"又,陆诗《幽居》:"气衰那办饮无算,病着更知生有涯。"《白首》:"萧散且为无算饮,猖狂未免不平鸣。"句法皆上下有典。

6. 卷二十五《赠镜中隐者》:"来游喜有楫迎我,归卧岂无云赠君?"钱注"云赠君"引陶弘景"岭上多白云……不堪持赠君"云云,甚确。然"楫迎我"无注。(第1811页)

按,"楫迎",《艺文类聚》卷四十三载王献之《桃叶歌》曰:"但渡无所苦,我自楫迎汝。"又,陆诗《重寄子通》"衰病无因楫迎汝",亦与此同,盖用其语而不用其事也。

7. 卷二十五《今年立冬后菊方盛开小饮》:"野实似丹仍似漆。"此句未有注。(第1817页)

按,"丹漆",杜甫《北征》:"山果多琐细,罗生杂橡栗。或红如丹砂,或黑如点漆。"陆诗或用此。

8. 卷二十五《行饭暮归》:"衔衣喜犬迎。"此句未有注。(第1817页)

按,杜甫《草堂》:"旧犬喜我归,低徊入衣裾。"陆诗或取意于此。

9. 卷二十六《夜大雪歌》:"异哉冰砚已生冰,信矣重衾如泼水。"此句未有注。(第1850页)

按,"重衾如泼水",苏轼《雪后书北台壁二首》(其一):"但觉衾裯如泼水,不知庭院已堆盐。"陆诗当用此。

10. 卷二十八《寄天封明老》:"胜游回首似昨日,衰病侵人成老翁。"此句未有注。(第1953页)

按,"似昨日",杜甫《早行》:"孤舟似昨日,闻见同一声。""成老翁",曹丕《与吴质书》:"已成老翁,但未白头耳。"陆诗或用此。

11. 卷二十八《溪上作》(其二):"天下可忧非一事,书生无地效孤忠。"此句未有注。(第1964页)

按,"可忧非一事",柳宗元《岭南江行》:"从此忧来非一事,岂容华发待流年。"陆诗当用此。

12. 卷二十九《望夫石》:"形容虽变心犹存。"此句未有注。(第1977页)

按,苏轼《子由将赴南都与余会宿於逍遥堂作两绝句……》:"犹胜相逢不相识,形容变尽语音存。"陆诗当用此。

13. 卷二十九《甲寅元日予七十矣酒间作短歌示子侄辈》:"出门无一欣,抚事有三叹。"此句未有注。(第1984页)

按,"无一欣",陶渊明《示周续之祖企谢景夷三郎》:"负疴颓檐下,终日无一欣。""抚事三叹",傅亮《为宋公修张良庙教》:"微管之叹,抚事弥深……抚事怀人,永叹寔深。"陆诗当用此。

14. 卷二十九《闲趣》:"将行亦莫买春草,幸有一筇相伴闲。"此句未有注。(第1990页)

按,"买春草",刘禹锡《寄赠小樊》:"终须买取名春草,处处将行步步随。"陆诗当用此。

15. 卷二十九《正月二十日晨起弄笔》:"物华撩我缘何事?似恐新年渐废诗。"此句未有注。(第1990页)

按,王安石《南浦》:"物华撩我有新诗。"陆诗当用此。

16. 卷三十《明妃曲》:"借问春从何处归?"此句未有注。(第2028页)

按,晏几道《生查子》:"春从何处归,试向溪边问。"陆诗当用此。

《剑南诗稿校注》卷三十一至卷四十

1. 卷三十一《山园杂咏》(五):"春光何止二分空。"此句未有注。(第2124页)

按,苏轼《与欧育等六人饮酒》曰:"忽惊春色二分空。"陆诗当用此。

2. 卷三十三《病后往来湖山间戏书》:"扪萝峭壁上采药,腰斧长歌行负薪。"此句未有注。(第2187页)

按,"长歌行负薪",《汉书》卷六十四上《朱买臣传》:"买臣独行歌道中,负薪墓间。"陆诗当用此。

3. 卷三十三《读易》(其一):"净扫东窗读《周易》,笑人投老欲依僧。"钱注曰:"'投老'见卷二《沧滩》注。"(第2196页)

按,检卷二《沧滩》"投老方知行路难"之句,钱注引《后汉书》卷七六《仇览传》:"苦身投老。"与此诗所指并非一事。《中山诗话》载:"王丞相嗜谐谑,一日论沙门道,因曰:'投老欲依僧。'客遽对曰"云云。陆诗当用此。

4. 卷三十三《雨中熟睡至夕》(其一):"我今不睡欲何为,常恐儿曹落吾事。"此句未有注。(第2216页)

按,"落吾事",《庄子·天地》:"子阖行邪,无落吾事。"陆诗当用此。

5. 卷三十五《浮生》:"浮生真是寄邮亭。"此句未有注。(第2272页)

按,"寄邮亭",杜牧《重题绝句一首》曰:"邮亭寄人世,人世寄邮亭。"陆诗当用此。

6. 卷三十五《盆池》:"傍有一拳石,又生肤寸云。"钱注"肤寸云"引《公羊传》,甚是,而"一拳石"未有注。(第2300页)

按,"一拳石",《礼记·中庸》:"今夫山,一拳石之多,及其广大,草木生之,禽兽居之。"陆诗当用此。

7. 卷三十五《蹭蹬》:"黑帜游魂应有数,白衣效命永无期。"钱注谓"黑帜"为金人,甚确。注"白衣"引《史记》卷一二一《儒林传》曰:"而公孙弘以《春秋》,白衣为天子三公。"(第2301页)

按,"白衣效命",《太平广记》卷一百七十"张九龄"条载:"玄宗惜其(安禄山)勇,令白衣效命。"谓剥夺安禄山之官职,使其以白衣身份效忠朝廷也。陆诗此句用其语而不用其事,正江西派之手法也。

8. 卷三十六《幽居》:"蔽床欣卜宅,容驷笑高闾。"钱注"容驷"引《汉书·于定国传》甚是,而"蔽床"无注。(第2323页)

按,陶渊明《移居二首》(其一)曰:"弊庐何必广,取足蔽床席。"陆诗上下皆用典,"卜宅"即陶诗题目"移居"之意。

9. 卷三十六《题庵壁》(其二):"身存但倚贫非病,齿落方惭豁可憎。"钱注"贫非病"引《庄子·让王》所载原宪事,甚确,而下句无注。(第2332页)

按,韩愈《送侯参谋赴河中幕》曰:"我齿豁可鄙,君颜老可憎。"陆诗当用此。

10. 卷三十六《信笔》(其二):"偶然遇野人,笑语欲忘还。"此句未有注。(第2341页)

按,王维《终南别业》曰:"偶然值林叟,谈笑无还期。"陆诗句、意本此。

11. 卷三十六《幽居》:"徐行不愧衣露肘,安卧何妨席见经。"钱注"席见经"引《太平御览》卷七〇九所引《盐铁论》:"古者庶人蒲席以草经。"席见经,席敝之状。卷五五《秋晓》:"菅席多年败见经。"(第2346页)

按,钱注无误,然此处当是以语典对偶。"衣露肘",杜甫《述怀》:"衣袖露两肘。""席见经",苏轼《次韵答刘泾》:"败席辗转卧见经。"

12. 卷三十七《秋日独酌》:"吾当识其大,微物不足托。"此句未有注。(第2399页)

按,"识其大",《论语·子张》曰:"文武之道,未坠于地,在人,贤者识其大者,不贤者识其小者。"陆诗当用此。

13. 卷三十八《龟堂独酌》:"时看墙底卧长瓶。"此句未有注。(第2439页)

按,欧阳修《会饮圣俞家有作兼呈原父景仁圣从》:"不觉长瓶卧墙曲。"又,张籍《赠姚合少府》:"酒尽卧空瓶。"陆诗当用此。

14. 卷三十八《梅花》(其二):"饮酒得仙陶令达,爱花欲死杜陵狂。"钱注"爱花"句引杜诗,甚确,而上句无注。(第2463页)

按,"饮酒得仙",陶渊明《连雨独饮》:"故老赠余酒,乃言饮得仙。"陆诗当用此。

15. 卷三十八《简邻里》:"有兴行歌便终日,逢人那识我为谁。"此句未有注。(第2474页)

按,"我为谁",韩愈《归彭城》:"遇酒即酩酊,君知我为谁。"陆诗或用此。

16. 卷三十九《望霁》:"雨来不驶亦不迟。"此句未有注。(第2506页)

按,"不驶亦不迟",陶渊明《和胡西曹示顾贼曹》:"不驶亦不迟,飘飘吹我衣。"又,苏轼《泛颍》:"绕郡十余里,不驶亦不迟。"陆诗当用此。

17. 卷四十《孤村》:"平生羞诡遇,多获岂吾能。"此句未有注。(第2558页)

按,《孟子》:"(王良)曰:'吾为之范,我驰驱终日不获一,为之诡遇,一朝而获十。《诗》云:不失其驰,舍矢如破。我不贯与小人乘,请辞。'"陆诗当用此。

《剑南诗稿校注》卷四十一至卷五十

1. 卷四十二《春晚泛湖归偶赋》:"暖催新绿上横林。"此句未有注。(第2661页)

按,陈与义《春日》:"红绿扶春上远林。"陆诗当是脱胎于此。

2. 卷四十三《独夜》:"悠然卧北窗,残灯翳还吐。"此句未有注。(第2669页)

按,"残灯翳还吐",苏轼《秋怀二首》(其二):"残灯翳复吐。"陆诗当用此。

3. 卷四十三《喜晴》:"桑柘光如泼。"此句未有注。(第2670页)

按,苏轼《浣溪沙·软草平莎过雨新》曰:"日暖桑麻光似泼。"陆诗当用此。

4. 卷四十四《述怀》:"唾俟面干元不校,羹忧手烂更谁嗔?"钱注"羹忧"引韩愈《送穷文》:"捩手覆羹,转喉触讳。"(第2720页)

按,钱注所引为韩愈自铸之辞,谓动辄得咎耳,与陆诗不合,且"手烂"无据。《后汉书》卷二十五《刘宽传》载:刘宽性情温厚,素为长者,其夫人"欲试宽令恚,伺当朝会,装严已讫,使侍婢奉肉羹,翻污朝衣。婢遽收之,宽神色不易,乃徐言曰:'羹烂汝手?'其性度如此。"陆诗当用此。

5. 卷四十四《感事》:"不向杯中何处消?"此句未有注。(第2732页)

按,王维《叹白发二首》(其二):"不向空门何处消。"陆诗当用此。

6. 卷四十五《园中晚兴》:"年光卷中过。"此句未有注。(第2794页)

按,陈与义《怀天经智老因访之》曰:"客子光阴诗卷里,杏花消息雨声中。"陆诗当脱胎于此。又,陆诗《系船》:"岁月诗编里,江湖旅色中。"

7. 卷四十六《戏作绝句以唐人句终之》(其一):"今日是何朝?"此句未有注。

（第 2809 页）

按，此为韩愈《次巫峡》成句，即诗题"以唐人句终之"之意。

8. 卷四十七《新买啼鸡》："我求长鸣久未获，一见便觉千群空。"此句未有注。（第 2870 页）

按，"一见便觉千群空"，韩愈《送温处士赴河阳军序》："伯乐一过冀北之野，而马群遂空。"又，黄庭坚《咏伯时画太初所获大宛虎脊天马图》："四蹄雷电去，一顾马群空。"陆诗当脱胎于此。

9. 卷四十七《对食戏咏》："时凭野馈诳枯肠。"此句未有注。（第 2879 页）

按，"诳枯肠"，皮日休《橡媪叹》："自冬及于春，橡实诳饥肠。"又，苏轼《小圃五咏·薏苡》："子美拾橡栗，黄精诳空肠。"陆诗当用此。

10. 卷四十八《戏答野人》（其一）："曲肱闲卧茅檐下，买断南山不用钱。"钱注后句引《嘉庆山阴县志》，释"南山"之具体位置，甚确，然"买""不用钱"无着落。（第 2893 页）

按，李白《襄阳歌》："清风朗月不用一钱买。"陆诗或用此。

11. 卷四十八《弊庐》："上以奉租赋，下以及我私。"此句未有注。（第 2904 页）

按，"及我私"，《诗·小雅·大田》曰："雨我公田，遂及我私。"陆诗当用此。

12. 卷五十《初春杂兴》（其一）："戏续春寒赋，闲赓午醉诗。"此句未有注。（第 2986 页）

按，"春寒赋"，陆龟蒙作品中有此题目。

13. 卷五十《雪后龟堂独坐》（其一）："箪食豆羹不虚受，富贵那可从人得。"此句未有注。（第 2994 页）

按，"箪食豆羹"，《孟子·尽心上》："孟子曰：'仲子，不义与之齐国而弗受。人皆信之，是舍箪食豆羹之义也。'"陆诗谓箪食豆羹亦不虚受，何况齐国耶？

《剑南诗稿校注》卷五十一至卷六十

1. 卷五十二《题史院壁》（其四）："韭无茅一把，世事苦相违。"此句未有注。（第 3092 页）

按，"茅一把"，陈与义《岁华》："所欠茅一把。""世事苦相违"，陈师道《绝句四首》（其四）："世事相违每如此。"陆诗当是以二陈诗对偶。

2. 卷五十二《叹老》："齿残对客豁可耻，臂弱学书肥失真。"钱注"豁可耻"引韩愈《落齿》诗，甚确，而"肥失真"未有注。（第 3106 页）

按,杜甫《李潮八分小篆歌》曰:"枣木传刻肥失真。"陆诗上下句各取前人语典以对偶,此法亦多见。

3. 卷五十四《病卧》:"病卧真成不觌邻。"此句未有注。(第3195页)

按,"不觌邻",扬雄《法言》:"罔君臣之义,衍无知于天地之间,虽邻不觌也。"陆诗当用此。

4. 卷五十四《秋思》(其二):"水际柴门一扇开。"此句未有注。(第3204页)

按,王安石《金陵即事三首》(其一):"水际柴门一半开。"陆诗当用此。

5. 卷五十五《兀坐久散步野舍》:"先师有遗训。"此句未有注。(第3223页)

按,此陶渊明《癸卯岁始春怀古田舍二首》(其二)成句。

6. 卷五十五《若耶村老人》:"回头指丁壮,此是曾玄辈。"此句未有注。(第3235页)

按,"回头指",杜甫《遭田父泥饮美严中丞》:"回头指大男,渠是弓弩手。"陆游此首,多效杜诗此篇。

7. 卷五十六《龋齿》:"人生天地间,本非金石坚。"钱注引《古诗十九首》曰:"人生非金石,岂能长寿考。"(第3260页)

按,钱注甚确,然"人生天地间",亦《古诗十九首》之成句也。

8. 卷五十六《家居自戒》(其五):"饥寒陷侵暴,其实可怜伤。"此句未有注。(第3272页)

按,"可怜伤",陶渊明《拟古》(其四):"荣华诚足贵,亦复可怜伤。"陆诗当用此。

9. 卷五十六《邻曲》:"浊酒聚邻曲,偶来非宿期。"此句未有注。(第3273页)

按,"聚邻曲",陶渊明《杂诗》(其一):"斗酒聚比邻。"陆诗当用此。

10. 卷五十六《六言杂兴》(其三):"倘有一人领会,何须客满坐中。"此句未有注。(第3296页)

按,"客满坐中",《后汉书》卷七十《孔融传》:"(融)尝叹曰:'坐上客恒满,樽中酒不空。吾无忧矣。'"又,苏轼《浊醪有妙理赋》:"不用坐中客满,惟忧百榼之空。"陆诗当用此。

11. 卷五十七《久雨》(其一):"定知又发韩公笑,有底鸣蛙两股长?"钱注"定知句"曰:"韩愈《杂诗四首》《盆池五首》等诗中,均咏及鸣蛙,故云。"(第3332页)

按,钱注虽言及"鸣蛙",而"两股长"无着落。韩愈《答柳柳州食蛤蟆》曰:"虽然两股长。"陆谓久雨之故,虽鸣蛙甚多,然并无长股堪食之蛙,盖戏言也,陆诗之意在"两股"而不在"鸣蛙"也。

12. 卷五十八《书志》:"老身长子知无憾。"此句未有注。(第3367页)

按,"老身长子",即身老子长之意。《荀子·儒效》曰:"老身长子,不知恶也。"陆诗当用此。

13. 卷五十八《甲子秋八月偶思出游……》(其八):"大戴在前无箸食,始知富贵本浮云。"此句未有注。(第3392页)

按,此周亚夫事。《汉书》卷四十《周勃传》:"上居禁中,召亚夫,赐食,独置大戴,无切肉,又不置箸。亚夫心不平,顾谓尚席者取箸。上笑曰:'此非不足君所乎?'亚夫免冠谢上,上曰:'起。'亚夫因趋出,上目送之曰:'此鞅鞅,非少主臣也。'"陆诗当用此。

14. 卷五十九《对酒》:"不能上树作巢饮,尚办满船供拍浮。"钱注下句引晋代毕卓事,甚确,而上句无注。(第3395页)

按,"巢饮",《苕溪渔隐丛话·前集》卷四引《类苑》曰:"石曼卿喜豪饮,与布衣刘潜为友……坐木杪,谓之巢饮。"陆诗当用此。

15. 卷五十九《代邻家子作》:"黄鸡正嫩白鹅肥。"此句未有注。(第3433页)

按,李白《南陵别儿童入京》:"黄鸡啄黍秋正肥。"陆诗或用此。

16. 卷五十九《自遣》:"蔬食任无鱼,山行可借驴。"此句未有注。(第3440页)

按,"食无鱼",用战国冯谖故事。《战国策·齐四》:"(冯谖)倚柱弹其剑,歌曰:'长铗归来乎,食无鱼。'"

17. 卷六十《与村邻聚饮》(其二):"一杯相属罢,吾亦爱吾邻。"此句未有注。(第3447页)

按,陶渊明《读山海经》(其一):"吾亦爱吾庐。"陆诗改一字以就韵耳。

18. 卷六十《杂感》(其三):"默默何所为?且复自休息。"此句未有注。(第3451页)

按,"自休息",鲍照《拟行路难》:"弃置罢官去,还家自休息。"陆诗当用此。

《剑南诗稿校注》卷六十一至卷七十

1. 卷六十一《枯菊》(其一):"翠羽金钱梦已阑。"钱注"金钱"引刘蒙《菊谱》,然"翠羽"无落处。(第3484页)

按,杜甫《秋雨叹》(其一):"著叶满枝翠羽盖,开花无数黄金钱。"所描写之对象亦为秋菊,陆诗当用此。

2. 卷六十一《旅次有赠》:"卖马求船虽少日,阻风中酒动兼旬。"钱注后句引杜牧诗,甚确,而前句未有注。(第3489页)

按,"卖马求船"乃韩愈事。韩愈《答侯继书》曰:"既货马,即求船东下,二事皆不过后月十日。"陆诗当用此,上下句皆以唐人事为对也。又,陆游《对食作》"卖马僦船常觉宽"与此亦同。

3. 卷六十一《迁鸡栅歌》:"贵人贱畜虽古训,物理宁不思两全。"钱注"贵人贱畜"引《史记·滑稽列传》所载优孟谏楚庄王之事,中有"贱人而贵马"之语。(第3503页)

按,钱注所引"贱人贵马"与陆诗"贵人贱畜"虽是同义,然二者需略为转换,且"畜"字无落处。《论语·乡党》:"厩焚,子退朝,曰:'伤人乎?'不问马。"郑玄注曰:"重人贱畜也。"此与陆诗"贵人贱畜"更近。又,《世说新语·简傲》引王子猷"不问马"之语,刘孝标注引《论语》注,正作"贵人贱畜"四字。故陆诗所云"古训"当是《论语》,而非《史记》。

4. 卷六十三《闲游》(其一):"岁月真如东逝波。"此句未有注。(第3607页)

按,"东逝波",杜甫《少年行》(其二):"不见堂前东逝波。"陆诗当用此。

5. 卷六十四《读吕舍人诗追次其韵》(其二):"置之勿复道。"此句未有注。(第3656页)

按,《古诗十九首·行行重行行》曰:"弃捐勿复道。"陆诗造语本此。

6. 卷六十五《鼠屡败吾书偶得狸奴捕杀无虚日群鼠几空为赋此诗》:"策勋何止履胡肠。"钱注引《后汉书》卷七十二《董卓传》曰:"羌胡敝肠狗态。"(第3666页)

按,钱注虽有"胡""肠"二字,然意与陆诗自别,且"屡"字无落处。李白《胡无人》曰:"屡胡之肠涉胡血。"陆诗当用此。

7. 卷六十五《龟堂偶题》:"文章何物求渠力,诗亦安能使汝穷?"钱注后句引韩愈、欧阳修之言,甚确,而前句无注。(第3706页)

按,求文章之力,见刘禹锡《郡斋书怀寄江南白尹兼简分司崔宾客》:"一生不得文章力。"陆诗当用此,上下句盖皆以唐人事为对也。

8. 卷六十六《自嘲》:"野叟身常杂佣保,菲圃荒庭自锄扫。"此句未有注。(第3713页)

按,"身杂佣保",《汉书》卷五十七上《司马相如列传》:"相如身著犊鼻裈,与庸保杂作。"陆诗当用此。

9. 卷六十六《春晚》(其二):"昔人漫道伤幽独。"此句未有注。(第3714页)

按,"伤幽独",杜甫《题郑县亭子》:"晚来幽独恐伤神。"陆诗当用此。

10. 卷六十六《出游》(其二):"织室蹋机鸣轧轧,稻陂潴水筑登登。"此句未有注。(第3715页)

按,"机鸣轧轧",《古诗十九首·迢迢牵牛星》:"札札弄机杼。""筑登登",《诗经·大雅·绵》:"筑之登登。"陆诗以语典相对偶也。

11. 卷六十六《杂兴》(其二):"偶然设鸡豚,变色相与作。"此句未有注。(第3718页)

按,"变色作",《论语·乡党》:"有盛馔,必变色而作。"陆诗当用此,自嘲也。

12. 卷六十七《雨霁》:"一雨洗炎蒸。"此句未有注。(第3761页)

按,此王安石《再次前韵寄杨德逢》成句。

13. 卷六十八《病卧》:"老境偏饶卧,秋天不肯晴。"此句未有注。(第3807页)

按,"秋天不肯晴",杜甫《客夜》:"秋天不肯明。"陆诗当用此。

14. 卷六十八《秋兴》(其十):"放翁老矣欲何之?采药名山更不疑。"此句未有注。(第3813页)

按,"欲何之",陶渊明《归去来兮辞》:"胡为乎遑遑欲何之?""更不疑",杜甫《解闷》(其五):"孟子论文更不疑。"陆诗上下句盖以语典相对偶也。

15. 卷六十八《秋夕书事》:"冠偏感发稀。"此句未有注。(第3814页)

按,刘禹锡《酬乐天咏老见示》:"发稀冠自偏。"陆诗当用此。又,陆诗《四月廿二日微雨中次前辈韵》"冠倒感发稀"与此相仿。

16. 卷六十八《对酒作》:"或时得斗酒,亦复招邻里。"此句未有注。(第3819页)

按,陶渊明《杂诗》(其一):"斗酒聚比邻。"陆诗拆而为二也。

17. 卷六十九《东村》:"出门无所之。"此句未有注。(第3855页)

按,此韩愈《出门》成句。

18. 卷六十九《夜坐》:"炉红得清坐,酒绿慰孤斟。"此句未有注。(第3867页)

按,"炉红""酒绿",杜甫《对雪》:"瓢弃樽无绿,炉存火似红。"陆诗当用此。

19. 卷六十九《戍兵有新婚之明日遂行者予闻而悲之为作绝句》:"暮婚晨别已可悲。"此句未有注。(第3879页)

按,"暮婚晨别",杜甫《新婚别》:"暮婚晨告别,无乃太匆忙。"陆诗当用此。

《剑南诗稿校注》卷七十一至卷八十

1. 卷七十一《书南堂壁》:"数间破屋住荒郊。"此句未有注。(第3933页)

按,"数间破屋",韩愈《寄卢仝》:"破屋数间而已矣。"

2. 卷七十一《喜雨》:"雨势殊未已。"此句未有注。(第3949页)

按，苏轼《寒食雨二首》（其二）："雨势来不已。"陆诗当用此。

3. 卷七十一《喜雨》："桑麻郁千里，夹道光如泼。"此句未有注。（第 3950 页）

按，苏轼《浣溪沙·软草平莎过雨新》曰："日暖桑麻光似泼。"陆诗当用上。

4. 卷七十二《新秋往来湖山间》："僧羹无菜宁用梜。"此句未有注。（第 3983 页）

按，"梜"当作"梜"。《礼记疏》曰："羹之有菜者用梜，其无菜者不用梜。"

5. 卷七十三《哭季长》："三径就荒俱已老，一樽相属永无期。"钱注前句引陶渊明《归去来兮辞》，甚是，然后句无注。（第 4017 页）

按，"一樽相属"，黄庭坚《和高仲本喜相见》曰："一樽相属要从容。"又，陈与义《窦园醉中前后五绝句》曰："一樽相属莫辞空。"陆诗当用此，上下句以语典相对也。

6. 卷七十三《冬晴行园中》（其二）："白酒方熟黄鸡肥。"此句未有注。（第 4038 页）

按，李白《南陵别儿童入京》："白酒新熟山中归，黄鸡啄黍秋正肥。"陆诗当用此。

7. 卷七十三《十一月十一日夜闻雨声》："今夕复何夕。"此句未有注。（第 4052 页）

按，此杜甫《赠卫八处士》成句。

8. 卷七十四《读书杂言》："书亦何用于世哉！"此句未有注。（第 4065 页）

按，王安石《进〈字说〉表》曰："臣某言：窃以为书用于世久矣。"陆诗盖反其意而用之也。

9. 卷七十四《书戒》："鞭朴不可弛，此语实少恩。"此句未为注。（第 4067 页）

按，《汉书》卷二十三《刑法志》曰："鞭朴不可弛于家，刑罚不可废于国。"陆诗当用此。又，"朴"当作"扑"。

10. 卷七十四《早春出游》："蹇驴破帽人人看。"此句未有注。（第 4094 页）

按，苏轼《续丽人行》："蹇驴破帽随金鞍。"陆诗当用此。

11. 卷七十五《书屋壁》（其一）："施食鸟常驯。"此句未有注。（第 4106 页）

按，杜甫《南邻》："得食阶除鸟雀驯。"陆诗当用此。

12. 卷七十五《梅开绝晚有感》："小诗不拟觅花栽。"此句未有注。（第 4112 页）

按，"觅花栽"，杜甫《萧八明府堤处觅桃栽》曰"奉乞桃栽一百根"，陆诗反而用之。杜诗又有《诣徐卿觅果栽》《凭何十一少府觅桤栽》《凭韦少府班觅松树子栽》等。

13. 卷七十五《予好把酒常以小户为苦戏述》："可叹固非一。"（第4121页）

按，《抱朴子·疾谬》："可叹非一，率如此也。"陆诗当用此。

14. 卷十五《病中有述二首各五韵》（其二）："释楚为外惧，此实计之得。"（第4132页）

按，"计之得"，《三国志》卷二十二《陈泰传》："不如割险自保，观衅待弊，然后进救，此计之得者。"

15. 卷七十六《初夏书感》："游蜂黏落蕊，轻燕接飞虫。"此句未有注。（第4153页）

按，"蜂黏落蕊"，杜甫《独酌》："仰蜂黏落絮。""接飞虫"，杜甫《绝句漫兴九首》（其三）："更接飞虫打着人。"此当以杜诗为对偶也。

16. 卷七十七《得雨霡足遂有丰年意欣然口占》："人事销沉渺莽中，此身元合付天公。儒生可逐惟求忘，社酒常辞不怕聋。"钱注"儒生"句曰："师丹治《诗》事匡衡。哀帝即位，以师傅居三公位。公有上书言改币，上以问丹，丹对言可改。章下有司议，皆以为行钱以来久，难卒变易。丹老人，忘其前语，后从公卿议。廷尉劾丹大不敬，遂策免丹。见《汉书》卷八六《师丹传》。"（第4184页）

按，如《汉书》所言，虽师丹为儒生，亦因忘事而被策免，然读之仍略显周折。陆诗所用乃《列子·周穆王》"宋阳里华子中年病忘"一事，华子病忘，"鲁有儒生自媒能治之，华子之妻子以居产之半请其方"，经儒生治疗，华子"积年之疾一朝都除"，但"华子既悟，乃大怒，黜妻罚子，操戈逐鲁生。宋人执而问其以，华子曰：'曩吾忘也，荡荡然不知天地之有无。今顿识既往，数十年来存亡、得失、哀乐、好恶，扰扰万绪起矣。'"云云。陆诗中"儒生""逐""忘"三者皆有原文依据，无需转释，故此典当从《列子》。

17. 卷七十七《读史》（其三）："男子胸中正要奇，立谈能立太平基。君王玉钺无穷恨，千载茫茫谁复知？"钱注"君王"句引《烬余录》曰："太宗盛称花蕊夫人，蜀主薨，乃入太祖宫，有盛宠。太祖寝疾，中夜，太宗呼之不应，乘间挑费氏。太祖觉，以玉斧斫地。皇后太子至，太祖气属缕。太宗惶遽归邸。翌夕，太祖崩。"（第4197页）

按，如《烬余录》所言，非但陆诗"奇""太平基"等语无着落，"玉钺"句与全诗意蕴亦不甚相符，陆诗所用乃《新五代史·王朴传》中事。王朴力主北伐，与周世宗意甚相合，周世宗"见其议伟然，益以为奇"，遂重用王朴，然天妒英才，王朴五十四岁即卒，"世宗临其丧，以玉钺叩地，大恸者数四。"如此则典事与陆诗更相契。陆游生前于北伐一事颇多关心，诗中亦有"太平基"三字。王朴功业未就而卒，陆游于此心有戚戚乃是情理中事。

18. 卷七十七《病戒》："祸福在呼吸。"此句未有注。（第4197页）

按，司马光《刘道原十国纪年序》："方介甫用事，呼吸成祸福。"陆游此处用其语而不用其意，所谓点铁成金也。

19. 卷七十七《杂感十首以野旷沙岸净天高秋月明为韵》（其四）："秋风肺病苏。"此句未有注。（第4208页）

按，杜甫《江汉》："秋风病欲苏。"陆诗当用此。

20. 卷七十七《秋思》（其四）："黄金不博身强健。"此句未有注。（第4211页）

按，李白《宣城长史弟昭赠余琴溪中双舞鹤诗以见志》："白玉为毛衣，黄金不肯博。"王琦注引《韵会》曰："博，贸易也。"

21. 卷七十七《熏蚊效宛陵先生体》："宁闻大度士，变色为蜂虿。"钱注"变色"句引《晋书》卷四五《刘毅传》曰："蜂虿作于怀袖，勇夫为之惊骇，出于意外故也。"（第4217页）

按，钱注于"蜂虿"有解，而"变色"无征。陆诗此句当是用苏轼《黠鼠赋》之意，苏文曰："人能碎千金之璧，不能无失声于破釜；能搏猛虎，不能无变色于蜂虿。"

22. 卷七十八《遣怀》（其四）："看剑心犹壮。"此句未有注。（第4258页）

按，杜甫《夜宴左氏庄》："看剑引杯长。"又，《江汉》："落日心犹壮。"陆诗盖杂而用之也。

23. 卷七十九《览镜》："有罪当万坐。"此句未有注。（第4268页）

按，《后汉书》卷三十一《廉范传》："罪当万坐。"陆诗当用此。

24. 卷七十九《寄陈伯予主簿》："十月霜风吹客倒。"（第4282页）

按，陈与义《居夷行》："巴陵十月江不平，万里北风吹客倒。"陆诗当用此。

25. 卷七十九《短歌行》："君不见猎徒父子牵黄犬，岁岁秋风下蔡门。"（第4284页）

按，钱注"下蔡门"曰："此用李斯事。'下蔡'，据《史记·李斯传》，当作'上蔡'。"钱注所言用李斯事，甚确，然陆诗"下蔡门"之"下"实为动词，犹"烟花三月下扬州"之"下"，非"下蔡"之门也。陆诗无误。

26. 卷七十九《寄子虡兼示子通》："一裘三十年。"此句未有注。（第4287页）

按，《礼记·檀弓》曰："晏子一狐裘三十年。"陆诗当用此。

27. 卷七十九《两日意殊不怿作短歌自遣》："国中谩说无双士，天下元无第一手。"钱注"无双士"引韩信事，甚确，然后句无注。（第4290页）

按，"第一手"，陈师道《观兖文忠公家六一堂图书》："谁为第一手，未有百世公。"陆诗盖以语典上下对偶也。

28. 卷七十九《杂赋》(其十):"中年畏病盃行浅。"此句未有注。(第4295页)

按,黄庭坚《新喻道中寄元明用觞字韵》:"中年畏病不举酒。"陆诗辞意与此皆相似,所谓点铁成金也。

29. 卷八十《作雪寒甚有赋》:"云暝风号得我惊。"此句未有注。(第4310页)

按,"得我惊",韩愈《招扬之罘一首》:"之罘南山来,文字得我惊。"陆诗当用此。

30. 卷八十《湖山》(其三):"柴门鸟雀声。"此句未有注。(第4315页)

按,杜甫《羌村三首》(其一):"柴门鸟雀噪。"陆诗当用此。

31. 卷八十《夜雨寒甚》:"窗下残灯翳还吐。"此句未有注。(第4328页)

按,苏轼《秋怀二首》(其二):"残灯翳复吐。"陆诗当用此。

《剑南诗稿校注》卷八十一至卷八十五

1. 卷八十二《衰甚书感》:"薄饭羹藜藿。"此句未有注。(第4416页)

按,王安石《送乔执中秀才归高邮》:"薄饭午不羹。"又,黄庭坚《次韵秦觏过陈无己书院观鄙句之作》:"薄饭不能羹。"陆诗脱胎于此。

2. 卷八十三《雨后》:"作计未全疏。"此句未有注。(第4437页)

按,陈与义《题江参山水横轴画俞秀才所藏二首》(其一):"俞郎作意未全疏。"

3. 卷八十三《黄氏冲和堂》:"百年笔墨犹山立。"此句未有注。(第4449页)

按,"笔墨山立",黄庭坚《书邢敦实南征赋后》:"邢敦夫诗赋,笔墨山立,自为一家。"陆诗上句"宜州太史一纸书"之"书"当即此篇。

4. 卷八十三《暴雨》:"平地成江河。"钱注曰:"《嘉庆山阴县志》卷二五《政事志》引旧志:'嘉定二年,大水漂民居五万余,坏田十万余亩。'"(第4450页)

按,钱注所引为本事,而此句语典当出自陶渊明《停云》:"平陆成江。"

5. 卷八十三《闲咏》:"为君满意说清闲。"此句未有注。(第4453页)

按,黄庭坚《和答子瞻》:"为君满意说江湖。"陆诗当用此。

6. 卷八十三《晚兴》:"一榻萧然四面风。"此句未有注。(第4460页)

按,唐询(字彦猷):"一榻无尘四面风。"句见苏轼《游宝云寺得唐彦猷为杭州日送客舟中手书一绝句……》诗题,文长不录,详见冯应榴《苏轼诗集合注》卷三十三。陆诗当由此而来。

7. 卷八十四《寓叹》(其二):"至今清夜梦,犹觉畏涛澜。"此句未有注。(第4489页)

按,韩愈《陪杜侍御游湘西两寺独宿有题一首因献杨常侍》:"犹疑在波涛,怵惕梦成魇。"陆诗当是由此化出。

8. 卷八十四《病思》(其二):"即今不足何时足?"此句未有注。(第4495页)

按,白居易《知足吟和崔十八未贫作》:"自问此时心,不足何时足。"陆诗当用此。

9. 卷八十四《病中思出游》:"便足了余生。"此句未有注。(第4499页)

按,《世说新语·任诞》载毕卓之语曰:"一手持蟹螯,一手持酒杯。拍浮酒池中,便足了一生。"

10. 卷八十四《乙巳秋暮独酌》(其四):"大儿严子陵,小儿贺季真。"此句未有注。(第4507页)

按,《后汉书》卷八十一《文苑传下·祢衡传》:"(祢衡)常称曰:'大儿孔文举,小儿杨德祖。余子碌碌,不足数也。'"又,苏轼《书丹元子所示李太白真》:"大儿汾阳中令君,小儿天台坐忘身。"陆诗句法当本此。

《剑南诗稿校注》中陆诗原文错误四则

1. 卷六十四《感遇》(其二):"士万贫贱时。"(第3648页)按,"万"当作"方",此为手民之误,当校正。

2. 卷七十四《题唐执中书楼》:"吾州唐子他州无,闭户偏读家藏书。"(第4070页)按,"偏"或是"徧"(遍)字之讹,作"徧"字更合诗意。

3. 卷七十九《书感》:"惜日每惊新历(歷)换。"(第4275页)按,"歷"当作"曆",日历(曆)也。又,卷八十《冬夜舟中作》:"两纸忽惊残历(歷)尽。"(第4313页)亦当作"曆"。

4. 卷八十五《末题》:"平日尤闲老更闲。"(第4540页)按,"尤"当作"犹"。

第五章 《杨万里集笺校》勘误补正

杨万里是中兴四大诗人之一,且有丰富的作品传世,《四部丛刊》所收景宋钞本之《诚斋集》共一百三十三卷,对其文献的点校整理自然成为学界的需求。辛更儒先生凭一己之力,以此书为底本,对其进行校笺,厥功甚伟,辛勤可知。专就此书校勘而言,一者因为《诚斋集》毕竟篇幅巨大,校记中难免有疏误之处;二者《诚斋集》向无善本,在不同版本的字词选择上,仍存有可讨论之空间。辛先生的付出与贡献毋庸置疑,但为读者计,自然是希望该书可以进一步完善,而校勘中存在的问题大约有三点。

一是未能完全依循底本录入。该书《凡例》中提到了遇底本有明显错误而径改的原则,但有不少地方并非是"明显错误",而是异文,且更为合理,在这种情况下,不出校的径改方式恐怕有些不太合适。

二是依据《四库》本校改了一部分底本文字。其校语格式为:"'某'原作'某',宋刻诗集本及汲古阁本俱同,此据《四库》本改。"也就是说除《四库》本之外,校改基本上没有版本依据。当然,《四库》本的校改并非都是错的、不合理的(就此书而言,有两到三处的校改还是合理的),但学界对《四库》本的总体评价并不高,在依据此版本校改时,自然要十分谨慎,而且从结果上看,此书中所反映的《四库》本的校改意见大都是不合适的。

三是底本除有大量文字讹误外(即《凡例》所云仍有相当一些笔误),很多地方都有阙字,有些地方和宋刻诗集本一样,甚至出现整首诗空阙的情况。底本除极少部分的阙文用空格示意之外,其余部分并未有示意,而该书在整理时文字都是完整的,但就校勘习惯而言,这些地方应该用校记说明一下。

因此,笔者在重点核对点校本、底本和宋刻诗集本之后,对其中存疑的部分做了校勘笔记,并按照原书卷次进行了排列,因本书篇幅所限,这里仅摘录《诚斋集》中的前五十卷,不当之处,还望批评指正。

《杨万里集笺校》卷一

1.《壬午初秋赠写真陈生》"居士一丘壑"句,辛校曰:"'壑'原作'岳'。按:原《四部丛刊》本凡'壑'均作'岳',今据宋刻诚斋先生诸诗集本、明汲古阁抄本及文渊阁《四库全书》本改正。以下同。"(第2页)①

按,今《四部丛刊》本(即底本)正作"壑"字,并未作"岳"字,且并非所有"壑"字皆作"岳"。

2.《寄别何运判德献移闽宪》(其二):"梦里关山月,吟边楚水波"。(第12页)

按,"关",底本及宋刻诗集本皆作"闽",正与题目"移闽"合,且与下句"楚水"之"楚"相对,此盖形近而误也,当据改。

3.《普明寺见梅》:"月落山空正幽独,慰存无酒写新诗。"(第18页)

按,"写",底本原作"且"。作"写"字乃宋刻诗集本。又,辛校凡例第二条曰:"因《四部丛刊》本多优于其他二本,故凡有底本文义畅达,不致引起读者歧义,而他本不同者,基本上保持底本原貌。底本有明显错误,则以他本不误者校改。"此条及上条,文字皆可通,不知辛校何以"不保持底本原貌",若论文义之佳,此处底本当优于参校本,亦非"明显错误",当是一时偶误。

4.《寄周子充察院二首》。(第18页)

按,"充"字,底本原缺,此当是据宋刻诗集本校补。又,辛校凡例第二条第五点说明:"《四部丛刊》本虽相对错误较少,但仍有相当一些笔误。故录入原文时,对底本错字别字的改正亦不在少数。其中明显错误则径行改正,不另出校语。""充"字属于脱字,非"明显错误"之类,似当增列校记。

5.《夜坐》:"欲雪天还暗,不风寒自生。"(第22页)

按,"暗",底本及宋刻诗集本皆作"惜",当据改。诗谓天欲雪而又止也。

6.《立春前一夕二首》(其一):"拈须真恨苦,呵笔更成挥。"(第26页)

按,"恨",底本及宋刻诗集本皆作"浪",当据改。"浪苦",诗人习语。如韩愈《秋怀十一首》(其一):"胡为浪自苦,得酒且欢喜。"

7.《立春新晴》:"春到更晴谁不喜,时迁刚道老相催。"(第29页)

按,"刚道",语难晓,底本及宋刻诗集本皆作"不道",谓时光延迁,不觉之间已至老境也,当据改。

---

① 此页码为辛更儒先生所著《杨万里集笺校》之页码(中华书局2007年版)。下文与此同,不再说明。

8.《除夕前一日,归舟夜泊曲涡市,宿治平寺》:"冷窗冻壁更成眠,也胜疏篷仰见天。"辛校曰:"'壁'原作'笔',宋刻诗集本及汲古阁本俱同,此据《四库》本改。"(第30页)

按,以辛校凡例第二条,此处应保留原貌,不当校改。且诸本皆作"笔",唯《四库》本作"壁",且辛校凡例第二条第三点说明曰:"(《四库》本)又有清人因不解宋人语言习惯及作者特殊用语所作的改动,凡此,均不得以校本改底本也。"既如此,则此类校改当更谨慎。原《四库》本之意,当是"窗""壁"合称,与下文"疏篷"相对,然"篷""窗"自可相对,且"冻笔"亦诗人习语也。

9.《和司法张仲良醉中论诗》:"醉话醒犹记,来诗独转新。"又,"无乃阳秋误,云何鼠璞珍。"(第37页)

按,"话",底本及宋刻诗集本皆作"语",当据改。"鼠璞",底本及宋刻诗集本皆作"鼠朴",当据改。《战国策》卷五《秦策三》:"郑人谓玉未理者璞,周人谓鼠未腊者朴。周人怀朴过郑贾,曰:'欲买朴乎?'郑贾曰:'欲之。'出其朴,视之,乃鼠也,因谢不取。"诚斋当用此,句谓未腊之鼠(朴)与未理之玉(璞)相较,又有何珍乎?

10.《谒张安国》:"帝苑花秾记并游,万人回首看遨头。"(第42页)

按,"遨头",底本及宋刻诗集本皆作"鳌头",亦即辛笺"绍兴二十四年进士第一人"之意,当据改。旧时成都自正月至四月浣花,太守出游,士女纵观,称太守为"遨头"。陆游《老学庵笔记》卷八:"四月十九日成都谓之浣花,遨头宴于杜子美草堂沧浪亭,倾城皆出,锦绣夹道,自开岁宴游至是而止。"诗称"帝苑",则张安国彼时非太守可知。

11.《和仲良分送柚花沉香》(其一):只得掾曹作南董,国香未向俗人夸。(第48页)

按,"南董",谓南史氏及董狐,古之良史也,与此诗恐不合。底本及宋刻诗集本皆作"南熏",当据改。南熏,谓南方之熏风也。

12.《新居翦茅》:"小筑新开一亩基。"(第61页)

按,"新",底本及宋刻诗集本皆作"初",当据改。

《杨万里集笺校》卷二

1.《题代度寺》:"已过危檐也可怜。"(第67页)

按,"已",底本原阙,当是据他本补入,此处当有校记。

2.《中秋前两日别刘彦纯彭仲庄于白马山下》:"莫道对床容易老,试思分手几

何年。"辛校曰:"'老',原作'著',据《四库》本改。"(第 69 页)

按,底本及宋刻诗集本皆作"著",不当径据《四库》本改也。

3.《明发新淦,晴快风顺,约泊漳镇》。(第 74 页)

按,"漳",底本及宋刻诗集本原作"樟",辛笺亦曰"樟镇",今题目仍作"漳",未详何故。

4.《泊樟镇》:"汀沙浑换却,不记旧园芳。"(第 75 页)

按,"园芳",底本及宋刻诗集本皆作"圆方",当据改。句谓汀岸之沙随时迁移,如今已不记其圆,抑或其方也。诗尾有序号"①",循全书之例,文末当有"【校】",此或是辛著亦尝关注于此,偶忘撰写校记耳。

5.《宿张家店,壁上有赵民则一绝句云……》:"那更愁宵一笛风?"(第 81 页)

按,"上",底本及宋刻诗集本皆作"间";"愁",底本及宋刻诗集本皆作"秋",并当据改。

6.《送王监簿民瞻南归》:"路旁莫作两疏看,老儒不用囊中金。"辛校曰:"'囊',宋刻诗集本、汲古阁本作'橐'。"(第 95 页)

按,底本即作"橐"字。

7.《谢赵茂甫惠浙曹中笔蜀越薄笺二首》(其二):"诗无好语书仍俗,喜气多多抵得惭。"(第 97 页)

按,"多"字下,底本原脱一"多"字,当是据他本补入,此处当有校记。

8.《和汤叔度雪韵》:"道得闲来尽未闲,颇缘幽事搅心间。"(第 100 页)

按,宋刻诗集本"间"字下,有注曰"借"。盖借邻韵也,当据补。下首《中书胡舍人玉堂夜直,用万里所和汤君雪韵和寄逆旅,再和谢焉》"宫云低到绮疏间"句下亦同。

9.《族叔祖彦通所居,宛在水中央,名之曰小蓬莱,为作长句》:"侬爱南溪不减公,南溪见公却疏侬。"(第 111 页)

按,"见",底本及宋刻诗集本皆作"亲",当据改。

10.《清晓出城别王宣子舍人》:"出门鸡未报,夹路稻初香。"辛校曰:"'报',原作'觉',据汲古阁本、《四库》本改。"(第 113 页)

按,"觉"字原通,据辛校凡校,此不必改,校记录存异文即可。

11.《故少师张魏公挽词三章》(其二):"始是峨岷秀,前无社稷臣。"(第 119 页)

按,"峨岷",底本及宋刻诗集本皆作"岷峨",当据改。

12.《和周仲觉三首》(其三):"贫如萤不暖,心与烛俱灰。"(第 121 页)

按,"如",底本及宋刻诗集本皆作"于",当据改。组诗第二首有"天寒一雁叫"之句,盖秋霜将至,萤已不能得其暖处,而己之贫困,更甚于萤,一暖亦不可求也。

13.《雪。用欧阳公白战律,仍禁用映雪、访戴等故事,赋三首示同社》(其一):"夜映非真晓,山明不觉遥。"(第122页)

按,"真"字,底本原阙,此当是据他本补入,此处应有校记。

14.《送卢山人二首》(其二):"有穴牛眠子为寻,剩将朽槠换华簪。"辛校曰:"'穴',原作'欠',据《四库》本改。"(第125页)

按,"穴",底本及宋刻诗集本皆作"欠",似不应仅据《四库》本而校改也。"有欠牛眠",谓牛眠之恬然自得,而吾曹奔波劳碌,不惶栖处,视彼正有亏欠处,非谓牛眠于穴中也,且"欠"与下句"剩"为对文。

《杨万里集笺校》卷三

1.《与主簿叔蔬饮联句》:"蕨含春味紧如拳,酒入春风浪似山。"(第138页)

按,"紧如拳",底本及宋刻诗集本皆作"紫如椽",当据改。盖有紫色之椽,而蕨色似之也。

2.《彦通叔祖约游云水寺二首》(其二):"风亦恐吾愁路远,殷勤隔雨送钟声。"(第140页)

按,"路",底本原作"寺",亦通。

3.《和昌英叔久雨》。(第140页)

按,底本"昌英"字下有"主簿"二字,当据补。诗题作"昌英叔"者,乃宋刻诗集本,非底本也。

4.《旱后郴寇又作》:"去秋今夏旱相继,淮江未靖郴江沸。"(第143页)

按,"靖",底本及宋刻诗集本皆作"净",当据改。

5.《黄太守元授挽词二首》(其一):"诸郎俱伟器,枢属更人先。"(第152页)

按,"属更人先",底本原阙,当是从他本补录,此处当有校记。

6.《晚望二首》(其一):"月是小春春未至,节名大雪雪何曾。"(第157页)

按,"至",底本及宋刻诗集本皆作"生",盖邻韵通押也,当据改。

7.《次东坡先生用六一先生雪诗律令龟字二十韵旧禁玉月梨梅练絮白舞鹅鹤等新添访戴映雪高卧啮毡之类一切禁之》:"如今四壁一破褐,雪花密密中披披。"(第165页)

按,"中",底本及宋刻诗集中皆作"巾",与上句"褐"相对也,当据改。

8.《得省榜,见罗仲谋、曾无逸策名,夜归喜甚,通夕不寐,得二绝句》(其一):"淡墨高垂两客名,夜归到晚睡难成。"(第170页)

按,"晚",底本及宋刻诗集本皆作"晓",与诗题"通夕不寐"合,当据改。

9.《又和二绝句》(其二):"一生情重嫌春残。"(第175页)

按,"残",底本及宋刻诗集本皆作"浅"。

10.《三月三日雨作遣闷十绝句》(其二):"春染万花知未了,云偷千嶂忽何之?"辛校曰:"'未了',原作'了未',据《四库》本改。余本俱同原本。"(第175—177页)

按,"了未",发问之辞也,犹问:"染花之事,了耶?未未耶?"正与下句"何之"相对,"何之"亦发问之辞也。是底本不误,《四库》本误校也。

11.《题罗巨济教授蓬山堂》:"蓬莱藏室盛东都,只著方书并老儒。"(第192页)

按,"方",底本及宋刻诗集本俱作"古",当据改。

《杨万里集笺校》卷四

1.《见张定叟》:"新功知更远,余事出文章。"(第208页)

按,"远",底本及宋刻诗集本作"进",当据改。诗谓功力精进,则文章自然流出。

2.《蜀士甘彦和寓张魏公门馆,用予见张钦夫诗韵作二诗见赠,和以谢之》(其一):"谈今还悼昔,喜罢又悲辛。"(第211页)

按,"又",底本及宋刻诗集本皆作"反",当据改。

3.《上元日晚过顺溪》:"恰恰元宵雨脚垂,天公为我扫除之。"(第222页)

按,"公",底本原作"风",亦通。

4.《白沙买船,晚至严州》:"重雾凝朝雨,斜阳竟晚晴。"(第223页)

按,"凝",底本及宋刻诗集本皆作"疑",当据改。诗谓重雾缭绕,疑今朝之有雨也,然至傍晚,竟是晴天。

5.《都下和同舍客李元老承信赠诗之韵》:"遗我骊珠三百颗,字字款镵未曾苟。"(第232页)

按,"款"字不通,底本及宋刻诗集本皆作"镌(鑴)",当据改。

6.《出城途中小憩》:"秋风毕竟无多巧,只把燕支点蓼花。"(第236页)

按,"点",底本及宋刻诗集本皆作"滴"。

7.《秋晓出郊二绝》(其一):"初日新寒正晓霞,残山剩水野人家。"辛校曰:"'野',诸本皆作'稍',此据《四库》本改。"(第242—243页)

按,"稍人家",谓残山剩水之间稍稍有人家错落其中也,"稍"字本通,《四库》本误校耳。卷八《戏题郡斋水墨坐屏二面》(其二)曰:"忽有石崖天半出,飞泉落处稍人烟。"亦可证此。

8.《胡英彦得欧阳公二帖,盖训其子仲纯、叔弼之语……》:"今我竹林老,亦复拜嘉惠。"(第244页)

按,"今",底本及宋刻诗集本皆作"令",当据改。

9.《寄题张钦夫春风楼》:"权门得似圣门寒?万派横流独回首。"(第245页)

按,"派",底本及宋刻诗集本皆作"波",当据改。

10.《过双陂》:"闲来也有穷忙事,问讯梅花开未曾?"辛校曰:"'来',宋刻诗集本作'行'。"(第249页)

按,底本作"行",宋刻诗集本作"来"。

11.《夜宿王才臣斋中,睡觉,闻风雪大作》:"天外风非细,风中雪更飞……一醉惺惺了,平生事事非。"辛校曰:"'醒醒',《四库》本作'惺惺'。汲古阁本同原本。"(第250页)

按,"天",底本及宋刻诗集本皆作"雨",当据改。"惺惺",底本及宋刻诗集本皆作"醒醒",观校语,底本似亦作"醒醒"也,然正文录入"惺惺",又似据《四库》本校改者,未详所由。

12.《和罗巨济山居十咏》(其一):"世方争造化。"辛校曰:"'造化',宋刻诗集本作'速化'。"(第251—253页)

按,宋刻诗集本作"造化",作"速化"者为底本也。

13.《和罗巨济山居十咏》(其二):"老子朝慵起,春风若唤行。"(第251页)

按,"若",底本及宋刻诗集本皆作"苦",当据改。

14.《老眼废书有叹》:"墨兵非死反。"(第255页)

按,"反",底本及宋刻诗集本皆作"友"。死友,至死不负之朋友也。墨兵,谓书中黑色之文字。

《杨万里集笺校》卷五

1.《和贺升卿云庵。升卿尝上书北阙,既归,去岁寄此诗,今乃和以报之》:"未信万言直杯水,向来九虎守天关。"辛校曰:"'信',原作'应',据宋刻诗集本改。"(第

274 页)

按，"应"字亦通，宋刻诗集本亦作"应"。

2.《和张器先十绝》（其八）："他日君来相问讯，南溪溪北北山前。"辛校曰："'讯'，原作'当'，据《四库》本改。"（第 282 页）

按，底本及宋刻诗集本皆作"当"，"问当"即询问也，"当"为语助词，《诚斋集》中多有以语助结尾者。上为《四库》本误校，不当据以校改。

《杨万里集笺校》卷六

1.《过白沙渡得长句，呈澹庵先生》："尚忆向来侍樽俎，微言斜飞小梅吐。"（第 313 页）

按，"言"，底本及宋刻诗集本皆作"雪"，于义为长，当据改。

2.《戏嘲金灯花上皂蝶》："花须为饮露为浆。"（第 321 页）

按，"饮"，底本及宋刻诗集本皆作"饭"。

3.《代钱塘宰莫子章贺皇太子生辰》："塞外乾坤净，霜前殿阁新。"辛校曰："'塞'，各本原俱作'寒'。据《五百家播芳大全文粹》卷八七所引改。"（第 333—334 页）

按，"寒外""霜前"自成对偶，不必改动。

4.《题张兴伯主簿经训堂》："山鬼来听鹤惊起，万壑无声霁月孤。"（第 359 页）

按，"声"，底本及宋刻诗集本皆作"人"，当据改。

5.《送陈行之寺丞出守南剑二首》。（第 361 页）

按，"二首"，底本及宋刻诗集本皆无。

6.《题严州新堂》："是时新秋收旧雨。"（第 368 页）

按，"秋"，底本及宋刻诗集本皆作"晴"，当据改。

7.《秋夕书怀》："偶忆平生事，直供独笑休。"（第 373 页）

按，"直"，底本及宋刻诗集本作"真"，当据改。

8.《表弟周明道工于传神，而山水亦佳。久别来访，赠以绝句二首》（其一）："博他头上进贤冠。"（第 375 页）

按，"上"，底本原阙，当是据他本补入，此处当有校记。

9.《醉笔呈尚长道》："晚风一雨生新涨，直送仙槎到天上……此行青琐更黄阁。"辛校曰："'直'，原本及诸本均作'只'，据《四库》本改。"（第 383—384 页）

按，作"只"亦通，此处出校即可。

《杨万里集笺校》卷七

1.《钓雪舟倦睡》:"惊觉得绝句。"(第396页)

按,"得",底本原阙,当是据他本补入,此处当有校记。

2.《瓶中梅花长句》:"谷深梅盛一万株,十顷雪波浮欲涨。"(第398页)

按,"十",宋刻诗集本作"千";"波",宋刻诗集本作"坡"。

3.《中秋前二夕钓雪舟中静坐》:"月到南窗小半扉,无生始觉室生辉。"(第413页)

按,"无生",底本及宋刻诗集本皆作"无灯",于义为长。

4.《送客山行》:"独树丹枫谁不是?何须更立万松前。"(第415页)

按,"是",底本及宋刻诗集本俱作"见",意谓"谁不见之乎"?

《杨万里集笺校》卷八

1.《毗陵郡斋冬至晴寒》:"竹屋消残半瓦霜,冰河冻裂一渔船。"(第453页)

按,"船",底本及宋刻诗集本皆作"航",当据改。

2.《郡斋梅花》:"月朵千痕雪半梢。"(第457页)

按,"千",底本原阙,当是据他本补入,此处当有校记。

3.《休日登城》:"废垒荒庐无一好,春来微径总堪行。"辛校曰:"'庐',原本及汲古阁本作'芦',据《四库》本改。"(第466页)

按,"芦"字亦通。《四库》本之意见可列入校记,不应改动底本。

4.《净远亭午望二首》(其一):"回身小筑深檐里,野鸭双浮欲近栏。"(第467页)

按,"二首",底本及宋刻诗集本皆无此二字。"筑",底本作"却"。"小却",谓野鸭将至栏杆,故稍稍退却,至深檐之中以观之耳。

5.《烧香七言》:"素馨忽开抹利拆,底处龙麝和沈檀?……呼儿急取蒸木犀,却作书生真富贵。"辛校曰:"'底',原作'低',此据汲古阁本、《四库》本改。"(第469页)

按,"低处",谓于低处焚香,以收结其气,即辛笺所引方以智《焚香法》所云"低几焚香"之意,故不当据《四库》本校改。

《杨万里集笺校》卷九

1.《垂丝海棠半落》:"卷地风来故恼人。"(第486页)
按,"故",底本及宋刻诗集本皆作"政",当据改。
2.《薛舍人母方氏太恭人挽章二首》(其一):"萱砌罢君羹。"(第493页)
按,"羹",底本原阙,当是据他本补入,此处当有校记。
3.《多稼亭前槛芍药红白对开二百朵》。(第496页)
按,"槛"前,底本及宋刻诗集本皆有"两"字,如此语义更足,当据补。
4.《六月喜雨》:"不是格天皆诏旨。"(第496页)
按,"皆",底本及宋刻诗集本作"缘",当据改。
5.《食莲子》:"不如玉蛹甜于蜜,又被诗人嚼作霜。"(第512页)
按,"如",底本及宋刻诗集本皆作"知",当据改。不知,谓蜂不知也。

《杨万里集笺校》卷一〇

1.《闰六月立秋后暮热,追凉郡圃》:"上得城来眼顿醒。"(第519页)
按,"醒",底本及宋刻诗集本皆作"明",当据改。
2.《雨后清晓梳头,读书怀古堂》:"荷妆趁晓鲜。"(第525页)
按,"趁",底本及宋刻诗集本皆作"赴"。
3.《谢丁端叔直阁惠永嘉髹研、句容香鬲》:"染云作句本天巧……鹓鹭行边旧联翼……双珍投赠感故人,秃翁有笔无全神。"辛校曰:"'染云作句',宋刻诗集本作'摩云缘月'。"又,"'旧联翼',宋刻诗集本作'班久立'。"又,"'无全神',原作'今无神',据《四库》本改。"(第526页)
按,"染云作句""旧联翼",宋刻诗集本皆与此底本同。又,底本作"今无神"亦通,谓今无神采,谦言故人所赠予我无所施展也,不当据《四库》本改。
4.《和胡运干题赠》。(第559页)
按,"题",底本及宋刻诗集本作"投",当据改。

《杨万里集笺校》卷一一

1.《蒲桃干》:"玉骨瘦来无一把,向来马乳大轻肥。"(第568页)

按,"大",底本及宋刻诗集本皆作"太",当据改。

2.《以糟蟹洞庭甘送丁端叔,端叔有诗,因和其韵》:"斗州只解寄鹅毛,鼎内何曾馈百牢?"(第572页)

按,"鼎内",底本及宋刻诗集本皆作"鼎肉",当据改。

3.《谢叶叔羽总领惠双淮白》:"宝奁寡贡笑权臣,筠笼分甘荷故人。"(第592页)

按,"笼",底本及宋刻诗集本皆作"掩",当据改。

4.《梅露堂燕使客夜归》。(第600页)

按,"燕使客",底本及宋刻诗集本皆作"燕客","使"为衍文,当据删。

《杨万里集笺校》卷一二

1.《初三日游翟园》:"挽出谯门寒刮骨。"(第612页)

按,"挽",底本及宋刻诗集本皆作"才",当据改。

2.《多稼亭前两株梅盛开》:"空有千株半未开。"(第613页)

按,"开",底本及宋刻诗集本皆作"花",当据改。

3.《郡治燕堂庭中梅花》:"林中梅花如隐士,只多野气无尘气。"(第616页)

按,"尘"字下,底本原阙"气"字,当是据他本补入,此处应有校记。

4.《牛尾狸》:"有味其言须听取。"(第622页)

按,"言"字,底本原阙,当是据他本补入,此处应有校记。

5.《东窗梅影,上有寒雀往来》:"梅花寒雀不须摹,日影横窗作画图。"(第634页)

按,"横",底本及宋刻诗集本皆作"描",当据改。"描窗",拟人也。

6.《瑞香》:"今年偶述年时句。"(第634页)

按,"述",底本及宋刻诗集本皆作"忆",当据改。

《杨万里集笺校》卷一三

1.《舟过望亭》:"一村柳暗知何处?"(第650页)

按,"柳",底本及宋刻诗集本皆作"树",当据改。

2.《已过吴江阻风上湖口》:"一船过尽一船来。"(第656页)

按,底本原作"一船一过尽船来",此当是据他本校改,此处应有校记。

3.《新竹》:"东风巧弄补残山。"(第662页)

按,"巧弄",底本及宋刻诗集本皆作"弄巧",当据改。

4.《富春登舟待潮,回文》:"寒潮晚到风无定,船泊小湾春已残。"(第664页)

按,"已",底本及宋刻诗集本皆作"日"。作"已",则回文不通矣。

5.《春尽感兴》:"青灯白酒长亭夜,不胜孤舟兀绿陂。"(第672页)

按,"陂",底本及宋刻诗集本皆作"波",当据改。"波"为韵脚。

6.《明发三衢》:"何处吹来好消息?"(第673页)

按,"何",底本及宋刻诗集本皆作"风"。

7.《明发平坦市》:"顾瞻江之西。"(第674页)

按,"瞻",底本原阙,当是据他本补入,此处当有校记。

8.《过景星山,山顶一名孤立,又名突星山》。(第676页)

按,"一名孤立",底本作"一石立",宋刻诗集本作"一石孤立"。此当是据宋本而又误"石"为"名"也。

9.《早炊杨家塘》:"如何每行客,不劝自加餐?"(第681页)

按,"客",底本及宋刻诗集本皆作"路",当据改。

10.《四月四日午出浙东界,入信州永丰界》。(第682页)

按,"午"字后,底本及宋刻诗集本皆有"初"字,当据补。

11.《憩冷水村,道傍榴花初开》:"蒨罗绉薄翦熏风,已是花明蒂亦同。"(第691页)

按,"是",底本及宋刻诗集本皆作"自",当据改。

《杨万里集笺校》卷一四

1.《四月十三日渡鄱阳湖,湖心一山曰康郎山,其状如蛭浮水上》:"泊舟番君侧……侧看帆腹满。"(第694页)

按,"湖心一山曰康郎山,其状如蛭浮水上"十五字,底本及宋刻诗集本皆作双行夹注小字,为作者自注。又,"侧",底本及宋刻诗集本皆作"湖",当据改。又,"看",底本及宋刻诗集本皆作"视",当据改。

2.《昨日访子上不遇,徘回庭砌,观木犀而归,再以七言乞数枝》:"小朵出丛当折却。"(第704页)

按,"当",底本及宋刻诗集本皆作"须",当据改。

3.《不寐》(其一):"露滴新寒欺瘦骨……深山五夜鸡吹角。"(第705—706页)

按,"瘦",底本及宋刻诗集本皆作"病",当据改。"夜",底本及宋刻诗集本皆作"鼓",当据改。

4.《不寐》(其二):"非关枕上爱吟诗。"(第706页)

按,"吟",底本及宋刻诗集本皆作"哦",当据改。

5.《寄题保躬庵》:"'治心以正,保躬以静。'温公语也……治心保躬四颗余……试看此珠狂波底。"(第706页)

按,"以正",底本作"正",阙"以"字,此当是据他本补入,当有校记。又,"治",底本及宋刻诗集本作"正",当据改。又,"看",底本及宋刻诗集本皆作"着",当据改。

6.《试蜀中梁杲桐烟墨玉版纸》。(第711页)

按,"墨"字下,底本及宋刻诗集本皆有"书"字,当据补。

7.《蕙花初开五言》:"忽然恻不忍。"(第713页)

按,"忽",底本及宋刻诗集本皆有"眷",当据改。

8.《戏笔》(其一):"天公支与穷书客。"(第716页)

按,"书",底本及宋刻诗集本皆作"诗",当据改。

9.《重九日雨,菊花未开,用辘轳体》。(第717页)

按,"雨"字后,底本及宋刻诗集本皆有"仍",当据补。

10.《克信弟坐上赋梅花二首》(其二):"伴人醒醉替人狂。"(第723页)

按,"替",底本原阙此字,此当是据他本补入,当有校记。

11.《德远叔坐上赋肴核·糟蟹》:"酥片满螯凝作玉,金穰镕腹米成沙。"(第724页)

按,"米",底本及宋刻诗集本皆作"未",当据改。"未成沙",谓糟蟹之蟹黄完整未松散也。

12.《德远叔坐上赋肴核·薛菜》:"子牙高祖芥为孙。"(第724页)

按,"高",底本及宋刻诗集本皆作"为",当据改。

13.《送谈星辰许季升》:"许子儒冠恐误身。"(第729页)

按,"恐",底本及宋刻诗集本皆作"怨",当据改。"怨"者,怨儒冠之误身也。"儒冠多误身",见杜甫《奉赠韦左丞丈二十二韵》。

14.《十二月二十七日,大雪中过吉水小盘渡西归》(其二):"旋种琼田苗瑶草,更栽琪树看银花。"(第734页)

按,"看",底本及宋刻诗集本皆作"着",当据改。

《杨万里集笺校》卷一五

1.《明发海智寺遇雨》(其一):"草色染来蓝样翠。"辛校曰:"'来',宋刻诗集本作'成'。汲古阁本同原本。"(第746页)

按,宋刻诗集本亦作"来",不作"成"。

2.《题太和主簿赵昌父思隐堂》:"西昌官舍如佛屋,一物也无惟有竹。俸钱三月不曾支。"(第747页)

按,"舍如佛屋一物也无惟有竹俸钱三月不"十六字,底本原阙,此当是据他本补入,此处当有校记。

3.《桂源铺》:"堂堂溪水出前村。"(第756页)

按,"出前村"三字,底本原阙,此当是据他本补入,此处当有校记。

4.《题南雄驿外计堂》:"看山咫尺到南华。"(第760页)

按,"咫尺",底本作"只欠",宋刻诗集本作"只尺"。

5.《过真阳峡》(其一):"一重一掩更重重。"(第768页)

按,"一重",底本原阙"一"字,此当是据他本补入,此处当有校记。

6.《出峡》(其一):"山色亦如人送客,送行倦了自应归。"(第771页)

按,"送行",底本原阙"送"字,此当是据他本补入,此处当有校记。

7.《六月九日晓登连天观》:"小立层台岸幅巾,雏莺作伴更无人。"(第785页)

按,"雏",底本作"除",宋刻诗集本亦校"雏"为"除"。作"除"是,当据改。

《杨万里集笺校》卷一六

1.《秋夕雨余》:"昨来残暑谁能那?"(第788页)

按,"残",底本及宋刻诗集本皆作"初",当据改。

2.《西园早梅》:"为底横枝雪作花?"(第797页)

按,"横枝雪作花",底本原作"横横枝雪",此当是据他本补录乙正,此处当有校记。

3.《谢福建茶使吴德华送东坡新集》:"不堪自饱饱蠹鱼。"(第800页)

按,"饱蠹鱼",底本原作"蠹鱼",阙一"饱"字,此当是据他本补入,此处当有校记。

4.《题桄榔树》。(第804页)

按,底本原阙"桄"字,此当是据他本补入,此处当有校记。

5.《寒食对酒》:"蜻蚨方才甘。"(第806页)

按,"才",底本及宋刻诗集本皆作"绝",当据改。

6.《回望黄巢矶之险,心悸久之》:"水撩江草欲摇头。"(第813页)

按,"欲",底本及宋刻诗集本皆作"只",当据改。

7.《峡山寺竹枝词》(其一):"依旧船头不可撑。"(第815页)

按,"可撑",底本原阙,此当是据他本补入,此处当有校记。

8.《檄风伯》。(第822页)

按,此题目底本原阙,此当是据他本补入,此处当有校记。

9.《明发陈公径,过摩舍那滩石峰下》(其四):"后顾江已远,前睨山若塞。"(第824页)

按,"塞",底本作"寒",不通。宋刻诗集本作"立",于义为长。

10.《江上松径》:"更与横排一径松。平声。"(第827页)

按,"平声"二字,底本及宋刻诗集本皆无,此当是据他本补入,此处当有校记。

11.《寄贺建康留守范参政端明》(其二):"早整乾坤归岩壑,石湖风月剩分张。"(第830页)

按,"归",底本及宋刻诗集本皆作"早",当据改。

12.《送彭元忠县丞北归》:"恰别新莺百啭声,忽有寒蛩终夜鸣。"(第832页)

按,"别",底本及宋刻诗集本皆作"则"。"恰则",谓"刚刚,刚才",宋人语常见,如杨万里《晚云酿雨》:"昨来一雨断人行,恰则晴时云又生。"再比如刘克庄《满江红·海棠》:"恰则才如针粟大,忽然谁把胭脂染。"

13.《题望韶亭》:"峥阳桐树半夜鸣……凤仪兽舞扫无迹。"(第834—835页)

按,"峥阳",底本及宋刻诗集本皆作"峥山",当据改;"兽舞",底本及宋刻诗集本皆作"舞兽",当据改。

《杨万里集笺校》卷一七

1.《荔枝堂夕眺》(其二):"凉风偷带北风轻。迎寒窗隔重糊遍。"辛校曰:"'凉',宋刻诗集本作'西'。"(第848页)

按,"凉",宋刻诗集本不作"西",亦作"凉"。又,"隔",宋刻诗集本作"槅",于义为长,当据改。

2.《野炊猿藤径树下》:"径仄旁无地,林间忽有天。"(第860页)

按,"间",底本及宋刻诗集本皆作"开",于义为长,当据改。

3.《羽檄召诸郡兵》:"军声动岩谷,旗影拂霜风。"(第862页)

按,"拂",底本及宋刻诗集本皆作"喜",当据改。

4.《入陂子径》:"一径缘空仄容脚。"(第868页)

按,"仄",底本及宋刻诗集本皆作"劣",当据改。

5.《过陂子径五十余里,乔木蔽天,遣闷七绝句》(其六):"今宵会有出山时。"(第869页)

按,"山",底本原阙,此当是据他本补入,此处当有校记。

6.《过长峰径遇雨,遣闷十绝》(其二):"暗天犹自急追程。"(第870页)

按,"暗",底本及宋刻诗集本皆作"晴"。

7.《明发曲坑》(其二):"颗颗圞明颗颗匀。"(第873页)

按,"颗颗圞"原作"颗圞",此当是据他本补入,此处当有校记。

8.《题兴宁县东文岭,瀑泉在夜明场驿之东》:"水从镜面直飞下,蕲笛织簟风漪生。"(第877页)

按,"直",底本及宋刻诗集本皆作"一",谓一旦飞下也,于义为长,当据改。又,诗题断为《题兴宁县东文岭瀑泉,在夜明场驿之东》似更佳,全诗皆以"瀑泉"为中心也,当为所题之对象。

9.《霜草》:"偷吃瑶台青女粉,都生琼须与银须。"(第879页)

按,"琼须",底本作"琼髪",宋刻诗集本作"琼鬢"。作"鬢",似于义为长。

10.《瘴雾》:"腊月茅黄犹尔许,不知八月却何如?"(第881页)

按,"茅黄",底本及宋刻诗集本皆作"黄茅",当据改。

11.《宿万安铺》:"来朝送入鳄鱼乡,未到潮阳到揭阳。"(第883页)

按,"送",底本作"还",宋刻诗集本校为"迳",于义为长,可从。

12.《过单竹洋径》:"天垂木未近,日到谷底深。"(第883页)

按,"木未",底本及宋刻诗集本皆作"木末",当据改。"木末",谓树木之巅也,与"谷底"相对。杜甫《北征》:"我行已水滨,我仆犹木末。"

13.《汤田早行,见李花甚盛》。(第886页)

按,诗题之末,底本及宋刻诗集本皆有"二首",当据补。辛校本合二诗为一诗,亦当据此拆分。

14.《谒昌黎伯庙》:"南海行几遍,东湖欠一来。"(第892页)

按,"湖",底本及宋刻诗集本皆作"潮",当据改。东潮,谓潮州之东也。

《杨万里集笺校》卷一八

1.《登南州奇观,前临大江浮桥,江心起三石台,皆有亭子》(其一):"海边楼阁海边山。"辛校曰:"'海',宋刻诗集本、汲古阁本作'梅',《四库》本同原本。"(第895—896页)

按,"海",底本(原本)亦作"梅",不作"海"。作"海"者,仅为《四库》本,故不当据改。

2.《初四日晨炊横翠亭》:"近看三峰失一峰,其余俱与昨来同。"(第905页)

按,"俱",底本及宋刻诗集本皆作"都",当据改。

3.《正月十二日,游东坡白鹤峰故居。其北思无邪斋,真迹犹存》:"常将湖海赐汤沐。"(第912页)

按,"常",底本及宋刻诗集本皆作"帝",当据改。帝,天帝也。

4.《解舟惠州东桥》:"南宦宁嗟北?西归敢再东。"辛校曰:"'嗟',原作'差',据《四库》本改。汲古阁本同原本。"(第913页)

按,嗟,宋刻诗集本亦作"差",是辛校所据仅为《四库》本。作"宁嗟北",是杨万里身回北地,转忆南宦之经历而言者,故与诗境不合。"宁差北"者,谓南宦辛劳无助,宁可差遣于北地,故此处不当改动底本。

5.《舟中望罗浮山》:"不知何人汗脚迹,触忤清虚涴寒碧?"(第917页)

按,"汗",底本及宋刻诗集本皆作"污",当据改。

6.《泊鸭步》:"两岸东西三十里,李花独对隔江明。"(第922页)

按,"对",底本及宋刻诗集本皆作"树",当据改。

7.《山云》:"春从底处岭云来?日日山头絮作堆。"(第928页)

按,"岭",底本原作"领",谓引领也,于义为长。同卷《英石铺道中》"苍然秀色借不得,春风领入玉东西"可证。

8.《回望峡山二首》(其一):"行来一日船。"(第930页)

按,"来",底本及宋刻诗集本皆作"了",当据改。

9.《碧落洞》(其三):"洞里仙人枉费功,凿山屈曲做神通。"辛校曰:"'山',宋刻诗集本、汲古阁本作'江',《四库》本同原本。"(第931页)

按,底本(原本)亦作"江",不作"山",是辛校所云,仅《四库》本作"山"耳。"凿江"亦通,谓依江而凿也。

10.《碧落洞》(其四):"今宵不到英州宿,何用山云送雨来。"辛校曰:"'宿',原

作'定',据《四库》本改。汲古阁同原本。"(第931页)

按,"定"有"安宿、止息"之意,正为杨诗所用。《诗经·小雅·采薇》:"我戍未定,靡使归聘。"郑笺云:"定,止也。我方守于北狄,未得止息,无所使归问。"此不当据《四库》本校改。

11.《郎石峰》:"四旁不与众山连,特地孤尖出半天。"(第932页)

按,"出",底本及宋刻诗集本皆作"立",当据改。

《杨万里集笺校》卷一九

1.《明发青泥,冲雪刺船》(其三):"红玉麒麟永作灰,自温琼液写银杯。"(第943页)

按,"永",底本及宋刻诗集本皆作"未",当据改。"红玉麒麟"当谓兽炭正炽,"未作灰",即炭未成灰也,故下文有温酒之句。

2.《暮泊鼠山,闻明朝有石塘之险》:"今朝莫说明朝路,万石堆心一急湍。"(第948页)

按,"今朝",底本作"今霄"。底本之误,错"宵"为"霄"。底本之意实当作"今宵",与诗题之"暮"相合,可从。

3.《夜泊钓台小酌》:"牛狸送我止严陵,黄雀随人入帝城。"辛校曰:"'入',原作'或',据汲古阁本、《四库》本改。"(第948页)

按,"或"字亦通,谓或入于帝城也。

4.《类试所戏集杜句跋杜诗,呈监试谢昌国察院》:"蛱蝶飞来黄鹄语……闾阖晴开映荡荡。"(第956页)

按,"黄鹄语",底本原作"黄鹂";"荡荡",底本原作"荡"。此当是据他本校补,此处当有校记。

5.《予因集杜句跋杜诗,呈监试谢昌国察院,谢丈复集杜句见赠,予以百家衣报之》:"古风萧萧追笔还。"(第957页)

按,"追笔",底本及宋刻诗集本皆作"笔追",当据改。此为集句诗,"古风"句,见黄庭坚《再答明略二首》(其一)。

6.《四月五日车驾朝献景灵宫,省前迎驾起居口号》:"鸾旗风动柳烟高。"(第959页)

按,"烟",底本及宋刻诗集本皆作"相",当据改。

7.《直宿南宫》(其三):"却为宫檐泻雨声。"(第966页)

按,"泻雨声",底本原作"泻声",此当是据他本补入,此处当有校记。

8.《谢胡子远郎中惠蒲大韶墨,报以龙涎心字香》:"兀者得靴僧得髢。"(第970页)

按,"僧得髢",底本原作"僧髢",此当是据他本补入,此处当有校记。

9.《新凉五言呈尤延之》:"何必问所求,亦莫悲徂岁。"(第971—972页)

按,"求",底本作"来"。"问所来",问"新凉"之所来也,即前文"新凉来何方"之句,尤诗必言及此,故杨诗曰"但令暑为凉,老病有生意。何必问所来"云云。末句"悲徂岁",谓岁之"去"也,与"来"相对。

10.《给事葛楚辅、侍郎余处恭二詹事……》:"秋花隔水笑,笑我堕纱中。"(第978页)

按,"中",底本及宋刻诗集本皆作"巾",当据改。此字为韵脚。

11.《题曹仲本出示谯国公迎请太后图……》:"今晨忽见肃天仗,翠华黄屋从天仗。"(第995页)

按,"从天仗",底本及宋刻诗集本皆作"从天降",当据改。作"仗",与上文重复。

12.《上巳日予与沈虞卿、尤延之、莫仲谦,招陆务观、沈子寿小集张氏北园赏海棠……》:"为渠一醉何须问?"(第1003页)

按,"为渠一醉",底本原作"为渠醉",此当是从他本校补,此处当有校记。

《杨万里集笺校》卷二〇

1.《寒食雨中同舍人约游天竺,得十六绝句,呈陆务观》。(第1007页)

按,底本及宋刻诗集本皆无"人"字,此为衍文,当据删。"同舍",即同舍之人也。

2.《南海陶令曾送水沉,报以双井茶》(其一):"苒惹须眉清入骨。"(第1024页)

按,"苒",底本原阙,此当是据他本补入,此处当有校记。

3.《谢福建提举应仲实送新茶》:"词林应场绣衣新。"辛校曰:"'应场',原作'膺场',据汲古阁本改。但汲古阁本'应场'作'应锡',《四库》本作'膺锡'。"(第1026—1027页)

按,底本及宋刻诗集本皆作"应场",似不必辗转相求。

4.《题尤延之右司遂初堂》(其二):"只愁归未得,绿却白鸥沙。"(第1034页)

按,"绿却"不通,宋刻诗集本作"缘却",当据改。"缘却"即循沿之意,杨万里《过新开湖五首》(其一):"奇哉万顷水精盆,一线青罗缘却唇。"

5.《送王季德提刑宝文少卿》:"火急平反供一笑,紫荷玉笋待君侯。"(第1040页)

按,"侯",宋刻诗集本作"收",当据改。此字为韵脚。

6.《送孙检正德操龙图出知镇江》(其二):"已乞闽山一褁阙,老身只要早归田。"(第1043页)

按,"阙",宋刻诗集本此处空一格,以示阙文,非此处文本为"阙"也。此当出校语以说明之。

7.《跋尤延之左司所藏光尧御书歌》:"红光紫气烛天衢。"(第1045页)

按,"烛天衢"为宋刻诗集本文字,底本原作"上烛天",亦通。

8.《贺皇太子九月四日生辰》:"兹恭遇皇太子殿下诞弥令辰。"(第1045页)

按,"兹恭遇",底本作"万里恭遇",宋刻诗集本作"恭遇"。

9.《贺皇太子九月四日生辰》(其五):"明河查上有仙翁,犯月撞星到碧穹。"(第1046页)

按,"查上",宋刻诗集本作"杳杳";"撞",宋刻诗集本作"冲",于义为长。

10.《贺皇太子九月四日生辰》(其八):"愿陈万国元良句,不用金梧玉粹篇。"(第1047页)

按,"梧",底本作"昭",当据改。"金昭玉粹",见颜延之《应诏宴曲水作》诗:"君彼东朝,金昭玉粹。"

11.《秋雨早作有叹》:"细雨澹无点,安得更有声?"辛校曰:"'点',原作'质',据《四库》本改。汲古阁本同原本。"(第1055页)

按,宋刻诗集本亦作"质",早于汲古阁本。"澹无质",谓细雨霏微,着物无迹也,诗意本通,无须校改。

12.《白纻歌舞四时词·夏》:"芙蕖衣裳菱芡盘。"(第1059页)

按,"菱",底本原阙,宋刻诗集本作"芰"。作"菱"为佳,然此处需有校记。

13.《行路难》(其一):"秦时东陵万户侯。"(第1060页)

按,"万",底本作"千",宋刻诗集本作"下",当是形近而误,故此处作"千"是。

《杨万里集笺校》卷二一

1.《寄题俞叔奇国博郎中园亭二十六咏》。(第1063页)

按,"俞",底本及宋刻诗集本皆作"喻"。辛笺下文亦作"喻",当据改。

2.《寄题俞叔奇国博郎中园亭二十六咏》(其十九):"玉甃琼磨滴水无。"(第1067页)

按,"玉",底本原阙,有空格,此当是据他本补入,此处当有校记。

3.《寄题俞叔奇国博郎中园亭二十六咏》(其二十五):"细雨初寒湿翠裳。"(第1068页)

按,"寒",底本作"怜",宋刻诗集本作"零"。作"零"误,或是与"怜"音近而误,或是与"零"形近而误。

4.《和吴盐丞景雪中湖上访梅》(其一):"药玉船宽初潋潋。"(第1088页)

按,后一"潋"字底本原阙,当是据他本补入,此处当有校记。

5.《雪后晓过八盘岭诣东宫,谢受左司告》(其一):"扶桑陌上上朝暾。"(第1094页)

按,"陌",底本作"梢",亦通。

6.《晴后再雪》(其三):"脑子花钿星散飞。"(第1095页)

按,"花",底本原阙,当是据他本补入,此处当有校记。

7.《人日出游湖上》。(第1102页)

按,辛校依底本作组诗十首,总为此题;宋刻诗集本前三首作此题,第四至第六首题作"道上吟";第七至第十题作"游寺"。

《杨万里集笺校》卷二二

1.《瑞香花新开》。(第1105页)

按,宋刻诗集本题末有"十咏"二字,以四句断为一首,诗末有"其一"至"其十"之标志,共编此组诗为十首,与底本分五首者异。此组诗每八句一换韵,看似五律五首,以诗意而断,每四句自成单元,义不相属,故作五绝十首是,当从宋刻诗集本。

2.《谢李元德郎中饷家酿》(其二):"郎吏只知防姓毕,不知吏部有他杨。"(第1107页)

按,"郎吏",底本及宋刻诗集本皆作"吏部"。

3.《上巳同沈虞卿、尤延之、王顺伯、林景思游湖上,得十绝句……》(其四):"天色囗松未肯收。"(第1110页)

按,"囗松"不通,底本及宋刻诗集本皆作"鬖松",当据改。该词亦见本书卷二四《午睡闻子规》"睡眼鬖松未爽时"句。

4.《送钱寺正出守广德军》(其一):"寺正先召用,今其兄补外将还朝,寺正力请外,以逊其进取。"(第1117页)

按,"补",底本原阙,当是据他本补入,此处当有校记。"逊其",宋刻诗集本作"避其兄□","□"处漫漶不清,似"市"字。

5.《赵达明太社四月一日招游西湖》(其三):"船从咏泽过孤山,径度琉璃一苇间。"辛校曰:"'苇',原作'簟',据《四库》本改。汲古阁本同原本。"(第1122页)

按,宋刻诗集本亦作"簟"。"琉璃簟",谓水波平稳,有如簟席,诗意本通,故不当据《四库》本校改。

6.《省中直舍,因敲新竹,怀周元吉》。(第1126页)

按,"竹"字,底本原阙,当是据他本补入,此处当有校记。

7.《枇杷》:"雨压低枝重,浆流冰去声。齿寒。"(第1127页)

按,"去声"为诗人自注,依惯例,当用小一号字体显示,"齿寒"当接续上文,作"浆流冰齿寒"。

8.《走笔送济翁胞弟特往浙东,谒拜丘宗卿》。(第1128页)

按,此题底本无"胞"字,"特往浙东谒拜"底本原作"过浙东谒"。

9.《山丹花》:"金粉群蜂集宝簪。"(第1130页)

按,"蜂",底本及宋刻诗集本皆作"虫",当据改。

10.《题水月寺寒秀轩》:"小寺深门一径斜,绕身萦面足烟霞。"(第1136页)

按,"足",底本作"总",宋刻诗集本作"是"。此当是由"是"而形误为"足"。

11.《李仁甫侍讲阁学挽诗》(其二):"生涯五杯酒,行李五车书。"(第1147页)

按,"五",底本作"一",当据改。

12.《洪丞相挽辞》(其二):"高议春江壮……"(第1153页)

按,此首不见底本,宋刻诗集本载有此诗,其内容与本卷《李仁甫侍讲阁学挽诗》全同。李仁甫即李焘,著有《续资治通鉴长编》,观"凡例今迁叟"(此诗错"迁"为"迁")句,则杨万里目李焘(仁甫)为司马光(迁叟)也。"声名后老苏"之句,亦以李、苏皆四川眉山人,李焘有子,曰李垕、李壁、李埴,皆卓然名家,苏洵有子曰苏轼、辙,故亦以之相类也。故此诗非谓洪丞相(适)也,当删。此诗又与本卷《李仁甫侍讲阁学挽诗》(其三)相同,即辛校所言《四部丛刊》本原阙,据汲古阁本、《四库》本补者。《四部丛刊》本即底本,据诗意"牧羝无稚子"即辛笺引《宋史》李焘本传所云"皓使朔言,适年甫十三,能任家事","雏凤有难兄"之句,谓洪适、洪遵、洪迈诸兄弟,"谁谓身非达,其如道不行",即《洪丞相挽辞》(其一):"才登右丞相,已拜大观文。胡不迟期月,看渠集茂勋"云云,致惋惜之意也,言"达"者、"道"者,洪适更为合适,且李氏家族以史学着称,与"词林博更宏"一语似非契合,洪适与弟洪遵绍兴十三年"同中博学宏词科"可当此语,故此诗当挪至《洪丞相挽辞》(其二)处。

《杨万里集笺校》卷二三

1.《题董陕中兴庆寿颂》:"玉卮艳海泛椒柏。"(第1179页)

按,"艳",底本及宋刻诗集本皆作"滟",当据改。

2.《买菊》:"陶令东篱未见多……黄金为地香为国……寻得一身花露香。"(第1182—1183页)

按,"见",底本及宋刻诗集本皆作"是",当据改。"黄金"句,底本阙作"黄金为国"五字,"寻得"句,底本阙作"一身花露香"五字,此两处当是据他本补入,此处当有校记。

3.《经和宁门外卖花市见菊》:"清晓肩舆过花。"(第1184页)

按,此句下底本原有"市"字,当据补。

4.《缓辔入东宫门,望渔浦山》。(第1186页)

按,"望"字下,底本及宋刻诗集本皆有"见"字,当据补。

5.《和张功父梦归南湖》:"桃李能言春满坐,向人犹自诉春寒。"(第1187页)

按,"春寒",底本及宋刻诗集本皆作"霜寒",当据改。

6.《送朱师古龙图少卿帅潼川》(其二)。(第1193页)

按,宋刻诗集本诗题前有"前韵"二字。

《杨万里集笺校》卷二四

1.《右延之诗》:"梁溪归自镜湖天……"(第1214页)

按,此诗末尾,底本及宋刻诗集本皆有"右和"二字,当据补。"右和"者,为杨万里所和尤延之诗韵也。

2.《跋王顺伯所藏欧公集古录序真迹》:"遂初欣逢两诗伯。"(第1215页)

按,"逢",底本及宋刻诗集本皆作"遇",当据改。"欣遇",即沈虞卿之自号也,"遂初"即尤袤(延之)也,故曰"两诗伯",见诗末自注。

3.《和张功父梅花十绝句》。(第1218页)

按,"花",底本及宋刻诗集本皆作"诗",当据改。

4.《和袁起岩郎中投赠七字二首》(其一):"故人一别两相思,不但平生痛饮

时。"(第1220页)

按,"时",底本及宋刻诗集本皆作"师",当据改。"痛饮师",用杜甫"痛饮真吾师"之意也。

5.《七月二十三日南极老人星歌,上叔父十三致政一杯千岁之寿》:"令威旁舞玄天听。"(第1265页)

按,"天",底本及宋刻诗集本皆作"夫",当据改。"玄夫",谓龟也;"令威",谓鹤也,皆长寿之征。

《杨万里集笺校》卷二五

1.《送吉州太守朱子渊造朝》:"归侍玉皇香案下。"(第1269页)

按,"下",底本及宋刻诗集本皆作"了",当据改。又,宋刻诗集本诗末自注"子渊画为图"之后,尚有"故喻甘棠"四字。

2.《感秋五首》(其二):"木悲不解饮。"(第1271页)

按,"悲",底本原阙,当是据他本补入,此处当有校记。

3.《梦作碾试馆中所遗建茶绝句》。(第1276页)

按,"遗",底本及宋刻诗集本皆作"送",当据改。

4.《将赴高安,出吉水报谒县官,归宿五峰寺》。(第1277页)

按,"归"字下,底本及宋刻诗集本皆有"途"字,当据补。

5.《明发五峰寺》:"若非人事牵,无奈老自懒。"(第1278页)

按,"自",底本及宋刻诗集本皆作"身",当据改。

6.《酴醾初发》:"再三莫更负酴醾。"(第1288页)

按,"更",底本原阙,当是据他本补入,此处当有校记。

7.《筠庵》:"我来验幽讨,意尚疑俗谑。"(第1293页)

按,"俗",底本及宋刻诗集本皆作"谚",当据改。

8.《观迎神小儿社》:"芙蓉载锦舟。"(第1304页)

按,"蓉",底本及宋刻诗集本皆作"蕖",当据改。

9.《明发生米市西林寺,进退格》:"春声忙野店,月色淡柴门。"(第1318页)

按,"春",底本原作"舂",谓舂米也,于义为长。

10.《罗溪望夫岭》(其二)。(第1323页)

按,此首底本原阙,当是据他本补入,此处当有校记。

《杨万里集笺校》卷二六

1.《山店松声》(其二):"松木无声风亦无,适然相值两相呼。"(第1331页)

按,"木",底本及宋刻诗集本皆作"本",当据改。

2.《入玉山七里头》:"回头金步野谿远。"(第1340页)

按,"谿",底本及宋刻诗集本皆作"径",当据改。

3.《秋山》(其一):"梯叶枫林别样春。"(第1343页)

按,"梯",底本及宋刻诗集本皆作"柿",于义为长,当据改。

4.《过三衢,徐载叔采菊载酒,夜酌走笔》。(第1347页)

按,"夜酌"前,宋刻诗集本有"秉烛"二字。

5.《观水叹二首》(其一):"迄今四十年,往来几东西?"(第1353页)

按,"几",底本及宋刻诗集本皆作"九",可参。

6.《兰溪双塔》:"高塔无尖低塔尖,一披锦袖一银衫。"(第1358页)

按,"袖",底本及宋刻诗集本皆作"衲",当据改。

7.《宿兰溪水驿前三首》(其二):"今宵怀昨夕,两卧万峰前。"(第1359页)

按,"两",底本及宋刻诗集本皆作"雨",可参。

8.《过乌石大小二浪滩,俗呼浪为郎,因戏作竹枝歌二首》(其二):"小姑山与大姑山?"(第1362页)

按,底本与宋刻诗集本皆作"大姑山与小姑山",当据改。

9.《杨村园户栽芙蓉为堑,一路几数万枝》。(第1366页)

按,"几",底本及宋刻诗集本皆作"凡",当据改。

10.《寓仙林寺待班,戏题,用进退格》:"莫教少欠丛林债,更作今宵旦过僧。"辛校曰:"'旦',汲古阁本、《四库》本作'且'。"(第1372页)

按,"用进退格"四字,底本及宋刻诗集本皆无,当据删。又,"旦"字,底本、宋刻诗集本亦作"且",据辛校所言,是诸本皆作"且"也,当据改。

《杨万里集笺校》卷二七

1.《望多稼亭》:"当年老手携稚子。"(第1381页)

按,"手",底本及宋刻诗集本皆作"守",当据改。"老守",与下文"新守""新太守"相对也。

2.《晓过丹阳县》(其五):"不是雨窗供日脚,更无南北与东西。"(第1384页)

按,"雨",底本及宋刻诗集本皆作"两",于义为长,当从。诗谓于两边船窗见日之升落,故而知东西也。作"雨窗",则不见日矣。

3.《练湖放闸》(其二):"相传一万八千顷。"(第1385页)

按,"八",底本及宋刻诗集本皆作"四",当据改。

4.《丹阳舍舟,登陆渡江》。(第1391页)

按,"陆",底本及宋刻诗集本皆作"车",当据改。诗题意谓:至丹阳之时方舍舟登车而陆行,稍后又渡江也。

5.《过甓社诸湖,进退格。东西长七十里,南北阔五十里》。(第1398页)

按,宋刻诗集本题作"过甓社诸湖,东西长七十里,南北阔五十里,进退格",更符合杨诗制题惯例,可参。

6.《湖天暮景》(其四):"暮云薄倖斜阳劣,音阁。合造清愁付阿谁?"(第1399页)

按,"音阁"二字,底本及宋刻诗集本皆在下句"合"字下,乃"合"之音注,当据乙正。

7.《初入淮河四绝句》(其一):"船离洪泽岸头沙,入到淮河意不佳。"辛校曰:"'入',据'船离'句,此字或应为'人'。然原本、汲古阁本、《四库》本俱作'入'。宋刻诗集本无此四绝句。然作'入'亦通。"(第1404页)

按,宋刻诗集本有此四绝句,此处亦作"入"。

8.《与长孺子共读东坡诗,前用唐律,后用进退格》。辛校曰:"'子',原阙,据宋刻诗集本补。"(第1410页)

按,宋刻诗集本亦无此字,"子"字当删。

9.《与长孺子共读东坡诗,前用唐律,后用进退格》(其二):"枉著平生多少书?"(第1410页)

按,"著",底本及宋刻诗集本皆作"看",全诗以"看书"立意,非"著书也"。当据改。

10.《淮河舟中晓起看雪》(其二):"梅成脑子撒成云……放开船窗尽渠入。"(第1415页)

按,"成",底本及宋刻诗集本皆作"花",当据改;"放开",底本及宋刻诗集本皆作"开放",当据改。

11.《雪小霁,顺风过谢阳湖》:"四傍人家眼中失。"(第1421页)

按,"傍",底本及宋刻诗集本皆作"岸",当据改。

《杨万里集笺校》卷二八

1.《雪晓,舟中生火》:"忽然火冷霞亦灭。"(第1423页)

按,"霞",底本及宋刻诗集本皆作"雾",即首句"乌银见火生绿雾"之"雾"也,当据改。

2.《晚晴》:"万象都入银光中。"(第1425页)

按,"入"字,底本原阙,当是据他本补入,此处当有校记。

3.《竹枝歌有序》:"大家著力一齐拖。"(第1430页)

按,"一齐",底本原作"齐一",即此诗"著力大家齐一拽"之"齐一"也,当据改。

4.《舟中奉怀三馆同舍》:"云留雪且住,风与屋相呼。"(第1438页)

按,"住",底本原阙,当是据他本补入,此处当有校记。

5.《题浩然李致政义概堂》:"仁心义概经纶语。"(第1453页)

按,"经",底本及宋刻诗集本皆作"丝","丝纶",典出《礼记·缁衣》:"王言如丝,其出如纶。"当据改。

6.《正月五日以送伴,借官侍宴集英殿,十口号》(其九):"角抵罢时还罢宴。"(第1461页)

按,"罢宴",底本及宋刻诗集本皆作"宴罢",当据乙正。

《杨万里集笺校》卷二九

1.《过临平莲荡》(其一):"莲荡层层镜样方,春来嫩玉斩新黄。"(第1474页)

按,"黄",底本及宋刻诗集本皆作"光",当据改。

2.《藏船屋》(其一):"藏船芦中犹有雨,屋底藏船雨也无。"(第1476页)

按,"中",底本及宋刻诗集本皆作"底",当据改。"芦底""屋底",盖用以对比也。

3.《夜过五牧》:"明朝拥被看船窗。"(第1497页)

按,"看",底本及宋刻诗集本皆作"窥",当据改。

4.《舟中即事》:"醉来忽笑天地窄,老夫那能儿女悲?"(第1499页)

按,"夫",底本及宋刻诗集本皆作"去",当据改。

《杨万里集笺校》卷三〇

1.《芗林五十咏·丛桂》:"不是不间种,移从月窟来。"(第1511页)

按,"窟",底本及宋刻诗集本皆作"肋",当据改。

2.《芗林五十咏·驾月桥》:"紫霓横天度,银盘涌水来。"(第1512页)

按,诸本皆作"涌水",然疑当作"涌冰",底本及宋刻诗集本"冰"皆刻作"氷"。"涌冰"谓月出,诗家习语也。

3.《芗林五十咏·梅坡》诗末自注"芗林酒名"。(第1515页)

按,此四字,底本及宋刻诗集本皆在前一首《企疏堂》诗末,指"芗林对两疏"而言,故当据移。

4.《芗林五十咏·南崦》。(第1518页)

按,"南",底本及宋刻诗集本皆作"西",当据改。"西崦"即下首《碧梧岘》"往往游西崦"之"西崦"也。

5.《芗林五十咏·碧梧岘》。(第1518页)

按,此诗题下,底本有自注曰:"青蹇途也。"宋刻诗集本有注曰:"音蹇途也。"底本文字似较佳。

6.《过磨盘,得风挂帆》:"数番长笛横腰鼓。"(第1526页)

按,"数",底本及宋刻诗集本皆作"全",当据改。

7.《过宝应县新开湖》(其五):"湖堤插柳早青葱,犹带隋家旧土风。"(第1530页)

按,"早"字下,底本及宋刻诗集本皆有自注"去声"二字,当据补。

8.《过杨子桥》(其二):"客愁满目政无聊,却报船经杨子桥。"(第1533页)

按,"却",底本及宋刻诗集本皆作"忽",当据改。

9.《观张功父南湖海棠杖藜走笔》(其二):"开与未开相间看,浓红密密淡疏疏。"(第1535页)

按,"看",底本及宋刻诗集本皆作"着",当据改。"相间着"即"相间"之意,"着"为语辞。

10.《送薛子约下第归永嘉》:"诸君更草凌云赋,老我重看折桂山。"(第1536页)

按,"山",底本及宋刻诗集本皆作"仙",当据改。

11.《和张功父桤木巴榄花韵》:"生眼错呼为夜合,莺知不是碧桃花。"(第1537

按,"莺知不是碧桃花",底本及宋刻诗集本皆作"新莺知不是桃花",当据改。

12.《跋吴箕秀才诗卷》:"一径芙蓉千万枝。"(第1544页)

按,"诗卷",底本原阙,当是据他本补入,此处当有校记;又,"千",底本及宋刻诗集本皆作"十",当据改。

13.《记丘宗卿语绍兴府学前景》:"霜干皴裂臂来大,只著寒花三两个。"(第1544页)

按,"干",底本及宋刻诗集本皆作"余",当据改。

14.《送吴敏叔待制侍郎》:"自怜病鹤樊笼底,莫羡冥鸿片影寒。"(第1552页)

按,"莫",底本作"万",不通;宋刻诗集本作"高",于义为长,送别之例,多抑己而扬彼,"冥鸿片影"正是诗人所"羡",作"莫"于理不合。

15.《赠墨工张公明》:"人言天下无白黑,那知真有玄尚白?"(第1563页)

按,"黑",底本及宋刻诗集本皆作"墨",当据改。

16.《题汪季路大丞魏野草堂图》:"汾阳西祀告升平,四海无波镜样清。乞与幽人好风月,万山里许听泉声。奉常夫子半钱无,不问田园况室庐。闻道买来新宅子,借看却是草堂图。"(第1568页)

按,底本及宋刻诗集本皆作两首录之,每四句一首,是。当据改。

17.《题汪圣锡坟庵真如轩,在玉山常山之间》:"玉馆寂寞空寒烟。"(第1575页)

按,"馆",底本及宋刻诗集本皆作"棺",当据改。

《杨万里集笺校》卷三一

1.《题张以道上舍寒绿轩》:"饥时作荠仍作羹。"(第1580页)

按,"荠",底本作"齑",宋刻诗集本作"齑",当据改。《九章·惜诵》有"惩于羹者而吹齑兮"之句,与"荠"是两字。

2.《跋袁起岩所藏兰亭帖》:"南湖千载有斯人。"(第1587页)

按,"南湖",底本及宋刻诗集本皆作"南朝",当据改。

3.《谒范参政,并赴袁起岩郡会。坐中炽炭,周围遂中火毒,得疾垂死。乃悟贵人多病,皆养之太过耳。》(第1588页)

按,"坐中炽炭,周围遂中火毒",断为"坐中炽炭周围,遂中火毒"似更恰当。

4.《金陵官舍后圃散策》(其二):"旋种花窠二百枝,不知种了有花无?"(第

1590 页)

按,"枝",底本及宋刻诗集本皆作"株",当据改。

5.《海棠四首》(其二):"破落东皇能许可,庄严西子较些肥。"(第1601页)

按,"可",底本作"劣",与"肥"意相对,似于义为长。宋刻诗集本作"月"。

6.《海棠四首》(其三):"开时悭与渠侬醉,却恨飘零可若何?"(第1601页)

按,"与",底本及宋刻诗集本皆作"为",当据改。诗谓,为海棠而醉也。

7.《折杏子》:"耸扇跂一足,偶尔攀翻得。"(第1602—1603页)

按,"扇",底本及宋刻诗集本皆作"肩",当据改。

8.《红锦带花》:"何曾系住春归脚?只解萦长客恨眉。"(第1604—1603页)

按,"萦长",宋刻诗集本作"长萦",于义为长,可参。

9.《送刘觉之归蜀》:"朝来忽见毛生刺,看来看去更且喜。"(第1604—1605页)

按,"更",底本原作"惊"。作"惊",于义为长。

10.《跋余伯益所藏张钦夫书西铭短纸》(其二):"四海交朋霜叶落,几张翰墨雪涛翻?"(第1606页)

按,"几",底本及宋刻诗集本皆作"半",当据改。

11.《陪留守余处恭……游清凉寺,即古石头城》(其一):"卧对雨花千尺台。"(第1614页)

按,"尺",底本及宋刻诗集本皆作"丈",当据改。

12.《陪留守余处恭……游清凉寺,即古石头城》(其二):"月白潮生声自哀。"(第1614页)

按,"白",底本及宋刻诗集本皆作"落",当据改。

13.《跋澹庵先生缴张钦夫赐章服答诏》(其一):"今古争来争不得。"(第1623页)

按,"今古",底本原作"刺口",可参。

14.《中元前贺余处恭尚书祷雨沛然沾足》:"数点飘声供晚晴,二更倾泻到天明。"(第1624页)

按,"声",底本原作"萧",可参。

《杨万里集笺校》卷三二

1.《月台夜坐》(其一):"秋日非无热,秋宵至竟青。"(第1627页)

按,"青",底本及宋刻诗集本皆作"清",当据改。

2.《初凉,与次公子共读书册》:"五言未针线,百线过阶除。"(第1628页)

按,此句底本作"五言未针线,百过且阶除";宋刻诗集本作"五言未斜线,百遍过阶除"。杨诗之意盖谓绕阶苦吟也,"针线""斜线",皆所未喻。

3.《听蝉八绝句》(其二):"两蝉对语双垂柳,如斗先休斗后休。"(第1630页)

按,"如",底本作"知",于义为长,可参。杜甫诗"可爱深红爱浅红",爱而致疑也,诚斋句法仿此。

4.《听蝉八绝句》(其三):"渠与斜阳有底仇?千冤万恨诉新愁。"(第1630页)

按,"新愁",底本及宋刻诗集本皆作"清秋",当据改。此或是涉上文"新愁"而误也。

5.《圩田》(其一):"行到秋苗初熟处,翠茵锦上织黄云。"(第1634页)

按,"茵",底本及宋刻诗集本皆作"茸",当据改。

6.《横山》:"凡十五峰,南数起第三高尖。"(第1638页)

按,底本"第三"后有"最"字,可参。

7.《圩丁词十解》:"小舟至镇。"(第1643页)

按,"镇"字前,底本原有"孔"字。同卷有诗题为《宿孔镇观雨中蛛丝》》《发孔镇,晨炊漆桥,道中纪行》》等,知此字非妄添者。

8.《蛩声》(其一):"幸有暗虫同店宿。"(第1647页)

按,"虫",底本及宋刻诗集本皆作"蛩",当据改。

9.《发孔镇,晨炊漆桥,道中纪行》(其六):"一时移上上头行。"(第1648页)

按,第一"上"字下,底本及宋刻诗集本皆有"上声"二字,当据补。

10.《野店二绝句》(其二):"山店茅柴强一杯,梨酸苦苦眼慵开。"(第1651页)

按,"苦苦",底本及宋刻诗集本皆作"藕苦",于义为长,当据改。

11.《发中桥》(其一):"湿轿乘凉人,斜灯借路明。"(第1657页)

按,"人",底本及宋刻诗集本皆作"入",当据改。

12.《晚行望云山》。(第1661页)

按,"晚",底本及宋刻诗集本皆作"晓",即首句"雾天欲晓未明间"之意也,当据改。

13.《加餐》:"脱发星星变,加餐日日新。"(第1664页)

按,"变",底本及宋刻诗集本皆作"遍",当据改。

14.《晓过花桥,入宣州界》(其三):"似怨朝阳卷云雾,被侬看得太分明。"(第1666页)

按,"得",底本及宋刻诗集本皆作"着",当据改。

《杨万里集笺校》卷三三

1.《中秋前一夕雨中登双溪叠嶂,已而月出》(其一):"晚雨才收山画出,暮天似水月如流。"(第1672页)

按,"画",底本及宋刻诗集本皆作"尽",当据改。

2.《中秋前一夕雨中登双溪叠嶂,已而月出》(其二):"急呼月老开秋色,夺得昭亭与敬亭。"辛校曰:"'老',原作'色',据《四库》本改。汲古阁本同原本。"(第1673页)

按,宋刻诗集本亦作"色"。诚斋诗法,盖以"月色"对"秋色",以"昭亭"对"敬亭"也,此重复格诚斋集中多有,亦多为诗家所用。故不当校改。

3.《宿池州齐山寺,即杜牧之九日登高处》:"我来秋浦政逢秋,梦里重来似旧游……李白书堂在化成寺。"(第1677页)

按,"重",底本及宋刻诗集本皆作"曾",当据改。又,"化成寺"下,底本原有"西六里"三字,当据补,宋刻诗集本此处阙文较多。

4.《舟中买双鳜鱼》:"一只白锦跳银刀,玉质黑章大如掌。"(第1682页)

按,"只",底本原作"双",于义为长。

5.《舟过大通镇》:"鱼蟹不论船。"(第1683页)

按,"船",底本及宋刻诗集本皆作"钱",当据改。

6.《过若山坊,进退格》:"泥地殊不恶,物色逐村新。"(第1687页)

按,"泥地",底本原作"泽行",宋刻诗集本作"泥行"。

7.《宿峨桥化城寺》(其一):"一径秋水一桥横。"(第1688页)

按,"径",底本及宋刻诗集本皆作"溪",当据改。

8.《宿放牛亭秦太师坟庵》:"然初节似苏子卿,而晚缪。"(第1696页)

按,"放",底本及宋刻诗集本皆作"牧";"然初节"云云,为诗人自注,当循前文之例,以小字明之。

9.《雁来红》:"未应犀菊辈,赤脚也容他。"(第1699页)

按,"犀",宋刻诗集本作"樨",木樨也,即桂花,与菊、雁来红,皆秋花也,故以二者为比。

10.《新酒歌》:"官酒可憎,老夫出家酿二缸。"(第1707页)

按,"出"字下,底本及宋刻诗集本皆有"意"字,未喻。

11.《菜圃》:"看人浇白菜,分水汲黄花。"(第1709页)

按,"汲",底本及宋刻诗集本皆作"及",旁及也,当据改。

12.《和谢石湖先生寄二诗韵》(其一):"黄钟路鼓鸣清庙,玉戚金支舞秦尊。"辛校曰:"'秦',汲古阁本、《四库》本作'秦'。"(第1718页)

按,此校语当有误。宋刻诗集本"舞秦"作"武大"。

《杨万里集笺校》卷三四

1.《明发栖隐寺》:"将为是夜著?月轮已没星都落。将谓是昼休?银河到晓烂不收。"(第1726页)

按,"将为",宋刻诗集本作"将谓",与下文一致,于义为长,可参。

2.《寒食日,晨炊姜家林。初程之次日也》:"百五佳辰匹似无?合教迎节却离居。"(第1727页)

按,"迎",底本及宋刻诗集本皆作"追",当据改。

3.《千憩褚家坊清风亭》:"前山有底恨?也学客开眉。"(第1727页)

按,"客开眉",宋刻诗集本校改为"客颦眉",可参。

4.《夜雨晚发横冈》。(第1735页)

按,"晚",底本及宋刻诗集本皆作"晓",当据改。

5.《宿白云山奉圣禅寺》:"满地花枝未见莺。"(第1746页)

按,"地",底本及宋刻诗集本皆作"路",当据改。

6.《咏绩溪道中牡丹二种·丝头粉红》:"其香清远。"(第1762页)

按,"远",底本及宋刻诗集本皆作"软",当据改。

7.《明发西馆,晨炊蔼冈》(其三):"宣歙就田水作碓。非若江溪,转以车辐,故碓大于身,凿以盛水,水满则尾重而俯,杵乃起而舂。"(第1767页)

按,"作碓",底本及宋刻诗集本皆作"设碓";又,"碓大于身",底本原作"碓尾大于身",于下文合。

8.《明发祁门悟法寺,溪行险绝》(其二):"一派泉从千尺崖,轰庭跳雪泻将来。"(第1769页)

按,"尺",底本及宋刻诗集本皆作"丈",当据改。

9.《阊门外登溪船》(其五):"百滩春浪云头过。"(第1772页)

按,"云",底本及宋刻诗集本皆作"雪",当据改。

《杨万里集笺校》卷三五

1.《入浮梁界》:"水吞堤柳眼,麦到野童肩……顺流风更顺,只道不双全。"(第1774页)

按,"眼",底本及宋刻诗集本皆作"膝",当据改。又,"全",底本原阙,当是据他本补入,此处当有校记。

2.《小滩》(其一):"溪水无情如有情,落滩告诉不堪听。"(第1775页)

按,"如",底本及宋刻诗集本皆作"知",知溪水之有情也,当据改。

3.《寄题程元成给事山居三咏·葵心堂》:"卫足平生非我志,向天一点只天知。话头试问伯休父,休父丹衷便是葵。"(第1794页)

按,"向天",底本及宋刻诗集本皆作"向阳",当据改。"衷",底本及宋刻诗集本皆作"里"。

4.《寄题程元成给事山居三咏·揽有亭》:"亭材不用木,以竹为之。"(第1795页)

按,"用"字下,底本及宋刻诗集本皆有"寸"字,当据补。

5.《明发康郎山下……》:"岁岁身不到,夜夜必魂归。"(第1801页)

按,"必魂归",底本及宋刻诗集本皆作"魂必归",当据改。

6.《解舟棠阴砦》:"一风动旬日,三日忽自阑。"(第1803页)

按,"旬日",底本及宋刻诗集本皆作"旬月",当据改。

7.《宿四望山下望庐山》:"更待孤月出,开篷望晴峦。"(第1803页)

按,"得",底本原作"待"。

8.《宿庐山栖贤寺,示如清长老》:"醉掬玉渊亭下泉。"(第1805页)

按,"掬",底本及宋刻诗集本皆作"掬",当据改。

9.《过彭泽县望渊明祠堂》:"只欺五斗米,典没万家身。"(第1816—1817页)

按,"家",底本原作"金"。

10.《小姑山》:"大孤一方石,立中流,前昂后低,小孤相去二百里。小姑一大石,峰甚秀。彭郎矶一横石,与小姑对立两岸,舟过其间。"(第1818页)

按,"前昂后低"下,底本原有"与"字;又,"一大石",底本原作"一尖石",即下文"峰"字意;又,"一横石"下,底本原有"山"字。

11.《阻风乡口一日,诘朝船进,雨作,再小泊雷江》(其三):"吾犹不孤杀,天赐碧瑶屏。"(第1820页)

按,"犹",底本作"泓",未晓;宋刻诗集本作"程",于义为长。

12.《解舟雷江,过东流县》:"因思五湖里。"(第1820—1821页)

按,"因",底本及宋刻诗集本皆作"回",当据改。

13.《过池阳,舟中望九华》。(第1824页)

按,"华"字下,底本及宋刻诗集本皆有"山"字,当据补。

《杨万里集笺校》卷三六

1.《万花川谷》:"无数花枝客说些。"(第1845页)

按,"客",底本及宋刻诗集本皆作"略",当据改。

2.《寄朱元晦长句,以牛尾狸、黄雀、冬猫笋伴书》:"子孙总甬遁归根。"(第1848页)

按,"甬",底本及宋刻诗集本皆作"角",当据改。

3.《跋临川梁译居士孝德记》(其一):"只知判得身俱死,不料子还母再生。"(第1849页)

按,"子还",底本作"还同",宋刻诗集本作"生还"。

4.《东园幽步偶见东山》。辛校曰:"'偶',原阙,据宋刻诗集本补。"(第1860页)

按,宋刻诗集本无此"偶"字,当删。

5.《为牡丹去草》:"为花去草饶优处。"(第1862页)

按,"饶优",底本及宋刻诗集本皆作"优饶",当据改。

6.《雨后子文、伯庄二弟相访,同游东园》:"新长水三尺,倒漂梅一枝。"(第1870页)

按,"枝",底本及宋刻诗集本皆作"株",此字在韵脚,当据改。

7.《寄题刘巨卿六咏》。(第1886页)

按,"卿"字下,底本及宋刻诗集本皆有"家"字,当据补。

8.《乙卯春日三三径行散有感》:"学省同寮各星散,白云山里伴闲身。"(第1893页)

按,"山里",底本原作"珍重"。

《杨万里集笺校》卷三七

1.《万花川谷海棠盛开,进退格》:"积雨初晴偏楚楚。"辛校曰:"'偏',宋刻诗集本作'遍',汲古阁本作'还'。"(第1900—1901页)

按,"偏",宋刻诗集本亦作"还";又,"初",底本及宋刻诗集本皆作"乍",当据改。

2.《四月二十八日祠禄秩满罢感恩,进退格》:"白乐天得分司官,作诗,夸拜表行香寒温之外,并无所事。"(第1902页)

按,"所",底本原作"职"。

3.《芙蓉盛开,戏简子文、克信》:"芙蓉得雨一齐开,开尽花开客不来。"(第1913页)

按,"花开",底本作"秋花",宋刻诗集本作"花时",于义为长。

4.《送简寿玉主簿之官临桂》(其一):"狂吟平地千苍玉,还忆孤舟一钓竿。"(第1914页)

按,"狂",底本及宋刻诗集本皆作"往",往时、往日也,当据改。

5.《十一月朔早起》:"文武自匀香底火,圣贤教带老时忧。"(第1916页)

按,"忧",底本作"筅",于义为长。"文武"谓"火",句谓候火煎茶;"圣贤"谓"筅",句谓清浊之酒。

6.《至后十日雪中观梅》:"世间除却梅梢雪,任是冰霜也带埃。"(第1923页)

按,"任",底本及宋刻诗集本皆作"便",当据改。

7.《与山庄子仁侄东园看梅》(其二):"冻脱龙髯冰却海,千花试兴斗来看。"(第1929页)

按,"兴",底本及宋刻诗集本皆作"与",当据改。

8.《与山庄子仁侄东园看梅》(其四):"元来别有看花眼,笑杀山庄死不传。"(第1929页)

按,"杀",底本及宋刻诗集本皆作"向",当据改。

9.《岁晚归自城中,一病垂死,病起遣闷》。(第1929页)

按,"晚",底本及宋刻诗集本皆作"暮",当据改。

10.《六月晦日》:"桃叶落阶休扫动,黄金线织滑氍毹。"(第1941页)

按,"桃",底本及宋刻诗集本皆作"松",当据改。

11.《小池荷叶雨声》:"卒然聚作水银泓,散入清波无觅处。"(第1943页)

按,"散",底本及宋刻诗集本皆作"泻",当据改。

12.《偶生得牛尾狸,献诸丞相益公,侑以长句》:"老夫忍馋不忍尝,丁宁边人莫取将。"(第1949页)

按,"边",底本原作"笾"。笾,以竹制食器供应宴飨祭祀之物,故与食物相关,于义为长,"边人"则与食物无涉。

13.《李厚之主簿投赠长篇,谢以唐律》:"伯兮西啸巴山月,仲氏南嬉楚水波。赠以四愁真绝唱,不如一诣听长哦。"(第1951页)

按,"啸",宋刻诗集本作"欷";"诣",宋刻诗集本作"语"。

《杨万里集笺校》卷三八

1.《小醉折梅》:"鬓边插得梅花满,更换南枝满把归。"(第1957页)

按,"换南枝",底本原作"捻南梅"。

2.《雪后寄谢济翁、材翁联骑来访,进退格》:"封胡连璧雨中来,目送归翁怅独回。"(第1959页)

按,"归翁",底本及宋刻诗集本皆作"归鞍",当据改。

3.《东园醉望暮山》:"山意本日惜,知何许人看?"(第1960页)

按,"知",底本及宋刻诗集本皆作"如",当据改。

4.《寄题万元享舍人园亭七景·蒲鱼港》:"只恐如主人,潜逃逃不一。"(第1963页)

按,"一",底本及宋刻诗集本皆作"得",当据改。

5.《积雨新晴,二月八日东园小步》(其一):"醉来忽堕锦缥窝,无奈桃园李绕何?"(第1966页)

按,"小步",底本及宋刻诗集本皆作"少步",略为走动之意,当据改;又,"园",宋刻诗集本作"围",与下文之"绕",成"围绕"一词。

6.《题李子立知县问月台》:"君但一斸百篇诗,莫问有月来几时。"(第1967页)

按,"斸",底本及宋刻诗集本皆作"斗",此为名词,当据改。

7.《初秋戏作山居杂兴俳体十二解》(其十二):"政是初凉水冷时"。(第1970页)

按,"水",底本原作"未";宋刻诗集本作"政是桐凉水冷时。"

8.《晚归再度西桥》(其二):"水落沙滩大有情。"(第1979页)

按,"大",底本原作"倍",宋刻诗集本作"似"。

9.《晚归再度西桥》(其三):"尽日山行应未销,归来再与坐溪桥。"(第1979页)

按,"应",底本及宋刻诗集本皆作"意",当据改。

10.《题族弟道卿贫乐斋》:"雪茹冰餐入骨香,慢欺驴瘦尽诗狂……细雨寒灯初梦短,断猿枯木一声长。"(第1980页)

按,"慢欺",底本原作"帽欹",可参;"猿",底本及宋刻诗集本皆作"丝",句谓弹琴长啸,当据改。

11.《送赵文有知府谒告省亲》:"一茅只瀹青原水,玉皇知渠是廉吏。"(第1982页)

按,"茅",底本原作"芽",谓茶也,"瀹芽"即煮茗之意,可参。

12.《送萧瑞卿》:"肯来寻病老,相对各苍然。"(第1993页)

按,"老",底本原作"者",与下文"然"以语助对偶;宋刻诗集本作"叟",可参。

13.《益公和白花青缘牡丹王字韵诗,再和以往》。(第2000页)

按,"再和以往",底本原阙,当是据他本补入,此处当有校记。

14.《初秋小雨,残暑未退》:"敢烦频上水,只倩挽天河。"(第2004页)

按,"烦",底本及宋刻诗集本皆作"劳",当据改。

15.《送王子林节推归融州》:"捧檄还家侍老亲,犹能过我诵近文。"(第2004页)

按,"犹",底本及宋刻诗集本皆作"端",当据改。

16.《病中屏肉味,独茹菜羹,饭甚美》:"浑是土膏含雨露,何须酱豉煮醯盐?"(第2005页)

按,"煮",底本及宋刻诗集本皆作"与",当据改。

17.《贺张功父寺丞新长凤雏》:"只今小德啡春鸟,后日熊儿投塞驴。"(第2006页)

按,"投",底本及宋刻诗集本皆作"捉",当据改。

18.《戏跋朱元晦楚辞解》(其二):"支赐红虉与杜蘅。"(第2009页)

按,"红",底本及宋刻诗集本皆作"江",当据改。

19.《送清江王守赴召》:"请看两朝到吾宋。"(第2012页)

按,"两",底本及宋刻诗集本皆作"南",当据改。

《杨万里集笺校》卷三九

1. 《故太恭人董氏挽词》(其二):"也无一瓢饮,惟有半床书。"(第2028页)

按,"惟",底本原作"劣",可参。

2. 《赠盱江谢正之》。辛校曰:"此题下,宋刻诗集本所载,与原本全异,具载如下……"(第2050页)

按,今宋刻诗集本所载与原本同,未知辛校所据者为何本。

3. 《太守赵山父命刘秀才写予老丑索赞》。辛校曰:"此题下,宋刻诗集本所载,与原本全异,具载全诗如下……"(第2051页)

按,今宋刻诗集本所载与原本同,未知辛校所据者为何本。

4. 《寄题舒州宿松知县戴在伯重新紫霄亭》。辛校曰:"此题下,宋刻诗集本所载,与原本全异,具载全诗如下……"(第2052页)

按,今宋刻诗集本所载与原本同,未知辛校所据者为何本。

5. 《题太和宰卓士直寄新刻山谷快阁诗真迹》:"六丁搜出严家墨,白月青天横紫蜺。"(第2058页)

按,"月",底本及宋刻诗集本皆作"日",当据改。

6. 《同次公观细陂小坐行店》:"溪店疑为旅,溪行当出郊。"(第2059页)

按,"溪店",底本原作"店歇",与下文"溪行"对偶,可参。

7. 《送胡圣闻入太学》:"此行归来上亲寿,桂枝满地香满袖。"(第2064页)

按,"地",底本及宋刻诗集本皆作"把",当据改。

8. 《程泰之尚书龙学挽词》(其二):"丰碑那忍读?未读泪先流。"(第2065页)

按,"泪",底本及宋刻诗集本皆作"涕",当据改。

9. 《送幼舆子之官沣浦慈利监税》:"若道厚征为报国,厚民却是厚君恩。"(第2067页)

按,"厚君恩",底本原作"负君恩"。

《杨万里集笺校》卷四〇

1. 《古风送刘季游试艺南宫》:"还成西溪读书债。"(第2100页)

按,"成",底本及宋刻诗集本皆作"我",当据改。

2. 《送庐陵宰黄伯庸赴召》:"南浦诗人更姓黄。"(第2101页)

按,"姓",底本原阙,空有一格,此当是据他本补入,此处当有校记。

3.《送彭子山提刑郎中赴召》:"寄命丝纶紫薇阁,押班官剑大明宫。"(第 2108 页)

按,"官",底本及宋刻诗集本皆作"冠",当据改。

4.《寄题太和丞沈君公馆亭台四咏·右特秀亭》:"秋月弄长江,平地点云岫。"(第 2121 页)

按,"云",底本及宋刻诗集本皆作"远",当据改。

5.《寄题太和丞沈君公馆亭台四咏·右读书堂》:"庭散纸尾鹜,窗聚案头萤。"(第 2122 页)

按,"鹜",底本及宋刻诗集本皆作"鹜",当据改。

6.《春寒》:"风日晴暄一并来,桃花告报李花开。"辛校曰:"'告',原阙,据宋刻诗集本及诸本补。"(第 2124 页)

按,"告",底本不阙。

7.《送金元度教授任满赴部改秩》:"不日经筵重坐席,暂时黉舍令无毡……莫遣垂杨知恨别,一篙新涨解归船。"(第 2133 页)

按,"令",底本及宋刻诗集本皆作"冷",当据改;"恨别",底本及宋刻诗集本皆作"别恨",当据乙正。

8.《寒灯》:"老稚多眠我独醒,寒灯半点伴三更。"(第 2137 页)

按,"多",底本及宋刻诗集本皆作"都",当据改。

《杨万里集笺校》卷四一

1.《七字敬饯周彦敷府判直阁之官虎城》:"清献濂溪两宾主,崆峒章贡载赓酬。"(第 2147 页)

按,"载",底本及宋刻诗集本皆作"再",当据改。

2.《端午前一日含笑初折》:"初喜晓光将莞尔,竟差午影不嫣然。"(第 2148 页)

按,"差",宋刻诗集本作"嗟",与"喜"相对偶,可参。

3.《寄题龙泉项圣与泸溪书院》:"独将麟随饮儋翁。"(第 2175 页)

按,"随",底本及宋刻诗集本皆作"髓",当据改。

4.《山茶》:"东坡《山茶》诗云:'叶厚有棱犀甲促,花深少态鹤头丹。"(第 2178 页)

按,"促",底本原作"健",苏东坡诗亦作"健",当据改。

5.《夙兴待旦二绝》(其一):"觉后难重睡,醉后还独醒。"(第2178页)

按,"后",底本及宋刻诗集本皆作"余",当据改。

6.《古风,敬饯都运焕章雷吏部只召入觐》:"野人亦乱忝同门者,久挂衣冠卧林下。"(第2181页)

按,"乱",底本及宋刻诗集本皆无,当据删。

《杨万里集笺校》卷四二

1.《送吉州解魁左人杰诣太常》:"高皇一马化龙日,临轩进士谁第一?"(第2219页)

按,"进",底本及宋刻诗集本皆作"策",当据改。

2.《立春日》:"风光先眷柳,日色欹催花。"(第2232页)

按,"眷",底本原作"着"。

3.《雨霁看东园桃李,行溪上,进退格》:"村村桃李家家柳,脚力酸时坐看山。"(第2236页)

按,"看山",底本原阙,当是据他本补入,此处当有校记。

4.《久病小愈,雨中端午试笔》(其一):"病软欣逢五五辰,宫衣忽忆拜天思。"(第2238页)

按,"思",底本及宋刻诗集本皆作"恩",当据改。

5.《送吉州太守胡平一寺正赴召》:"与君相逢又相别,不得折柳眉先颦。"(第2239页)

按,"得",底本及宋刻诗集本皆作"待",当据改。

6.《病中感秋》:"病中一别衹三秋,况见西风弄树头。"(第2241页)

按,"一别衹",底本原作"一刻抵"。

7.《送药者陈国器》:"窦宪一举空朔野,曹霸一笔空凡马。吾乡药者有陈生,一丸洗雪万药者。"(第2246页)

按,"洗雪",底本原作"洗空"。

8.《病中感春》:"到得当家饶景物,不知旧日借园亭。"(第2250页)

按,"知",底本及宋刻诗集本皆作"如",当据改。

《杨万里集笺校》卷四三

1.《浯溪赋》:"已而舟人告行,秋日已宴。"(第2256页)

按,"宴",底本及宋刻诗集本皆作"晏",当据改。

2.《中秋月赋》:"予兰茹而菊餐兮,岂求饱之故也臞?予躬以鹭立兮,彼腴者哂予误也。"(第2262页)

按,标点似当作"岂求饱之故也?臞予躬以鹭立兮"云云,身臞故以鹭为喻也。

3.《交难赋》:"昔者孔壬诈尧昼寝,诳孔象以爱兄之道来,虽舜亦为之动。"(第2271页)

按,标点当作:"昔者孔壬诈尧,昼寝诳孔,象以爱兄之道来"云云,"孔壬诈尧",事见《尚书》;"昼寝"为宰予之事,见《论语》;"象以爱兄之道来",事见《孟子》。

4.《交难赋》:"彼淑慝之不齐,造物不能为之禁闷。枭心于鸾喙,予施旨而报予以鸠。"(第2271—2272页)

按,标点当作:"造物不能为之禁,闷枭心于鸾喙"云云,"禁"字为韵脚。

《杨万里集笺校》卷四四

1.《压波堂赋》:先生投袂而起,仰天而叹曰:"吾与洮湖定交久矣,而未尝识此奇观也。子产曰:'他日吾见蔑之面而已。'今见其心。请改事湖,庶几岁晚之断金。"(第2278页)

按,《左传·襄公二十五年》载,子产曰:"他日,吾见蔑之面而已,今吾见其心矣。"据此,"今见其心",亦当归入"子产曰"之下,诚斋省其文而已。

2.《雪巢赋》:"兰橑椒其芬芳,荷盖崟其不动。"(第2280页)

按,"芬",宋刻诗集本阙,底本原作"有",与"不"字相对,可参。

《杨万里集笺校》卷四五

1.《和张钦夫望月词有序》:"阒其宵兮,圣贤毕参于前。心超兮千载忽乎,纳自牖兮光寒而静娟。"(第2297页)

按,"心超"句,标点似当作"心超兮千载,忽乎纳自牖兮,光寒而静娟。"谓月光忽临窗牖也。

2.《曾叔谦哀辞》:"维予筜于愚溪兮,叩柳子之柴荆。陟西山以茹芳兮,降钴鉧以漱泠风,吹衣以拂云兮,举手揽乎南斗之星。"(第2311页)

按,"降钴鉧"句,标点似当作"降钴鉧以漱泠,风吹衣以拂云兮"云云,"泠"字在韵脚。

《杨万里集笺校》卷四六

1.《贺寿皇圣帝传位表》:"立爱惟亲,结恋东朝之养;传归于子,辞居南面之居。"辛校曰:"'居',汲古阁本、《四库》本作'尊'。"(第2339页)

按,此句有两"居"字,未详校记所确指。底本原作"辞尊南面之居",宋刻诗集本作"辞居南面之尊"。

2.《贺绍熙皇帝册立皇后表》:"历(歷)服初元,天临诸夏。"(第2342页)
按,"历(歷)",宋刻诗集本作"曆"。

《杨万里集笺校》卷四七

1.《谢复直秘阁表》:"归于丘园,于乐阴平之化。"辛校曰:"'阴',《四库》本作'隆'。汲古阁本同原本。"(第2346页)

按,底本及宋刻诗集本皆作"隆",当据改。

2.《进和御制进士余复诗状表》:"君子有酒多且旨,问以笙镛;圣人之言远如天,写之琬琰。"(第2348页)

按,"问",底本及宋刻诗集本皆作"间",当据改。

3.《辞免赣州得祠进职谢表》:"夫何右臂之偏枯,虚辱左等之重寄。"(第2352页)

按,"等",底本及宋刻诗集本皆作"符",当据改。

4.《谢以男长孺官系升朝该遇郊祀大礼封叙通奉大夫表》:"白乌九子,天矜反哺之情;丹凤十行,雨施流垠之泽。"(第2365页)

按,"垠",底本及宋刻诗集本皆作"根",当据改。宋庠《和河间通博王太博见贶春雨应时雅什》:"皇慈已浃流根泽,芳节殊非贯序霖。"

5.《谢除宝谟阁学士表》:"绩无可考,进所职以为真;礼既平优,更于家而即拜。"(第2367页)

按,"既平",底本原作"过乎"。

6.《谢除宝谟阁学士表》:"臣被恩汪濊,次骨縈怀。"(第2367页)

按,"縈",底本及宋刻诗集本皆作"荣"。

《杨万里集笺校》卷四八

1.《贺皇太子年节笺》:"肇允川长之元,棐迪丽明之吉。"(第2374页)

按,"川长",底本原作"非常"。《汉书》卷五十七下《司马相如列传》:"故曰:非常之元,黎民惧焉。"颜师古注曰:"元,始也。非常之事,其始难知,众人惧之。"

2.《谢皇太子令侍宴荣观堂笺》:"黄卷青编,愿效研覃之助。"(第2376页)

按,"效",底本及宋刻诗集本皆作"竭",当据改。

3.《贺皇太子冬节笺》:"渊冲玉裕,仰进德之日新;海润山辉,格集祥之川至。"辛校曰:"'集',原作'产',据《四库》本改。汲古阁本同原本。"(第2377页)

按,宋刻诗集本亦作"产"。"产祥"见韩愈《元德圣和诗》:"产祥降嘏,凤凰应奏。"

4.《贺皇后笺》:"德与之齐,福何无艾。"(第2381页)

按,"福何无艾",底本原作"祺无有艾",宋刻诗集本作"福无可艾",皆谓福祉未艾也。

5.《贺寿成皇后笺》:"宜勤崇而垂鸿,以归美而报上。"(第2381页)

按,"勤",底本原作"勒"。《汉书》卷八十七上:"因兹以勒崇垂鸿,发祥隤祉。"颜师古注曰:"勒崇垂鸿,勒崇名而垂鸿业也。"

《杨万里集笺校》卷四九

1.《贺周子充察院启》:"欲重千载之芬香,争观一举之奇绝。"又,"今也望之似乎木鸡,居然失旦。"(第2388页)

按,"重",底本原作"垂";"乎",底本及宋刻诗集本皆作"于",当据改。

2.《贺永守沈侍郎德和启》:"惟雅度两忘于出处,而为拜一视于迩遐。"(第2389页)

按,"拜",底本及宋刻诗集本皆作"邦",当据改。

3.《贺永守沈侍郎德和启》:"迄可小施。"(第2389页)

按,"迄",底本及宋刻诗集本皆作"汔",当据改。

4.《贺永守沈侍郎德和启》:"壮岁而身致云雷,盖非所欲。"(第2389页)

按,"雷",底本及宋刻诗集本皆作"霄",当据改。

5.《代何运使德献贺史参政启》:"政原后先,人物良窳。"(第2395页)

按,"政",底本及宋刻诗集本皆作"治",当据改。

6.《代何运使德献贺史参政启》:"不崇朝遍两禁之华,乃期月赞万几之务。"辛校曰:"'几'原作'微',从《四库》本改。汲古阁本同原本。"(第2395页)

按,"万微"犹"万机"也。范仲淹《上张侍郎启》:"参万微之景业,升九序之康歌。"苏辙《谢入伏早出状》(其二):"臣等猥以一介,获览万微。"皆是此例。

7.《除临安府教授谢张丞相启》:"颇欲抒所抱于事功,万分其试;独不见若昔之贤圣,几许其逢。"(第2406页)

按,"抒",底本原作"陈",宋刻诗集本作"呈"。

《杨万里集笺校》卷五〇

1.《谢胡侍郎作先人墓铭启》:"并韩之文而去其贪,践苏之戒而兼其妙。是惟具美,实在我公。岂繁寒门,专飨此福。"(第2412页)

按,"实",底本及宋刻诗集本皆作"不",其义未晓。

2.《代胡峡州谢宰执启》:"瞿唐历险,当更坚铁石之心;巴峡云遥,尚如居畿甸之地。"(第2414页)

按,"尚"字,宋刻诗集本原阙,以空格示之;底本原作"使",与上文"当"字相对,可参。

3.《回刘简伯县尉启》:"欲含毫而莫决,遽下教以相先。"(第2415页)

按,"欲",底本原作"政",与下文"遽"相对,于义为长;宋刻诗集本作"收",当是"政"字之误。

4.《回刘简伯县尉启》:"观其小者,知远大之莫量;愿少安之,看抟扶之无既。"(第2415页)

按,"无既",底本及宋刻诗集本皆作"无晚",谓卓越之才必能及时提拔也,当据改。

5.《代李直卿谢漕司发解启》:"南斗年少,见谓陈人;仕路达官,半有德色。"(第2416页)

按,"南斗",底本原作"南宫"。此启开篇所谓"逢场""挂名",知为考举功名之事。南宫,即学宫也,《宋史·真宗纪二》:"诏南宫北宅大将军以下,各勤讲肄,诸子十岁以上并受经学书,勿令废惰。"《诚斋集》卷一有《送施少才赴试南宫》一诗,故作

"宫"字为佳。

6.《贺吉守蔡寺丞子平冬启》:"野人云卧,焉知观鲁之书;茆舍日长,忽悟汉宫之线。"(第2421页)

按,"观鲁",底本及宋刻诗集本皆作"鲁观","观"为宫观之义,与下文"汉宫"相对,当据改。

7.《代庆长叔回郭氏亲启》:"伏承某人令似,少而汗简,已翻夜诵之波澜;而某第几女子,教以条桑,粗知春服之刀尺。"(第2427—2428页)

按,"令似",宋刻诗集本作"令姒",于义为长。

8.《贺陈丞相拜左相启》:"正君在仁,拔士宜博。"(第2430页)

按,"仁",底本原作"初",宋刻诗集本作"所"。

第六章 读宋词笔记

宋代诗人中,有一部分兼具了词学家的身份,比如苏轼、黄庭坚、陆游、刘克庄等人,他们或者诗词兼善,或者此长彼短,但无论如何,都是宋代词学史中的重要代表。笔者在阅读其词集的时候,发现有些注释内容(主要是典故出处)并不完整,于是从补阙的角度,选择了七位宋代诗人的词集,分别撰写了若干读书笔记,用分条札记的方式记录,希望对研究宋代诗学、词学的读者略有帮助。为行文方便和便于检索、验证,每一部词集之下注明其具体版本信息,每一条之后则注明该文献在词集中的具体页码。

一、读《山谷词校注》笔记

(黄庭坚著,马兴荣、祝振玉校注,上海古籍出版社2011年版)

1.《看花回》(茶词):"夜永兰堂醺饮,半倚颓玉。烂熳坠钿堕履。"(第6页)

按,此或用淳于髡所言之事,《史记·滑稽列传》有"杯盘狼藉,堂上烛灭,主人留髡而送客"云云,此词逐层推进,结尾处方落转本题。

2.《念奴娇》(断虹霁雨):"断虹霁雨,净秋空、山染修眉新绿。桂影扶疏,谁便道、今夕清辉不足。万里青天,嫦娥何处,驾此一轮玉。寒光零乱,为谁偏照醽醁。"(第8页)

按,此是发问体,之后稼轩广之。

3.《醉蓬莱》(对朝云叆叇):"万里投荒,一身吊影。"(第16页)

按,黄庭坚《雨中登岳阳楼望君山》:"投荒万里鬓毛斑。"又山谷词《采桑子》"投荒万里无归路"(第216页)亦与此相似。

4.《满庭芳》(修水浓清):"风清夜,横塘月满,水净见移星。"(第26页)

按,杜甫《中宵》"飞星过水白"已写此意。

5.《促拍满路花》(秋风吹渭水):"琴心三叠,蕊宫看舞胎仙。"(第32页)

按,李白《庐山谣寄卢侍御虚舟》:"琴心三叠道初成。"

6.《暮山溪》(山围江暮):"回雁晓岸清,雁不来、啼鸦无数。"(第35页)

按,杜甫《野望》:"独鹤归何晚,昏鸦已满林。"《孤雁》:"野鸭无意绪,鸣噪自纷纷。"

7.《忆帝京》(银烛生花如红豆):"柳岸微凉吹残酒。断肠人、依旧镜中销瘦。"(第44页)

按,此柳词之变。山谷词《南歌子》:"今夜月明江上酒初醒。"《归田乐引》:"为伊聪后,销得人憔悴。"皆从柳词化来。

8.《青玉案》(行人欲上来时路):"欲断离肠余几许。满天星月,看人憔悴,独泪垂如雨。"(第70页)

按,此或是效贺方回《青玉案》句法。

9.《品令》(败叶霜天晓):"栽成桃李未开,便解银章归报。"(第71页)

按,此潘岳故事。

10.《定风波》(万里黔中一漏天):"屋居终日似乘船。"(第87页)

按,此谓不见日光也,注未明。

11.《醉落魄》(陶陶兀兀):"异乡薪桂炊香玉,摩挲经笥须知足。"(第109页)

按,此谓腹笥。注未明。

12.《玉楼春》(可怜翡翠随鸡走):"红蕖照映霜林来,杨柳舞腰风袅袅。"(第123页)

按,此犹"蒹葭倚玉树"之意,注未明。

13.《南乡子》(招唤欲千回):"见我未衰容易去,还来,不道年年即渐衰。"(第128页)

按,晏殊《玉楼春》:"绿杨芳草长亭路,年少抛人容易去。"

14.《阮郎归》:"老夫不出长蓬蒿。"(第180页)

按,"老夫"句为杜甫《秋雨叹》原文。

15.《清平乐》(乍晴秋好):"兄弟四人别住,他年同插茱萸。"(第186页)

按,白居易诗曰"一夜乡心五处同",此犹是其意。

16.《好事近》(汤词)(第190页)

按,此"汤"即茶汤也。黄庭坚《以小团龙及半挺赠无咎并诗用前韵为戏》:"曲几团蒲听煮汤。"

17.《好事近》(一弄醒心弦):"弹到古人愁处,有真珠承睫。"(第191页)

按,此刘向《说苑·善说》所载孟尝君听雍门周弹琴之事,"古人"即孟尝君之辈。注未明。

18.《减字木兰花》(使君那里):"拂我眉头,无处重寻庾信愁。"(第 197 页)

按,庾信《愁赋》:"攻许愁城终不破,荡许愁城终不开。"注未明。

19.《减字木兰花》(月中笑语):"天水相围,相见无因梦见之。"(第 208 页)

按,《饮马长城窟行》:道远不可思,宿昔梦见之。

二、读《东坡乐府笺》笔记

(苏轼著,朱孝臧编年,龙榆生校笺,朱怀春标点,上海古籍出版社 2009 年版)

1.《南乡子》(晚景落琼杯):"一阵东风来卷地,吹回,落照江天一半开。"(第 10 页)

按,此白居易"半江瑟瑟半江红"之意,东坡《采桑子》"斜照江天一抹红"与此亦相似。

2.《浣溪沙》(白雪清词出坐间):"异乡风景却依然。"(第 43 页)

按,苏轼《报李少卿书》:"异方之乐只令人悲耳。"

3.《河满子》(见说岷峨凄怆):"莫负花溪纵赏,何妨药市微行。试问当垆人在否,空教是处闻名。唱著子渊新曲,应须分外含情。"(第 51 页)

按,此词下阕皆西南故事,首两句已含杜甫在内。"花溪"即成都锦江之"浣花溪",杜甫草堂在焉。杜诗彼时有《江畔独步寻花七绝句》,中有"繁枝容易纷纷落,嫩叶商量细细开"等句,此即东坡"莫负花溪"之意。彼时亦作有《西郊》诗,中有"市桥官柳细,江路野梅香。傍架齐书帙,看题减药囊"之句,此即东坡"何妨药市微行"之意。苏轼为蜀人,故用杜甫在蜀时之典故。

4.《鹧鸪天》(林断山明竹隐墙):"翻空白鸟时时见,照水红蕖细细香。"(第 219 页)

按,此种句法杜甫作品多有。如:穿花峡蝶深深见,雨裹红蕖冉冉香。

5.《水调歌头》:一鼓填然作气,千里不留行。(第 260 页)

按,李白《侠客行》:"十步杀一人,千里不留行。"《庄子·说剑》篇亦载此语。

6.《木兰花令》(知君仙骨无寒暑):"明朝归路下塘西,不见莺啼花落处。"(第 296 页)

按,王维《田园乐》:"花落家僮未扫,莺啼山客犹眠。"

7.《华清引》(平时十月幸莲荡):"至今清夜月,依前过缭墙。"(第 364 页)

按,刘禹锡《石头城》:"淮水东边旧时月,夜深还过女墙来。"

8.《天仙子》(走马探花花发未):"人有泪,花无意,明日酒醒应满地。"(第477页)

按,张先《天仙子》(水调数声持酒听):"明日落红应满径。"

三、读《淮海居士长短句笺注》笔记

(秦观著,徐培均笺注,上海古籍出版社2008年版)

1.《蝶恋花》(晓日窥轩双燕语):"流水落花无问处,只有飞云,冉冉来还去。持酒劝云云且住,凭君碍断春归路。"(第101页)

按,《离骚》:"折若木以拂日兮,聊逍遥以相羊。"李善注曰:"折取若木以拂击日,使之还去,且相羊而游。"少游此意,乃师法屈子。徐注广引博说,实未明洽。

2.《如梦令》(楼外残阳红满):"桃李不禁风,回首落英无限。"(第123页)

按,陶渊明《桃花源记》有"落英缤纷"之句,有据《尔雅》解"落英"为"花开"者。然秦观此句,则以"落英"为"花落"矣。

3.《调笑令》(盼盼·诗):"将军一去音容远,只有年年旧燕归。"(第155页)

按,李峤《汾阴行》:"不见只今汾水上,惟有年年秋雁飞。"

4.《调笑令》(离魂记·曲子):始信别离情最苦。(第163页)

按,温庭筠《更漏子》:"梧桐树,三更雨,不道离情最苦。"

5,徐注本《淮海居士长短句笺注》附有大量存疑词作,因此类作品出现时代较晚(明代),且大量羼入伪作,故注者亦未笺释,其中亦有两处略可解说:

A,□□□(灞桥雪)(第252页)

驴背吟诗清到骨,人间别是闲勋业。云台烟阁久消沉,千载人图灞桥雪。

灞桥雪,茫茫万径人踪灭。人踪灭。此时方见,乾坤空阔。骑驴老子真奇绝。肩山吟耸清寒冽。清寒冽。祇缘不禁,梅花撩拨。

徐案曰:"□□□,本为《忆秦娥》调名。下同。"按,徐注所言不误,然此类作品乃一诗配一词,所咏主题为一名物,下文"曲江花""庾楼月""楚台风"皆是如此。"灞桥雪"三字为诗之结尾,词之开端,考其体制,大类秦观《调笑令》(十首)。《忆秦娥》为常见曲牌,此处"□□□"或为雕刻之书商存疑之处。

B,《喜迁莺》(梅花春动)、《喜迁莺》(花香馥郁)。(第263—264页)

按,此二者虽未有序,然皆为寿词无疑。此种词作南宋多有,然断非秦观之作。

四、读《姜白石词笺注》笔记

(姜夔著,陈书良笺注,中华书局2009年版)

1.《一萼红》(古城阴):荡湘云楚水,目极伤心。(第7页)

按,"目极伤心",屈原《招魂》:"目极千里兮伤春心。"

2.《霓裳中序第一》(亭皋正望极):"笛里关山,柳下坊陌。"(第11页)

按,"笛里关山",杜甫《洗兵马》:"三年笛里关山月,万国兵前草木风。"

3.《小重山令》(人绕湘皋月坠时):"一春幽事有谁知。"(第27页)

按,陆游《雨夜起行室中》:"幽事谁知日有程。"

4.《眉妩》(看垂杨连苑):"乱红万点,怅断魂、烟水遥远。"(第31页)

按,"乱红万点",秦观《千秋岁》:"春去也,飞红万点愁如海。"

5.《惜红衣》(簟枕邀凉):"高柳晚蝉,说西风消息。"(第53页)

按,"西风消息",罗隐《送内史周大夫自杭州朝贡》:"知有殿庭余力在,莫辞消息寄西风。"黄庭坚《新凉示同学》:"西风先自无消息,忽上青林报秋色。"

6.《鹧鸪天》(京洛风流绝代人):"鸳鸯独宿何曾惯。"(第77页)

按,"鸳鸯独宿",杜甫《佳人》:"合昏尚知时,鸳鸯不独宿。"此处反用其意也。

7.《长亭怨慢》(渐吹尽):"阅人多矣,谁得似长亭树。"(第97页)

按,《汉书》卷七十七《盖宽饶传》:"(宽饶)曰:如此传舍,所阅多矣。"又,《旧唐书》卷六十六《房玄龄传》:"(高构)谓裴矩曰:仆阅人多矣,未见如此郎者。"

8.《秋宵吟》(古帘空):"卫娘何在,宋玉归来,两地暗萦绕。摇落江枫早。"(第114页)

按,"摇落江枫",刘长卿《花石潭》:"江枫日摇落,转爱寒潭静。"又,《招魂》:"湛湛江水兮上有枫。"

9.《鹧鸪天》(曾共君侯历聘来):"挂屏枫前草草杯。"(第156页)

按,"草草杯",韩愈《送刘师服》:"草草具盘馔。"王安石《示长安君》:"草草杯盘供笑语。"陈与义《酒中对酒庭下海棠经雨不谢》:"草草杯觞恨醉迟。"

10.《齐天乐》(庾郎先自吟愁赋):"笑篱落呼灯,世间儿女。"(第164页)

按,姜词笑小儿女捉蟋蟀以为戏也。叶绍翁《夜书所见》曰:"知有儿童挑促织,夜深篱落一灯明。"与白词所书皆为蟋蟀。又,姜词《清波引》"屐齿印苍藓"与叶诗"应怜屐齿印苍苔"亦多相似。

11.《庆宫春》(双桨莼波):"老子婆娑。"(第171页)

按,《晋书》卷六十六《陶侃传》:"老子婆娑,正坐诸君辈。"又,陈师道《除夜》:"老子不婆娑。"

12.《月下笛》(与客携壶):"但系马垂杨,认郎鹦鹉。"(第203页)

按,"系马垂杨",李白《广陵赠别》:"系马垂杨下,衔杯大道边。"

13.《汉宫春》(云曰归欤):"若南寻李白,问讯何如。"(第218页)

按,杜甫《送孔巢父谢病归游江东兼呈李白》:"南寻禹穴见李白,道甫问讯今何如。"

14.《虞美人》(摩挲紫盖峰头石):"而今仙迹杳难寻。"(第261页)

按,王禹偁《月波楼咏怀》:"仙迹难寻求。"

15.《诉衷情》(石榴一树浸溪红):"白头行客,不采蘋花,孤负薰风。"(第266页)

按,"采蘋花",柳宗元《酬曹侍御过象县见寄》:"春风无限潇湘意,欲采蘋花不自由。"

16.《念奴娇》(楚山修竹):"楚山修竹,自娟娟、不受人间袢暑。"(第268页)

按,杜甫《陪李北海宴历下亭》:"修竹不受暑。"

17.《法曲献仙音》(虚阁笼寒):"象笔鸾笺。"(第270页)

按,柳永《定风波》(自春来):"只与蛮笺象管,拘束教吟课。"

18.《小重山令》(寒食飞红满帝城):"寒食飞红满帝城。"(第276页)

按,杜甫《寒食》:"寒食江村路,风花高下飞。"又,韩翃《寒食》:"春城无处不飞花,寒食东风御柳斜。"

五、读《芦川词笺注》笔记

(张元干著,曹济平笺注,上海古籍出版社2010年版)

1.《永遇乐·前调》[为洛滨横山作](飞观横空):"有时巾屦,访公良夜,坐我半天林杪。"(第34—35页)

按,杜甫《奉先刘少府新画山水障歌》:"悄然坐我天姥下。"黄庭坚《题郑防画夹五首》(其一):"惠崇烟雨归雁,坐我潇湘洞庭。"

2.《水调歌头》(同徐师川泛太湖舟中作):"平生颇惯,江海掀舞木兰舟。"(第39页)

按,此或用谢安故事。

3.《水调歌头·前调》(平日几经过):"坐见如云秋稼,莫问鸡虫得失。"(第47页)

按，王安石《木末》："割尽黄云稻正青。"

4.《水调歌头·前调》(万里冰轮满千丈)："散乱疏林清影……向来云卧两星周。"(第51页)

按，杜甫《游龙门奉先寺》："月林散清影""云卧衣裳冷"。

5.《水调歌头·前调》[罢秩后漫兴]："长夏啖丹荔，两纪傲闲居……听子谈天舌本，浇我书空胸次。"(第55页)

按，前句或属东坡，后句乃山谷诗意。如黄庭坚《以双井茶送孔常父》："故持茗碗浇舌本。"

6.《水调歌头·前调》[为赵端礼作](最乐贤王子)："笑胃乌巾同醉，谁问负薪裘。"(第61页)

按，曹注引《韩诗外传·卷十》(第十八条)释"负薪裘"三字，然曹注所引之文字(吾当夏五月披裘而薪)乃《论衡·书虚》中语，王充所言或据《韩诗外传》耳。考之《韩诗外传》，负裘者非打柴(薪)之人，实"牧人"也。此处无论字词，抑或句意，皆当引《晏子春秋》："晏子之晋，至中牟。睹弊冠反裘负刍息于途侧者，以为君子。"又，桓宽《盐铁论》："无异于愚人反裘而负薪，爱其毛，不知其皮尽也。"

7.《风流子》(飞观插雕梁)："汀烟轻冉冉。"(第67页)

按，此杜甫诗《寒食》原句。

8.《宝鼎现》(山庄图画)："今宵狂客，不胜杯勺。"(第71页)

按，此《史记·项羽本纪》中语。

9.《朝中措》(花阴如坐木兰船)："携取一枝同梦，从他五夜如年。"(第75页)

按，"一枝"之意，杜诗多用之。如"为报鸳行旧，鹪鹩在一枝。""已忍伶俜十年事，强移栖息一枝安。"

10.《沁园春》(神水华池)："位极人臣，功高今古。"(第78页)

按，《史记·李斯列传》："当今人臣之位无居臣上者，可谓富贵极矣。"又，《三国志·吴书·孙林传》："因缘肺腑，位极人臣。"

11.《醉落魄》(云鸿影落)："一枕滩声，客睡何曾着。"(第88页)

按，"客睡何曾著"，此杜诗《客夜》原句。

12.《浣溪沙》[武林帝李似长]："燕掠风樯款款飞。"(第97页)

按，此檃括杜诗而成。杜诗《发潭州》："樯燕语留人。"又《曲江二首》(其二)："点水蜻蜓款款飞。"

13.《点绛唇》(水驿凝霜)："酒醒寒悄，枕底波声小。"(第126页)

按，李贺《金铜仙人辞汉歌》："渭城已远波声小。"

14.《虞美人》(西郊追赏寻芳处):"西郊追赏寻芳处……雨肥红绽向南枝……醉里折花归去、更传杯。"(第134页)

按,芦川词多用杜意,此处"西郊""传杯"可依杜诗解之。杜甫《西郊》:"时出碧鸡坊,西郊向草堂。"《九日》:"旧日重阳日,传杯不放杯。"

15.《满庭芳》(三十年来):"庐陵米,还知价例,毫发更无差。"(第178页)

按,杜诗《敬听郑谏议十韵》:"毫发无遗恨。"

16.《夏云峰》(涌冰轮):"涌冰轮,飞沆瀣,霄汉万里云开。"(第201页)

按,苏轼《宿九仙山》:"夜半老僧呼客起,云峰缺处涌冰轮。"

17.《西江月》(小阁劣容老子):"小阁劣容老子,北窗仍递南风。"(第223页)

按,以下句例之,此从陶渊明"审容膝之易安"化出。

18.《花心动》(水馆风亭):"洞户悄、南楼画角自语。"(第233页)

按,杜甫《宿府》:"永夜角声悲自语。"

19.《蓦山溪》(一番小雨):"故乡何处?搔首对西风,衣线断,带围宽,衰须添新白。"(第234页)

按,词曰"故乡何处",故处应从此四字分析。"衣线断"或是念及堂上老母;"带围宽"或是想念结发之妻。

六、读《放翁词编年笺注》(增订本)笔记

(陆游著,夏承焘、吴熊和笺注,陶然订补,上海古籍出版社2012年版)

1.《满江红》[夔州催王伯礼侍御寻梅之集]:"疏蕊幽香……巴东江上……西瀼路……山驿外,溪桥侧。"(第31页)

按,此等字词皆用杜诗故事。

2.《鹧鸪天》[送叶梦锡]:"君归为报京华旧,一事无成两鬓霜。"(第53页)

按,杜甫《秦州杂诗二十首》(其二十):"为报鸳行旧,鹪鹩在一枝"。又放翁词《汉宫春》(浪迹人间):"凭寄语、京华旧侣,幅巾莫换貂蝉。"

3.《苏武慢》[唐安西湖]:"掠岸飞花,傍檐新燕,都似学人无定。(第58页)

按,杜甫诗《发潭州》:"岸花飞送客,樯燕语留人。"

4.《乌夜啼》(世事从来惯见):"故人莫讶音书绝,钓侣是新知。"(第115页)

按,杜甫诗《宿府》:"风尘荏苒音书绝。"又杜甫诗《江村》:"厚禄故人书断绝。"

5.《鹊桥仙》(一竿风月):"时人错把比严光,我自是无名渔父。"(第149页)

按,杜诗《堂成》:"旁人错比扬雄宅,懒惰无心作《解嘲》"。

6.《极相思》:"江头疏雨轻烟,寒食落花天。"(第176页)

按,杜甫《寒食》:"寒食江村路,风花高下飞。"

七、读《后村词笺注》笔记

(刘克庄著,钱仲联笺注,上海古籍出版社2012年版)

1.《沁园春》(岁暮天寒):"叹名姬骏马,都成昨梦。"(第5页)

按,此四字刘克庄多用,当是用典。《乐府诗集》有"爱妾换马"条。

2.《满江红》(满腹诗书):"帐下健儿休尽锐,草间赤子俱求活。"(第7页)

按,此杜诗"盗贼本王臣"之意。

3.《水龙吟》(平生酷爱渊明):"与柴桑樵牧,斜川鱼鸟,同盟后,归于好。"(第40页)

按,此亦从稼轩而来。后村词《贺新郎》:"被门前群鸥戏狎,见推盟主。"

4.《贺新郎》(风露驱炎毒):"问讯先生无恙否?"(第42页)

按,杜诗《送孔巢父谢病归游江东兼呈李白》:"道甫问讯今何如"。

5.《贺新郎》(宣引东华去):"古有一言腰相印,谁教他满箧婴鳞疏。还笏退,不回顾。"(第44页)

按,《后汉书·郭泰传》所载"堕甑不顾"之故事,此杂而用之。

6.《贺新郎》(此腹元空洞):"身与浮名孰重?"(第64页)

按,《老子》第四十四章:"名与身孰亲。"

7.《贺新郎》(主判茅君洞):"灌园织屦希陈仲。"(第66页)

按,钱注"织屦"引《孟子》"陈仲子"之事,然"灌园"乃《庄子》汉阴丈人之事,后村杂而用之,后村词《贺新郎》(谪下神清洞)"槔与瓮从今无用",与此同。

8.《木兰花慢》(病翁将耳顺):"蹇驴破帽如初。"(第78页)

按,此苏轼《续丽人行》"蹇驴破帽随多鞍"之截句。

9.《贺新郎》(万字如针缕):"不是先生高索价,问何年宰相先生许?"(第89—90页)

按,《孟子·公孙丑上》:"夫子当路于齐,管婴之事,可复许乎?"

10.《水龙吟》(病夫鬓秃颜苍):"宴坐蒲团观妙,怪痴儿春粮求道。"(第127—128页)

按,黄庭坚《欸乃歌二章》(其二):"从师学道鱼千里。"又《柳闳展如苏子瞻甥也其才德甚美有意于学故以桃李不言下自成蹊八字作诗赠之》(其八):"八方去求道,渺渺困多蹊。"

11.《解连环》(旁人嘲我):"拣人间有松风处,曲肱高卧。"(第129页)

按,黄庭坚《听宋宗儒摘阮歌》:"安得与君醉其中,曲肱听君写松风。"

12.《六州歌头》(维摩病起):"浴才出,酲初解,千万态,娇无力,困相扶。"(第228页)

按,此意稼轩先用之。

13.《沁园春》(我羡君归):"我羡君归,一路秋风,芙蓉木犀。"(第233页)

按,陈与义《虞美人》(扁舟三日秋塘路):"何以报君恩,一路荷花相送到青墩。"

又:"想慈颜望久,灵乌乍噪;新眉画就,郎马频嘶。"

按,此并山谷诗也。钱注前句,然后句无注。黄庭坚《考试局与孙元忠博士竹间对窗夜闻元忠诵书声调悲壮戏作竹枝歌三章和之》(其二):"屋山啼乌儿当归,玉钗罥蛛郎马嘶。"

14.《沁园春》(我梦见君):"万卷星罗,千篇电扫。"(第237页)

按,此化用张景阳《七命》句也,张曰:"千钟电釂,万燧星繁。"

15.《沁园春》(寄竹溪):"老子衰颓,晚与亲朋,约法三章。"(第244页)

按,句式、格调,此稼轩已先有之。

16.《沁园春》(梦中作梅词):"又似夷齐饿首阳。"(第245页)

按,黄庭坚《寄题荣州祖元大师此君轩》:"程婴杵臼立孤难,伯夷叔齐采薇瘦。"山谷诗以伯夷、叔齐饿于首阳比竹之孤傲坚贞,后村词以之喻梅。

17.《满江红》(老子年来):"更几番雨过,彩云无迹。"(第285页)

按,辛弃疾《摸鱼儿》:"更能消几番风雨。"

18.《贺新郎》(吾少多奇节):"漫醉把栏干频拍。"(第313页)

按,辛弃疾《水龙吟》:"江南游子。把吴钩看了,栏干拍遍。"又,此词整体皆似稼轩。

19.《贺新郎》(浅把宫黄约):"尽鹅儿酒美无多酌。"(第323页)

按,《汉书·盖宽饶传》:"无多酌我。"

20.《贺新郎》(辇路东风里):"宿云收尽檐声止。"(第327页)

按,苏轼《中秋月》:"暮云收尽溢清寒。"

21.《八声甘州》(雁):"物微生处远,往还来,非但稻粱求。"(第331页)

按,杜甫《病马》:"物微意不浅。"

22.《法驾导引》(樵柯烂):"赤脚踏层云。"(第343页)

按,杜甫《早秋苦热堆案相仍》:"安得赤脚踏层冰。"

23.《菩萨蛮》(戏林推):"小鬟解事高烧烛……风骚满肚皮。"(第366页)

按,此或是用《梁溪漫志》卷四"侍儿对东坡语"条,朝云谓东坡"学士一肚皮不入时宜"之典故。